HANNA MOLDEN

# Der Tarzan-Effekt

*Buch*

Laura Wunder hat nach dem Tod ihres Mannes als Journalistin für ihren und den Lebensunterhalt ihrer Tochter gesorgt. Ihr Leben ist seither – auch in Liebesdingen – von der Vernunft regiert. Ihre Freundin Gisi hingegen, kinderlose Gattin eines erfolgreichen Arztes, hat das Leben immer in vollen Zügen genossen. Kein Wunder also, dass Gisi sich mit Mitte vierzig Hals über Kopf in einen jungen holländisch-namibischen Großwildjäger verliebt. Laura ist entsetzt, aber mit ihrem klaren Blick erkennt sie sofort: Das ist der Tarzan-Effekt. So etwas würde *ihr* niemals passieren!

Doch dann verliert Laura ihre Stelle und ist gezwungen, ihr Leben neu zu gestalten. Von einer Presseagentur erhält sie den Auftrag, für eine Reportage über Vogelbeobachtung nach Schottland zu reisen. Geführt werden die Exkursionen von einem jungen, attraktiven Schotten: Brian, einem echten Naturburschen. Er zieht Laura magisch an, und sie erlebt mit ihm ein erotisches Abenteuer, wie sie es niemals für möglich gehalten hätte. Die Zweisamkeit wird allerdings von Brians zwielichtigem Freund, dem Ornithologen Lazarus von Heckhausen, empfindlich gestört. Und ausgerechnet der taucht nach ihrer Rückkehr plötzlich bei Laura in Wien auf…

*Autorin*

Hanna Molden, geboren in Wien, studierte Staatswissenschaften und promovierte 1966. 1975 begann sie als Übersetzerin, 1980 als Journalistin für Zeitschriften und den Hörfunk zu arbeiten. Nach zwei Sachbüchern erschien 1996 mit »Kurakin« ihr erster Roman. 1998 folgten die Esterházy-Biografie »Greif und Rose« sowie der Erzählband »Geschichten vom Dorf«. Die Mutter zweier Söhne ist mit dem Verleger Fritz Molden verheiratet und lebt in Alpbach/Tirol und in Wien.

# HANNA MOLDEN

# Der Tarzan-Effekt

Roman

BLANVALET

*Umwelthinweis:*
Alle bedruckten Materialien dieses Taschenbuches sind chlorfrei und umweltschonend.

Blanvalet Taschenbücher erscheinen im Goldmann Verlag, einem Unternehmen der Verlagsgruppe Random House GmbH.

Originalausgabe November 2002

Umschlaggestaltung: Design Team München
Umschlagfoto: Zefa/Dodge
Satz: Uhl + Massopust, Aalen
Druck: Elsnerdruck, Berlin
Verlagsnummer: 35735
LW • Herstellung: Heidrun Nawrot
Made in Germany
ISBN 3-442-35735-7
www.blanvalet-verlag.de

1 3 5 7 9 10 8 6 4 2

# 1

Das Großartige im Leben ist immer nur den anderen passiert. Gisi zum Beispiel. Oder Martha, der Makellosen. Mir nie. Lange Zeit kam ich damit ganz gut zurecht. Aber allmählich begann es mich zu wurmen.

Als es Martha Unmuth erwischte, war ich zweiundvierzig, ein hervorragendes Alter, wenn man bedenkt, dass man unserer Generation eingetrichtert hat, mit vierzig beginne das Leben. Ich saß an meinem Schreibtisch in der Redaktion, als Gisi mich anrief und ins Telefon plärrte, sie müsse mich augenblicklich sehen, nein, nicht in meinem Büro, was sie mir zu sagen habe sei *top secret,* sie erwarte mich deshalb im Kaffeehaus vis-à-vis.

Erste Juliwoche, Affenhitze in der Stadt. Ich schmolz geradezu. Mein fettleibiger Kollege, der über Haubenlokale und Weine berichtete, hatte sich meinen Ventilator geborgt und ihn in seinem Zimmer versperrt, ehe er zum Essen ging. Gisi saß in einer abgewetzten Plüschecke des vergammelten Kaffeehauses, auf dem Marmortischchen vor ihr standen zwei Gläser Weißwein.

»Du transpirierst«, sagte sie.

»Ich darf, es hat 32 Grad im Schatten«, erwiderte ich, ergriff eines der Gläser und kippte den Inhalt hinunter.

»Setz dich und halte dich fest.« Gisi strahlte, ihre Augen glitzerten im hellen Katzengesicht.

»Ich sitze«, seufzte ich, »mach schnell, ich muss einen Text eingeben.«

»Also …«, sie unterbrach sich und wedelte mit ihrer kleinen, runden weißen Hand. »Herr Ober, noch zwei Gläser Weißwein, sehr kalt, bitte!«

»Sag schon, Gisi.«

»Also …«, Kunstpause, Atem holen: »Die Makellose ist durchgebrannt!«

Gisi hatte Madame Unmuth nicht bloß aus Lust an der Alliteration »die Makellose« getauft; sie behauptete, dass Martha äußerlich fehlerfrei sei. »Ich weiß, wovon ich rede, ich sitze mit dieser Frau einmal pro Woche in der Sauna«, pflegte sie zu sagen und keineswegs frei von Missgunst hinzuzufügen: »Kein Hauch von Cellulitis, nie Pickel, nie fettiges Haar …«

Unmuths waren mit Gisi und deren Mann Viktor gut bekannt. Viktor Urbanski, ein renommierter orthopädischer Chirurg, hatte den betuchten Industriellen Unmuth am Knie operiert, in der Folge hatte sich ein gesellschaftlicher Kontakt ergeben. Cocktails, Premieren, Golfplatz und so. Nicht meine Welt. Obwohl ich sie nicht grundsätzlich ablehnte. Ich gehörte bloß nicht dazu, weil ich ihr nichts zu bieten hatte: Ich war Journalistin, aber keine Oriana Fallaci, und ein Single, aber nicht mehr taufrisch.

Martha war ich persönlich nie begegnet, dennoch hatte ich das Gefühl, sie aus dem Effeff zu kennen. Denn Gisi, die auf diese Frau negativ fixiert schien, sprach oft von ihr: »Sie sagt, sie sei noch keine vierzig, ich glaube ihr kein Wort. Ich denke, sie ist mindestens so alt wie wir. Leider hat sie keine Falten.«

»Schönheitsfarm wahrscheinlich, du sagst doch, sie hat Geld wie Heu.«

»Hat sie, hat sie. Die musste in ihrer Ehe noch nicht ein einziges Mal einen Putzlappen in die manikürte Pfote nehmen. Null zu tun. Und ihr einziges Kind hat das faule Aas ins Internat verräumt.«

»Wie heißt doch gleich ihr Mann?«

»Franz. Aber sie nennt ihn Francesco, weil ihr Franz zu bieder ist.«

Über die Makellose zerrissen wir uns die Mäuler mit Wonne.

»Laura! Hörst du mir zu? Martha ist ihrem Alten durchgegangen!«, brüllte mir Gisi ins Ohr.

»Warum schreist du so, ich dachte, es sei geheim.«

Gisi beugte sich vor und flüsterte: »Abgehauen ist sie. Hat nicht einmal einen Abschiedsbrief hinterlassen.«

»Wo ist sie hin?«

Gisi hopste auf der Sitzbank auf und nieder, bis die Federn quietschten. »Du bist gemein, du fragst absichtlich nicht mit wem!«

»Ach, sie ist nicht allein davon. Also mit wem?«

»Du kennst ihn nicht«, sagte sie genüsslich.

»Gisi, ich gehe!«

Sie fasste mich am Arm und zerrte mich aufs Plüschene zurück. »Er sagt, er sei Spanier.«

»Du kennst ihn?«

Gisi schüttelte den Kopf. »Er soll ein Adonis sein.« Sie ließ sich zurücksinken und rollte die Augen. »Schwarze Locken, goldbraune Haut, ein Körper wie Tony Leung …«

»Wer ist das?«

»Du weißt schon, der Chinese aus dem Film *Der Liebhaber.*«

Ich ließ mich neben Gisi in die Polsterung sinken. »Und wo hat die Makellose den Adonis aufgegabelt?«

»Du wirst es nicht fassen. Er war DJ auf einem Schickimickigartenfest, zu dem Martha und Francesco eingeladen waren.«

»Du machst Witze. Woher hast du diesen Unsinn?«

Gisi spitzte ihren kleinen, naturroten Mund und flötete: »Lauraliebchen, ich habe recherchiert.«

Die Geschichte klang nach Seifenoper. Weißes Haus mit Park, der Rasen englisch, der Swimmingpool achteckig, drum herum hundertfünfzig feinst aufgemachte Gäste. Kellner in Weiß, Champagner mit Erdbeeren, in einem großen blau-weiß gestreiften Zelt das Büfett, in einem kleinen blau-weiß gestreiften Zelt der DJ. In der Menge die Unmuths. Martha, im weißseidenen Hosenanzug aus dem Hause Jil Sander, nippt am Champagner. Der bleistiftspitze Absatz ihrer Sandale verfängt sich in einem Gitter, die Makellose schwankt, verliert das Gleichgewicht und stürzt rücklings in den Pool. Alles schreit: »Oh«, weicht zurück und wieder vor, gafft auf Martha, die untergeht wie ein Stein. »Sie kann nicht schwimmen!«, schreit Francesco …

»Sie kann nicht schwimmen?«, wiederholte ich.

»Sie kann vieles nicht«, sagte Gisi hämisch und fuhr fort: »Horch zu, jetzt kommt's. Plötzlich springt der DJ aus seinem Zelt hervor, rast zum Pool, reißt sich im Laufen das weiße Shirt vom goldbraunen Leib, köpfelt in den Pool, krault zur abgesoffenen Martha und birgt sie. Er ist auch der Einzige dort, der Wiederbelebung kann, er haucht in sie hinein, sie schlägt die Augen auf, er trägt sie ins Haus, sie will sich an ihm festhalten, berührt nackte, nasse Haut und zwei Wochen später brennt sie mit ihm durch!«

Ich war irgendwie fassungslos. Dass eine Frau wie

Martha sich so bedenkenlos ins Ungewisse stürzte ... »Das gibt's doch alles gar nicht«, sagte ich, »in der Realität kommt so etwas nicht vor.« Der Ober hatte den Wein gebracht, ich kippte mein zweites Glas hinunter, Redaktion und Text hatte ich vergessen.

Gisi war von der Wirkung, die ihre Erzählung auf mich hatte, befriedigt. »Der Spanier ist sieben Jahre jünger als Martha und mittellos«, schnurrte sie. »Francesco hat sein Testament bereits geändert und seinen Sohn zum Universalerben eingesetzt.«

»Wie trägt er's?«

»Wer, der Sohn?«

»Sei nicht doof, Francesco.«

Immer wieder hatte ich mir von Gisi sagen lassen, dass das Beste an Martha ihr Mann sei. Liebenswürdig, aufmerksam, gut aussehend, Typ Rex Harrison. Mit dem nachsichtigen Lächeln eines vernarrten Vaters trage er Martha auf Händen, Ersteres nicht grundlos, er sei ein Vierteljahrhundert älter als seine Frau ... Ich hatte das rührend gefunden. Mich hätte auch das Alter nicht gestört. Ich bin nämlich Witwe, und seit ich Witwe bin, trägt mich keine Sau auf Händen.

Nachdenklich wiegte Gisi den Kopf. »Braune Brust, junge Haut, tolle Muskeln und schon rastet eine Frau wie Martha aus.« Sie kiefelte an ihrer Nagelhaut und spuckte das Abgebissene beiseite, ihre schwarzen Augen, die einzigen Augen der Welt, die ich jemals wirklich glitzern sah, glitzerten, als sie sagte. »Etwas muss dran sein: Starke Arme raffen dich auf und tragen dich fort. Denk an Rhett Butler, Scarlett O'Hara und die Stiege ...«

Das wollte ich nicht hören, über Rhett Butler lasse ich nichts kommen, und die Szene auf der Stiege gehört zu meinen Lieblingsstellen. Ich widersprach: »Das ist der falsche Ansatz, Gisi. ›Ich Tarzan, du Jane…‹ Es ist der Tarzan-Effekt.«

Darüber lachten wir Tränen.

Der »Tarzan-Effekt« wurde zum Bestandteil unseres gemeinsamen Wortschatzes. »Du bist grenzgenial«, versicherte mir Gisi, »du hast ein Phänomen auf den Punkt gebracht und benannt. Ich beeide jederzeit dein Copyright. Du solltest etwas daraus machen.«

Immer wieder kam sie darauf zurück. Eines Herbstnachmittags – ich war kurz vor der Abreise zum Kurischen Haff, über das ich eine Reportage schreiben sollte, war beim Packen und Gisi stand mir im Weg rum – fing sie wieder davon an: »Schlag Kapital aus dem Tarzan-Effekt.«

»Sei nicht kindisch.«

»Was heißt kindisch? Eben hast du gesagt, dass dich der Reisejournalismus ankotzt.«

Im Frühling hatte sich Litauen von der Sowjetunion losgesagt, ich wollte zu den Ersten zählen, die Thomas Manns einstiges Ferienparadies wieder entdeckten. Ich hatte meinen Chefredakteur davon überzeugt, dass die Reportage eine Sensation werden würde. Es war schwierig genug gewesen, die Reise vorzubereiten, an sich freute ich mich auch auf sie, ich fühlte mich bloß so entsetzlich müde und so gar nicht abenteuerlustig.

»Der Reisejournalismus kotzt dich an, genau das hast du vor zwei Minuten gesagt. Also sattle um. Schreibe über Zwischenmenschliches und steig mit dem Tarzan-Effekt ein.« Sie hatte sich zwischen mich und meinen Koffer geschoben und tänzelte auf und ab, ich schob sie beiseite.

»Du bist nicht ganz dicht. Von Tarzan mal abgesehen, in meinem Alter ist das Umsteigen schwierig. Außerdem wird's eng im Magazinjournalismus. Ich bin froh, dass ich meine Reiseecke habe und werde fein stillhalten.«

Stillhalten lag so gar nicht in Gisis Natur. »Laura Wunder, wenn du nichts unternimmst, wirst du versauern. Du bist Spitze, in deinem Blatt bist du die Edelfeder, wenn du wolltest, könntest du über alles schreiben. Wissenschaftsthemen zum Beispiel ...«

Ich prüfte, ob der Koffer nicht zu schwer war und warf noch einen dicken Pullover auf die frisch gebügelte Bluse. »Wer hoch steigt, fällt tief. Ich bin eine wissenschaftliche Null, Gisela Urbanski.«

Gisi ließ nicht locker: »Wieso, du hast doch Germanistik studiert.«

Ich zog den Reißverschluss des Koffers zu und wollte die Debatte beenden. »Du auch«, sagte ich, »und was machst du jetzt? Die Buchhaltung für deinen Mann.«

Damit hatte ich Gisi gekränkt. Ihr wunder Punkt war nun einmal, dass sie keine wirkliche Aufgabe hatte. Ihre Ehe war kinderlos geblieben, und wann immer Gisi sehnsüchtig davon sprach, sich einen Job suchen zu wollen, winkte Viktor ab; sie lebe wie die Made im Speck, sie müsse nicht verdienen, sie solle gefälligst daheim bleiben und jenen Frauen, die gezwungen seien ihren Unterhalt zu verdienen, nicht den Arbeitsplatz stehlen.

Ich mochte Viktor Urbanski und kam gut mit ihm aus, aber zum Thema »berufstätige Frau« gerieten wir uns immer wieder in die Wolle. Die machistische Herablassung, die ich hinter jedem seiner Worte witterte, fand ich zum Kotzen. »Dein Fall liegt anders«, pflegte er mir milde zu versichern, »du musstest nach Martins Tod verdienen, schließlich hattest du ein Kind zu erhalten.«

Und prompt wurde ich aggressiv: »Red keinen Holler, ich hätte mir auch einen Job gesucht, wenn Martin nicht gestorben wäre.«

»Meine Liebe, das hätte Martin nie zugelassen.«

»Woher willst du das wissen? Martin hätte …«

»Martin war mein bester Freund, ich kannte ihn, wie du Gisi kennst, er hätte nie geduldet, dass seine Tochter in einen Hort gesteckt wird, während du dich auf den Selbstverwirklichungstrip begibst.«

So war Viktor. Arme Gisi. Sie musste ihre ganze Energie auf Nebenschauplätze verwenden. Viktors Buchhaltung. Organisation des Urbanskischen Gesellschaftslebens. Rührende, wenngleich nicht immer erwünschte Betreuung meiner Tochter Limettchen, deren Patin sie war. Und ständiges Bemühen um mein Wohlergehen. Niemand sonst kümmerte sich darum. Ich liebte sie für ihre Hingabe, auch wenn mir ihre Intensität zuweilen auf die Nerven fiel.

Ich kehrte von der Kurischen Nehrung mit Bronchitis heim. Fiebernd hatte ich mich in meiner viel zu großen Innenstadtwohnung, in der ich seit Martins Tod alleine mit Limettchen lebte, verkrochen. Meine Tochter befand sich auf Schullandwoche, aber Gisi war unverzüglich aufgetaucht. Ich hörte sie in der Küche hantieren, sie pfiff vor sich hin, ich wusste, sie war froh gebraucht zu werden. Mit ihren kurzen schnellen Schritten trat sie an mein Bett. »Ich hab Orangensaft gepresst, Zitrone ist auch drin, sehr sauer, aber du brauchst Vitamin C. Was nimmst du ein? Nur Aspirin? Zu wenig, ich rufe unseren Hausarzt an …«

Als ich aufwachte, war es schon dämmrig, Gisi saß in einem Lehnstuhl neben meinem Bett und hatte ihre Füße unter meine Decke geschoben. Lauschig war das, ich fühlte mich geborgen. Als sie sah, dass ich wach war, begannen ihre Augen zu glitzern. »Erzähl von Litauen, war's toll?«

»Umwerfend«, krächzte ich.

»Sprich nicht, nick bloß, wenn's stimmt, was ich sage. Du warst in Nida? Hast das Sommerhaus von Thomas Mann gesehen? Die Riesendüne? Die alte deutsche Zitadelle?« Sie unterbrach sich und legte ihre Hand auf meine Stirn. »Das Fieber steigt.« Sie verabreichte mir zwei weitere Aspirin und erklärte, ich würde jetzt grauenhaft schwitzen, weswegen sie in Limettchens Zimmer zu nächtigen gedenke, Schwitzende bedürften der Aufsicht, selbst Viktor werde das einsehen.

Am nächsten Morgen bezog sie mein Bett frisch, stopfte die Decke um mich und sah mich an wie ein Forscher seinen Rhesusaffen. »Fühlst du dich matt?«, fragte sie. Ich nickte. »Fein, du brauchst bloß zuhören und gar nichts sagen.«

»Wozu nichts sagen?« Ich hatte die Stimme verloren und konnte nur noch flüstern.

»Ich habe deinen Ausstieg aus der Reiseecke vorbereitet.«

»…?«

»Ihr habt doch in jeder Nummer ein paar Seiten *Modernes Leben* im Blatt?«

»…?«

»Schau nicht so misstrauisch drein, ich habe dir bloß ein paar Fakten für einen ersten Beitrag zusammengetragen.«

»…?«

»Über den Tarzan-Effekt.«

Als ich stimmlos auffuhr, wedelte sie aufgeregt mit ihren kleinen weißen Händen und sagte fast flehentlich: »Bitte Laura, sag nichts, lass mich akademisch sein.«

Ich ergab mich und ließ mich in die Kissen fallen. Gisi zog einen Notizblock aus ihrer Tasche und begann zu blättern. »Weißt du, was über Tarzan im Lexikon steht?«

Es erstaunte mich, dass überhaupt etwas über Tarzan im Lexikon stand.

»Weißhäutiger, unter Tieren aufgewachsener und stets siegreicher Dschungelheld in den Abenteuerromanen von E. R. Burroughs«, las Gisi. Ich lächelte müde. »Willst du wissen, wer E. R. Burroughs war?«

Ich nickte und schloss die Augen. »Er hat nichts mit John Burroughs, dem Freund von Walt Whitman zu tun. Er ist auch nicht mit William Burroughs, du weißt schon, dem Autor von *Naked Lunch* verwandt.« – Sie machte eine Pause, ich öffnete die Augen, um ihr zu zeigen, dass ich nicht eingeschlafen war, sie fuhr fort. »Der unsere heißt Edgar Rice Burroughs. 1875 in Chikago geboren, amerikanischer Unterhaltungsschriftsteller, hat den ersten Tarzan-Roman 1914 abgesondert und ist 1950 in den Staaten gestorben.«

Ich war sehr müde und ich liebte sie. Ich muss wohl eingedöst sein, im Halbschlaf hörte ich sie murmeln. Sie sprach über Etymologie und Semantik und den Namen Tarzan und über die Bedeutung des Wortes Effekt. Ich habe noch im Ohr, wie sie sagte, »… im Duden nachgesehen. Hast du gewusst, dass Effekt auch Naturerscheinung heißen kann?« Wirklich wach wurde ich erst wieder, als sie von den Tarzanfilmen sprach und meinte, Lex Barker könne Johnny Weissmueller nicht das Wasser reichen.

»*Never change a winning team.* Neufassungen fallen meistens ab.« Sie raschelte mit ihren Notizen. »Dieser alte schwarz-weiße Schwulst war einfach fabelhaft. Und der Weissmueller hatte einen tollen Körper, was?« Plötzlich beugte sie sich über mich. »Laura, du schläfst doch nicht?«

Ich nuschelte: »Nie und nimmer«, und nahm zur Kenntnis, dass Johnny Weissmueller fünfmaliger Olympiasieger im Kraulen gewesen war und siebenundsechzig Weltrekorde aufgestellt hatte und war erstaunt, als ich hörte, dass er erst 1984 im Alter von achtzig Jahren gestorben ist.

Ich war bald wieder fieberfrei, musste mich jedoch noch eine Weile schonen. Während meiner Rekonvaleszenz sah Gisi nach mir und ließ nicht locker, immer wieder kam sie auf meine mögliche Karriere als Starkolumnistin zurück und warf mir sträflichen Mangel an Ehrgeiz vor. Müßig zu sagen, dass ich nie auch nur ein Wort über den Tarzan-Effekt zu Papier gebracht habe.

Mit der Zeit vergaßen wir meine Wortschöpfung ebenso wie die makellose Martha und ihren goldbraunen Adonis. Der Skandal im Hause Unmuth hatte die einschlägigen Wiener Kreise einige Monate lang in Atem gehalten. Francesco war bereit gewesen, der Untreuen zu vergeben und sie in Gnaden wieder aufzunehmen, falls sie beim Haupt ihres Kindes schwor, den DJ niemals wieder zu sehen. Das war scheints zu viel verlangt, noch befand Martha sich im Sinnenrausch und verzichtete eher auf ihren Sohn als auf Sex mit dem muskulösen Spanier, der letztendlich gar kein Spanier war, sondern sich als Kölner outete. Es gab eine rasche Scheidung. Ehe endgültig Gras über die Geschichte wuchs, hörte man noch, dass das Paar nach München gezogen sei, wo Martha einen

Job in einem Modegeschäft angenommen habe, der DJ, hieß es, arbeite gelegentlich als Dressman, dazwischen gehe er stempeln.

Gisi und ich gingen auf die fünfundvierzig zu. Ich schrieb nach wie vor Reiseberichte, manchmal durfte ich über Ausstellungen berichten. Alle drei Monate bekam ich einen Rappel, wollte auswandern, das große Abenteuer erleben, den Job wechseln und hatte gleichzeitig panische Angst, dass man mich abbauen könnte.

Gisi war betriebsam wie eh und je und tat, als finde sie ihr Leben vollkommen in Ordnung. Ich war sicher, dass sie ähnlich empfand wie ich: Wir warteten auf ein Ereignis, das dieses im Dasein der Frau von heute als unübertrefflich gepriesene Jahrzehnt, das bald zur Hälfte vorüber sein würde, aufregend, besonders, unvergesslich machte. Nichts dergleichen geschah. Dann erwischte es Gisi.

# 2

»Sie ist verrückt geworden.« Viktor flüsterte, als müsse er etwas vertuschen.

»Was heißt verrückt?«, fragte ich laut.

Er bohrte die geballten Hände in die Knie, beugte sich über den Tisch und raunte mir zu: »Sie betrügt mich.«

Dass »Viktor betrügen« dasselbe wie »verrückt sein« bedeuten sollte, fand ich bemerkenswert. Ich sah auf seine Fäuste, die eher Wut als Schmerz signalisierten. Na, gar so verrückt… schoss es mir durch den Kopf, ich verbiss mir das Grinsen und sagte: »Ausgeschlossen! Das wüsste ich!«

Viktor hatte mich angerufen und mich um ein Gespräch gebeten. Er wollte am Telefon nicht sagen, worum es ging. Ich solle ihn um sechzehn Uhr in der Bar des Bristol treffen, um diese Zeit sei dort kein Mensch, den man kenne.

»Ein Geheimnis«, hatte ich gescherzt.

»Wird bald keines mehr sein«, hatte er düster gemurmelt und aufgelegt.

Die Bar war in der Tat menschenleer, nicht einmal ein Kellner war zu erblicken. Viktor saß auf der Kante des Fauteuils, als wäre er auf dem Sprung. Er atmete heftig, sein dichter, neuerdings ergrauender Schnurrbart bebte, er war um Fassung bemüht.

Er sieht stattlicher aus als früher, dachte ich, nicht mehr so dürr, irgendwie bedeutend, in jedem Fall arriviert. Regelmäßige Gesichtszüge, braun gebrannt, kräftige, gerade Nase. Der Schnurrbart verdeckte die etwas dünn geratene Oberlippe. Die kahle Stelle oben am Kopf konnte er verschmerzen, weil das verbleibende Haupthaar dicht und nach wie vor silberblond wucherte. Das Blau der Augen schien ein wenig fahl geworden. Aber sein langer Körper war noch immer gut in Schuss. Den Bauch zog er gewohnheitsmäßig ein, er war trainiert, er hatte stets viel Sport getrieben, wenn auch nicht so extrem wie Martin, mein verstorbener Mann. Jetzt spielte Viktor vor allem Golf.

»Ausgeschlossen«, wiederholte ich, »wenn es so wäre, wüsste ich es.«

»Es ist die Wahrheit«, sagte Viktor mit so viel verletztem Stolz, dass mir klar wurde: es stimmt.

Dass sie mir nichts gesagt hat! – Es tat weh. Ich kannte Gisi besser, als alle anderen Menschen, Viktor mit eingeschlossen, sie kannten. Wir kannten uns im wahren Sinn des Wortes aus dem Sandkasten. Und in Wien steht der gemeinsame Sandkasten oft am Anfang anderer Verbindungen: Schulen, Sommerfrischen, Tanzkurse, erste Bälle, Konzertabonnements... Es gibt ihn heute noch, diesen Sandkasten, in dem auch Limettchen ihren ersten Kuchen buk. Er befindet sich an einer vergleichsweise unattraktiven Stelle jenes Prachtparks, der für seine Rosenrabatten berühmt ist. Rund um ihn stehen immer noch die altmodischen Gartenbänke von ehedem, die heute nicht bloß von Großmüttern, Müttern und Aupairmädchen, sondern zunehmend auch von jungen Vätern frequentiert werden. Im Chaos meiner in Schuhschachteln abgelegten Fotos muss sich ein schwarz-weißer Schnappschuss befinden, der Gisi und mich in nämlichem Sandkasten zeigt. Unseren feisten Babyspeckbeinchen nach zu schließen dürfte er aus dem Jahr 1950 stammen. Seite an Seite sitzen wir auf dem Brett, beide in Schürzenkleidern, jede mit dem Sandkübel der anderen auf dem Kopf. Offenbar haben wir sie uns im Zuge einer kriegerischen Auseinandersetzung gegenseitig aufgesetzt.

Schon unsere Mütter waren Freundinnen gewesen. Auch sie konnten auf einen gemeinsamen Sandkasten zurückblicken. Sie entstammten derselben gehobenen Wiener Kaste. Gisis Mutter Ida hatte standesgemäß geheiratet, das Adelsprädikat ihres Ehemannes Richard von Miller stammte von 1918, er war von Geburt an dazu bestimmt, in dritter Generation die Notariatskanzlei seines Vaters zu übernehmen. Meine Mutter Eva hingegen hatte sich artfremd verhalten. Sie hatte sich zum äußersten Befremden ihres Vaters, eines hohen Beamten, der auf eine lange Reihe von Beamtenahnen zurückblicken konnte, in einen gesellschaftlichen Niemand mit sozialdemokratischem Hintergrund verliebt. Der Niemand hieß Anton und wurde mein Vater.

Meine Eltern heirateten im düsteren Nachkriegsjahr 1947. Ihre Ehe war glücklich. Als ich alt genug war zu begreifen, wie glücklich sie war, bezeichnete ich sie als Turteltaubennest. Gisis Eltern hatten 1946 geheiratet, 1947 war ihr Sohn Otto zur Welt gekommen, 1948, ziemlich gleichzeitig mit mir, wurde Tochter Gisela geboren. Sie heiße nach einem alten Schiff, hänselten sie die Kinder auf dem Lande, denn der Salzkammergutsee, an dem Millers ein Ferienhaus besaßen, wurde von einem antiquierten Raddampfer namens »Gisela« befahren. Gisi ärgerte sich grün, obwohl die Kinder so falsch nicht lagen.

Der Dampfer trug den Namen der Erzherzogin Gisela und Gisis Vater, eingefleischter Monarchist, hatte seinen Sohn nach dem letzten Kronprinzen der Habsburger und seine Tochter nach der ältesten Tochter Kaiser Franz Josefs und Kaiserin Elisabeths benannt. Er rief sie »Gisella«, weil auch Seine Majestät seine Tochter so zu rufen pflegte. »Gisi« ist meine Erfindung gewesen.

Gisi und ich besuchten dieselbe Volksschule, dann wurden wir getrennt. Gisi trat ins erzkatholische *Sacre Cœur* ein, meine Eltern steckten mich in ein als »rot« verschrieenes öffentliches Gymnasium. Mein Vater hatte die früh begonnene Laufbahn des politischen Funktionärs an den Nagel gehängt und war Unternehmer geworden. Farben und Lacke. Das Land war damals im Aufbau begriffen, das Geschäft ging gut. Wir bewohnten eine scheußliche Villa in einer guten Gegend. Seine gesellschaftspolitischen Ideale hatte mein Vater auf dem Altar der freien Marktwirtschaft geopfert, aber seine Wurzeln verleugnete er nicht. Nie hätte er sein einziges Kind von Nonnen erziehen lassen… Die verschiedenen Schulen konnten freilich an Gisis und meiner Freundschaft nichts ändern, wir galten als unzertrennlich. Ich verbrachte jede freie Minute bei Millers. Meine Eltern hatten nichts dagegen. Sie arbeiteten gemeinsam in der Firma meines Vaters, außerdem beteten sie sich an und waren dermaßen aufeinander konzentriert, dass ich mich in ihrer Gesellschaft oft überflüssig fühlte.

Gisis Mutter war eine fröhliche, warmherzige Frau. Sie gab mir das Gefühl, stets willkommen zu sein. Mit der Zeit nahm ich in der Familie den Status eines dritten Kindes an. In den Sommerferien fuhr ich für gewöhnlich drei Wochen lang mit meinen Eltern an irgendeinen fashionablen Strand. Danach durfte ich mit in das knarrende, feuchte, wunderbare, am bewussten See gelegene Millersche Ferienhaus. In einer dämmrigen Bootshütte bekam ich meinen ersten Kuss. Von Otto. Er war dreizehn und im Stimmbruch, ich war zwölf und trug noch Zöpfe. Der Kuss hieß nichts, er war nass und unappetitlich; er begeisterte vor allem Gisi, die durch ein Astloch zugesehen hatte und jubilierte, weil sie in mir ihre zukünftige Schwägerin sah. Otto wurde später Soziologe. Heute ist er Universitätsprofessor in Kanada. Mit einer Französin verheiratet, hat vier Kinder, schreibt an seine alten Eltern selten, an seine Schwester gar nicht und kommt so gut wie nie nach Hause.

Als Teenager hörten Gisi und ich dieselben Schnulzen, fanden dieselben Bücher toll, schwärmten für dieselben Schauspieler und verliebten uns gleichzeitig rasend in ein und denselben Mann. Unsere Eltern hatten uns für die Weihnachtsferien in einen Privatschikurs für Wiener Mittelschülerinnen eingeschrieben. St. Anton am Arlberg, Pension, Schikurs, Schilehrer, alles inbegriffen … Unser Schilehrer hieß Josef, wir nannten ihn Joe. Er war fünfundzwanzig und sah aus wie der Mann auf dem Piz-Buin-Plakat, war athletisch gebaut und fuhr erwartungsgemäß Schi wie ein Gott. Mit nachsichtigem Lächeln half er jeder, die gestürzt war, auf die Beine. Wenn man besonders gut war, pfiff er wie ein Bussard. Wir waren fünfzehn Mädchen, alle fuhren ganz passabel Schi, jede versuchte, die anderen auszustechen, denn alle waren in Joe verliebt. Als ich einmal am Schlepplift hängen blieb und bös stürzte, raste Joe heran, um mich aus meiner nicht ungefährlichen Lage zu retten. Er grummelte ein »Hoppla« und hob mich auf, als wäre ich eine Feder, er hielt mich ein paar Sekunden fest an sich gedrückt, ehe er »geht's wieda« fragte und mich losließ. Ich stand da wie vom Donner gerührt und war überzeugt: von Supermann Joe aufgerichtet zu werden, dieses Gefühl von Triumph, Spannung und leiser Lust war durch nichts zu überbieten.

Joes wegen traten Gisi und ich zum ersten Mal in Konkurrenz. Übergangslos. Heftig. Bildlich gesprochen wünschten wir einander den Untergang. Jeder Pickel der anderen wurde insgeheim bejubelt, jede Gunstbezeigung Joes genau registriert. Zweimal war Joe mit Gisi im Sessellift gefahren. »Mahlzeit«, hatte er mittags in unsere Richtung gewünscht, wem hatte es gegolten, ihr oder mir? Gisi ließ sich Joe praktisch vor die Schispitzen fallen, um von ihm aufgehoben zu werden. Aber mir drosch er mit den Worten: »Gut warst, Dirndl«, auf die Schulter.

Dann kam die Nacht, die unseren Hoffnungen ein Ende setzte. Roswitha, eine der Teilnehmerinnen des Schikurses, süße siebzehn, war zwar die schlechteste Schifahrerin der Gruppe, aber sie hatte einen Superbusen. Sie wurde von der Dienst habenden Begleitperson ertappt, als sie sich im Morgengrauen ins Haus schlich. Aus Letzterem war sie in der Nacht durch das Fenster verschwunden, um Joe zu treffen. Das Fenster hatte sie offen stehen lassen, aber eine rachsüchtige Konkurrentin hatte es geschlossen. Damals waren die Regeln noch hart, Roswitha wurde postwendend nach Hause geschickt. Eigenartigerweise solidarisierte diese Begebenheit Gisi und mich gegen Joe. Wir ließen das zweckbezogene Stürzen sein, fuhren in alter Eintracht nur noch mitsammen Lift und nannten Joe fortan Josef.

Die niederschmetternde Gewissheit, äußerlich unzulänglich zu sein, die uns das Leben zwischen dem elften und dem sechzehnten Jahr oft vermiest hatte, verkehrte sich allmählich ins Gegenteil. Gisi hatte, als sie fünfzehn war, ihre heutige Größe erreicht, das heißt sie blieb klein, aber sie war perfekt proportioniert. Schmale Gelenke, zierliche Fesseln, wenig Fleisch am rechten Fleck. Eine Minivenus mit dunklem Haar und sehr hellem, fleckenlosem Teint, der auch in wolkenlosen Sommern kein bisschen bräunte. Kleiner, auffallend roter Mund. Relativ breite Stirn, kleines, spitz zulaufendes Kinn, weshalb ihr Vater sie zuweilen »Katzengesicht« nannte. Das Tollste an Gisis Gesicht waren und sind ihre Augen: zwei schwarze Knöpfe unter hochgewölbten Brauen. Rund, kohlrabenschwarz und unglaublich glitzernd. An mir war als Teenager nicht viel dran. Ich war schon damals einen Kopf größer als Gisi. Endlose dürre Beine, kaum Busen, langer Hals und dünne Arme. Aber meine Familie war überzeugt, ich würde schließlich auf meine Mutter herauskommen. Das ließ mich hoffen.

Meine Mutter war eine schöne Frau mit samtigem, dunklem Teint, gelb-grünen Moosaugen und einem großen, weichen Mund. Ihr Haar war brünett, im Sommer bekam es helle Strähnen. Sie bewegte sich nie schnell, im Gegenteil, fast träge, wie eine eben erwachte Katze. Man hätte annehmen können sie sei faul, tatsächlich war sie ungemein ruhig. Als ich mit den Jahren Fleisch ansetzte, wurde ich meiner Mutter wirklich ähnlich. Nicht so schön, so sinnlich, nie ganz so katzenartig. Meine Art, mich zu bewegen, macht eher einen beschaulichen Eindruck. Der erste Chefredakteur in meiner Laufbahn pflegte vor Redaktionssitzungen durch die Räume zu plärren: »Tempo, Wunder, Tempo! Die Sitzung ist heute, nicht morgen!«

Als Limettchen etwa dreizehn war, begann sie Gisi und mich mit Fragen nach unserem Teenagersexlife zu löchern: »Wo habt ihr's gemacht? Was, gar nicht? Wieso keine Pille? Bescheuert!« Limettchens Generation legte eine Umweglosigkeit in Sachen Sex an den Tag, die Gisi und mich verdatterte und uns bar jeder Romantik schien. Gisi hatte ihren ersten Freund, als sie siebzehn war. Problematisch genug, weil Mutter Ida unter der zwanghaften Vorstellung litt, dass ihre schulpflichtige Tochter von dem forschen Jurastudenten, mit dem sie »ging«, geschwängert werden würde. Gisi beteuerte zwar, sie schlafe nicht mit dem Jüngling, sie turtle bloß mit ihm, aber Ida nahm ihr das nicht ab und legte den *lovebirds* Stein um Stein in den Weg. Es gab ständig Krach im Hause Miller. Ich hatte zu dieser Zeit bloß, was meine Mutter »Verehrer« nannte. Mal ging ich mit diesem, mal mit jenem zum Eislaufen, ins Konzert, ins Kino und am Wochenende auf Partys bei Freunden. Ich schmuste, aber eher gelassen. Der fundamentalen Erfahrung stand meine Trägheit im Wege. Ich wartete auf das Umwerfende, Mitreißende, Unwiderstehliche. Und tat es schließlich mit einer Niete. Es wurde ein Flop.

Im späten Frühling 1966 waren wir mit der Schule fertig. Gisis Maturareise ging nach Rom, Papstbesuch eingeschlossen, die meine nach Griechenland. Athen, Epidaurus, Korinth. Auf den Stufen der Akropolis quasselte mich ein gut aussehender, braun gebrannter Wiener an. Er stieg mir nach, kaufte Blumen, ließ nicht locker. Er stellte sich vor und fragte nach meinem Namen. Nach meiner Rückkehr aus Griechenland ging ich einige Male mit ihm aus. Er redete pausenlos auf mich ein, als wollte er mir etwas verkaufen. Nichts an ihm war umwerfend.

Weshalb ich mich ausgerechnet von ihm entjungfern ließ, weiß ich bis heute nicht. Wie gesagt, es war ein Flop.

Für den Sommer hatten meine Eltern mich zu einer Amerikareise eingeladen. Ich fand es toll, aber im Grunde wäre ich lieber bei Gisi und den Millers im Ferienhaus am See gewesen. Wenn ich geahnt hätte, dass meine Mutter und mein Vater ein Jahr später tot sein würden, hätte ich jede Minute mit ihnen ausgekostet. Dass ich es nicht getan hatte, verschafft mir bis heute Schuldgefühle, sie kommen in den seltsamsten, ungelegensten Augenblicken wie Sodbrennen hoch.

Im Herbst 1966 schrieben Gisi und ich uns an der Universität für Germanistik ein. Der Gedanke, nicht dasselbe zu studieren, war uns nie gekommen. Wir hatten es herrlich. Wir saßen im Uni-Café und rauchten filterlose Zigaretten und fühlten uns als die intellektuelle Zukunft der Nation. Wir betrauerten André Breton, schwärmten für die Beatles, besuchten Kellertheater und liebten Filme von Ingmar Bergman und François Truffaut. Ja, wir hatten es herrlich. Und plötzlich riss das großartige Lebensgefühl wie ein Film.

Im Jänner 1967 erkrankte meine Mutter. An sich lapidar, eine Blinddarmentzündung, leider verkannt. Durchbruch, Bauchfellentzündung, Exit. Ich war wie vor den Kopf gestoßen, ich erfasste gar nicht recht, dass ich sie verloren hatte, ich starrte gebannt und hilflos auf meinen Vater, der wie von Sinnen war. Er aß nichts, weinte, sprach nichts, trank. Nach zwei Monaten schien er sich gefasst zu haben. Er wurde plötzlich sehr aktiv und führte ständig Verhandlungen, er hatte sich entschlossen, die Firma zu verkaufen. Er sagte, ohne meine Mutter mache ihm die Arbeit keine Freude. Er verkaufte im Mai und legte den Erlös an. Im Juli fuhr er mit seinem Wagen auf der Autobahn, prallte gegen einen Brückenpfeiler und war sofort tot. Keine Bremsspur, ergab die Untersuchung. Selbstmord, wurde gemunkelt. Ich hielt krampfhaft an der Unfalltheorie fest. Die Vorstellung, dass es meinem Vater nicht dafür gestanden hatte, mit mir, für mich zu leben, wäre mir unerträglich gewesen.

Mit neunzehn war ich eine Vollwaise ohne Verwandte. Nein, nicht ganz, es gab da die Kusine meines Vaters, den Fridolin, der eigentlich Friederike hieß und von Beruf Sozialarbeiterin war. Fridolin und ihr Mann Karl, Vorstand einer Sparkasse, waren damals meine Stützen. Sie halfen mir, das Haus der Eltern zu verkaufen und legten das Geld für mich an. Der Verkauf der Firma hatte kein Vermögen gebracht. »Du musst dir vorerst keine Sorgen machen, aber sieh zu, dass du fertig studierst, man weiß nie was kommt«, predigte der Fridolin.

Meine veränderten Lebensumstände hatten Gisi und mich nicht entfremdet, nur voneinander entfernt. Ich hatte eine winzige Wohnung in der Nähe der Uni gemietet und lernte für mich zu sorgen. Gisi wollte Spaß und Tollerei, sie war gesellig und stets von einer Traube von Menschen umgeben. Sie nahm das Leben und das Studium leicht. Ich verkroch mich, obwohl ich mich vor dem Alleinsein fürchtete; ich war für mich verantwortlich, empfand das als Last und litt an Zukunftsangst. Ich studierte pflichtbewusst, aber lustlos. Sollte ich nicht lieber einen Job annehmen? »Fertig machen«, drängten Fridolin und Karl.

Ich war zu sehr mit mir selbst beschäftigt, um zu erkennen, in welche Richtung sich Gisi entwickelte. Am Ende unseres vierten Semesters sah mein Weltbild nicht wesentlich anders aus, als am Beginn des Studiums, Gisi hingegen erschien völlig umgekrempelt. Sie war gegen den Wohlstand und gegen die Klasse, aus der sie kam. Sie war für *psychedelic music* und für die Hippie-Bewegung und für einen Mann mit Nickelbrille und schulterlangem Haar, mit dem sie zur Verzweiflung der Eltern Miller zeitweise den Tisch und ständig das Bett teilte. Der Mann hieß Peter, sein Idol war Rudi Dutschke, er quasselte viel und fiebrig und bezeichnete sich als linksradikalen Literaten. Richard und Ida Miller nannten ihn einen halbseidenen Menschen.

Eines Tages im Herbst 1968 rief mich Ida Müller an. Sie müsse dringend mit mir reden, nur ich könne jetzt noch helfen … Sie klang gebrochen. Ich raste in die Millersche Wohnung. Der Salon mit sehr viel Biedermeier, den Familienporträts, dem stets blank geputzten Tafelsilber hatte sich seit meiner Kinderzeit nicht verändert. Nur Ida war ein wenig runder und grauer geworden. Wortlos hielt sie mir eine Zeitungsseite entgegen. Es war der Bericht über die Frankfurter Buchmesse: Linksradikale Ausschreitungen, Demos, Erstürmung von Ständen. Sprechchöre. Spruchbänder. »Klaut beim Klassenfeind!«, »Wer zweimal mit derselben pennt, gehört schon zum Establishment.« Der Spruch gefiel mir, ich musste grinsen.

»Sieh dir das Foto an«, jammerte Ida.

Eine Rotte junger Revolutionäre. Mitten unter ihnen Gisi, deutlich zu erkennen, sie trug ein Transparent und schrie etwas.

Ida Miller begann leise vor sich hin zu weinen. »Laura«, schniefte sie, »ich fürchte, Gisi ist verrückt geworden.«

# 3

»Sie ist verrückt geworden«, wiederholte Viktor und ließ sich in den Fauteuil zurücksinken, als hätte ihn diese Erkenntnis erschöpft.

Ich sagte nichts. Ich war zu sehr mit meiner eigenen Verstörtheit beschäftigt, um mir ein Wort des Mitgefühls für Viktor abzuringen. Verrat, dachte ich, sie hat mich verraten. Hintergangen. Betrogen. Viktor sah mich erwartungsvoll an. »Also, was sagst du?«

»Bestell mir einen Whisky«, sagte ich.

Er stand auf, suchte den Kellner und bestellte zwei *Bourbon on the rocks.*

»Wer ist der Mann«, fragte ich.

»Ein Tierfänger.«

»Was fängt er, Ratten?«

Viktor, der meine Bemerkung offenbar geschmacklos fand, sah mich strafend an. »Er ist Großwildjäger. Und ...«, sagte er langsam, ließ die Silben quasi von den Lippen tropfen, um die Bedeutung seiner Worte zu steigern, »er ist zehn Jahre jünger als sie.«

Ich schnappte nach Luft. »Du machst Witze.«

Meine Reaktion tat ihm wohl. Er schloss die Augen, ließ den Kopf theatralisch in den Nacken sinken und eine Weile auf der Lehne seines Stuhles ruhen, ehe er seufzte: »Ich wünschte, es wäre so.«

Wenn mir am Morgen jemand gesagt hätte, dass ich

am Abend mein Gisibild grundlegend revidiert haben würde, hätte ich ihm ins Gesicht gelacht. Nun war es schon am Nachmittag so weit.

Viktor hatte mir den Sachverhalt aus seiner Sicht geschildert. Es fiel mir schwer, ihm zu glauben, aber ich glaubte ihm, er hatte nie viel Phantasie besessen, er hätte das alles nicht erfinden können: Gisi hatte sich in den vergangenen Monaten öfter als sonst im Kitzbüheler Ferienhaus der Urbanskis aufgehalten. Schifahren war nie ihre Leidenschaft gewesen, immer wieder hatte sie Viktor in den Ohren gelegen, im Winter endlich einmal in die Karibik oder auf die Seychellen zu fahren wie andere vernünftige Menschen auch. Aber plötzlich schien sie an Kitzbühel Gefallen zu finden und sie blieb, wenn Viktor an die Klinik nach Wien zurückmusste, unter allerlei Vorwänden dort. Das Haus müsse renoviert werden, sie müsse mit Baumeister und Handwerkern verhandeln ... Nichts war Viktor verdächtig vorgekommen. Er hatte es sogar als angenehm empfunden, allein in der Stadt zu sein, ohne die ewige Leier: »Was machst du heute, Viktor«, »schon wieder Golf, Viktor«, »warum nicht ins Theater, Viktor?« Ostern hatten sie noch durchaus vergnügt zu zweit im Haus verbracht. Viktor hatte Schitouren unternommen und war abends faul daheim geblieben, während Gisi ausging.

»Allein?«, wollte ich wissen. Der Kellner hatte uns einen zweiten Bourbon gebracht, Viktor drehte das Glas zwischen seinen Chirurgenfingern, als wäre es ein medizinisches Präparat. »Was heißt allein? Du weißt ja wie das ist, typisch Kitz, jeder kennt jeden ...«

»Und?«

»Nach den Feiertagen ist Gisi unter irgendeinem Vorwand wieder auf dem Land geblieben. Hausputz, glaube ich, nein, jetzt weiß ich es wieder, sie sagte: ›Vielleicht kommt Laura auf ein paar Tage heraus, sie hat es mir schon lange versprochen.‹«

Schlange! Benützt mich ohne mein Wissen als Paravent für ihre Bettgeschichten! Ich bemühte mich um eine sachliche Tonlage, obwohl ich innerlich kochte. »Was war dann?«

Viktor strich mit dem Zeigefinger der rechten Hand wiederholt über seinen Schnurrbart, zweimal links, einmal rechts, ein Zeichen, dass er nervös war. Das Folgende auszusprechen war ihm sichtlich peinlich: »Ich war in München, ich hielt einen Vortrag, als dieser unerwartete Schneefall einsetzte, vorige Woche, weißt du noch ... Ich wollte die Gelegenheit nützen und noch einen Tag Schi fahren. Ich setzte mich spätabends ins Auto und fuhr von München nach Kitz. Gisi rief ich erst gar nicht an.« Er machte eine Pause und sah zu Boden, als schämte er sich. »Als ich ankam, war das Haus dunkel«, fuhr er schließlich fort. »Ich schloss auf, betrat die Halle und rief laut nach Gisi. Ich wollte nicht, dass sie glaubt, es wäre ein Einbrecher, ich wollte nicht, dass sie erschrickt, verstehst du, Laura?«

Ich verstand.

»Zuerst war es vollkommen still. Dann hörte ich Rascheln und Flüstern und dann fiel eine Tür zu. ›Ich komme, Viktor‹, rief Gisi. Sie kam die Treppe runter, sie trug ihren Bademantel, war barfuß, das Haar ganz wuschelig, sie schien mir etwas zittrig.« Wieder machte er eine Pause. Er beugte sich vornüber und sah konzentriert zu Boden, als müsste er sich den Augenblick exakt in Erinnerung rufen. Dann gab er mit belegter Stimme den

Rest zum Besten. »Sie hat sich vor mir aufgepflanzt – du weißt ja, wie sie es macht, die kleine Person, wenn sie will, dass man ihr zuhört. ›Viktor‹, sagt sie, ›ich bin nicht allein, ein Mann ist bei mir.‹ Dann hat sie hinaufgerufen, einfach so, als wäre das ganz selbstverständlich: ›Ben? Komm bitte runter, Ben!‹«

In diesem Augenblick hatte ich vergessen, dass es in der Geschichte um meine beste Freundin ging. Die Situation fasziniert mich dermaßen, dass ich mich weit vorbeugte und sensationslüstern fragte: »Weiter, was war dann?«

Viktor schluckte. »Er kam nicht. Gisi rief noch einmal nach ihm. Ich habe zu ihr gesagt, ›sieh nach, vielleicht hat er sich unterm Bett versteckt‹, und sie hat mich angefahren und gesagt, ›sei nicht geschmacklos, Viktor‹. Das musst du dir bildlich vorstellen, Laura, sie hat die Stirn, mir zu sagen, ich sei geschmacklos, während ihr Liebhaber in unserem Bett liegt.«

»Lag er tatsächlich?«

»Nein.«

»Wo war er dann?«

»Er ist aus dem Fenster gestiegen und hat sich an der Dachrinne heruntergelassen und ist durch den Garten abgehauen.«

Die Bar hatte sich gefüllt, der Klavierspieler hatte seinen Dienst angetreten, er hatte am Flügel Platz genommen und zu klimpern begonnen. Viktor und ich hatten einen dritten Bourbon intus und waren betrunken. Den Versuch eines stadtbekannten Gerüchteverbreiters, sich uns mit einem schleimigen »Hallo Urbanski, alter Freund, oho Frau Wunder, guten Abend!« zu nähern, hatte Viktor erfolgreich abgeschmettert. Mein Wissensstand in Bezug auf Gisis Seitensprung erweiterte sich laufend.

Der Liebhaber war fünfunddreißig und Holländer, Beruf *white hunter.* Zwei Drittel des Jahres brachte er in Namibia zu, wo er eine Lodge betrieb und Safaris veranstaltete. Zu seinen Kunden zählte ein stinkreicher hanseatischer Händler, der ein aufwändiges Domizil in Kitzbühel sein Eigen nannte. In ebendieses hatte er den Safarimann Ben auf unbegrenzte Zeit eingeladen. Meine Frage nach Bens Äußerem hatte Viktor nicht beantworten können. Er sei ihm zwar einmal begegnet, zusammen mit Gisi übrigens, auf einem monströsen Kitzbüheler Silvesterfest, habe aber das Aussehen und die Existenz des Kerls umgehend vergessen. Und nach dem Auffliegen der Affäre habe er ihn erst recht nicht zu Gesicht bekommen. Möglich, dass der Buschmensch im Umgang mit Großwild Mut an den Tag lege, aber vor gehörnten Ehemännern ergreife er die Flucht.

»Also, was sagst du dazu?«, fragte Viktor weinerlich.

»Scheiße«, fasste ich zusammen. »Und wie soll's weitergehen?«

Viktor war von der manischen Stimmung des Erzählers in die depressive des Ratlosen gerutscht. »Ich habe keine Ahnung«, gab er zu. Gisi und er hätten in der Nacht der Entdeckung eine im Hinblick auf die Umstände erstaunlich zivilisierte Unterredung geführt. Gisi habe sich geweigert, den Kerl in die Wüste zu schicken und mit Viktor nach Wien zurückzukehren. Er, Viktor, sei am darauf folgenden Morgen abgereist. Seit nunmehr vier Tagen führe er ergebnislose Telefongespräche mit seiner Frau. Gisi sei restlos uneinsichtig, er wisse nicht mehr weiter.

Es war neunzehn Uhr geworden, ich war hungrig und nahm an, Viktor würde mich zum Abendessen führen. Nichts dergleichen. »Laura«, beschwor er mich mit schwerer Zunge, »ich weiß nicht mehr weiter, du musst mir helfen. Sprich mit ihr. Ruf sie an, nein, noch besser, du fährst zu ihr nach Kitz, am besten gleich! Was heißt, du kannst nicht? Mach es möglich! Wir sind doch Freunde!«

Was dann folgte, ist mir sehr genau in Erinnerung geblieben. Ungeachtet der drei Bourbons hat Viktor mich nach Hause chauffiert. Er hat mich nicht nach oben gebracht, ist nicht einmal ausgestiegen, um mich zum Haustor zu begleiten, ist hinter dem Lenkrad sitzen geblieben und hat mir durch das geöffnete Wagenfenster nachgebrüllt: »Laura! Ruf gleich in Kitz an! Jetzt gleich, ja?« Dann hat er Gas gegeben und ist mit quietschenden Reifen um die Ecke gebogen.

Auf dem Vorzimmerspiegel klebte eine Nachricht meiner Tochter: »Hallo, Einzige! Bin im Seminar und bleibe über Nacht bei Michi. Bis morgen, dein Limchen.« Michi war einer ihrer Kommilitonen, ein höflicher, strebsamer, sauber gewaschener junger Mensch, mit dem sie angeblich kein Verhältnis hatte, bei dem sie aber gelegentlich schlief. Außer seiner Sauberkeit fand auch ich nichts an Michi, das ihn in meinen Augen als Liebhaber für meine Tochter empfohlen hätte.

Ich war nicht gerne allein in dieser viel zu großen, mit wehmütigen Erinnerungen verknüpften Wohnung. Etliche dunkle Nebenräume, vier hohe, straßenseitig gelegene Räume in einer repräsentativen, unpraktischen Flucht. Am Ende der letzteren lag mein Schlafzimmer. Um in es zu gelangen, musste ich durch das Zimmer von Limettchen, eine unbefriedigende Lösung für uns beide, nun, da sie erwachsen war. Mit ein Grund, weshalb sie ihre Fühler nach einer WG ausgestreckt hatte. Wenn sie fortging, würde mein Herz bluten, aber an ihrer Stelle würde ich ebenso handeln.

Wenn ich allein zu Hause war, benützte ich weder den Salon noch das Speisezimmer, sondern verzog mich in mein Schlafzimmer, das Limettchen »Frau Wunders Höhle« nannte. Was ich zu meinem Behagen brauchte, hatte ich hineingeschleppt. Das breite Bett mit der verschossenen indischen Decke und den vielen bunten Kissen. Die Bücherstellage aus meiner Studienzeit mit meinen Lieblingsbüchern. Einen Tisch aus hellem Holz, der so groß war, dass neben meinem PC die ungelesenen Ausgaben der *Zeit*, Zeitungsausschnitte, unbezahlte Rechnungen und die Fotos von Martin und Limettchen, von den Eltern und von Gisi darauf Platz hatten. In einer Ecke stand ein Thonet-Kleiderständer, an dem meine Handtaschen und meine beiden Hüte (einer für den Winter, einer für den Sommer) hingen. In einer anderen Ecke befand sich ein schmaler, hoher Standspiegel, der aus dem Ankleidezimmer meiner Mutter stammte. In diesen Spiegel pflegte ich täglich zu sehen, eher flüchtig, weil meistens in Eile, die gewisse Inaugenscheinnahme, ehe man das Haus verlässt. An dem bewussten Abend rückte ich eine Stehlampe an den Spiegel, stellte mich dicht davor und begann mich eingehend zu mustern. Warum? Schwer zu sagen. Aus keinem vernünftigen Grund, vielleicht war es der Alkohol, der dem Unterbewussten Oberwasser verschaffte.

Erst die Augen: hübsch, ungewöhnliche Farbe, dichte dunkle Wimpern. Verführerisch? Eher skeptisch. Obwohl die Fältchen zu den Schläfen hin ganz fröhlich wirken. Mund: irgendwie aufregend, doch, ja, und die Zähne hervorragend in Schuss. Hals: lang, immer noch schlank, aber selbst aufs Äußerste gestreckt erste Jahresringe zu erkennen. Hände: schlank, glatt, keine Altersflecken … Ich raffte meinen Rock und betrachtete meine Beine. Der Anblick machte mich rundum froh. Und die Taille? Das darf doch nicht wahr sein! Gestern noch war sie schmal und beweglich …

Ich warf mich auf mein Bett und starrte auf die Zimmerdecke. War ich sexy?

Fünfunddreißig Jahre … Gisis weißer Jäger war fünfunddreißig, zehn Jahre jünger als sie und ich. Wie fand er sie? Wie würde er mich finden? Ich wälzte mich auf den Bauch, bohrte den Kopf in die Kissen und sabberte in die indische Baumwolle: »Auf dich würde er nicht fliegen Laura, du hast kein Sexappeal … Ein Jammer, weil der Wildschütz sicher toll ist … Neunzehn Jahre jünger als Viktor! Und wahrscheinlich potenter und raffinierter als alles, was unsereins trifft.«

Gisi. An diesem Abend beneidete ich sie um ihre Bedenkenlosigkeit. Meine eigenen sexuellen Aktivitäten waren stets wohl überlegt, nur kein Risiko eingehen, hieß mein Grundsatz. Nichts an meinen spärlichen Affären war je verrucht gewesen.

»Du betreibst den Beischlaf, als hätte ihn dir der Arzt verordnet«, hatte Gisi mir vor ein paar Jahren an den Kopf geworfen. Da war viel Wahres dran gewesen. Obwohl ich ihre Vorhaltungen damals hoheitsvoll abgeschmettert hatte. Niemals würde ich die Kontrolle über mich derart verlieren, mich vom Sex völlig beherrschen lassen wie die arme Martha …

»Was heißt arme Martha«, hatte Gisi erwidert, »ich sage dir Laura, manchmal wünsche ich mir ein Abenteuer wie das ihre. Am Rand einer Klippe stehen, springen und statt fallen fliegen.«

Ich hatte damals abfällig gelacht und Gisi hatte mich der Heuchelei bezichtigt.

»Laura Wunder, wenn du ehrlich bist, wartest auch du im Stillen auf eine Klippe«, hatte sie mir ins Gesicht gesagt und hinzugefügt: »Deine Schwierigkeit ist bloß, dass du eines Tages oben stehen wirst und nicht wagen wirst zu springen. Wenn es doch einmal soweit kommen sollte, denk an mich: lass dich einfach fallen.«

Es war zehn Uhr nachts, als ich meine gefallene Freundin in Kitzbühel anrief, um ihr ins Gewissen zu reden. Irgendjemand, vermutlich Gisi, hob ab, gab keine Antwort und hängte ein. Ich versuchte es drei weitere Male, die Leitung wurde so rasch unterbrochen, dass ich nicht einmal mein »Ich bin's! Laura!« anbringen konnte. Um Mitternacht fauchte sie wütend ins Telefon: »Lass mich endlich schlafen, Viktor.«

Das verschaffte mir die Chance, »Hallo Gisi« zu sagen. Schweigen. Ich hörte sie atmen.

Plötzlich kicherte sie vor sich hin: »Ich wusste, dass du anrufen würdest. Wir brauchen ein *Indaba.* Wann kommst du?«

# 4

Vor ein paar Jahren, als mein Magazin noch tiefschwarze Zahlen schrieb, hatte man mich auf Reportage nach Südafrika geschickt. Es war dies der absolute Höhepunkt in meiner Laufbahn als Reisejournalistin gewesen. Im folgenden Text hatte ich unter anderem berichtet wie die Zulus, wenn es etwas zu besprechen gibt, im Kreis hocken, die Köpfe zusammenstecken und stundenlang quasseln, was die *Indaba* nennen. Gisi fand das urkomisch und bezeichnete unsere Treffen zum Zweck des Meinungs- und Neuigkeitenaustausches fortan als *Indabas.*

Dem mir Bevorstehenden sah ich mit äußerst gemischten Gefühlen entgegen. Ich fuhr am nächsten Morgen, nachdem ich meinem Chefredakteur zwei Urlaubstage abgerungen hatte. »Eine dringende Familienangelegenheit«, hatte ich gesagt und dabei nicht das Gefühl gehabt zu lügen. Es war Ende April, in Wien hatten die Forsythien bereits geblüht und der Flieder trug Knospen. In Tirol herrscht um diese Jahreszeit weder Winter noch Frühling, sondern Zwischensaison. In Kitzbühel waren die Hotels geschlossen. Die Ruhe bekam der Stadt.

Die Casa Urbanski liegt Wange an Wange mit anderen Ferienhäusern, weniger protzig als die meisten in der Nachbarschaft, Blick auf die würdevollen Kitzbüheler Kirchen. Viktor und Gisi hatten es vor zehn Jahren nach eigenen Entwürfen bauen lassen, zu einer Zeit, als sie die Hoffnung auf Kinder aufgegeben hatten und nur mehr im Hinblick auf die eigene Bequemlichkeit planten. Ich hupte, als ich vor dem Garagentor stand, Gisi öffnete die Haustür, nahm die Schwelle im Sprung und tänzelte heran.

Im Großen und Ganzen war sie das wohlproportionierte Püppchen von einst geblieben. Sie investierte einen Haufen Energie in ihre Kondition, joggte, strampelte sich am Heimtrainer ab und rannte auf allerlei Golfplätzen hin und her. Ihr naturgelocktes schwarzes Haar kannte ich nicht anders als sehr kurz geschnitten. Limettchen bezeichnete es als Persianerfell. Es begann silberne Federchen anzusetzen. Gisi hatte ihren Stil früh erkannt und war ihm treu geblieben. Ihre Farben waren Schwarz, Hellgrau, Schlamm und gebrochenes Weiß. Sie trug gerne Jeans und körpernahe T-Shirts oder Pullis. Ihre Rocklänge variierte praktisch nie, Gisis Säume verliefen stets einen Hauch unterm Knie. »Die menschliche Kniescheibe ist hässlich«, pflegte sie zu sagen, »die hat der liebe Gott verhunzt. Aber er hat mir schöne Beine geschenkt, der Gute. Es wäre nicht nur blöde, es wäre undankbar, wenn ich sie nicht zeigte.«

Sie trug Jeans und Sneakers und einen engen Rollkragenpulli. Auch ihre Taille war nicht mehr, was sie einst gewesen war, aber Gisi sah unglaublich jung und rosig aus. Sie lachte mir spitzbübisch entgegen, beugte ihren Kopf zum Wagenfenster herein und sagte grußlos: »Gestehe, Laura Wunder, der Viktor hat dich hergeschickt!« Ich öffnete den Schlag, stieg aus, streckte mich und sah zu ihr herunter. »Viktor ein bisschen, aber in der Hauptsache schicke ich mich selber.«

Ich bezog eines der Gästezimmer, hörte Gisi einen Stock tiefer in der Küche rumoren und fragte mich, ob der Buschmann sich im Haus befand. Eher nicht, die Türen zum ehelichen Schlafzimmer und zum anderen Gästezimmer standen offen, niemand war zu sehen, keinerlei auffällige Spuren fremder männlicher Präsenz zu entdecken.

»Wo ist er«, fragte ich, als wir in der Bauernstube des Hauses am Kachelofen saßen. Gisi lächelte verzückt, was ich albern fand.

»In München, er ist abends wieder da, du wirst ihn sehen.«

Es lag wohl an Gisis neuer Befindlichkeit, dass sich das Vertraute unseres Umgangs nicht gleich einstellte. Schließlich siegten dreiundvierzig Jahre gemeinsamer Vergangenheit.

»Und?«, fragte ich.

»Und was?« Sie grinste, schlang die Arme um ihre Knie und wiegte ihren Körper auf und nieder. »Ich bin verrückt nach dem Mann, Laura. Jede Minute mit ihm ist atemlose Hingabe.«

Jesus wie kitschig, dachte ich und wartete ab. Ich sah ihr an, dass sie über ihren Liebhaber sprechen wollte. Es würde nicht mehr lange dauern …

Die Silvesterparty. Menschentrauben. Im Gewühl der hanseatische Handelsmann mit seinem Hausgast.

»Ben Willemars aus Namibia, Urbanskis aus Wien …«

Im Gegensatz zu Viktor war Gisi von der Erscheinung des Großwildjägers hingerissen: »Er ist ein Naturereignis, Laura, wenn du ihn siehst, wirst du wissen, was ich meine.«

Ihr schwärmerischer Ton war mir peinlich.

»Inwiefern Naturereignis«, fragte ich nüchtern in der Hoffnung, auch sie zu ernüchtern.

Umsonst, sie zirpte fort: »Blonde Mähne, blaue Augen, braune Haut. Ein Kopf wie ein Löwe, ein Gesicht wie ein Adler, ein Meter achtundachtzig groß, blendend gebaut. Und sein Lachen, Laura, wenn er lacht, trifft es dich am Solarplexus.«

»Nicht mich, Gisi, dich«, scherzte ich matt, um den Gespräch aus dem Schwulst zu helfen. Auch das vergeblich, es kam noch schlimmer. Meine Gisi, meine geistreiche, literaturbesessene, kritische Gisi krönte die Beschreibung des Buschmanns mit dem unverzeihlichen Satz: »Er ist aus dem Stoff, aus dem Frauenträume sind.«

Die Sonne war gesunken, ehe ich alle wesentlichen Details der schmalzigen Affäre erfahren hatte: In der Silvesternacht hatte sich Gisi keine Gelegenheit mehr geboten, die Bekanntschaft mit Ben zu vertiefen. Viktor, der ein Formtief für seine traditionelle Neujahrsschitour befürchtete, bestand darauf, um ein Uhr morgens aufzubrechen. In den darauf folgenden Tagen hatte Gisi vergeblich gehofft, den Prachtmann auf irgendeinem Schihang, bei irgendeinem Drink, in irgendeinem Lokal wieder zu sehen. Am Dreikönigstag fuhr Viktor nach Wien zurück. Gisi blieb lustlos zurück, um das Haus zu versorgen. Sie hatte schon für die Heimreise gepackt, als Bekannte anriefen und sie zu einer nächtlichen Rodelpartie baten. An sich wollte Gisi nicht, sie ging natürlich doch und es erwies sich als wahres Glück, dass sie entgegen ihrer ursprünglichen Absicht den neuen schwarzen Overall von Bogner angezogen hatte, der wie eine zweite Haut saß. Denn wer stand in der Schihütte, in der man sich versammelte, am offenen Feuer? Kein anderer als der sinnenverwirrende Holländer.

Die Anziehungskraft war angeblich magnetisch gewesen. Sie gingen aufeinander zu, um nicht mehr voneinander zu lassen. Sie sprachen und lachten mitsammen wie alte Bekannte und tranken Schnaps um Schnaps. Tief blickte der weiße Jäger in Gisis schwarze Augen. Die Spannung, die zwischen den beiden geherrscht hatte, sei, Gisis eigenen Angaben zufolge, hochgradig erotisch gewesen. Der Mond stand hoch über dem Wald, als die Rodler starteten. Müßig zu sagen: der mit allen Wassern gewaschene Ben Willemars wusste es einzurichten, dass zwischen seinen (selbstverständlich langen starken) Schenkeln keine andere als die kleine Gisi Urbanski saß.

Gisi hatte stets Selbstironie besessen. Wo war sie geblieben, diese Tugend? Meine reife Freundin lispelte und lächelte in permanenter Verzückung.

»Er hat mich ganz fest an sich gedrückt, ich hab kaum Luft gekriegt, er ist unglaublich stark und muskulös und sein Brustkorb ist… ist ein Gedicht.«

Ich wollte ihr sagen, dass ich die Existenz lyrischer Brustkörbe bezweifelte, aber ich kam nicht dazu.

»Wir sind auf dem kleinen Schlitten gesessen, ich in seinen Armen und wir sind den Hohlweg hinuntergerast. Der Schnee war in meinem Gesicht und ich habe vor Vergnügen laut geschrien, ich habe ihn lachen gehört und ich habe ihn gerochen.«

Nicht auszuhalten! Gisi mein Alter Ego, was ist aus dir geworden?

Sie las meine Gedanken nicht, dümmlich lächelnd fuhr sie fort: »Wir kamen lange vor den anderen unten an. Es war ganz still um uns, ein kalter Wind wehte, aber mir war unglaublich heiß. Er hat mich vom Schlitten gehoben, als wäre ich ein Kind, und er hat mich in den Wald getragen und dann hat er mich geküsst…«

Schluss jetzt! »Tarzan-Effekt, Amen«, sagte ich laut. Sie sah mich verständnislos an.

Die drohende Fortsetzung der Szene im Wald ersparte mir Viktor. Er rief an und wollte von mir wissen, ob ich seine Frau zur Vernunft gebracht hätte.

»In sechs Stunden? Ich bin kein Wunderrabbi. Lass uns in Frieden, Viktor, ruf nicht mehr an, ich werde mich bei dir melden.«

»Siehst du, so ist er«, klagte Gisi, als hätte nicht sie, sondern Viktor etwas ausgefressen.

Ich versuchte die Dinge zurechtzurücken: »Na hör mal, schließlich bescheißt du den Mann nach Strich und Faden, da wird er doch noch fragen dürfen …«

Sie fiel mir scharf ins Wort: »Darf er nicht. Er hat mich nämlich x-mal beschissen und ich durfte nie fragen. Jetzt bin ich an der Reihe, und er soll den Mund halten.«

Darin lag eine gewisse Logik. Im Übrigen hatte Viktors Anruf bewirkt, was mir nicht gelungen war, er hatte Gisi ernüchtert. Sie kam bar jeder Romantik zum Kern der Sache: Die Rodler seien noch in eine Disko gegangen, Ben und sie hätten sich weggeschlichen, seien in das Haus der Urbanskis gefahren und dortselbst ohne Verzug mitsammen ins Bett gegangen.

An diesem Abend bot sich keine Gelegenheit mehr, mit Gisi über Viktor und die Zukunft zu sprechen. Um neunzehn Uhr läutete es an der Haustür. Gisi sprang auf.

»Das ist Ben!« Sie quiekte vor Glück und rannte hinaus. Ich hörte Lachen, dann war Stille. Dann Gemurmel. Und dann stand Ben in der Tür.

Heiliger Strohsack, sieht der gut aus! Das war mein erster Gedanke. Mein zweiter galt Viktor: armer Viktor! Ben kam auf mich zu und sagte mit heiserer Robert-Redford-Stimme: »Hallo Laura, Gisèle hat mir schon viel von Ihnen erzählt.«

Es war sein »Gisèle« – er sagte »Schisäl« – was meine Einstellung zu Ben Willemars entschied. Die änderte freilich nichts an der blendenden Erscheinung des Mannes. Gisis Beschreibung vom »Naturereignis Ben« traf doch ziemlich ins Schwarze. Und sein Lachen war in der Tat überaus gewinnend.

»Na?«, sagte Gisi, was wohl heißen sollte: Hab ich dir zu viel versprochen? Sie sah so stolz zu ihrem Liebhaber auf, als hätte sie ihn erschaffen. Ein gegensätzliches Paar. Der Altersunterschied machte sich im gedämpften Kunstlicht nicht bemerkbar. Und die beiden umfing derart viel Erotik, dass ich mich fehl am Platze fühlte.

»Hallo Benjamin«, sagte ich kühl.

Er lächelte freundlich. »Nicht Benjamin, ich bin Benvenuto.«

»Sind Sie sicher«, fragte ich doppelzüngig.

Der Wahrheit eine Gasse: Der Abend wurde wider Erwarten gemütlich. Ben hatte aus München Weißwürste und französischen Käse mitgebracht, Gisi tat einen bedenkenlosen Griff in Viktors Weinkeller, und ich fragte Ben hemmungslos aus. Er war kein sprühender Unterhalter, aber er erzählte unverkrampft.

Seine Eltern waren in Indonesien geboren und aufgewachsen, hatten ihr Leben lang unter der Sehnsucht nach den Kolonien gelitten und waren als Inhaber einer Handelsfirma rastlos um die Welt gereist. Ben war eher zufällig in Utrecht geboren worden und hatte nie länger in Holland gelebt. Er hatte die Ruhelosigkeit seiner Eltern im Blut, war eine Weile zur See gefahren, hatte sich als Tauchlehrer im Roten Meer, als Schilehrer in der

Schweiz und als Rancher in Texas versucht, ehe er nach Namibia geraten war. Das Land hatte ihn derart fasziniert, dass er zu bleiben beschloss, zum Großwildjäger mutierte und bald darauf Besitzer einer Safari-Lodge geworden war.

Ein Abenteurer also. Als solcher sah er sich auch gerne. Verheiratet war er nie gewesen? Niemals, Gott bewahre, in näherer Zukunft sei damit auch nicht zu rechnen, welche Frau würde wohl im moskitoverseuchten Busch südlich der Etosha-Pfanne leben wollen? Ein Blick auf Gisi genügte, ich hätte ihm eine nennen können.

Sie hatte ihn während unseres Gesprächs mit den Augen verschlungen. Kein Hauch von Kritik, kein Schatten Ironie, kein Quäntchen Skepsis, was immer er sagte. Gegen zweiundzwanzig Uhr wurde sie unruhig. Sie sah wiederholt auf die Uhr, zwinkerte Ben, der sich behaglich in Viktors Ohrenstuhl rekelte, beschwörend zu, schließlich stand sie auf und sagte rundheraus: »Ben und ich gehen jetzt. Ich begleite ihn in sein Quartier, warte nicht auf mich, Laura, es wird spät werden.«

Wenigstens besaß sie den Anstand, zum Vögeln aus dem Haus zu gehen. Die Wände, die Viktor Urbanski um teures Geld hatte errichten lassen, waren wohl für die Liebesspiele seiner Frau mit Tarzan nicht ausreichend schallgedämpft ... Das war übrigens der einzige Gedanke, den ich an den armen Viktor und meine Mission verschwendete. Ich lag wach und stellte mir vor, wie Gisi und der athletisch gebaute Benvenuto sich ineinander verstrickten. Ob er sie liebte? Also mit Sicherheit begehrte er sie ... Dass so etwas möglich war, in unserem Alter, mit einem Mann seines Zuschnitts. Ben war weder ein unreifer Knabe, noch einer jener geilen Knacker, die nehmen, was ihnen in die Finger kommt. Dass sie im Stande war, mit ihren fünfundvierzig Jahren einen virilen Mittdreißiger derart zu fesseln, das machte irgendwie zuversichtlich. Denn gefesselt musste er wohl sein, oder? Immerhin loderte die Leidenschaft, wenn man Gisis Angaben folgte, auf beiden Seiten und das bereits vier Monate in Permanenz.

Was mich schließlich doch auf Viktor brachte. Morgen würde ich Gisi ins Gewissen reden. Sie fragen, wie sie sich die Zukunft vorstellte. Doch nicht in Namibia? Und schon wieder war ich in Gedanken bei meiner besten Freundin und ihrem Liebhaber. Als ich sie leise nach Hause kommen hörte, war es vier Uhr morgens. Eins zu null für Tarzan. Ich kann nicht behaupten, dass ich traumlos schlief.

Ben tauchte gegen Mittag auf. Er roch nach Zahnpasta und herbem Rasierwasser und verströmte Jugend, Kraft und Frische. Gisi und ich waren eben aufgestanden. Das Licht des wolkenlosen Tages bekam unseren zerknitterten Gesichtern nicht. Ben schien sich nicht daran zu stoßen. Er trat hinter Gisi, fasste sie um die Taille und küsste sie genussvoll auf den Nacken. Der Anblick versetzte mir einen Stich. Ich schob das auf die Tatsache, dass ich den Austausch von Zärtlichkeiten vor Dritten grundsätzlich ablehne.

»Nun meine Schönen, was machen wir mit dem prächtigen Tag«, fragte Ben. Er sagte »prachtach«, sein holländisch gefärbtes Deutsch mit den vielen Kehllauten besaß einen Charme, auf den ich abfuhr. Das Grundsatzgespräch mit Gisi würde warten müssen, ich zog mich eilends an, gab mir Mühe, die Spuren der Nacht aus meinem Gesicht zu tilgen und brach mit einem Gefühl vager Erwartung zum Spaziergang, den Ben vorgeschlagen hatte, auf.

Wir wanderten um den Schwarzsee. Ben ging mit weit ausholenden, federnden Schritten dahin, Gisi musste hurtig trippeln, um auf gleicher Höhe mit ihm zu bleiben, ich hielt mühelos mit ihm Schritt. Ich war entspannt, es war angenehm auf dem weichen Boden neben Ben einherzugehen. Er sprach wenig, er nahm wahr wie ein Jäger, seine hellen Augen unter den dichten ausgebleichten Brauen richteten sich aufmerksam auf alles was die Natur ihnen bot.

»Ein tolles Gebirge.« Er deutete auf den Wilden Kaiser. »Hier müsste man klettern. Vielleicht komme ich im Sommer wieder.«

Gisi hakte einen Finger in seine Gürtelschlaufe und zerrte daran. »Du musst, Ben, du musst!«

Weil mir das peinlich war, fragte ich wie ein Grenzer, der ein Visum kontrolliert: »Wie lange werden Sie noch in Österreich bleiben?«

Ben grinste mich an. »Es ist absehbar. Ich war länger vom Camp fort, als ich beabsichtigt hatte.« Seine Hand strich über Gisis Wuschelkopf, lag einen Augenblick auf ihrem Nacken, glitt über ihren Rücken und streifte scheinbar absichtslos ihren Po.

Da weit und breit kein Gasthaus geöffnet war, schlug Ben vor, sich in das Haus des Hanseaten zu verziehen, auf der Terrasse in der Sonne zu liegen und ein Glas Champagner zu trinken. Der Hausherr? Sei nicht da, niemand außer Ben sei da, er habe das Haus für sich. Es handelte sich mit Sicherheit um das teuerste Haus, in das Laura Wunder ihren Fuß jemals gesetzt hatte. Kupfer auf dem Dach, elektronische Kontrolle an den Eingängen; Wohnräume mit viel Zirbelholz, Muranoglas, Seidenvorhängen und Daunensofas, Marmorklos und Bauernschränken, gotischen Heiligenfiguren und einem Andy-Warhol-Porträt, das die abwesende Hausfrau darstellte.

Aber die Terrasse war die reinste Wonne. Sündhaft gute Liegestühle. Blick auf die anmutigen Kitzbüheler Grasberge. Roederer brut in schlanken Gläsern. Benvenuto hatte seinen Liegestuhl zwischen Gisis und meinen geschoben. Er war mir so nahe gerückt, dass ich die Wärme seines Körpers spürte. Er hielt die Augen geschlossen und lächelte. Wir schwiegen in Behagen und tranken und seufzten leise im Bewusstsein der Leichtigkeit des Augenblicks.

Ich hörte Ben lachen, öffnete die Augen und sah zu ihm hinüber. Seine rechte Hand streichelte Gisis nackten Arm, er flüsterte ihr etwas ins Ohr, und sie kicherte. Er wandte sich zu mir. Er sah mir in die Augen, während sein ausgestreckter Zeigefinger sehr leicht, sehr langsam die Innenseite meines bloßen Unterarms aufwärts glitt. Vom Handgelenk bis in die Beuge, zurück und wieder aufwärts, hauchzart, eine Liebkosung. »Geht es dir gut, Laura?«, fragte er leise. Seine Stimme raschelte wie Rohr im Wind.

Ich bin nicht von gestern. Ich begriff, dass ich mich am Rande einer Schloss-Gripsholm-Situation befand. Es gab haufenweise Analogien, abgesehen von der entscheidenden, dass Ben der Liebhaber meiner besten Freundin war. Nie zuvor war ich in einer ähnlichen Lage gewesen. Bens keinesfalls absichtslosen Finger streichelten Gisi und mich. Leichte Gänsehaut und unwillkürliches Anspannen der Bauchmuskulatur, angespanntes Warten auf das unbekannte Nächste …

Ich bin ein wortabhängiger Mensch. Wenn das richtige Wort gefallen wäre, hätte ich mich der Situation möglicherweise ergeben.

»Bleibe heute hier, Laura, bleibe noch ein paar Tage bei Schisäl und bei mir«, schnurrte Ben und seine hellen Augen wurden einen Hauch dunkler, als er in die meinen blickte.

»Schisäl« fand ich bekanntlich lächerlich. »Bleiben« assoziierte ich mit »Abreise«. Die Redaktion fiel mir ein und gleich darauf Viktor. Ich hob meinen Arm, Bens zärtlicher Finger glitt ins Leere, ich fuhr mit beiden Händen durch mein Haar und stand auf. »Keine Chance, Benvenuto.« Ich lächelte auf ihn hinunter, er lächelte zurück, ganz so, als wollte er sagen: einen Versuch war es wert.

Gisi nickte gottergeben, als ich unser Gespräch einmahnte. Sie war erleichtert, als sie hörte, dass ich vor dem Dunkelwerden abreisen würde. Es war vierzehn Uhr, als Ben uns mit dem Wagen zu Urbanskis fuhr. Wir verabschiedeten uns vor der Haustür.

»Du gefällst mir, Laura«, sagte er sanft und sah mir in die Augen.

Ich zuckte mit den Achseln und reichte ihm die Hand. Er schob sie beiseite, ergriff mit beiden Händen meinen Kopf und küsste mich fest und lange auf den Mund. Mit diesem einen, keineswegs unkeuschen Kuss brachte er es zu Wege, mich wissen zu lassen, was ich versäumte, indem ich ging.

Wieder saßen wir am Kachelofen. Gisi hatte Kaffee gekocht, sie war fahrig, ich war aufgewühlt, weder sie noch ich wussten, wie wir beginnen sollten. Ich drehte die Zipfel des Tischtuchs zu Röllchen und sah Gisi zu, die mechanisch in ihrem ungesüßten Kaffee rührte. Jetzt ein Tschik, dachte ich sehnsüchtig… In einer konzertierten Aktion hatten wir beide vor ein paar Jahren das Rauchen gelassen, ich unter Qualen und Jammern, Gisi mit der forschen Entschiedenheit, mit der sie Beschlüsse durchzuziehen pflegte.

Mit einem Ruck schob sie die Tasse von sich, der Kaffee schwappte über den Rand, sie drosch ihre kleinen Fäuste auf den Tisch und sagte heftig.

»Frag mich nichts, Laura! Frag weder ›wer‹ noch ›wie‹ noch ›was‹ noch ›wann‹, weil ich dir auf nichts eine Antwort geben kann.«

Ich ließ das Tischtuch los und wartete. Gisi nagte an ihrer Nagelhaut. Nachdem sie das Abgebissene beiseite gespuckt hatte, schien sie gefasster.

»In zwei bis drei Wochen fährt er nach Namibia«, sagte sie leise, »ich habe nicht die blasseste Ahnung, was ich dann tun werde.«

»Warum fährst du nicht mit ihm«, fragte ich vorsichtig.

»Er hat mich bis jetzt nicht darum gebeten.«

»Und was ist mit Viktor?«

»Viktor, Viktor…«

Sie schüttelte den Kopf, ihre Gedanken waren offensichtlich nicht bei Viktor, ich hingegen hatte endlich wieder meine Mission im Sinn.

»Hör mir zu, Gisi«, bat ich. »Du bist seit siebzehn Jahren mit Viktor verheiratet. Er hat ein Recht darauf, dass du dich mit ihm und mit eurer Zukunft auseinander setzt.«

»Recht, Recht…! Viktor hat überhaupt kein Recht.«

Sie funkelte mich böse an. »Viktor hat mich öfter betrogen, als irgendjemand ahnt.«

Ich wollte sagen, dass ich das für übertrieben hielt, aber sie schnitt mir das Wort ab.

»Nein, Laura, auch du hast nicht alles gewusst. Er hat mich nach Strich und Faden beschissen. Ich habe den Mund gehalten, weil ich nicht bedauert werden wollte. Mein Stolz war sowieso am Sand und mein Selbstwertgefühl am Hund... Oh, ja, er hat es sehr geschickt gemacht, außer mir hat kaum jemand etwas bemerkt, aber mich hat er damit so sehr gedemütigt... Die Letzte war zur Abwechslung wieder mal eine Krankenschwester. Die Affäre ging erst knapp vor Weihnachten zu Ende.« Sie blies die Luft aus wie nach einer körperlichen Anstrengung.

Ich war verdattert. Zum zweiten Mal innerhalb von achtundvierzig Stunden musste ich feststellen, wie wenig ich von dem Menschen, der mir nach meiner Tochter am nächsten stand, tatsächlich wusste.

»Gisi...« Ich griff nach ihrer Hand und drückte sie, Gisi machte sich rasch los.

»Viktor ist total unsensibel. Er hat vier Monate lang nicht bemerkt, dass ich mit einem anderen Mann schlafe. Vielleicht wollte er es auch nicht merken. Wie ein Elefant ist er in dieser Nacht nach Ostern hereingetrampelt...«

Ich räusperte mich. »Also bitte, immerhin ist es sein Haus...«

»Es ist auch meines, Laura«, sagte sie.

»Weißt du, warum er einer Konfrontation mit Ben aus dem Weg gegangen ist? Weil er Angst hatte, dass etwas an die Öffentlichkeit dringen könnte und sich die Leute die

Mäuler zerreißen würden. Die Leute und sein Image! Viktor ist eitel wie ein Gockel.«

Ich war fassungslos. »Ich dachte, du liebst ihn, du stehst zu ihm…«, stotterte ich, »ihr seid doch ein Paar, es ist doch wundervoll, paarweise zu leben, so sicher und geborgen…«

»Du und deine ewige Sicherheit.« Ihr Ton klang verächtlich. »Glaub mir, Laura, Sicherheit ist nichts, Abenteuer ist alles. Wenn du dich nicht bald ins Abenteuer stürzt, wirst du vor der Zeit vertrocknen.« Ihre Augen glitzerten, ihre Stimmung schlug um: »Du machst dir keine Vorstellung, wie es ist, mit Ben zu schlafen. Eine Offenbarung!« Sie lächelte genüsslich, Einschlägiges offensichtlich vorm inneren Auge, ehe sie fortfuhr: »Du weißt, dass ich in der Zeit vor Viktor kein Kind von Traurigkeit war. Mit Viktor habe ich fast vergessen, was guter Sex ist. Viktor setzt Speck an und rollt sich, wenn's hoch kommt, einmal im Monat über mich. Ben ist jung und glatt und feurig, er…«

Ich hob abwehrend die Hand, ich spreche nicht gern über Sex. »Bitte Gisi«, sagte ich, »so genau will ich es nicht wissen.«

»Okay, lassen wir's.« Sie lachte wieder, diesmal ein wenig herablassend. »Du warst ja schon immer etwas prüde.«

Dann stand sie auf. Offenbar hielt sie das Gespräch für beendet.

»Und was soll ich Viktor sagen«, fragte ich.

Sie zuckte die Achseln. »Keine Ahnung. Ich weiß ja selbst noch nicht, wie es mit mir weitergeht. Vielleicht steige ich aus, fange neu an in einem fremden Land, möglichst weit weg von hier.«

Ihre letzten Worte ließen die Egoistin in mir aufhorchen. Ohne Gisi wäre ich verloren ... »Du hast sie nicht alle! Das kannst du nicht! Wenn du schon nicht an Viktor denkst, denk wenigstens an deine Eltern.«

Die alten Millers leben in einem Seniorenheim bei Salzburg, Hand in Hand, Philemon und Baucis, es würde sie sicher verstören, wenn ihre Tochter noch einmal aus ihrer gesicherten, bürgerlichen Existenz ausbräche ...

Gisi stand am Fenster, sie hatte mir den Rücken zugewandt und trommelte mit den Fingern an die Scheibe.

»Wie hast du die Ehe deiner Eltern genannt? Das Turteltaubennest ... Meine Eltern sitzen erst jetzt, im Alter, im Turteltaubennest. Sie sind total aufeinander bezogen. Was ich tue und lasse, berührt sie in Wahrheit nicht.« Sie wandte sich zu mir. »Aber Viktor und ich, Laura, wir saßen nie im Turteltaubennest und wir werden nie drin sitzen. Vielleicht wäre es anders gekommen, wenn wir Kinder gehabt hätten.«

Es war klar, dass das Thema aufkommen würde: Gisi und Viktor hatten sich in den ersten Jahren ihrer Ehe verzweifelt abgemüht, ein Kind zu produzieren. Es stellte sich heraus, dass Gisi infolge einer verpfuschten Abtreibung praktisch gebärunfähig geworden war, es würde an ein Wunder grenzen, meinten die Ärzte, wenn sie tatsächlich schwanger würde. Es ist mir gut in Erinnerung geblieben, wie Viktor sich damals gebärdet hatte. Er führte sich auf, als hätte sie ihn um ein ihm zustehendes Recht geprellt. Es fielen böse Worte. Irgendwann warf Gisi ihm an den Kopf, dass die Ärzte eine Schwangerschaft in ihrem Falle ja nie ganz ausgeschlossen hätten, vielleicht liege es an Viktor, vielleicht sei er außer Stande sie zu schwängern. Viktor war tief getroffen gewesen, er wollte den Vorwurf nicht auf sich sitzen lassen und unterzog sich den einschlägigen Tests. Zu seiner und Gisis Bestürzung stellte sich heraus, dass er, möglicherweise auf Grund einer Infektionskrankheit in der Pubertät, in der Tat zeugungsunfähig war.

Plötzlich kicherte Gisi wie ein Kobold. »Vielleicht werde ich schwanger von Ben. Das wäre ein Gag!«

Absurder Gedanke! »Sei nicht blöd, mit fünfundvierzig, du bist doch schon im Wechsel.«

»Bin ich nicht«, trumpfte Gisi auf. »Und selbst wenn – wird's halt ein Wechselbalg.«

Solche Scherze mag ich nicht, es heißt den Teufel an die Wand malen. »Dein Tarzan hat dich um den Verstand gebracht«, schnauzte ich sie an. »Nicht auszudenken, wenn das wirklich passierte. Was würdest du denn tun?«

Gisi wedelte mit der Hand durch die Luft und tat, als müsse sie überlegen. Dann sagte sie, als hätte sie die Frage ein für alle Mal entschieden. »Alles hinschmeißen. Zu Ben gehen. Schwanger oder nicht, ich denke, ich werde in jedem Falle zu Ben gehen. Für diesen Mann lohnt es sich, alles hinzuschmeißen.«

Meine Mission drohte zum lupenreinen Rohrkrepierer zu entarten, ich musste gegensteuern, aber es fiel mir nichts Besseres ein als ein hilfloses: »Das würdest du nicht tun, so unbesonnen würdest du nicht handeln, dazu bist du nicht fähig!«

Gisi trat an den Tisch. Sie stützte beide Hände auf, beugte sich vor bis ihr Gesicht dicht vor meinem war und sah mich mutwillig an. »Lauraliebchen, du weißt, dass ich dazu im Stande bin. Ich habe es schon einmal getan. Hast du es vergessen?«

# 5

Ich hatte es nicht vergessen – wie könnte ich es jemals vergessen – ich hatte bloß nicht mehr daran gedacht.

Herbst 1968. Die Biedermeieridylle der Millers. Ida auf dem grün-weiß gestreiften Sofa, wohlerzogen weinend. Kein Schluchzen, kein stoßartiges Atmen, keine nennenswerte Absonderung von Flüssigkeit aus der Nase, einfach viele, viele stille Tränen in ein weißes Batisttaschentuch. Ich glaube, ich habe nie wieder einen verzweifelten Menschen derart wohlerzogen weinen gesehen.

»Bitte Laura, fahr nach Deutschland, sprich mit ihr, auf dich wird sie hören, vielleicht kommt sie mit dir zurück, du fährst doch Laura? Bitte!«

»Nach Frankfurt?«, fragte ich.

»Aber nein, sie ist in Berlin. Dieser schreckliche Mensch, du weißt schon, dieser Kommunist mit der Brille, der hat sie dazu überredet, an der Freien Universität Berlin zu studieren. Wir haben nicht einmal ihre Adresse.«

Ich fuhr. Ich forschte die Adresse des »halbseidenen« Peter, bei dem ich Gisi vermutete, über Uni-Kontakte aus und fuhr nach Berlin. Dreizehn Stunden lang. Von Wien nach München, von München mit einem »Interzonenzug« über Nürnberg und Leipzig nach Berlin, das meine sozialdemokratische Tante Fridolin mit trauernder Anerkennung in der Stimme als »Insel im roten Meer« bezeichnete. Ich nahm ein Taxi und fuhr nach Berlin Kreuzberg, den Namen der Straße habe ich vergessen. Der Taxifahrer wies mit abfälliger Handbewegung auf das Haus, er grummelte etwas von »Gammlern« und »sollen sich erstmal waschen« und entließ mich in grußloser Verachtung. Das Haus war eine verwahrloste Mietskaserne, grau, der Verputz nur noch andeutungsweise vorhanden, einige Fenster mit Pappe verblendet. Im Hausflur roch es nach ungelüftetem Schülerheim und schlechter Gasthausküche. Ich begegnete einer jungen Frau in Männerhosen und einer übergroßen Windjacke, die um sie flatterte wie ein schlecht verankertes Pfadfinderzelt. Sie wies mich in den zweiten Stock, dort, »ja, doch«, dort wohne »Gies'la.«

Ich fand Gisi in einer kleinen grauen Küche, in der es nach Apfelkompott duftete. Sie stand vor dem Fenster, das auf einen grauen Hinterhof ging, sie trug Jeans und einen Männerpullover und sah aus wie ein Flüchtlingskind. Sie hob ein Einweckglas gegen das Licht und betrachtete den Inhalt. »Hallo Gisi«, sagte ich und war darauf gefasst, dass sie vor Überraschung das Glas fallen lassen würde. »Laura, hallo«, antwortete sie, als hätte sie mich erwartet. »Es war klar, dass sie dich schicken würden. Mach dir keine Hoffnungen, ich komme nicht mit dir zurück.«

Es war falsch gewesen aus der Tatsache, dass ich Gisi bei einer so bürgerlichen Beschäftigung wie dem Einwecken von geschenkten Äpfeln ertappt hatte, auf bourgeoise Lebenshaltung zu schließen. Während der folgenden drei Stunden, die wir einander in der Küche zu Kreuzberg gegenübersaßen, erfuhr ich von ihr, dass die Kommune die einzig sinnvolle Form des Zusammenlebens von zwangfreien, sozial orientierten Menschen sei;

dass die Pariser »Nacht der Barrikaden« im vergangenen Mai die Welt verändert habe wie seinerzeit die Französische Revolution; dass Daniel Cohn-Bendit und Rudi Dutschke die wahren Helden des Jahrhunderts seien; und dass allein der SDS eine mögliche politische Fraktion für einen Menschen mit Gewissen darstelle. Sie sprach kaum noch von Peter, der sie hierher gebracht hatte. Eingeschrieben? Habe sie sich noch nicht, sie werde es schon mal tun, demnächst, Gesellschaftswissenschaften, was sonst. Aber im Augenblick laufe so viel anderes. Ich hörte von Demos gegen den Vietnamkrieg und von der bevorstehenden Sozialrevolution und von Freiheit in jeder Form. Freiheit von Unterdrückung, Freiheit von persönlichen Bindungen, Freiheit in der Liebe …

Was ich ihr entgegenzuhalten hatte, berührte sie kaum. Ich sprach vom »Prager Frühling«, von der Euphorie, die er bei uns ausgelöst hatte. Von unserem Entsetzen über den Einmarsch der Sowjettruppen in Prag, das Ausmerzen aller demokratischer Ansätze, das Scheitern eines Sozialismus mit menschlichem Antlitz. Sie zuckte die Achseln und sprach von Studentenrevolten in Mexico City und Tokio und Rom. Und als ich ihre Mutter erwähnte, fiel sie mir schroff ins Wort: »Lass es, Laura, es bringt ja doch nichts, diese Welt liegt hinter mir.«

Ich habe an diesem Nachmittag außer der Küche von Gisis äußeren Lebensumständen nur das ungeputzte Gemeinschaftsklo gesehen. Ich habe nichts über ihr Verhältnis zu Peter, ihre finanziellen Verhältnisse, ihre persönlichen Pläne, ihre Freundschaften erfahren. Dann und wann steckten ein Genosse oder eine Genossin den Kopf zur Tür hinein, holte ein Glas Wasser, kochte Tee. Sie machte mich mit keinem der Leute bekannt. Es war, als schäme sie sich für mich, ein Stück fleischgewordene bürgerliche Vergangenheit in Twinset und Schottenrock. Ich habe sie damals am frühen Abend verlassen, habe in einer schäbigen Pension in der Nähe des Bahnhofs übernachtet und bin am nächsten Morgen nach Hause zurückgekehrt.

Gisis Phase der Abtrünnigkeit von der bürgerlichen Welt ihrer Heimatstadt dauerte zwei Jahre. Trotz unserer unterschiedlichen Lebenseinstellungen wurden wir uns in dieser Zeit nicht fremd, es war bloß so, als säßen wir auf zwei verschiedenen Planeten.

Kurz nach meiner Rückkehr aus Berlin zog Gisi um. Ich wusste nicht mehr, wie ich sie erreichen konnte. Sie brach den Kontakt zu mir jedoch nie völlig ab. Dann und wann erreichte mich eine Nachricht. Eine in Hamburg abgestempelte Postkarte, »Gruß G.« Eine weitere aus Paris mit nichts als Gisis schwungvollem »G«. Und wieder eine aus Berlin, datiert vom 1.1.1969: »Niemand führt uns an. Wir sind für uns selbst verantwortlich. Immer deine G.«

1969. Ich stand in meinem einundzwanzigsten Jahr, und das ohne Hochgefühl. Ich studierte lustlos, absolvierte einige unwesentliche Prüfungen und arbeitete zeitweise als Hostess bei Kongressen. Ich fühlte mich ungeliebt, einsam und bedeutungslos. Überall in der Welt veränderte die Jugend die Welt, in Wien, das der Fridolin als »stehendes Wasser« bezeichnete, wurde bestenfalls zaghaft aufgemuckt. Und nicht einmal daran hatte ich teil. Ich war halt nicht wie Gisi; die, ja die hatte sich kopfüber hineingestürzt und war im Epizentrum gelandet. Die Krönung meiner eigenen Zeitzeugenschaft für dieses aufregende Jahr bestand in einer Nacht vor Fridolins Fernsehgerät, als ich mit klopfendem Herzen die Landung des ersten Menschen auf dem Mond verfolgte.

Einige Wochen nach dem Mann-im-Mond-Event erhielt ich einen etwas wirren Brief von Gisi aus den USA. Sie sei mit Freunden in einem Nest namens Woodstock bei einem Popmusikfestival gewesen, ein »Jahrhundertereignis«, sie habe Jimi Hendrix und Joan Baez gehört und Gras geraucht und die Welt in Liebe umarmt. Dem Brief lag ein etwas verwackelter Schnappschuss bei: Gisi in einem langen nachthemdartigen Kleid mit geschlossenen Augen auf einer Wiese liegend; lächelnd als wäre sie betrunken; das Haar länger als sonst, der starken Naturkrause wegen abstehend wie ein Helm, was ihre kleine, dünne Gestalt unproportioniert wirken ließ. Auf die Rückseite hatte sie »Make love not war. Immer deine G.« gekritzelt.

Diesen Brief habe ich Ida Miller verschwiegen. Ich dachte viel an Gisi, ich wünschte sie mir zurück, sie war der Generator, der meinem Leben fehlte. Und dann wurde alles anders, weil ich Martin Wunder traf.

Eine Nikolausparty, auf die ich nicht gehen wollte, am Ende dennoch ging. Ich war überzeugt, dass ich mundtot in einer Ecke sitzen und bei der ersten sich bietenden Gelegenheit verschwinden würde.

Martin hatte ein kantiges Gesicht, eine gesunde Gesichtsfarbe und warme graue Augen. Sein helles, borstiges Haar trug er kurz geschnitten. Er war groß, sehnig und gelenkig, ein körperbewusster Mensch, der seine Gliedmaßen methodisch einsetzte. Später hat er mir erklärt, das sei typisch für einen Extremsportler. Er kam auf mich zu, als wären wir ewig bekannt und hier verabredet. Eine halbe Stunde später verließen wir das Fest, gingen ins Gasthaus vis-à-vis und erzählten einander bis zur Sperrstunde, was wir sonst niemandem erzählt hätten.

Mit Martin fühlte ich mich zum ersten Mal seit dem Tod meiner Eltern geborgen. Das blieb so, bis er starb. Er war unverklemmt, auch was seinen beruflichen und seinen sportlichen Ehrgeiz betraf. Er studierte Medizin, er lag gut im Rennen, war mit dem letzten Studienabschnitt praktisch fertig und wollte Sportmediziner werden. Es stand für uns beide außer Frage, dass wir zusammengehörten. Wir waren nicht von Leidenschaft gebeutelt, wir wurden aneinander einfach froh. Wochen, ehe ich mit Martin zum ersten Mal schlief, hat er mich gefragt, ob ich ihn heiraten wolle.

Schon an unserem ersten Abend im Gasthaus hatte ich ihm von Gisi erzählt. Als er sie traf, hatte er das Gefühl, sie längst zu kennen, denn über Gisi sprach ich oft, selbst fern von mir blieb sie ein Teil meines Lebens. Ich denke, Martin beurteilte sie richtig: »Ein waches Mädel, das reflektiert. Das versucht seinen Standort zu bestimmen, das aus der Geborgenheit einer angepassten bürgerlichen Familie kommt und sich Gegenwelten sucht.«

»Und ich? Reflektiere ich nicht?«, fragte ich, weil ich das Gefühl hatte, im Vergleich zu Gisi dumpf und dämlich dazustehen.

Martin war umgänglich, liebenswürdig und klug, aber (rückblickend sei's gesagt) extrem humorvoll war er nicht. Er nahm alles, mich eingeschlossen, ernst und wirkte zuweilen schulmeisterhaft. An mir sei revolutionäres Gedankengut zwingend vorübergegangen, dozierte er damals, weil ich frühzeitig auf mich allein gestellt gewesen sei und es kein Elternhaus mehr gegeben habe, gegen das ich mich hätte auflehnen können.

Im Übrigen war ich so sehr in mein Leben mit Martin verstrickt, dass ich kaum Sinn für mein Studium, geschweige denn für Jugendrevolten hatte. Martin war zu mir gezogen.

»Kindkindkind, jetzt auch du! Was würde deine arme Mutter sagen! Was ist das für eine Welt, in der wir leben!«, hatte Ida gestöhnt. Auch der Fridolin hatte Bedenken angemeldet, bald darauf jedoch gefunden, etwas Besseres als Martin hätte mir nicht passieren können. Martins Mutter hatte zunächst Wühlarbeit gegen mich betrieben. Martin war ihr Ein und Alles, Martins Vater, auch er Mediziner, war im Krieg in russische Gefangenschaft geraten, hatte etliche Jahre als Arzt in einem Gulag zugebracht und war dort umgekommen. Verständlich, dass die Mutter den Sohn nicht widerstandslos ziehen ließ. Schließlich kapitulierte auch sie.

Wir sprachen von Heirat, denn nichts sprach dagegen. Wir harmonierten. Wir hatten guten Sex – oder was wir dafür hielten, denn viele Vergleichsmöglichkeiten hatten wir beide nicht. Wir liebten uns auf gesunde Weise, ohne große Varianten. Irgendwann wollten wir Kinder. Vorerst gingen wir auf Wohnungssuche. Und just da kam wieder ein Brief von Gisi. Diesmal aus Frankfurt. Keine revolutionären Parolen, nichts von *flowerpower*, keine Proklamationen. Nüchtern, ein wenig traurig, schließlich: Sie vermisse mich und würde mich gerne sehen.

Zu diesem Zeitpunkt wusste ich bereits, dass Gisi sich in Frankfurt aufhielt, die gepeinigte Mutter Ida hatte es mich wissen lassen. »Um bei einem gewissen Marcuse zu studieren«, hatte sie spitz bemerkt. »Und weißt du, was? Alles über Eros. Dieser Marcuse dürfte ein Ferkel sein.«

Ich fuhr also nach Frankfurt. Im Zug war mir einerseits bang, andererseits war ich unglaublich hochgestimmt, weil mir plötzlich klar wurde, dass meine gisilose Zeit zu Ende ging.

Sie erwartete mich am Bahnhof. Ich hatte sie zwei Jahre lang nicht gesehen, auf den ersten Blick schien sie unverändert. Aber als wir einander in ihrem trübseligen Untermietzimmer gegenübersaßen, sah ich, wie blass sie war. Die Fingerkuppen ihrer rechten Hand waren gelb vom Rauchen filterloser Zigaretten. Sie rauchte pausenlos, hastig, inhalierte tief. Sie hatte schwarze Ringe unter den Augen. Und die Augen glitzerten nicht mehr, sie waren matt wie rußgeschwärzte Glasscherben. Ihre Stimme klang heiser. »Es geht mir beschissen«, sagte sie ohne Umschweife.

Selbstverständlich war sie nicht bloß in den USA, sondern auch in Mexiko gewesen. Dort hatte sie einen Deutschen getroffen, der behauptete, Assistent von Marcuse zu sein, sie, Gisi müsse unbedingt nach Frankfurt, um Adorno und Marcuse zu hören, sensationelle Denker, wer sie nicht gehört habe sei nicht *fit for the century.* In Frankfurt hatte sich bald herausgestellt, dass der angebliche Assistent Marcuse noch nie begegnet war. »Er ist ein aufgeblasener Schwätzer und ein schlechter Liebhaber.« Gisi stand auf und reckte sich, ihr T-Shirt rutschte nach oben, ich sah ihre mageren Rippenbögen. »Er hat mich angebumst«, sagte sie sachlich. »Ich habe abtreiben lassen. Ich habe eine Menge Blut verloren, es hat einen Haufen Geld gekostet, ich bin pleite und ich hasse diese Stadt.«

Ich blieb einen Tag und eine Nacht, wir schliefen zu zweit in dem französischen Bett mit der buckligen Matratze, wir redeten bis wir erschöpft waren, schliefen ein paar Stunden und redeten weiter. Als ich abfuhr, hatte ich sie soweit: Sie würde nach Hause zurückkehren, sobald ich ihren Eltern klargemacht hatte, dass sie nicht bei ihnen leben könne und dass sie finanzielle Unterstützung brauche, um ihr Studium fortsetzen zu können.

Richard Miller spielte zunächst den harten Mann, keinen Finger gedenke er für die Abtrünnige zu rühren, indes, sein »liebes Iderl« hatte ihn im Griff. Es gebe da doch die kleine Wohnung von Richards verblichener Tante. Und eine monatliche Zuwendung sei besser als die schiefe Bahn.

So kehrte Gisi heim. Sie nahm ihr Germanistikstudium wieder auf, ging seltsam fremd, fast erstaunt durch ihre alte Stadt und sagte manchmal: »Ich kann es nicht fassen, dass sich hier gar nichts verändert hat.« Es klang wie Kritik, nicht nur an Wien, auch an mir.

Martin und ich hatten die große Innenstadtwohnung gefunden, in der ich auch nach seinem Tod noch so viele Jahre blieb. Damals machte Martin sein praktisches Jahr im Krankenhaus, er verdiente wenig, also ging ich ans Eingemachte. Ich verbrauchte so ziemlich alles, was mir von den Eltern geblieben war, für die Gründung unseres Hausstandes. Wir heirateten 1971. Von da an ließ ich mein Studium schleifen, obwohl mir nur wenige Prüfungen zum Abschluss fehlten.

Ich wurde häuslich, ich putzte und kochte und bügelte Martins Arztkittel und seine Hemden. Wir hatten oft Freunde zu Gast, ich komponierte Menüs und kreierte Tischdekorationen. All das machte mich glücklich, auch, dass Meta, Martins Mutter, zutraulich geworden war. Sie kam oft bei uns vorbei. Ich war, selbst mutterlos, frei von Idiosynkrasie gegen Schwiegermütter, wir kamen gut aus, wir lachten viel und Meta sprach oft von einem Enkelkind.

Es kam ungeplant. Als wir noch nicht verheiratet gewesen waren, hatte Martin es zu einer Art Meisterschaft im *coitus interruptus* gebracht. Als Ehemann machte er es sich leichter, er verpasste mir die Pille, die ich immer wieder mal vergaß. Auf diese Weise entstand unsere Tochter Lisa Meta Wunder. Lisa nach meiner Großmutter, Meta nach meiner Schwiegermutter. Daraus wurde Limettchen, weil Gisi fand, als Taufpatin des Kindes habe auch sie das Recht auf Namensgebung.

Als Limettchen geboren wurde, war Gisi bereits mit Viktor Urbanski verheiratet. Sie hatten sich bei uns getroffen. Ich schwöre heute noch jeden Eid, dass ich nichts im Sinn hatte, als ich die beiden zu einem *diner à quatre* einlud.

Es geschah auf dem Höhepunkt meiner Hausfrauenphase. Damals stellte ich Tischgesellschaften zusammen und kaufte sündteure Kochbücher und machte Sitzordnungen wie Ida von Miller. Nach Limettchens Geburt ließ ich schlagartig nach, seit ich verwitwet bin, passe ich total. Als berufstätige Frau bin ich längst dazu übergegangen, Tiefgekühltes in die Pfanne zu hauen und in der Küche zu decken, wenn jemand sich gar nicht abwimmeln lässt und zum Essen bleibt.

Damals freilich besaß ich noch Ehrgeiz, zum Beispiel den, Viktor Urbanski mit meinen Fähigkeiten zu blenden. Urbanski arbeitete auf derselben Station wie Martin. Fünf Jahre älter als mein Mann, war er bereits Assistenzarzt auf dem Weg nach oben. Die beiden hatten sich über ihre Leidenschaft für den Extremsport gefunden: gemeinsame Gletschertouren, Klettern, der ganze »Harte-Männer-Kram«. Als ich Martin sagte, dass ich Gisi für Urbanski zum Essen bitten wolle, grinste er.

»Du kuppelst.«

»Tu ich nicht. Gisi ist bloß der einzige wirklich attraktive und amüsante Single, den ich kenne.«

Zu diesem Zeitpunkt war Gisi mit ihrem Studium fast fertig. Sie lebte ziemlich einsam in der Wohnung der toten Tante und schwankte zwischen Heiterkeit und Gedankenabwesenheit.

An dem bewussten Abend war sie hinreißend. Apart anzusehen, sprühend, eine glänzende Erzählerin. Anders als Töchter aus gutem Hause für gewöhnlich sind. Von ihren Wanderjahren, von *Flowerpower* und Hippieleben sprach sie grade so viel, dass Viktor einen Anflug von Exotik, einen Hauch von Erotik und einen Schimmer von Wagemut erhaschte. Er fuhr komplett darauf ab. Am Ende des Abends war er Gisi verfallen.

Eine Zeit des wilden Werbens begann. Gisi zögerte, schließlich gab sie nach.

»Ganz verstehe ich sie nicht«, sagte ich am Abend nach der Urbanski-Hochzeit.

»Ich schon«, meinte Martin, »Viktor ist der Rückfahrschein in ihre alte Welt.«

Damals ließen Gisi und ich das Studium endgültig sein. Gisi war bald »Frau Dozent«, denn Viktor machte schnell Karriere. Sie half ihm in seiner Privatpraxis und führte, wie die endlich stolze Ida Millerin zu sagen pflegte, »ein Haus«. Die Leichtigkeit, mit der sich Gisis Metamorphose vom einstigen Hippie zur stockbürgerlichen Ehefrau vollzog, hätte mich nachdenklich stimmen müssen. Aber ich kam damals wenig zum Nachdenken. Ich war plötzlich hauptberuflich Mutter. Ich hatte mir das nicht so zeitaufwändig vorgestellt. Limettchen, mein Entzücken, es kroch und lief und riss, was es konnte, zu Boden, es schiss viel zu lange in seine Windeln und sprach früh: »Ich bin Limchen«, sagte es. Ich würde zu Ende studieren, sobald Limettchen zur Schule ging, ja …

Dann erkrankte Martins Mutter. Sie starb zwei Jahre lang an Krebs. Ich pflegte sie, so gut ich konnte, nicht nur aus Pflichtgefühl, ich mochte sie. »So viel Liebe, so viel Liebe«, sagte sie immer wieder. »Was Besseres als eine Waise zur Schwiegertochter konnte mir nicht passieren.« Sie starb ein Jahr vor ihrem Sohn.

Limettchens erstes Schuljahr. Osterferien, sehr spät im Jahr. Martin wollte unbedingt auf den Ortler. Das Kind und ich sollten mit ihm nach Sulden kommen, im Tal bleiben und »Hangerl rutschen«, während er dem »König der Berge« zu Leibe rücken würde. In der Nacht vor seiner großen Tour haben wir uns geliebt. Sehr leise, sehr vorsichtig, weil Limchen auf einem Diwan im selben Zimmer schlief. »Du wirst k. o. sein, wenn du so weiter machst«, habe ich geflüstert. Seine Stimme war dicht an meinem Ohr, »mm-mm« hat er gemurmelt, »das ist gut für die Kondition.« Es war schön, ich war unglaublich glücklich, der Mond schien in das Zirbelholzzimmer.

Am Abend darauf war ich Witwe. Ein Schneebrett war abgegangen und hatte Martin und den Bergführer in eine Gletscherspalte gefegt. Der Bergführer konnte sich aus eigener Kraft retten. Martins Leiche wurde drei Tage später geborgen und ins Tal gebracht. Als man mich fragte, ob man den Sarg öffnen solle, damit ich meinen Mann noch einmal sehen könne, lehnte ich ab.

»Armes Zwetschkerl, jetzt hast du nur mehr deine Mama«, sagte der Fridolin nach dem Begräbnis zu Limettchen. Seither nennt mich meine Tochter, wenn wir allein sind »Einzige«... Ich blieb in der alten Wohnung, weil mir zu jedem Entschluss die Kraft fehlte.

»Kinder kosten Geld, du wirst dir Arbeit suchen müssen«, seufzte der Fridolin.

»Sie hat Recht. Such dir einen Job«, drängte Gisi. »Du brauchst nicht nur Geld, du brauchst Inhalte. Limettchen wird rasch größer, bis dahin kann ich sie dir abnehmen, wenn es nötig ist, ich tu es gerne, ich habe eh nichts Gescheites zu tun.«

Es war Viktor, der auf die Idee mit dem Schreiben verfiel. Er ließ seine Beziehungen spielen, ich bekam zunächst einen Job als freie Mitarbeiterin bei einem Wochenmagazin. Zur »festen Freien« stemmte ich mich selbst empor. Dann hat Viktor den Herausgeber an der Hüfte operiert, vier Wochen später war ich Redakteurin.

Als Martin starb, war ich dreiunddreißig Jahre alt. Drei Jahre nach seinem Tod hatte ich die erste Affäre und das eigentlich nur, weil Gisi mich dazu gedrängt hatte. Ständig war sie mir in den Ohren gelegen: »Es ist ungesund, ohne Sex zu leben, du wirst vertrocknen... Herrgott, Laura, du musst doch das Bedürfnis nach einem Mann haben, du bist doch nicht frigid, oder?«

Nein, ich bin nicht frigide, so viel wusste ich bereits damals. Ich ertrug es nach Martins Tod bloß nicht, von einem anderen Mann berührt zu werden.

Der Italiener, den Gisi mir zuschanzte, war elegant, rücksichtsvoll und zwölf Jahre älter als ich. Er kam alle zwei Monate aus geschäftlichen Gründen von Mailand nach Wien. In Anspielung auf meine endlich beendete sexuelle Enthaltsamkeit nannte Gisi ihn den Blockadebrecher. Es war kein Wirbelsturm, eher eine Art Pflichtübung auf dem Weg zurück ins Leben. Die Sache schlief mit der Zeit ein.

Gisi ließ nicht locker. »Du hast Bindungsängste«, hielt sie mir vor. »Weil du erst deine Eltern und dann Martin verloren hast, fürchtest du dich davor, wieder jemanden zu verlieren. Darum gehst du immer nur mit Männern aus, bei denen du dir sicher bist, dass du nicht schwach wirst.«

Wahrscheinlich hatte sie Recht. Dazu kam, dass ich Sex nicht so wichtig nahm, wie Gisi das tat.

»Laura, nicht wieder eine jahrelange Liebespause«, drängte sie. »Warte nicht auf das Absolute, lebe drauf los. Es muss keiner für's Turteltaubennest sein, wichtig ist, dass er gut vögeln kann.«

Ich war da anderer Auffassung. Eigenhändig gelangte ich wesentlich sicherer und müheloser zum Orgasmus als beim Rumgeturne zu zweien. Zumindest traf das restlos auf mein Verhältnis mit einem geschiedenen Rechtsanwalt zu, in das ich nach jahrelanger Abstinenz geschlittert war. Eine biedere Angelegenheit, die sich zunehmend von der unbefriedigenden Bettgeschichte weg zu einer lauen Freundschaft mit Konzert- und Heurigenbesuchen hin entwickelte und die zum Zeitpunkt von Gisis wildem Liebesabenteuer mit Ben dem Buschmann grade noch bestand.

In diesem Zusammenhang gewinnt eine Begebenheit, die mir, als sie sich zutrug, belanglos erschien, eigene Bedeutung. Zwei, drei Wochen vor dem denkwürdigen Nachmittag, an dem Viktor mich von Gisis Liebschaft mit Ben in Kenntnis gesetzt hatte, war sie kurz in Wien gewesen. Sie hatte mich angerufen, ob ich Zeit für sie hätte, nur rasch auf einen Espresso in der City …

Ein saukalter Nachmittag, eisiger Ostwind. Mit gesenkten Köpfen liefen wir durch die Stadt, als Gisi plötzlich vor der Auslage eines Wäschegeschäftes einen Haken schlug. »Ha«, machte sie und deutete auf ein sensationelles Nichts von einem seidenen Hemdchen, »das muss ich haben.«

Wir betraten das Geschäft, Gisi probierte und kaufte und wollte mich zu etwas ähnlich Bedenkenlosem überreden. Meine Nase lief, ich war antriebslos, ich sah nicht einmal richtig hin.

»Ich brauche das nicht«, sagte ich trübe. »Für wen sollte ich mich im Bett aufputzen, für den Jurisprudenzler?«

Gisis Augen hatten geglitzert, als sie mich musterte und mir ohne Wärme an den Kopf warf, ich sei selber schuld an meinem lauen Dasein: »Dich bestimmt nur dein Kopf, selten dein Herz und dein Unterleib nie. Aber in Wahrheit zählen nur Herz und Unterleib, alles andere kannst du vergessen.«

Dann hat sie sich vorgebeugt und mir wie eine antike Tragödin zugezischt: »Denn, Lauraliebchen, wir beide haben nicht mehr alle Zeit der Welt. Wenn wir die Chance kriegen, müssen wir sie mit beiden Händen ergreifen. Erregung und Abenteuer, nur das ist Leben.«

Ja, das hatte sie gesagt. Hätte ich bei unserem Kitzbüheler Gespräch daran gedacht, wäre mir schon damals klar geworden, dass Gisi auf ihren Tarzan nicht verzichten, sondern mit ihm das Weite suchen würde.

# 6

Sie ging. Selbstverständlich ging sie mit ihm. Na ja, nicht direkt, sie reiste ihm nach.

Damals habe ich mir geschworen: Nie wirst du dich derart bloßstellen, Laura Wunder, niemals dich bis zur Lächerlichkeit preisgeben! Wie Gisi sich aufführt, ist nämlich lächerlich. Total würdelos ist es, einem um Jahre jüngeren Kraftprotz hinterdrein zu rennen, nur weil er gut im Bett ist. Und nicht einmal sicher zu sein, dass er dich da, wo er grade ist, auch haben möchte …

Nach Bens Abreise war Gisi nach Wien zurückgekehrt. Ich sah sie kaum, ich hatte den Eindruck, dass sie mich mied. Es war Viktor, der mich auf dem Laufenden hielt. Es gebe endlose Debatten, nun, Debatten eigentlich nicht, er, Viktor, rede auf Gisi ein, sie sitze mit glänzenden Augen da, höre gar nicht richtig zu, spiele pausenlos Songs der, na, ich wisse schon, von diesem tollen schwarzen Weib, »Shirley Bassey«, half ich ihm aus. »Und sonst? Spricht sie über ihre Pläne?«

»Nein«, sagte er verzagt, »ich glaube, sie hat keine.«

Hier irrte Viktor. Wenige Wochen später stellte sich heraus, dass Gisi sich nach Bens Abgang einen Schlachtplan zurechtgelegt hatte, an den sie sich ohne Wenn und Aber hielt.

Es war Juni geworden, ein toller, viel versprechender Juni, er verlieh Viktors Verzweiflung zusätzliche Dramatik.

»Sie reist ab, Laura, übermorgen verlässt sie mich.«

Ich konnte ihn nicht sehen, da wir telefonierten. Aber ich glaube, er weinte, Urbanski der erfolgverwöhnte, der über allem stehende, der stolze Urbanski weinte. Ich roch den Flieder und hörte das liebestolle Gurren der Tauben und wusste nichts Besseres zu sagen, als: »Schsch, Viktor … Es wird alles gut, du wirst sehen, alles wird gut …«

Es juckte mich in den Fingern, Gisi anzurufen und ihr den Kopf zu waschen und ihr zu sagen, dass sie kein Recht habe, Viktors Leben zu zerstören. Ich tat es nicht, weil ich wusste, was sie mir antworten würde. »Es ist auch mein Leben, Laura«, würde sie sagen.

Gegen Abend meldete sie sich in der Redaktion. »Du weißt, dass ich fahre? Gut. Bist du fertig, hast du Zeit? Ich möchte mit dir ins Grüne fahren, schließlich müssen wir beide uns ordentlich verabschieden.«

Sie holte mich ab. Wir fuhren zu einem Heurigen, mitten in den Weinbergen, hoch über der Stadt. Auch hier roch es nach Flieder, um diese Jahreszeit riecht ganz Wien nach überreifem Flieder. Es war ein Abend wie Samt. Wir saßen einander auf den schmalen, grünen Bänken gegenüber und sahen einander über einen schmalen, grünen Tisch hinweg an. Gisis Gesicht. In ihm kenne ich mich besser aus, als in meinem eigenen.

»Man müsste verliebt sein«, sagte ich. »Bist du verliebt?«

Gisi grinste. »Genau das hat Viktor mich in den letzten Tagen pausenlos und das letzte Mal vor einer Stunde gefragt.«

»Und?«

Sie gab keine direkte Antwort, sie wich aus: »Er hat sich wiederholt, der Viktor, ständig hat er sich wiederholt, immer wieder hat er gesagt ›Gisi, dieser Buschmensch liebt dich nicht. Nicht so, wie ich dich liebe.‹« Sie sah mir in die Augen und beugte sich über den Tisch, bis ihr Gesicht dicht vor meinem war. »Weißt du, was ich Viktor geantwortet habe?«

Alles was Gisi zu dieser Zeit tat oder sagte, war voller Intensität.

»›Er liebt mich auf seine Weise, Viktor‹, habe ich gesagt. ›Und Viktor, ich will diesen Mann nicht für den Rest meines Lebens. Ich will bloß diesen Kick kriegen, den ihr Männer euch verschafft, wenn ihr in die Jahre kommt und euch mit einer späten Leidenschaft auf die Sprünge helft. Ben begehrt mich und, mal ehrlich, Viktor, wann hast du mich zuletzt begehrt.‹«

Verbal war Gisi mir stets überlegen gewesen, ich war besser im Schreiben. Ich hatte mir so viel zurechtgelegt, wollte ihr so viel sagen, aber das Überzeugende, Zwingende, das zu ihrer Situation zu sagen gewesen wäre, fiel mir jetzt nicht ein.

»Ist er so gut, dass es sich auszahlt, für ihn deinen Mann zu verlassen?«, fragte ich plump.

»Offen gestanden ja.«

»Und bist du so gut, dass er dich unbedingt haben muss?«

Die Bosheit war beabsichtigt. Gisi nahm sie mir nicht übel. Sie wiegte den Kopf hin und her.

»Wir haben es toll, ja, es ist für uns beide restlos befriedigend.« Sie schwieg eine Weile und nahm einen Schluck aus ihrem Glas, ehe sie ganz nebenbei sagte: »Ben weiß übrigens nicht, dass ich komme.«

Mir blieb zunächst die Spucke weg, dann stotterte ich: »Jesusmaria Gisi … Du kannst doch nicht auf gut Glück fahren.«

In der Art, wie sie ihr Katzenkinn hob, lag etwas Kämpferisches. »Warum nicht«, sagte sie.

Glück wird sie brauchen, dachte ich, nachdem sie mir erzählt hatte, wie Tarzan und sie voneinander geschieden waren.

Er habe ihr nie gesagt, wann er reisen würde, sie hätten ja nie viel gesprochen. Über das Lieben, über Sex, über ihre Körper, das wohl. Auch über Namibia und über Bens Abenteuer. Aber nie über ihre Auffassungen. Nie über Politik, über Literatur, über die Welt… Sie habe gewusst, dass seine Abreise näher rücke. Nach dem Datum habe sie nicht gefragt, weil sie es gar nicht habe wissen wollen. Die Nächte hätten sie oft im Haus des Hanseaten verbracht. Sie habe sich nichts dabei gedacht, als Ben vorschlug, zur Abwechslung bei ihr zu schlafen.

»Es war eine erlesene Nacht. Wir haben uns geliebt, ein wenig gedöst, wieder geliebt, sind wieder eingenickt.« Gedankenverloren kaute sie an ihrer Nagelhaut, ehe sie fortfuhr. »Ich bin aufgewacht, als es dämmerte. Ben stand angezogen am Bettrand und sah auf mich hinunter. Er sagte: ›Ich fahre jetzt nach München, Liebling, in fünf Stunden geht mein Flugzeug nach Johannesburg. Schlaf weiter. Wir sehen uns bald.‹ Er hat die Decke um mich rumgestopft, wie er es immer tat, ehe wir einschliefen, und weg war er.« Sie kaute wieder Nagelhaut, spuckte das Abgebissene energisch in die Ribiselstauden und sagte: »Das war's. Seither habe ich nichts mehr von ihm gehört. Und weil ich wissen will, woran ich bin, fahre ich nach Namibia.«

Ich blies den Atem, den ich angehalten hatte, aus. Und schwieg. Was hätte ich auch sagen sollen, es war nichts zu sagen, weil sie zur Fahrt entschlossen war. Einem entschlossenen Menschen etwas ausreden zu wollen bringt nichts, man verschwendet einen Haufen Energie für nichts und wieder nichts.

In den Zweigen des Nussbaumes über unseren Köpfen tschilpte ein schlaftrunkener Vogel, die Lichter der Stadt erwachten zu nächtlichem Leben, im Osten, jenseits der Donau glitzerten die ersten Sterne.

»Sag was«, forderte Gisi.

Ich zeichnete nasse Kreise mit dem Weinglas auf den Tisch und versuchte, klug zu sein: »Ich habe eine Theorie: Alte Männer stehen auf junge Frauen, weil sie hoffen, dass der hautnahe Kontakt mit der Jugend ihr altes Fleisch verjüngt. Reife Frauen, die sich mit jüngeren Männern einlassen, wollen unerfüllt gebliebene Wünsche realisieren, irgendwelche schwülen Träume …«

Gisi unterbrach mich. »Du redest Scheiß, Laura«, sagte sie unbarmherzig, »in einem hast du allerdings Recht. Warum sollen nur alte Gockel junge Hennen ducken dürfen, wenn auch alte Hennen gern mal einen jungen Hahn hätten.«

Ich mochte es nicht, wenn sie solches Zeug redete, sie wusste das. Sie neigte den Kopf ein wenig zur Seite und lächelte mich an. Dann ergriff sie mit ihren warmen, kleinen Händen die meinen, drückte sie fest und sah mir in die Augen: »Lauraliebchen, hör endlich auf, dich um Viktor und mich und Ben und den Rest der Welt zu grämen. Schau, ich weiß ja, dass die Geschichte mit Ben nicht ewig dauern wird. Ich habe nicht die leiseste Ahnung, was mich in Namibia erwartet. Ich möchte nur noch einmal abheben. Wie damals in Woodstock. Auch wenn danach der Kater kommt.«

Nach Gisis Abreise klaffte ein Loch in meiner Existenz. Da ich neuerdings danach trachtete meine Befindlichkeit zu ergründen, wusste ich, weshalb mich ihre Abwesenheit härter traf als früher. Während Gisis wilder Jahre in Deutschland und Übersee war ich von meinem Leben mit Martin erfüllt gewesen. Diesmal war niemand da, zu dem ich gehörte, denn auch Limettchen hatte mich verlassen.

Was heißt verlassen, sie war in eine WG gezogen. Meine schöne, große, bald zwanzig Jahre alte Tochter, die aussah wie ihr Vater. Blond, prächtige Zähne, offenes Lachen. Sportlich, langbeinig, perfekte Figur. Schon als Schulkind war Limettchen gut im Rechnen gewesen, nun hatte sie auf der Uni Mathematik und Philosophie belegt. Sie war ständig in Bewegung und das meistens mithilfe von Geräten: Fahrrad, Schlittschuhe, Rollerblades, Schi, Snowboard, neuerdings auch Motorroller. Den Mann, den sie angeblich nicht liebte, mit dem sie aber angeblich guten Sex hatte, kurz, den Mann, der zur Zeit von Gisis Abreise nach Namibia aktuell war, den durfte ich nicht kennen lernen, weil Limettchen fand, es stehe nicht dafür. Meine Tochter gab mir immer öfter das Gefühl, erwachsener zu sein als ich. Sie war so selbstbestimmt und ihrer Sache sicher. Sie rauchte dann und wann einen Joint, niemals verstohlen, sie fand einfach nichts dabei. Sie sprach die Sprache ihrer Generation, die mir so fremd war, dass ich mir manches übersetzen lassen musste. Ich hätte sie gerne beherrscht, diese Sprache, obwohl sie ja doch nicht mehr die meine werden konnte.

Limettchen besuchte mich regelmäßig, sie brachte ihre Schmutzwäsche, borgte sich meine besten Pullis, um sie zu behalten, erzählte mir, was sie erzählen wollte, und ging wieder. Sie ist kein zärtlicher Typ. Ich wünschte mir damals sehr, dass sie es wäre. Ich fühlte mich einsam. Daran änderte auch mein Beruf, der mich ständig mit Menschen zusammenbrachte, nichts. Die Einsamkeit war in mir. Als zwei Monate nach Gisis Abreise ihr erster Brief eintraf, fühlte ich mich wie aus der Haft entlassen.

*Laura, meine Alte,*

*ich lade dich zu einem Indaba vor meiner Hütte ein. Diese Hütte steht in der Savanne, in Bens Camp, das nördlich von einer Stadt mit dem zungenbrecherischen Namen Otjiwarongo, südlich der Etosha-Pfanne, etwas westlich vom Waterberg-Plateau und meilenweit von jeder menschlichen Siedlung entfernt liegt. Eine Sandpiste führt durch den Busch hierher, die Luft flirrt und flimmert, hier ist jetzt Winter, aber ich kann dir verraten, der ist immer noch heißer, als der heißeste Hochsommer daheim…*

Gisis Schrift ist groß und klar, ich las die vielen Seiten mühelos. Las über Geparden und Springböcke und Kudus und Warzenschweine. Über bunte Vögel mit langen Schnäbeln, die Bläue des Himmels, das Rot der Sandsteinberge, die tollen Trachten der Hererofrauen und die dicken Hintern der Hottentottinnen.

*Keine Chancen für uns, Lauraliebchen, die Hottentotten sind Hinterteilfetischisten, je dicker, je lieber…*

Ich überflog den Rest. Kein Wort über Ben? Erst auf der letzten Seite tauchte er auf.

*Ben,* schrieb sie, *ist, wie der Holländer auf Deutsch zu sagen pflegt, »sehr geschäftigt«. Das Gebiet, in dem er Safaris für Jäger und Fotojäger veranstaltet, ist 100 000 ha groß. Anfangs fuhr ich gerne mit, aber Ben hat da keine Zeit für mich, er muss sich ja in erster Linie um seine Jagdgäste kümmern. Manchmal ist er auch allein unterwegs, aber das meistens zu Pferd. Wieder nichts für mich. Ich habe es versucht, konnte danach drei Tage lang weder sitzen noch gehen.*

*Ich nenne Ben den »Sahib«. Wenn er mich ärgert, sage ich »großer Sahib«. Ich bin viel allein, ich sehe den Geparden zu, die Ben in einem Gehege hält, prachtvolle Katzen, du würdest sie lieben. Ich bin sogar schon einmal mit Ben ins Gehege gegangen, nachdem er sie gefüttert hat. Weißt du, dass sie die schnellsten Tiere der Welt sind? Sie bewegen sich unglaublich schön, sie fliegen fast, wie goldene Schatten. Oder ich sehe den Straußen nach, die über die Savanne düsen, hoheitsvoll und grotesk, wie degenerierte Monarchen.*

*Ich habe eine Hütte für mich allein, habe nicht viel zu tun, eigentlich gar nichts, weil Ben sechs kohlrabenschwarze Männer beschäftigt. Es sind Damara, sie sprechen Deutsch. Du weißt? Deutsch-Südwest. Falls du es nicht weißt, sieh im Lexikon nach. Der »Sahib« bewohnt seine eigene Hütte, was das so genannte Zwischenmenschliche erschwert. Aber demnächst will er für ein paar Tage mit mir nach Südafrika fliegen, mir Kapstadt zeigen und das Kap der Guten Hoffnung. Letzteres scheint mir im Hinblick auf meine augenblickliche Situation, Sinn zu stiften…*

Mein Gott, Gisi, das wird eine Bauchlandung! Seiten um Seiten und kein Wort von Liebesrausch, von unvergleichlich tollem Sex mit Ben. Deswegen bist du schließlich hingefahren… Um Sex ging es bloß im Postskriptum.

*PS.: Es ist jetzt Abend, »Ben Sahib« ist eben aus der Stadt zurückgekommen und hat mich schreiben gesehen. Er lässt dich grüßen. Er sagt, du seist ungemein sexy, schade nur, dass du's nicht weißt.*

Die namibische Gisi bereitete mir Kopfzerbrechen. Dazu kamen neuerdings Sorgen um mich selbst. Mein Langzeitverhältnis mit dem Rechtsanwalt war endgültig vorbei. Ersatzlos vorbei, da sich weit und breit nichts Infragekommendes zeigte. Früher hätte mich das nicht gestört, nun stimmte mich der männerlose Zustand Moll. Ich hatte das Gefühl unter Zeitdruck zu stehen. Wie viele gute Jahre lagen noch vor mir? Ich war pausenlos niedergeschlagen und fürchtete, depressiv zu werden. In meinem Beruf gibt es haufenweise Leute, die zu trinken anfangen oder medikamentensüchtig werden oder in die Depression rutschen. Am meisten fürchtete ich die Depression. Das »tiefe schwarze Loch«, von dem mir eine Kollegin erzählt hatte. Psychopharmaka, Therapie, möglicherweise Einweisung in eine Klinik, selbst Selbstmord sei nicht ausgeschlossen… Selbstmord! Was würde aus Limettchen? Eine junge Waise, wie ich selber eine gewesen war… Eines Abends vertraute ich meiner Tochter an, womit ich mich herumschlug. Ihr einziger Kommentar war ein tadelndes »Muttterrr!«. Sie riet mir, Ferien zu machen und einen *lover* zu nehmen. »Noch ist's nicht zu spät«, sagte sie grinsend und hielt sich für witzig.

Immer wieder grübelte ich vor dem Spiegel, sah mich an und sagte mir: Halbzeit im angeblichen besten Jahrzehnt der Frau und nichts, rein gar nichts ist gelaufen. Und dann passierte die Geschichte mit Viktor.

Sie hatte sich in keiner Weise angekündigt. Wir waren

laufend in Kontakt, das wohl; er rief mehrmals wöchentlich an, um seinen Jammer bei mir loszuwerden, zu klagen, dass er nichts von Gisi höre, mir seine Einsamkeit zu beschreiben. Ein paar Mal waren wir zum Essen ausgegangen, einmal Sonntagnachmittag im Kino gewesen …

Es war Herbst geworden, Limettchens Geburtstag, Viktor hatte sie zu sich gebeten und ihr stellvertretend für die abwesende Patin einen Scheck überreicht. Sie tanzte bei mir an und hielt ihn mir mit spitzen Fingern unter die Nase.

»Nett von ihm«, fand ich.

»Nett? Der geile alte Bock hat mich beim Abschied betatscht!«

Als sie auf meine Frage nach dem »wo« auf ihren Hintern klopfte, war ich beruhigt. Ich sagte ihr, sie solle das nicht tragisch nehmen, es sei typisch für alte Onkel, alle alten Onkel hätten diesen Drang.

Limettchen schnaubte wie ein kleiner Stier: »Einzige, dein Pragmatismus in Ehren, aber manchmal ist er zum Kotzen!«

Ein paar Tage später rief Viktor mich an und bat mich, ihn zu einer Vernissage zu begleiten. Er habe es satt, überall als Single aufzutreten. Es stünde ihm ja in Riesenlettern »gehörnt und verlassen« auf der Stirn.

»Ein Mega-Event, sämtliche Printmedien der Stadt, TV tutti quanti«, schwärmte ein junger Kollege aus der Kultur, der ebenfalls hinging, um darüber zu berichten.

Ich putzte mich heraus. Nahm mein Neuestes aus dem Schrank, den schwarzen Hosenanzug vom vorigen Herbst, fand mich selbst attraktiv und freute mich, dass auch Viktor das fand.

»Fesch bist du«, sagte er und lachte zufrieden, als er

mich sah. Er hatte mich am Haustor erwartet. Arm in Arm gingen wir zu Fuß durch die Stadt. Es war angenehm, am Arm eines Mannes zu gehen, der etwas darstellte. In der Galerie drängte sich, was laut Viktor »Rang und Namen« hatte. Viktor zählte zu den Promis, die vom Fernsehen zur Person des Künstlers interviewt wurden. Ich stand neben ihm, als er ein paar passende Plattitüden zum Besten gab. Er war mit seiner Darbietung zufrieden, nahm meinen Arm, sagte dem Künstler belanglose Worte und ging mit mir essen.

Ein Gourmetrestaurant. So oft kam ich da nicht hin. Wir waren beide gelöst, hatten keine Schwierigkeiten, Gesprächsstoff zu finden, unausweichlich kam die Rede auch auf Gisi.

»Goldene Brücken habe ich ihr gebaut!«

Viktor war wieder einmal dabei, seine Großzügigkeit zu rühmen. »›Schlaf mit ihm, damit kann ich leben, es wird sich totlaufen, solche Affären laufen sich immer tot‹, habe ich ihr gesagt.« Seine Augen glänzten vorübergehend – aus Rührung über sich selbst – ehe er wieder zu gockeln begann: »Aber eines habe ich ihr klargemacht.« Er klopfte mit den Fingerknöcheln auf den Tisch, um seinem Standpunkt Nachdruck zu verleihen. »›Wenn du gehst‹, habe ich gesagt, ›nehme ich dich nicht zurück.‹«

Ich mochte Viktor sehr an diesem Abend, deshalb nahm ich seine Bemerkung von der heiteren Seite: »Du redest von deiner Frau, als wäre sie ein Auto, das du nicht mehr willst, weil ein anderer es gefahren hat.«

Wir lachten beide, tranken noch eine Flasche vom teuren Roten, verließen das Lokal und nahmen ein Taxi.

Schulter an Schulter lehnten wir im Fond. Das war behaglich, vertraut, zweisam. Ich fand nichts dabei, als er mich bat, auf einen Whisky zu ihm raufzugekommen. Er wolle noch nicht allein sein, er hasse das Alleinsein in der großen Wohnung. Und ich bin sicher, absolut sicher, dass auch Viktor keinen Hintergedanken hatte.

Urbanskis wohnten nicht weit entfernt von mir. Eine zweigeschossige Wohnung mit Dachterrasse, wunderbarer Blick auf die Gärten des Belvedere und Prinz Eugens prachtvolles Lustschloss. Mit einem Knopfdruck beleuchtete Viktor die gesamte Wohnung und wies um sich. »Sieh dir diese Zimmerflucht an. Hier lebe ich mutterseelenallein! Wenn die Zugehfrau kommt, bin ich schon in der Klinik und operiere, wenn ich nach Hause komme, herrscht vollkommene Stille. Weißt du, dass ich manchmal laut mit mir rede, damit irgendwer mit mir spricht?«

Wir saßen uns in den beiden Versinkesofas im Salon gegenüber. Sprachen allerlei, auch über das Alleinsein, und wie man damit fertig wird. Viktor stand auf, holte neue Drinks, als er wiederkam, setzte er sich neben mich. Er betrachtete mich freundlich, überhaupt nicht begehrlich, nur wohlgefällig. Und dann machte er mir dieses Kompliment, das ich ihm nie zugetraut hätte und das ich Wort für Wort in Erinnerung behalten habe. Er sagte: »Weißt du, Laura, mit dir ist es wunderbar. Du hast Charme und Witz und Güte. Du bist attraktiv. Neben dir fühlt sich ein Mann zu hundert Prozent als Mann.«

»Das war hübsch Viktor, danke«, sagte ich und lachte ihn an. Da küsste er mich.

Angenehm war es, die warmen Lippen und der Schnurrbart, der der Sache eine eigene Note verlieh – ich hatte nie zuvor einen Mann mit Schnurrbart geküsst. Es ging alles ruhig, ohne Hast, ohne Gier. Seine Hände fummelten nicht, sie waren sicher, typische Arzthände.

In mir war keine Hemmung. Ich empfand keine Angst, körperlich vor ihm nicht zu bestehen, zu alt, zu wenig biegsam, am falschen Ort faltig oder fett zu sein. Auch Viktor war ja nicht mehr taufrisch. Sein Hemd war zu Boden gegangen, ich sah, dass seine sonnengebräunte Haut, wenn er sich über mich beugte, an Hals und Brust feine Fältchen warf. Ich fühlte, dass seine Rückenmuskulatur nicht mehr flächig, sondern knotig war.

Vielleicht war es meine verflixte Angewohnheit, den Augenblick mit dem Hirn zu erfassen. Denn auf einmal wusste ich: Das bringt's nicht. Vielleicht wäre es hübsch, aber nicht hübsch genug, um eine Freundschaft aufs Spiel zu setzen. Ich drückte Viktor von mir weg, sah in seine bereits ziemlich verhangenen Augen und schüttelte den Kopf: »Es geht nicht Viktor. Wegen Gisi.«

Das war eine Lüge, an Gisi hatte ich überhaupt nicht gedacht. Es ging mir darum, meine Beziehung zu Viktor nicht zu verwirren.

Die Lüge wirkte. Viktor hob sich mit leisem Bedauern, aber widerspruchslos von mir weg. Ich nahm meine Bluse an mich und zog sie ohne Hast wieder an. Ohne Verlegenheit, völlig entspannt haben wir uns getrennt. Wir haben es beide in guter Erinnerung behalten, das haben wir einander später eingestanden. Im Übrigen war es ein Glück, denn bald darauf kündigte sich Gisis Rückkehr an.

In der Stadt war es kalt und nass und grau geworden. Südlich des Alpenhauptkammes müsste man leben, dachte ich und packte die Sommerkleidung in Mottensäcke und räumte sie weg. »Im Süden müsste man sein«, sagte ich übellaunig, als Limettchen mit rosigen Wangen zur Tür hineinschoss. Nur der Jugend bekommt die Kälte, unsereinem rötet sie unvorteilhaft oder sie färbt uns lila ein, Äderchen werden sichtbar, die Nase rinnt … einmal noch zwanzig sein, auch dreißig wäre nicht schlecht … »Was gibt's?«, fragte ich lustlos in Limettchens neuigkeitsschwangeres Gesicht.

»Wenn du grämlich bist, gehe ich und zeig ihn dir nicht«, drohte meine Tochter, zog einen Brief aus der Tasche und schwenkte ihn vor meinen Augen. »Von Gisi. Wurde auch Zeit, schließlich ist sie meine Patin.«

Es war ein Brief, wie Limettchen ihn liebte. Keine Betrachtungen über Befindlichkeiten. Nur Abenteuer. Nichts von Ben. Aber es gab ein aussagestarkes Postskriptum: Ob Limchen sich etwas aus Afrika wünsche, Safariboots vielleicht, es könne gut sein, dass sie, Gisi, zu Weihnachten wieder daheim sei.

Ihr nächster Brief war an mich gerichtet. Er war kurz.

*Laura, ich komme nach Hause. Mit Ben ist es aus. Ich kann nicht bei Viktor wohnen, hast du Platz für mich? Alles weitere mündlich. Ich freue mich auf dich. Ich brauche dich sehr.*

*G.*

Sie kam eine Woche vor Weihnachten an. Zum ersten Mal in ihrem Leben war sie leicht sonnengebräunt, es machte sie fremd. Sie war mager geworden. Und ziemlich ernst. Aber nicht bitter. Sie zog in Limettchens Zimmer ein und schlief zunächst vierundzwanzig Stunden. Dann rief sie Viktor an. Ich hatte ihm gesagt, dass Gisi zurückkommen werde und ihn beschworen, sie nicht mit Telefonaten zu bombardieren, sondern abzuwarten. Ich war dabei, als Gisi mit ihm sprach, er schrie – offenbar freudig erregt –

und machte, wie ich Gisis Antworten entnahm, gut gemeinte Vorschläge. Nein, sagte Gisi, sie werde nicht nach Kitzbühel kommen, auch dann nicht, wenn sie das Haus für sich haben könne. Sie werde ein unsentimentales Weihnachtsfest mit mir und Limettchen verbringen und versuchen, sich über ihre Zukunft klar zu werden. Im neuen Jahr, wenn Viktor vom Schilaufen zurück sei, werde sie gerne mit ihm darüber reden.

Diese Weihnachtsfeiertage. Kein Christbaum, weder Lust noch Zeit. Wir lagerten um den dürren Adventkranz und redeten, redeten, redeten. Limettchen kam immer wieder vorbei, sie wollte möglichst viel mitkriegen von Gisis Erzählungen. Wenn sie dabei war, ging es um Wale am Kap der Guten Hoffnung, um Wüstenelefanten an der Skelettküste, um weites, wildes, menschenarmes Land. »Ein ganzer Quadratkilometer pro Person? Wow, du packst es nicht, ich zieh nach Namibia«, feixte meine Tochter. Und weg war sie. Nicht in ihre WG, da sie immer noch das Verhältnis mit dem Mann unterhielt, den sie angeblich nicht liebte und mit dem sie angeblich guten Sex hatte. Was ihn betraf, war ich zunehmend skeptisch. Aber im Gegensatz zu Limettchen, die mir bedenkenlos sagte, was sie für richtig hielt, wagte ich nicht allzu viel offen zu sagen aus Angst, unsere Beziehung könnte sich trüben, ich könnte mein Kind verlieren. Nur nichts verlieren …

»Man muss auch verlieren können«, sagte Gisi am 31. Dezember gegen Mitternacht, nachdem wir bereits Stunden geredet und zwei Flaschen Rotwein ausgesoffen hatten. Wir waren allein. Über Ben sprach sie nur, wenn wir allein waren. Sie hatte mir erzählt, wie sich das Wiedersehen in Namibia abgespielt hatte: »Er wusste ja nicht, dass ich kommen würde, und ich war wohl das Letzte, das er an diesem Abend erwartet hatte. Ich hatte mir in Windhoek einen Jeep gemietet. Als ich damit ins Camp rumpelte, war mir fast schlecht vor Aufregung. Er stand vor einer Hütte, er sah mich an, total perplex, so als würde er mich nicht erkennen, er brachte den Mund gar nicht mehr zu. Dann hat er sich gefasst. Er sprang auf den Jeep zu, hob mich raus und lachte und küsste mich … na ja und nachts in seiner Hütte sah es ganz so aus, als würden wir da fortsetzen, wo wir aufgehört hatten.«

Im Laufe unseres mehrtägigen Weihnachts-*Indabas* erfuhr ich, weshalb Gisis großes Abenteuer letztendlich keine Fortsetzung finden konnte.

Ben sei, anders als in Europa, irgendwie reserviert gewesen.

»Sehr mitteilsam war er nie und über Gefühle hat er schon gar nicht gesprochen, weißt du, er hat mir nie gesagt, dass er mich liebt«, gestand sie einmal ein.

»Was?«, jaulte ich auf, sie zuckte die Achseln.

»Na ja, er hat gesagt, dass er meine Augen liebt, mein Lachen, meinen Busen, meinen Körper. Die Art, wie ich im Bett bin. Aber mich … nein, er hat mir nie gesagt, dass er mich liebt.«

Grausam, hatte ich gefunden.

»Ja und nein«, meinte Gisi, »wenn du nicht ganz vernagelt bist, siehst das Ende nahen, es trifft dich nicht unvorbereitet.«

»Hast du es nahen sehen?«

Gisi hatte wieder begonnen, Nagelhaut zu beißen.

»Musste ich wohl unter den gegebenen Umständen.«

Anfangs sei da noch etwas Romantik gewesen, zu zweit mit dem Zelt unterwegs, Sternenhimmel, *Out of Africa* und so. Dann habe Ben immer seltener mit ihr geschlafen, sie mit flüchtigen Küssen abgefertigt. Alle Versuche, mit ihm über ihre Beziehung zu sprechen, scheiterten. »Es ist schlicht die Angst, sich festzulegen oder festgelegt zu werden, darum schweigt er«, war Gisi überzeugt. »Er hat mir nie eindeutig ›Ja‹ und bloß einmal definitiv ›Nein‹ gesagt.«

Das »Nein«, das auch das Ende war: Während der letzten Safari des Jahres, im November, war Ben von einem Leoparden angefallen worden. Er wollte sich die Stelle ansehen, an der ein Zebra gerissen worden war. Vom Rücken seines Pferdes aus betrachtete er die blutigen Spuren, sein Gewehr hing am Sattel. Der Leopard war blitzartig da. Bens Pferd scheute und stieg, Ben erreichte sein Gewehr nicht mehr und wurde abgeworfen. Purer Zufall, dass einer von Bens schwarzen Gehilfen mit ein paar Jagdgästen im Jeep unterwegs war und Bens Pferd in Panik dahergaloppieren sah. Als sie Ben erreichten, hatte ihn der Leopard bereits arg zugerichtet. Der Schwarze und ein Jagdgast schossen, die Raubkatze war sofort tot.

Ben hatte tiefe Fleischwunden am ganzen Körper und Verletzungen im Gesicht abgekriegt. Er ließ nicht zu, dass Gisi ihn pflegte. Der Arzt hatte ihm Ruhe verordnet, mehrere Monate lang würde er nicht einsatzfähig sein. Gisi hoffte, dass Ben mit ihr nach Europa fahren würde.

»Ich dachte, in Europa würden wir wieder zueinander finden. Ich wollte noch einmal so geliebt werden, so … na ja …«

Es fiel ihr schwer, den Rest zu erzählen.

»Weißt du, Ben liebt Afrika, er wird nie mehr davon loskommen, nur Weihnachten im Busch kann er nicht ausstehen. Also habe ich ihn gebeten, gebettelt habe ich,

›nur über Weihnachten, Ben, bitte, tu es für mich‹. Und er hat ›Nein‹ gesagt. Er hat mich dabei nicht einmal angesehen. Er hat mich nicht berührt. Hat nur ›Nein‹ gesagt, als stünde ihm kein anderes Wort zur Verfügung.«

Wir sprachen in diesen Tagen viel über Ben, sie hatte das Bedürfnis, über ihn zu reden, es tat ihr gut.

»Was war es«, wollte ich wissen, »war es sein Körper, seine Wildheit, sein Anderssein?«

»Ein bisschen von allem wahrscheinlich«, gab sie zu.

»Also doch der Tarzan-Effekt«, trumpfte ich auf, und sie grinste.

»Gewonnen. Ich bin überzeugt, dass gegen den kein Kraut gewachsen ist, das kann jede Frau erwischen. Intellektuelle, Hausfrauen, Emanzen, Freudenmädchen …«

Sie sah mich an, irgendwie mitleidig wollte mir scheinen. »Jede«, sagte sie. »Jede, nur dich nicht. Nein, Lauraliebchen, dich nicht.«

Gisi hatte Ben in Afrika verloren, aber sie war in der Gewissheit heimgekommen, nichts versäumt zu haben. Einmal sagte sie: »Weißt du, ich bereue keine Minute mit Ben. Es war kein Techtelmechtel, es war ein umwerfendes Abenteuer. Proviant für die alten Tage. Mein einziger Fehler war, Ben nachzureisen. Ein starker Abgang ist im Leben genauso wichtig wie am Theater. Ben hatte einen starken Abgang im Sinn damals, in Kitzbühel. Ich habe ihn vermasselt.«

Sie war zuweilen wehmütig, zuweilen nachdenklich, aber nie verzweifelt. Nachdem sie sich ihr afrikanisches Abenteuer von der Seele geredet hatte, kam sie nicht mehr darauf zurück. Ihr erstes Gespräch mit Viktor fand am Dreikönigstag statt, es folgten weitere. Ich fragte sie nicht danach, das Wesentliche ließ sie mich wissen: Sie lehne Viktors Angebot, wieder mit ihm zu leben, ab. Sie wolle endlich selbstständig werden. Sie werde eine befriedigende Arbeit finden.

»Du wirst es nicht fassen, Laura! Weißt du, was sie vorhat?« Viktor hatte mich aus der Redaktionssitzung holen lassen, ich dachte, es sei ein Unglück geschehen. Völlig außer sich plärrte er ins Telefon: »Sie hat es mir gesagt, grade eben hat sie es mir erzählt, Buchhändlerin will sie werden!« Er war eingeschnappt, weil ich nicht stehenden Fußes zu jubilieren begann. »Also ich finde das sensationell. Meine Frau …!« Und dann, wieder ganz der alte Viktor: »Ich werde sie dabei in jeder Hinsicht unterstützen.«

Ich fuhr nach Hause und riet ihr dringend ab: »Du bist meschugge! In deinem Alter! Zwei Jahre Lehrzeit, ein sterbendes Gewerbe, keiner liest mehr Bücher, alles gafft in die Röhre, Buchhandlungen geben reihenweise auf …«

Gisi zog die Stirne kraus und grinste. »Ich finde es sinnvoll und im Hinblick auf unsere germanistischen Anfänge schlüssig. Ich schlage einen Bogen, auf dass sich der Kreis irgendwann einmal schließe.«

Am selben Abend teilte sie mir mit, dass sie mich verlassen und in ihre alte Bude aus Studententagen ziehen werde. Richard Miller hatte seiner Tochter nach deren Hochzeit überschrieben, was seine verblichene Tante ihm hinterlassen hatte. Die kleine Wohnung und Bares. Kein Vermögen, aber für die zwei Lehrjahre würde es bei sparsamem Lebenswandel reichen. Viktors Angebot, sie finanziell zu unterstützen, hatte sie abgelehnt.

Nein, Gisi war nicht meschugge, war es niemals gewesen, selbst wenn es manchmal so ausgesehen hatte. Und nun war sie's erst recht nicht. Wieder dieser Mut zur Veränderung. Einfach springen, ins Wasser tauchen, sehen, wohin es dich treibt. Nur nichts Abgestandenes, kein Stillstand…

Und ich? Blieb wieder einmal am Ufer stehen und das ging mir zunehmend auf die Nerven. Ich trug immer noch die bestickten leinenen Nachthemden, die der Fridolin von ihrer Mutter geerbt und mir zur Hochzeit geschenkt hatte, weil mein längst verstorbener Mann auf Nostalgisches versessen gewesen war. Ich hatte mir seit Jahren keinen neuen Hut gekauft, weil die beiden alten noch nicht speckig waren. Ich lebte immer noch in einer Wohnung, auf deren Türschild »Dr. Martin Wunder« stand.

# 7

Menetekel, Menetekel, Zeichen an der Wand. Auf meine eigene Situation beziehe ich so etwas selten. So sah ich auch kein Zeichen an der Wand in der Tatsache, dass es in der Redaktion nicht mehr ganz so rund lief. Wahrscheinlich wollte ich es nicht sehen. Insofern wirkte sich mein krankhaftes Sicherheitsbedürfnis kontraproduktiv aus.

Zunächst wurde der fette Kollege, der über Haubenlokale und Weine berichtete, in die Frühpension gedrängt. Ich bedauerte das, ich mochte ihn. Er war der Erste, der mich warnte.

An seinem letzten Arbeitstag watschelte er zur Tür herein und stellte meinen Ventilator auf meinen Schreibtisch. »Nimm ihn wieder, geliebtes Wunder, der nächste Sommer kommt bestimmt, und der wird heißer werden als die vergangenen.« Er klang vergnügt.

»Du wirkst happy, ist das Show oder gehst du gerne?«

»Meine Liebe, was heißt gerne«, meckerte er, wobei seine Speckschwarten rhythmisch zitterten, was ich seit Jahren mit medizinischem Interesse verfolgte, »ich habe mich für den würdevollsten aller Abgänge entschieden.« Als er mich verdattert sah, wurde er deutlicher. »Unsere Auflage sinkt, das ist kein Geheimnis. Wir sind nicht *trendy*, wir wurschteln am Zeitgeist vorbei, also werden wir eingehen oder um ein Butterbrot an eine ausländische Gruppe verhökert werden. Und dann, denk an meine Worte, Wunderchen, dann steht die halbe Redaktion ohne Vorwarnung auf der Straße. Ich bin bloß die Vorhut.«

Den Stier bei den Hörnern packen. Auch so eine Redensart. Diesmal setzte ich sie in die Tat um. Ich lauerte dem Chefredakteur, der es gerne mochte, wenn man ihn *chief* nannte, auf seinem Weg vom Herrenklo zum Büro auf und fragte ihn rundheraus, was an den Gerüchten um den drohenden Untergang unseres Blattes dran sei.

»Nichts Wunder, mein Wort darauf, nicht das Geringste ist daran wahr. Wir müssen sparen, ja, die Zeiten sind hart im Magazingeschäft, aber das ist Ihnen ja nicht neu. Wir werfen bloß Altlasten über Bord, *streamlining*, ha! Schlank und stark in die Zukunft!« Er drosch mir ermutigend auf die Schulter und verschwand in seinem Büro.

Nachdem sie den Fetten losgeworden waren, entledigten sie sich der nächsten »Altlast«, einer fünfundfünfzigjährigen Redakteurin, die dreißig Jahre beim Blatt gewesen war und hochgestochene Kulturberichterstattung machte. Wir hatten wenig Kontakt miteinander gehabt. Ich bewunderte ihren Stil, ich hätte gerne so geschrieben wie sie. Auch sie kam bei mir vorbei, um sich zu verabschieden. Auf meine Frage, wie sie es ohne den Job aushalten werde, gab sie sich gelassen. Sie werde ein halbes Jahr in keine Premiere gehen, ein Jahr lang keine Vernissage besuchen und bis auf weiteres keine junge Literatur mehr lesen. Sie werde in ihrem Garten buddeln, mit dem Hund spazieren gehen und ans Nordkap fahren.

Das war's. Vorerst. Nach dem Abgang der beiden Kollegen, die nicht ersetzt wurden, kehrte allmählich Ruhe ein. Die nächste Warnung kam wenige Monate später von Gisi.

Sie hatte tatsächlich als Lehrling in einer Buchhandlung zu arbeiten begonnen und war nach wie vor entschlossen, ihre Gesellenprüfung zu machen. Die Suche nach einer Lehrstelle war demütigend gewesen. Immer wieder hatte man sie angesehen, als sei sie nicht ganz dicht.

»In ihrem Alter? Bedaure, wir nehmen nur junge Leute.«

Nichts hatte Gisi zu entmutigen vermocht. Sie ging alphabetisch, nach Telefonbuch vor. Bei »M«, Majer Louise – Majer mit »j« – hatte ihre Suche ein Ende. Die Buchhandlung Majer war ein antiquierter Laden in einem dämmrigen Gässchen hinter dem Stephansdom. Louise Majer, eine grauhaarige Mittsechzigerin mit gewinnendem Lachen, stand seit vierzig Jahren in ihrem Geschäft. Seit dem Tod ihres Mannes führte sie es allein, ab und zu halfen Studenten aus.

»Das Geschäft geht schlecht, ich nehme Sie trotzdem, Sie sind mir sympathisch. Man muss auf gleicher Wellenlänge sein in diesem Metier, Buchhandlungen sind keine Drogerien.« So hatte Louise Majer gesagt.

Und Gisi hatte mich angerufen und ins Telefon gekräht: »Laura! Du sprichst mit einer Azubi!«

»Einer was?«

»Einer Auszubildenden, Kurzform Azubi, so nennt man einen Lehrling in Deutschland, du Banause!«

Gisi und die Majerin verstanden sich glänzend. Die Azubi Urbanski war von ihrer neuen Aufgabe begeistert, sie arbeitete täglich von zehn Uhr bis achtzehn Uhr in der Buchhandlung und saß zweimal die Woche in der Berufsschule, umringt von jungen Leuten.

»Nicht ein Mensch über dreißig, ich traue dort keinem«, hatte sie nach dem ersten Mal grinsend erzählt. Wir sahen uns nicht allzu häufig, telefonierten aber fast täglich.

Es war Sommer geworden. Ein heißer Sommer, Gisi und ich waren an einem Sonntag in unser Lieblingsfreibad in den Hügeln über der Stadt gefahren. Wir lagerten auf einer dieser wunderbaren, grauen, verwitterten Holzpritschen, die nach Sonne und Kindheit riechen, und schwiegen im Behagen vollkommener Vertrautheit. Plötzlich hob Gisi den Kopf. »Weißt du, dass deine periodische Druckschrift in Gefahr ist?«

»Gerüchte, alles Gerüchte.«

Ich war meiner Sache sicher. »Es gab Turbulenzen, man hat zwei Kollegen in die Frühpension geschickt, aber jetzt ist alles okay.« So tat ich die Angelegenheit ab. Ich war noch nie so zufrieden gewesen in meinem Job wie eben jetzt. Ich hatte mehr zu tun denn je, bekam sogar Kultur- und Lifestylethemen aufs Auge gedrückt, machte außer Politik, Wirtschaft und Sport praktisch alles, was anfiel, es machte mir Spaß, ich wollte keine Unkenrufe hören. Gisi ließ nicht locker. »Hör mal, vielleicht ist doch etwas dran. Viktor saß beim letzten Rotariertreffen neben dem Herausgeber eurer schärfsten Konkurrenz – du weißt schon, dieser Typ von dem deutschen Konzern, und der sagte, es sei nur eine Frage von Wochen …«

Ich lenkte ab. »Aha, du hast Viktor gesehen, wie ist es gelaufen, war's nett?« Ich war ehrlich interessiert, weil ich das Gefühl nicht loswurde, dass aus den beiden wieder etwas werden könnte. Von Scheidung war nie ernsthaft die Rede gewesen, also hoffte ich insgeheim auf die Wiederherstellung des Status quo ante Ben.

Gisi grunzte in ihr Badetuch: »Gib's auf, Laura, das wird nichts mehr. Wir sehen uns dann und wann, wir gehen locker miteinander um wie gute Freunde. Mehr ist da nicht drin.« Sie begann leise vor sich hin zu lachen. »Er hat was mit einer Neuen laufen.«

»Was ist dran komisch, ist sie minderjährig?«

»Nö.« Gisi drehte sich auf den Rücken und grinste mit geschlossenen Augen schadenfroh der Sonne entgegen. »Keinen Tag jünger als du und ich. Aber eine Zicke. Irrsinnig getrimmt. Lang, dünn, manieriert. Hat einen obszönen Mund.«

»Wo hast du sie gesehen?«

»Sie hat Viktor abgeholt, als wir Kaffee trinken waren. Ich glaube, er hat das inszeniert, damit ich sehe, dass er versorgt ist.« Plötzlich lachte sie laut auf und zappelte wie ein Kind vor Vergnügen mit den Beinen. »Weißt du was, Laura, er hat sich einen Tanga gekauft! Er will nämlich mit ihr nach Sizilien. Mein armer Alter, in den Rückspiegel sieht er nicht, und das Luder sagt ihm nicht, dass sein Hintern Falten wirft.«

Wir lachten Tränen.

Zwei Wochen später fuhr auch ich in die Ferien. Griechische Insel. Allein, versteht sich.

Nach Martins Tod hatten Limettchen und ich die Sommerferien im Haus der Millers am See verbracht. Jahr um Jahr. Eingebettet in eine Großfamilie und deren Freundeskreis. Millers waren ungemein gastfreundlich. Ausgedehnte Mittagessen im Schatten alter Bäume. Bei Regen endlose Kanastapartien, Pfänderauslösen, viel sorgloses Lachen. Mit sechzehn hatte Limettchen sich für reif genug erklärt, die Ferien mit einer Freundin in einem

Camp in Südfrankreich zu verbringen. »Lass sie«, hatte Gisi mich damals gedrängt. Sie zahlte Limettchen den Aufenthalt, Limettchen reiste skrupellos ab, ich fuhr noch einmal allein zu den Millers, fühlte mich als das notorische fünfte Rad am Wagen und gestand mir widerwillig ein, dass es an der Zeit sei, mich von den alten Feriengewohnheiten zu emanzipieren.

Im nächsten Sommer trampte Limettchen mit Freunden durch die Bretagne. Ich fuhr allein nach Grado. Warum ausgerechnet nach Grado, Ferienstadt junger Mütter und kleiner Kinder? Vordergründig aus der Erwägung: nah, mit dem Auto leicht zu erreichen, Flucht jederzeit möglich. Im Hinterkopf war mir wohl jener unterhaltsame Verleger geblieben, der einmal bei Millers zu Gast gewesen war und von den tollen Fünfzigerjahren erzählt hatte. Damals seien Draufgänger wie er einer war, auf Kurzbesuche nach Grado gefahren, um knusprige junge Mütter – strohverwitwet, allein mit den Bambini und überreif fürs unverbindliche Abenteuer –, abzuernten wie Julikirschen.

Mir freilich war in Grado kein Abenteuer beschert gewesen. Grado wurde zum Gesellenstück in meinem Singledasein.

Du gehst zum ersten Mal an den Strand. Weil du allein bist, glaubst du aller Augen auf dich gerichtet, wiewohl dich kein Schwein ansieht. Du ziehst den Bauch krampfhaft ein und gibst dich gelassen und bist erst glücklich, wenn du flach im Sand liegst, solcherart zum anonymen Bestandteil der Feriengesellschaft geworden. Du schließt die Augen, als schliefest du, tust, als sei dir alles wurscht, und schwitzt dem Hitzschlag entgegen, ehe du dich einer neuen Situation aussetzt, nämlich der, ins Wasser zu gehen. Gegen Abend spazierst du auf der Seepromenade. Selbstverständlich flanierst du nicht wie paarweise Schreitende, Mütter mit Kinderwagen oder Alte am Stock. Nein, du sprintest, um den Eindruck zu erwecken, du seist in Eile, vor dir liege Wichtiges, du wurdest erwartet. Du willst um keinen Preis angequatscht werden von den witternden Einzelgängern mit dem Blick der Allesfresser und bist unten durch, weil es nicht geschieht. Und irgendwann ist es Abend, der Hunger treibt dich in die Trattoria, und da geht es dir erst recht beschissen, *Ah, signora è sola*, sagt der Kellner ärgerlich, weil er keinen Zweiertisch mehr zur Verfügung hat und dich an einen Vierertisch setzen muss, was dem Geschäft abträglich ist, weil später die Paare und die Familien kommen werden; also gibt er dir den miesesten Tisch …

Ich weiß das. Es ist mir an meinem ersten Abend in Grado passiert: Ein eilfertiger Kellner drängte mich zur Bestellung. Um keine Schwierigkeiten zu machen, orderte ich hastig und bekam ein Gericht serviert, das ich nicht mochte. Ich kleckerte Sugo auf mein neues zitronengelbes T-Shirt, der Eilfertige schien angewidert, kam dennoch mit dem chemischen Fleckenentferner, sprühte nicht nur auf das Textil, sondern auch in die Spagetti, die ich in der Gewissheit, die Chemie werde meine Magenwände in Kürze perforiert haben, mit Todesverachtung aufaß, weil ich noch ein wenig länger unter Menschen sitzen wollte. Indes, die drohenden Blicke des Eilfertigen waren unschwer zu deuten, also zahlte ich, ging, vergaß das Trinkgeld, kehrte zurück und legte beschämt ein paar Noten auf den Tisch. Wandte mich, ehe ich um die nächste Ecke bog, noch einmal um und sah … Was? Ein beleibtes Paar, ursprungsmäßig eindeutig meiner Heimat zuzurechnen, das an meinem Tisch Platz nahm. Die Frau blickte sich verstohlen um, grapschte mein Trinkgeld und steckte es ein.

Als ich mein Hotelzimmer betrat, das, weil ein Einzel, teurer war als ein Doppel, stand über der Basilika der Abendstern, auf der Straße quietschten Kinder, bellten Hunde, lachten Menschen. Ich habe mich damals auf das Bett gelegt und so lange geweint, bis ich einschlief.

Seit Grado habe ich dazu gelernt, heute beherrsche ich das Alleinsein im Urlaub ziemlich gut. Ich mache Beobachtungen, genieße die Stille, freue mich über die Freiheit, auf niemanden Rücksicht nehmen zu müssen. Und es bereitet mir keine Schwierigkeiten, bei Bedarf ein Gespräch anzuknüpfen.

Auf der griechischen Insel fügte es sich schon am ersten Abend, dass ich knüpfte. Das typische Wirtshaus am Fischerhafen. Platanen, kykladenblaue Tische, wackelige Stühle mit strohgeflochtenen Sitzen. Tsatsiki, Kalamari, Retsina. Am Nebentisch zwei sympathische Frauen. Gute Gesichter, gepflegt, in einem Alter, das heutzutage schwer einzuschätzen ist. Fünfundvierzig? Fünfundfünfzig? Was der Franzose *entre deux ages,* zwischen zwei Altern, zu nennen pflegt.

Sie waren zweiundfünfzig und dreiundfünfzig, Carla und Helene, Apothekerin und Sozialpädagogin. Ich fand, vom Typ her wäre umgekehrt passender gewesen, die Pädagogin hätte Carla und die Apothekerin Helene heißen müssen. Sie stammten aus Münster in Westfalen. Sie kannten die Insel gut, waren schon mehrmals im Urlaub hier gewesen, »ein Segen, dass sie noch keinen Flugplatz hier haben«, sagte Helene, »andernfalls wäre längst auch die letzte Bucht von unsereinem eingenommen«.

Ich mochte das »Unsereins«, wir gefielen einander auf Anhieb, am nächsten Abend aßen wir in nämlicher Taverne an einem Tisch. Die beiden schlugen mir vor, mit ihnen zusammen in »Apollos Boot« in ihre Spezialbucht zu fahren. »Keine Menschen, glatte Felsen, azurblaues Wasser, feinster Kieselstrand, ideal zum Tauchen.«

»Ich tauche nicht.«

»Fein, wir auch nicht, das Tauchen besorgt Apoll.«

»Wer ist Apoll«, wollte ich wissen.

»Helene hat ihn aufgegabelt«, spöttelte Carla, »ein Fischerjunge, schön wie Apoll …«

»Sein Name ist Leonidas«, unterbrach Helene, »wir nennen ihn Leo. Wir zahlen ihm wöchentlich eine fixe Summe, dafür setzt er uns mit dem Boot in die Bucht über. Er fischt an den Felsen und harpuniert, und wenn es Abend wird, holt er uns wieder ab.«

»Klingt gut«, sagte ich.

Apoll? Ich weiß nicht recht. Aber schön war er. Auf wilde, vergängliche Weise schön. Im übrigen kein Junge mehr. Anfang, Mitte zwanzig vielleicht, ganz und gar Mann. Glänzende Haut, kein Gramm Fett, makelloses Gebiss, dunkler Wuschelkopf. Er besaß die arglose Freundlichkeit eines Mannes, den mehr mit der See als mit Menschen verbindet.

Wir tuckerten im Fischerboot zur Bucht der deutschen Frauen. Mit erkennbarem Entzücken betrachtete Helene den Griechen am Steuer.

»Sie wird dir versichern, ihr Interesse an Leo sei rein akademisch«, stichelte Carla. Die Münsterinnen besaßen Humor.

Helene grinste. »Ich wollte, es wäre so. Leider bin ich weder sein Jahrgang, noch sein Typ.«

Die Bucht war in der Tat prachtvoll. Wir hatten sie für uns. Täglich fuhren wir mit Leonidas übers Meer und blieben, bis die Sonne sank. Die Tage verrannen in wunderbarem Gleichmaß. Wir bekamen Leonidas, nachdem er uns abgesetzt hatte, stundenlang nicht mehr zu Gesicht. Wir schwammen, dösten, sprachen ein wenig, lasen. Am späten Nachmittag hörten wir das Boot um den Felsen in die Bucht tuckern, Leo nahm uns an Bord, und wir fuhren in den Hafen zurück.

Am Tag vor Carlas und Helenes Abreise fuhr Leo nicht wie sonst aufs Meer hinaus, er blieb in der Bucht. Absichtslos zog er unsere Aufmerksamkeit auf sich. Er riss uns aus unserem Rhythmus. Wir sahen das kleine Boot an den Felsen entlanggleiten, Leo über die Bordwand gebeugt, konzentriert auf Beute aus. Später zog er das Boot an den Strand und tauchte und schwamm. Jede von uns Frauen wusste, wem die Augen der beiden anderen folgten. Wir sprachen weniger als sonst, ließen die Bikinioberteile an ihren vorbestimmten Plätzen und zogen die Bäuche ein. Und irgendwann gingen wir zufällig gleichzeitig ins Wasser. Wir ließen uns auf dem Rücken treiben, plantschten und riefen einander belanglose Badekommentare zu.

»Schön.«

»Erfrischend.«

»Ich finde das Wasser wärmer als gestern.«

»Dort drüben ist eine kalte Strömung…«

Leos dunkler Kopf war nirgends zu sehen, vielleicht war er aus der Bucht geschwommen, tauchte irgendwo. Carla, Helene und ich trieben im Wasser, wir bildeten ein

Dreieck, die Gesichter einander zugewandt, als Leo unvermittelt wie ein springender Fisch in unserer Mitte auftauchte. Inmitten einer sprühenden Fontäne, der braune Körper glänzend, die Zähne in triumphierendem Lachen entblößt. Um seinen nassen Arm wand sich ein mächtiger, grau-weißer Oktopus, der sich in die Muskulatur des Fischers verbissen hatte. *»Ela!«,* rief Leo und drehte sich wie ein Kreisel, um jeder von uns seine Beute zu zeigen.

Der schöne Mann mit der sich windenden Krake hatte etwas Archaisches an sich.

»So habe ich mir das immer gedacht«, sagte Helene laut übers Wasser, »der Mann, mit dem ich Tisch und Bett teile, ist stark und schön und taucht in die See, um mich zu ernähren und mich vor den Ungeheuern der Tiefe zu schützen.«

Abends, als wir im blauen Wirtshaus unter den Platanen saßen, um Abschied zu nehmen, kamen wir noch einmal auf Leonidas und die Krake zu sprechen.

»Hat er nicht ein unvergessliches Bild geboten, mein Apoll«, sagte Helene träumerisch.

»Das heute schien mir eher Dionysos darzustellen«, ätzte Carla.

Helene kicherte vergnügt: »Auch gut, als Mänade käme ich vielleicht zum Zug. Stellt euch bloß vor: Wein, Efeu, Rausch, Ekstase, ein Mann, der wie ein Sturmwind über dich reinbricht …«

»Der Tarzan-Effekt«, bemerkte ich schlicht.

Beide fanden den Ausdruck treffend. Wir hakten uns am Thema fest.

»Irgendwann fährt jede auf den braun gebrannten Laffen mit den Muskeln ab«, behauptete Carla bissig. Ihr Mann hatte sie nach fünfundzwanzig Ehejahren sitzen lassen, um mit einer achtundzwanzig Jahre alten Kosmetikerin Neues zu erfahren, seither neigte sie zu sarkastischen Bemerkungen.

Helene seufzte: »Lesbisch müsste man sein, dann wäre man aus dem Schneider.«

Carla wischte die Möglichkeit vom Tisch: »Ich sage euch, das Matriarchat muss wieder her. Die Frau wählt und entlässt das Männchen, wenn's nicht mehr entspricht. Bitte sehr, wie war es denn zur Zeit der Pelasger, just hier, wo wir jetzt sitzen? Einmal im Jahr gab's die große Orgie, vor deren Anbruch die Mänaden ihre Kiefer stärkten, indem sie irgendwelche Blätter mit berauschender Wirkung kauten, um dann über das auserwählte Opfer, den knusprigen Jüngling, herzufallen und ihn aufzufressen …«

»Degoutant«, raunzte Helene, »wenn ich an meinen armen Leo denke …«

Wir hatten viel getrunken. Helene verlor sich in Betrachtungen über die Mittelmeervölker und deren wesensmäßige Andersartigkeit: »Dieser unverkrampfte Umgang mit Freude, Grimm, Gier und Lust …«

»Armes Huhn, woher willst du das mit der Lust wissen«, stichelte Carla. Sie kippelte mit dem kleinen blauen Stuhl und sah mich an. »Laura könnte das für uns recherchieren. Wir fahren ab, sie bleibt noch fünf Tage, genügend Zeit, um in dieser Richtung Feldforschung zu betreiben … Laura, du lässt uns doch wissen, ob Apoll oder Dionysos?«

Ich hatte die ganze Zeit über an Gisi und Ben denken müssen. »Keine Chance«, sagte ich, »meine beste Freundin wurde eben vom ›Effekt‹ erwischt. Volltreffer. Einschlag eines Meteoriten. Ihr könnt euch den Krater, den das hinterlassen hat, gar nicht vorstellen. Außerdem bin ich als Journalistin auf Beobachtung aus, Tuchfühlung ist schlecht, sie unterminiert die Objektivität.«

Carla sah mich spöttisch an. »Auch Journalistinnen sind nicht immun gegen Naturburschen. Hast du den Film *Crocodile Dundee* gesehen? Wer ist da noch wem auf den Leim gegangen? Doch die Journalistin dem Mann mit dem Krokodil, wenn ich nicht irre.«

Am nächsten Morgen fragte mich der dionysische Leonidas, ob er mich in die Bucht übersetzen solle, ich lehnte dankend ab. Eine Woche später war ich wieder in meiner Stadt. Erholt und braun gebrannt.

»Du siehst toll aus, direkt unwiderstehlich«, bemerkte Limettchen. »Nütze die Gelegenheit, such dir einen Mann.«

»Ich will nicht suchen, ich will gefunden werden«, antwortete ich patzig.

Limettchen lächelte nachsichtig. »In deinem Alter muss man etwas dazu tun, um gefunden zu werden.«

So gnadenlos können Töchter sein.

»Sie hat Recht«, fand Gisi, als ich mich bei ihr über Limettchen beklagte, »falls du überhaupt einen möchtest, ist jetzt der richtige Zeitpunkt. Bleibt die Frage: Was für einer soll es sein? Der Freizeitfreund, der solide Partner für die alten Tage, was Schnuckeliges fürs Bett?«

»Alles«, sagte ich trotzig.

Gisi legte ihre Stirn in Falten. »Sei nicht kindisch«, wies sie mich zurecht, »›alles‹ gibt's nicht. Sieh mich an, ich bin der lebende Beweis.«

Gisi selbst legte, was Männer betraf, ein totales Desinteresse an den Tag. Es schien, als hätte sie nach Ben die metaphorische Tür zum Schlafzimmer zugeklappt. Sie war völlig auf ihren Beruf konzentriert und wirkte jetzt ein wenig trocken. Älter. Sie hatte sich eine neue Brille zugelegt, nichts Schickes, so eine für die Neunmalklugen, die trug sie auf der Stirn oder wie einen Orden am Bande um den Hals.

»Du erinnerst mich an deine Frankfurter Zeit, so hast du damals ausgesehen«, sagte ich einmal.

Gisi blätterte in den Herbstkatalogen deutscher Verlage. »Frankfurt?«, murmelte sie geistesabwesend.

»Du weißt schon, damals, als du aus Amerika gekommen bist, um bei Marcuse alles über unterdrückte Lust und freien Eros zu erfahren ..., die Geschichte mit dem angeblichen Marcuse-Assistenten, das ist jetzt gut und gerne fünfundzwanzig Jahre her ...«

»Ja, Herbst wird's«, sagte sie ungerührt. »›*Wer jetzt allein ist, wird es lange bleiben*‹ ... etc., etc. ›*und unruhig wandern, wenn die Blätter treiben.*‹ Auf Rilke kannst du bei Bedarf immer zurückgreifen. Apropos Herbstwind und Blätter: Was läuft in deiner periodischen Druckschrift?«

Eine berechtigte Frage. Als ich aus Griechenland zurückkam, war es in der Redaktion zugegangen, wie in einem angestochenen Ameisenhaufen. Sämtliche Freie und feste Freie und zwei unserer drei Fotografen waren davon in Kenntnis gesetzt worden, dass man in Zukunft auf ihre Mitarbeit verzichten müsse. Es dampfte in der Gerüchteküche: *Buy out.* Feindliche Übernahme. Einstellen des Blattes. Die Konkurrenz verhielt sich teils hämisch, teils gab sie sich besorgt. Unsere beiden ungeliebten Betriebsräte versuchten uns zu beschwichtigen. Ruhe bewahren, alles werde sich finden, was immer auch geschehen werde, wir, die Redakteure seien, sofern wir nicht die sprichwörtlichen silbernen Löffel gestohlen hätten, praktisch unkündbar.

Indes, Gisis Rilke-Zitat gab mir erneut zu denken, ich wollte sichergehen und bat um einen Termin beim *chief.*

»Viel Lärm um nichts«, behauptete er, »von Übernahme kann keine Rede sein, und selbst wenn wären Sie, Frau Wunder, nicht davon betroffen.« Während er mir dies mitteilte, goss er den kümmerlichen Asparagus auf dem Fensterbrett, ich vermutete, um mir nicht ins Gesicht sehen zu müssen. »Ach, übrigens …!« Er knallte die Gießkanne auf das Brett und drehte sich zu mir mit einem Strahlerküsselächeln. »Sie fahren nächste Woche nach Venedig! Wir wollen jetzt doch diesen Beitrag über die *Baccari di Venezia* bringen, Sie wissen schon, die venezianischen Beiseln.« Er war die Verbindlichkeit selbst. Das hätte mich misstrauisch machen müssen. Aber nein, geschmeichelt, daher blöde lächelnd sah Laura Wunder dem Abgebrühten ins Antlitz, während dieser ihr versicherte: »Das Atmosphärische ist ja Ihre Stärke, Wunder, Sie motzen das atmosphärisch auf, ja? Auch was an Kultur so läuft, aber in der Hauptsache die Beiseln, Wirtshausgeschichten ziehen immer.«

# 8

Venedig also. Fein. Unerwartet, daher besonders fein. Jetzt, im Frühherbst, milde Sonne, Muscheln, Sardinen, trockener Weißwein, selbst wenn du kugelrund wiederkehrst, Laura Wunder, im Augenblick lacht dir das Glück.

Ich bin ein erdiger Typ. Ich besitze weder die Gabe des zweiten Gesichts, noch werde ich von Vorahnungen heimgesucht. Nichts in mir warnte, dass Venedig zu einer Art Schwanengesang werden würde.

Da ich auf Grund des redaktionellen Sparbudgets nicht im Flugzeug sondern per Bahn reiste, kam ich in Santa Lucia an. Ich liebe Venedig, ich kenne mich da ziemlich gut aus und bin bestrebt, in der von Touristen heimgesuchten Stadt nicht von vornherein als Fremde eingestuft zu werden. Santa Lucia also. Ich quetschte mich mit einer Reisetasche ins Vaporetto, Linea 1, und versuchte mir die Aura einer Person zu geben, die hierher gehört. Bei Arsenale stieg ich aus.

Die Station Arsenale, der Kai Riva degli Schiavoni, mein Hotel, das Gabrielli Sandwirth. Ein vor bald hundertfünfzig Jahren zur Herberge mutierter rostroten Palazzo. Trotz seines zur Hälfte deutschen Namens restlos venezianisch. Hier war ich zum ersten Mal mit Martin gewesen. Die ewig geschlossenen, ansatzweise schäbigen Jalousien und der Innenhof hatten mich schon damals fasziniert. Ich war hingerissen gewesen von der Art wie man hier den Gast begrüßte. Weder von oben herab noch überschwänglich. Niemand schien einen erwartet zu haben, man war da? Gut, dann war man eben da. Unter der Voraussetzung, dass man reserviert hatte, war man ab nun hier zu Hause. Ein Familienbesitz. Vierte Generation. Als ich mit Martin hier war, hatten vier ältliche Geschwister das Sagen gehabt. Sie pflegten keinen Stil, sie hatten Stil, sie waren was sie waren: Herrschaften aus gutem Hause.

Die vier Geschwister waren noch immer da. Nichts hatte sich im rostroten Palazzo über die Jahre verändert. Ich bezog ein Zimmer mit Blick auf San Giorgio, das sich, in der Lagune gleichsam schwimmend, darbot wie ein kostbarer Tafelaufsatz. Ich ging die Liste der zu bearbeitenden *Baccari* durch. Drei Tage standen mir zur Verfügung, das war knapp, aber es sollte reichen. Ich bürstete mein Haar und zog die Lippen nach und rannte die Treppen hinunter, als würde ich erwartet. Ich trat vor das Haus, schnupperte, sog den Geruch Venedigs ein und begab mich auf meinen ganz privaten Trampelpfad.

Ich brauche, um Venedig zu fühlen, weder Santa Maria della Salute noch die Seufzerbrücke noch den Canal Grande. Ich pfeife auf den Lido, auf Harry's Bar, ja sogar auf den Fischmarkt. Ich meide den zähflüssigen Touristenbrei auf der Piazzetta, ich betrete die Piazza San Marco, auf der bei Tag – zu vieler Menschen wegen – die Tauben kaum mehr landen können, nur bei Nacht. Ich umrunde eine unauffällige Ecke an der Riva degli Schiavoni und tauche in meine Lieblingsviertel ein. Parrocchia San Giovanni, Parrocchia San Zaccharia. Labyrinth aus Gässchen, Brücken und Kanälen. Das windige dorfplatzähnliche Geviert, das den großspurigen Namen Campo

Bandiera e Moro o de la Bragora trägt; die geduckte Kirche San Giovanni in Bragora, in der einst Vivaldi getauft wurde, auf deren mittlerem Altarbild kleine Engel vor Neugier aus weißen Wölkchen platzen wie Küken aus dem Ei. Und der intime Campo San Zaccharia, den ich wie einen kleinen Salon in einem großen Palazzo empfinde.

»Venedig, Faltpostkarte seiner selbst.« Der griffige Satz stammt von der amerikanischen Schriftstellerin Mary McCarthy. Ich streifte durch meine beiden Parrocchien, bis meine Hühneraugen pochten, besuchte zwei der Beiseln von meiner Liste und stand, ehe ich zu Bett ging, lange am Fenster, sehnsüchtig und wunschlos zugleich, um die Lagune bei Nacht glitzern zu sehen.

Gegen Mittag des zweiten Tages kehrte ich in der Kirche von San Zaccharia ein, um vor dem Herrgott meinen Knicks zu machen und eine Kerze für Limettchen anzuzünden. Als ich auf den Campo hinaustrat, herrschte sommerliche Hitze. Rasch überquerte ich den Platz, tauchte in das gegenüberliegende schattige Gässchen und wanderte eine Weile ziellos umher.

Im Schatten einer der zahllosen graziösen Brücken, die ich überquerte, wurde ich ihrer ansichtig: *Trattoria alla Rivetta.* Knapp über den trüben Wassern eines Kanals gelegen. Ein winziges Lokal. Aus der offen stehenden Tür drang das Gewirr mediterraner Männerstimmen, derer drei schon genügen, um die Phonzahl einer Saalschlacht zu erreichen. Aus der Küche drangen Schwaden von Knoblauch und Olivenöl, die sich mit dem aus dem Kanal aufsteigenden Hauch von Kloake zu einem eindrucksvollen Ganzen verbanden. Mein journalistischer Spürsinn sagte mir, dass ich ein *Baccaro* entdeckt hatte, das in keinem Reiseführer zu finden war.

Gleich neben der Eingangstür befand sich ein Ausschank, hinter dem außer dem Wirt niemand und nichts Platz gefunden hätte. Er war blass, dieser Wirt, seine hellen Augen quollen unter schweren bläulich-bleichen Lidern hervor, seinen von einem Schurz bedeckten, weich wabbelnden Bauch schob er vor sich her, als handle es sich um ein mühsam erworbenes Kleinod. Den Zurufen der Männer, die sich um die Theke drängten, ließ sich unschwer entnehmen, dass er Lino hieß und ein begnadeter Sprücheklopfer war.

Ich zwängte mich hinter das Tischchen, das am einzigen Fenster der Trattoria stand. Über mir ein träge rotierender Ventilator. Vor mir Lino, umgeben von einer wachsenden Schar Gondolieri, Briefträger, Polizisten und Hausfrauen mit Einkaufstaschen, alle nur auf einen Sprung vorbeigekommen, um ein Glas vom neu erworbenen Wein zu kosten und den Tratsch aus dem Viertel zu hören. Niemand war in Eile. Venezianisches Theater. Ich holte das Schulheft, das ich stets bei mir trug, hervor und begann mir Notizen zu machen. Worauf Lino seine Theke verließ und sich näherte, um festzustellen, was denn die Fremde zu schreiben habe, dass sie zu essen vergesse.

Lino war ein leichtfüßiger Dicker, wie ein Solotänzer pirouettierte er vor meinem Tisch. »Un po di vino«, befahl er und knallte mir eine ganze Flasche vors Antlitz. »Sardine, seppie, polpi …«

Als ich die Trattoria gegen sechzehn Uhr verließ, waren Lino und ich Freunde fürs Leben geworden. Er hatte mir die Ehre erwiesen, sich ein Weilchen an meinem Tisch niederzulassen und eine Flasche betörend leichten weißen Wein mit mir zu trinken. Gemeinsam hatten wir unter dem träge rotierenden Ventilator gesessen und aus dem Fenster zu meiner Rechten gesehen, welches gerade so hoch über dem Kanal lag, dass man nicht die Gondeln, wohl aber die gleichmäßig rück- und vorwärtsschaukelnden Köpfe der Gondolieri und die Enden ihrer Ruder vorübergleiten sah.

»Ah, la città.« Ich hatte erfahren dürfen, dass Lino es als Makel empfand, nicht im Herzen Venedigs, sondern im Weichbild der Stadt geboren worden zu sein. Sein Vater hingegen – »aahhh« – der sei Venezianer gewesen, wie es echter kaum gegangen wäre. Sei er doch als Neugeborenes in einer Gondel gefunden worden, in der seine Mutter, eine venezianische Hure, ihn im Einvernehmen mit dem Kindesvater, einem venezianischen Hafenkommandanten, ausgesetzt hatte.

Als ich auf die Straße trat, war ich nicht nur mit dem Ergebnis meiner *Baccaro*-Recherche zufrieden, ich war unglaublich vergnügt und, wie Limettchen gesagt haben würde, »ziemlich im Öl«. Ich ging nicht – was klug gewesen wäre – ins Hotel zurück, sondern lief kreuz und quer durch schmale, von der Sonne aufgeheizte Gässchen, die um diese Zeit nahezu menschenleer waren.

»Aaangelo!«, hörte ich irgendwo eine Frauenstimme rufen. Ich bog um eine Ecke und sah zufällig auf das Straßenschild. Ich befand mich in der Calle Stupenda.

Eine dieser kurzen, engen Schluchten. Buckliges Straßenpflaster, fleckige Hauswände, Gerüche des täglichen Lebens und Sterbens. Oben, wo sich Häuser und Himmel begegneten, Bläue und Licht, das Gässchen selbst schon im Schatten. Ich blieb stehen, lehnte mich meines situationsbedingt mangelnden Gleichgewichts wegen an eine Hausmauer, starrte aufwärts.

»Angelo!«, rief die Frauenstimme wieder. Ich wandte mich zum Gehen – und sah in das runde Glotzauge des buntesten, prächtigsten, blödesten Fisches der Welt.

Ein Aquarium! Heute ist es verschwunden, damals hat es existiert, in der Calle Stupenda hat es existiert, darauf schwöre ich Eide. In der Auslage ein Becken mit einem tropischen Wesen. *Balistoides Conspicillum.* Ein kleiner Fisch von aberwitziger Leuchtkraft. Gelb das Maul, violettes Auge, getupfter Bauch. Er war solo in seinem Becken. Unaufhörlich stieß sein flacher Körper zum kiesigen Grund vor, um Steinchen mit dem Maul zu fassen, auf ihnen herumzukauen und sie wieder auszuspucken.

Ich betrat das Aquarium. Ein einziger dunkler Raum, dumpfe Luft, an der Kasse eine schweigsame Frau, außer mir keine Besucher. Ich schritt die Reihe der beleuchteten Becken ab. Südseefische, kleine und kleinste, von der Natur unglaublich phantasievoll ausgestattete *Pisces.* Schleierflossen, Glitzerleiber, gewagteste, schrillste Farbkombinationen. Ich klopfte an die Scheiben, blickte in die absurden Fischgesichter, kicherte und sprach laut zu den lautlos schwebenden Wesen. Die Frau an der Kasse raschelte mit ihrer Zeitung, Zeit zu gehen. Als ich aus dem dunklen Raum ins Licht der Straße trat, hörte ich wieder die Stimme der Frau, die noch immer nach Angelo rief.

»Mach schon du Fratz, geh endlich nach Hause zur Mama«, murmelte ich, trat aufs Pflaster, knickte um und wusste: Irgendetwas ist geschehen.

Ich konnte nicht mehr auftreten. Ich lehnte an der Hauswand, die Freude war mir vergangen, mir war übel vor Schmerz, nein, es ging nicht, ich konnte nicht auftreten.

Ich muss kalkweiß gewesen sein, denn der Junge, der sich aus dem Portal des gegenüberliegenden Hauses löste, sah mich besorgt an.

»Ha fatto male, signora?«, fragte er sanft.

»Angelo!«, erschallte es wiederum.

»Vengo, Mama, vengo subito! Un attimo«, rief der Junge in den Himmel.

Das war also Angelo. Er war kein kleiner Junge mehr, er war ein ziemlich großer Junge, einen halben Kopf größer als ich. »Siebzehn zirka. Schmal noch, aschblond, hellhäutig. Ein Langobardenprinz«. Solche Dinge notiere ich, stimmlos zu mir selbst sprechend, automatisch. Eine Angewohnheit, die der Beruf mit sich bringt. Ich ächzte. »Si, fatto male … ich spreche nicht italienisch …«

Der Junge namens Angelo streckte mir seine Hand entgegen. »Ich spreche ein wenig Deutsch. Stützen Sie sich auf mich, Signora, ich werde Sie führen.«

Ich fasste nach der knochigen Bubenhand, versuchte einen Schritt, nein, so ging es auch nicht, Angelo bot mir seinen Arm. »Wo wohnen Sie, Signora?«

»Im Hotel Gabrielli Sandwirth, ganz nah von hier, vielleicht drei Minuten.«

Wir brauchten eine halbe Stunde. Ich stöhnte vor Schmerz und schwitzte vor Anstrengung. Angelos stützender Arm begann vor Anspannung zu zittern.

»So kommen wir nicht weiter, mein Junge.« Ich rang nach Luft. »Warte, vielleicht geht es so.« Ich schlang meinen linken Arm um Angelos Nacken, fasste seinen rechten Arm und legte ihn um meine Mitte, das war besser, ja. So konnte ich den kranken Fuß entlasten. Die Gangart brachte allerdings mit sich, dass mein Busen sich bei jedem Schritt an Angelos Rippen rieb. Der arme Junge wurde himbeerrot.

»Scusi, signora«, flüsterte er verschämt und versuchte, meinem Körper auszuweichen, was wiederum mich aus dem Gleichgewicht brachte.

»Nein, nein, ist schon gut, macht ja nichts«, versicherte ich ihm und ging erneut auf Tuchfühlung.

Im Hotel rief unser Auftritt Bestürzung hervor, man war rührend um mich bemüht, ein Arzt wurde verständigt. Angelo hielt sich abseits, er drückte sich verlegen in der Hotelhalle herum, ich zwinkerte ihm ein paar Mal zu. Als ich, diesmal vom Concierge gestützt, zum Lift gehumpelt war, sah ich mich nach Angelo um. Er war verschwunden. Ich hatte ihm nicht einmal gedankt.

Der Arzt hatte mich ins Krankenhaus schaffen wollen. Als ich ablehnte, hatte er sich jeder Verantwortung für mich ledig erklärt und gemeint, es handle sich aller Wahrscheinlichkeit nach sowieso nicht um einen Bruch, er tippe zudem auf Bänderriss. Vielleicht sei es auch nur eine Zerrung. Ausgehen? Ausgeschlossen. Ruhe, Bein hoch lagern, Umschläge, morgen werde man weitersehen.

Meine Lage war vertrackt. So wie es aussah, würde ich die geplanten Trattorien nicht mehr besuchen können, ich befand mich schließlich nicht in einer gewöhnlichen Stadt, in der man sich mit gewöhnlichen Taxis fortbewegen konnte, sondern inmitten einer Lagune. Sollte ich die Redaktion verständigen? Der *chief* würde toben, außer Spesen nichts gewesen … Ich saß da und meditierte über meinem zugeklappten Laptop … Und wenn es sich bessern würde? Vielleicht war der Arzt ein Nebbochant, Hotelärzten sagte man das gerne nach, vielleicht war ich abends topfit …

Als sich der Abendhimmel über San Giorgio violett zu färben begann, hatte mein Knöchel ein Gleiches getan. Er war unförmig und pochte. Ich tat mir Leid, wurde elegisch, es klopfte.

»Ja bitte …«

Es war nicht das Zimmermädchen. Es war Angelo. Er hielt drei orangefarbene Gerbera in der Hand und fragte mit rotem Kopf und sanfter Stimme: »Geht es Ihnen besser, Signora?«

Als Mutter einer Tochter hatte ich keine Erfahrung mit der Psyche eines Jungen in Angelos Alter. Ich fühlte mich beklommen und führte es darauf zurück, dass ich nicht wusste, was ich mit ihm anfangen sollte. Ich brauchte ihn wie ein Loch im Kopf. Gleichzeitig rührte er mich. Ob er Geld für seine Hilfeleistung erwartete?

»Vielen Dank für die Blumen, Angelo. Du warst toll heute Nachmittag, ohne dich hätte ich es nicht geschafft. Und ich habe dir noch nicht einmal für deine Hilfe gedankt.« Ich griff nach meiner Handtasche und nahm meine Börse heraus. Angelos Erschrecken war fast greifbar, seine hellen Augen wurden dunkel wie die See bei Sturm, eine rote Wolke überzog sein Gesicht. Ich kratzte die Kurve im letzten Augenblick, ließ, ehe er etwas herausbrachte, die Börse in die Tasche fallen und begann darin zu kramen. »Ha, jetzt habe ich sie«, sagte ich forsch, hielt das Brillenetui hoch, setzte die Brille auf und griff zum Telefon. »Setz dich, Angelo, trinkst du ein Glas Wein mit mir? Ich werde uns welchen bestellen.«

Ich saß in einem Lehnstuhl, dicht am Fenster, den kranken Fuß hatte ich hochgelagert, über dem einzigen noch vorhandenen Stuhl lagen mein Kleid und meine Wäsche.

»Wirf das einfach aufs Bett«, bat ich den Jungen. Ein hochnotpeinlicher Auftrag. Angelo griff nach den Kleidungsstücken, als handle es sich um glühende Kohlen, als er sich ihrer entledigt hatte, stand er mit hängenden Armen da.

»Setz dich«, wiederholte ich.

Er saß mir gegenüber. Spätes, mildes Licht fiel auf sein Gesicht, Langobardenprinz ist gut, dachte ich bei mir. Schmaler, schöner Schädel, edle Nase, lange Glieder, in zehn Jahren wird er unwiderstehlich sein. Er hielt das Weinglas krampfhaft fest, seine Hand zitterte, als er es hob, um zu trinken. Ja, er gehe noch aufs Gymnasium, sein letztes Schuljahr, Architekt wolle er werden ... Er hatte sich fein gemacht, frische Jeans, ein blau-weiß kariertes Hemd, ausgeschlagen. Sein Hals war kräftig, athletischer als der Junge selbst, seitlich klopfte eine Ader.

»Sie sind so schön, Signora, so schön«, sagte er heiser. Alsdann, Laura, was nun. In diesen Augen ist nicht schwer zu lesen und die Situation ist brenzlig. Du bist im Bademantel mit so gut wie nichts darunter. Der Junge hat sich erklärt, hat damit unglaublichen Mut bewiesen, jetzt bist du am Zug. Mach schon, Laura. Die Situation reizt dich, der Junge lässt dich nicht kalt, und die Russen behaupten, einen Jungen zu lieben bringe einer Alten Glück ...

Ich habe bloß gelacht. Gütig, möglichst mütterlich habe ich ihn angelacht. Ich habe mich benommen, als hielte ich seine Bemerkung für reine Höflichkeit. Ich sagte ein paar freundliche, unverbindliche Sätze und war bemüht, an seinem sehnsüchtigen Gesicht vorbeizusehen. Ich dankte ihm wortreich für seine Hilfe, und dann bat ich ihn, mich zu entschuldigen, ich müsse dringend in einer beruflichen Angelegenheit telefonieren.

Um der Sache Nachdruck zu verleihen, hievte ich mich aus meinem Stuhl, um ihn zur Tür zu begleiten. Ein taktischer Fehler, weil ich darauf angewiesen war, dass er mich stützte. An der Tür geriet ich aus dem Gleichgewicht und schwankte ein wenig. Angelo griff nach meinem Arm, er war ganz nah, er roch nach frischer Luft und frischer Wäsche. Sein Mund streifte meine Schläfe.

Ich lehnte mit dem Rücken an der Tür, die leise hinter ihm zugeklappt war und bemerkte erst jetzt, dass mein Herz wie verrückt klopfte. Sie sind so schön, Signora … Auf meinem mühsamen Rückweg zum Lehnstuhl machte ich an der Kommode Rast. Ich stützte mich auf und sah in den Spiegel. Es dürfte sich um einen venezianischen gehandelt haben, sie sind bekannt dafür, dass sie schön machen. Ich beugte mich vor und strich über mein Gesicht. Sie sind schön, Signora … Lange saß ich am Fenster und sah der Nacht zu, die Venedig zärtlich in die Arme nahm. Ich versuchte, mich zu erinnern, wie es gewesen war, als Martin mich hier in die Arme genommen hatte. Es gelang mir nicht einmal, Martins Gesicht vor mir zu sehen.

Am nächsten Morgen war der Knöchel so geschwollen, dass an Herumlaufen nicht zu denken gewesen wäre. Ich rief den *chief* an, um Meldung zu erstatten.

»Kommen Sie umgehend zurück«, plärrte er ins Telefon. »Ja, wenn es sein muss auch per Flugzeug. Und Frau Wunder, direkt zu mir in die Redaktion. Was, Sie können nicht gehen? Dann lassen Sie sich tragen.«

Mein Abgang aus Venedig war unrühmlich. Schmerzgepeinigt, dick bandagiert, auf Krücken humpelnd. Im

Rollstuhl wurde ich zum Flugzeug geschoben. Während des Fluges dachte ich diverse Szenarien durch, die mich in der Redaktion erwarten könnten. Und immer wieder schob sich Angelo vor mein inneres Auge. Hatte ich die Sache vermasselt? Mir vermasselt? Ihm vermasselt? Hatte ich dem Langobardenprinzen durch meine neurotische Angst vor dem Unbekannten ein Trauma in Liebesdingen verpasst?

Ich fuhr direkt vom Flugplatz in die Redaktion. Bereits zu ebener Erde erfuhr ich, dass in meiner Abwesenheit der Umsturz stattgefunden hatte, der Portier und die Telefonistin trugen physiognomisch Trauer und versicherten mir eindringlich, dass in diesem Haus kein Stein auf dem anderen bleiben werde.

Im ersten Stock war die Hölle los. Ich humpelte in das Büro des Chefredakteurs. Er forderte mich nicht einmal auf, mich zu setzen. »Wir gehören seit gestern zur deutschen BAZ-Gruppe«, sagte er ohne Umschweife. »Ich bedaure, Ihnen mitteilen zu müssen, dass Sie nicht übernommen werden. Ihr Arbeitsverhältnis ist hiermit gelöst. Sie werden selbstverständlich abgefunden.«

# 9

»Er ist der geborene Faschist«, hatte Limettchen einmal über meinen Chefredakteur gesagt.

Meine Tochter trat für rückhaltlose Vergangenheitsbewältigung ein und mäkelte in diesem Zusammenhang pausenlos an den beiden Generationen vor ihr herum. Sie sah sie schattierungslos. Schwarz oder weiß. Ihre undifferenzierte Sicht der politischen Sauberfrau ging mir zuweilen auf den Geist. »Faschist« war in Limettchens Augen das Schlimmste, das ein Mensch sein konnte. Sie wandte den Begriff an, wo ich »mieses Schwein« gesagt hätte.

»Mach dir nichts draus, Mutter, von dem Kerl war nichts anderes zu erwarten, er ist und bleibt ein Faschist«, sagte sie nach meiner Kündigung über den Chefredakteur, den sie für den Verursacher meiner Misere hielt. Es war einer ihrer unzähligen Versuche, mich seelisch aufzurichten. Aber ich war nicht aufzurichten. Ich war zum zweiten Mal in meinem Leben in einen Abgrund gestürzt.

Als Martin starb, da fiel und fiel und fiel ich. Aber damals war es Schicksal gewesen. Der gewisse Schlag, der dich unverdient trifft.

Diesmal stürzte ich als Stigmatisierte. »Sie, Frau Wunder, werden nicht übernommen.« Mein Stigma lautete »abgefunden«. Abgefunden ist so viel wie unfähig. Oder alt. Oder unfähig und alt. Mein Selbstwertgefühl war am Hund, meine Verzweiflung grenzenlos und die Angst vor der Zukunft schnürte mir die Kehle zu.

Die Tatsache, dass die Übernahme des Magazins durch den deutschen Konzern nicht nur mich getroffen hatte, sondern in unsere beschauliche Redaktion gefahren war wie ein Tornado, tröstete mich nicht. Drei Viertel der Belegschaft waren an die Luft gesetzt worden. Der Chefredakteur wurde übernommen, übler Kriecher der er war, freilich nicht mehr in der Funktion des *chief.* Die Vorstellung, dass man ihn zum Befehlsempfänger degradiert hatte, zählte zu den wenigen Freuden, an denen ich mich in meinen vielen schlaflosen Nächten hochzuranken vermochte.

Auch die ungeliebten Betriebsräte blieben, sie natürlich und ein paar Junge aus dem Vertrieb, aus der Anzeigenabteilung und aus der Redaktion.

»Das bewährte Muster, Laura«, raunte mir ein Kollege aus der Innenpolitik während einer Sitzung zu, die von den Ungeliebten einberufen worden war, um uns, die Geschassten über unsere Rechte zu informieren. »So machen das die Giganten. Das sind Killerwale, Laura, eiskalte Rechner. Die Jungen behalten sie, weil die billig sind. Uns Alte finden sie ab, weil das für sie immer noch günstiger ist als uns mit unseren hohen Bezügen zu behalten.«

»Ich weiß, die Altlasten…«, flüsterte ich und fühlte mich grenzenlos gedemütigt.

Im Übrigen ging auch die Sache mit der Abfertigung nicht reibungslos über die Bühne.

»Die linken uns, wir müssen nehmen, was wir kriegen«, »die bescheißen uns nach Strich und Faden«, »die machen mit uns, was sie wollen«, wurde es im Laufe der nächsten Wochen im Kreis der Geschassten zunehmend laut.

»Du musst dich mit einem Rechtsanwalt beraten«, meinte Viktor, »du musst wissen, ob man dir bietet, was dir zusteht.«

Ich war apathisch, weil kraftlos.

»Ist doch sowieso egal«, sagte ich matt.

Es war während einer jener Abende, an denen Viktor und Gisi, wahre Freunde, sich kurzgeschlossen hatten, um mich aufzufangen, mich zu motivieren und kämpferisch zu stimmen: »Sei nicht töricht, Laura, es geht um deine Zukunft.«

»Ich habe keine Zukunft.«

»Wenn du das noch einmal sagst, stehen wir auf und gehen.«

»Ich sage gar nichts mehr.«

»Lauraliebchen …«

Viktor empfahl mich an seinen Rechtsberater, einen der ausgefuchstesten der Stadt. »Mach dir keine Sorgen um das Honorar. Es ist auch irgendwie für Martin«, murmelte er verschämt.

Das Auftreten des namhaften Anwalts verfehlte seine Wirkung nicht, die Konzernherren zeigten sich von ihrer Schokoladenseite, meine Abfindung sei, wie der Anwalt Viktor händereibend rapportierte, großzügig bemessen und werde umgehend auf mein Konto überwiesen.

Danach erwarteten Gisi und Viktor etwas mehr Lebensbejahung meinerseits. Vergeblich. Ich war wie abgestorben. Gleich einer Schallplatte mit Kratzer blieben meine Gedanken in immer der nämlichen Rille hängen: Du bist bald achtundvierzig Jahre alt, wer nimmt dich noch, wer will dich noch …

»Ich, Einzige, ich nehme dich immer! Ich liebe dich doch so!«, versicherte mir Limettchen ein ums andere Mal, wenngleich angesichts meines desolaten Gemütszustandes zunehmend ratlos. Die Beweise ihrer Zuneigung brachten mich meistens zum Heulen.

Gisi versuchte es auf die forsche Tour: »Red keinen Blödsinn, Laura, für uns Frauen beginnt das Leben sowieso erst nach fünfzig. Nur mit den Männern gehts ab da bergab.« Wie eine tibetanische Gebetsmühle wiederholte sie, was bei mir nicht verfangen wollte: Dank meiner Abfindung hätte ich genügend Spielraum, um nichts tun zu müssen als nachdenken und Vergnügen am Leben finden. Gut zwei Jahre könne ich mir Zeit lassen, das dürfe selbst der komplizierten Frau Wunder für einen Umstieg in eine neue Daseinsform reichen.

Sie hatten es nicht leicht mit mir, meine Menschen. Sie bemühten sich so sehr um mich. Einmal schleppte Limettchen sogar den Fridolin aus dem Seniorenheim an. Nachdem ihr Karl verstorben war, hatte sie nicht mehr in ihrer alten Wohnung bleiben wollen. Ohne ihn sei da kein Glück mehr drin, hatte sie gefunden und sich ohne große Worte in das Heim zurückgezogen. Sie war streng mit mir, der Fridolin. Ich sei gesund. Ich sei schön. Ich sei begabt. Ich hätte eine wunderbare Tochter und noch viele gute Jahre vor mir. Ich solle endlich aufhören, mich wie eine Trauerweide aufzuführen und mich umsehen in der Welt. »Und wenn du dann noch nicht siehst, dass du ein Glückspilz bist, dann, mein Kind, tust du mir Leid.«

Die Nächsten mögen mit tausend Zungen reden, sie predigen umsonst, du hörst ja doch nicht auf sie. Und dann kommt ein Fremder daher und knipst genau das Licht an, das du um keinen Preis sehen wolltest. In meinem Fall war der Fremde nicht eigentlich fremd. Wenn man es recht bedenkt, kam er mir zeitweise näher, als die Nächsten je kamen. Es handelte sich um meinen Gynäkologen.

Er war ein kleiner, stämmiger Mann mit flinken Bewegungen. Er hatte einen runden Schädel mit einer glänzenden Glatze, die er während der Sprechstunde mit einem schneeweißen Häkelkäppchen bedeckte. Ein wunderbarer alter Herr, er war schon der Arzt meiner Mutter gewesen, ehe er der meine wurde. Er hatte mich von Limettchen entbunden und wusste Details aus meinem Leben, die außer ihm niemand kannte. Er war alt, ja, aber überhaupt nicht abgeklärt. Er hielt nicht allzu viel von Hormontherapien, aber er ergründete die seelische Verfassung seiner Patientinnen mit der gleichen Sorgfalt, mit der er Uterus, Scheide und Brüste untersuchte. »Jede Frau hat ein Recht darauf, befriedigt zu werden«, hieß sein medizinisches Credo und wehe den Partnern jener seiner Patientinnen, welche sich um dieses Recht geprellt sahen. Wie Schuljungen zitierte er sie in seine Sprechstunden, um ihnen die Leviten zu lesen und zu erklären, welchen Schaden sie anrichteten, indem sie ihren Frauen keinen Höhepunkt verschafften. Er sagte Höhepunkt, nicht Orgasmus. Und er konnte zuhören wie kein zweiter.

»Alles bestens, könnte gar nicht besser sein«, sagte er nach einer jener Routineuntersuchungen, die ich Zweimal jährlich mit der gleichen Regelmäßigkeit absolvierte, mit der in meinem Wohnhaus der Kaminkehrer erschien. Er kritzelte in mein Patientenblatt, schob dabei die Unterlippe so weit vor, dass sie die Oberlippe überlappte und drehte sich auf seinem Stuhl so rasch zu mir, dass mir nicht genug Zeit blieb, mein Gesicht in fröhliche Falten zu legen. Sein Blick war direkt und scharf. »Ich seh etwas, was du nicht siehst«, schien er auszudrücken. Er legte seine Patschhändchen über meine Finger und sagte: »Also Kind …«

Es war weniger seine Güte als meine Gewissheit, dass ich mich ihm anvertrauen würde. Ich sah auf die Patschhändchen und begann zu weinen. Weinte und weinte, und er wartete. Keine Frage. Kein beruhigendes Wort. Irgendwann lehnte er sich zurück, irgendwann sagte er »so«, und ich hörte auf zu weinen. Und dann begann ich zu reden. In einer Art Staublawine redete ich mir von der Seele, was auf ihr gelegen hatte, ohne dass es mir bewusst gewesen war. Ängste. Unsicherheit. Ziellosigkeit. Unbefriedigtsein. Auch Verlockungen, denen nachzugeben ich nicht wagte. Er saß da, hatte den Kopf in die Hand gestützt und sah mich nicht an, während ich sprach. Er hielt die Augen geschlossen und hörte. Mit seinem ganzen Wesen und Wissen hörte er zu. Was er dann sagte, was er mir riet, setzte ich ohne Zaudern in die Tat um.

Ich fuhr aufs Land. Ich hatte nicht wahrgenommen, dass es Winter gewesen und Frühling geworden war. Weil es Frühling war, wollte ich in den Wind. Weder Schilaufen noch Südseestrand. Ich fuhr an den Neusiedler See. Das Land dort ist flach, der Wind hat leicht blasen. Im breiten Schilfgürtel raschelte es unausgesetzt, für die vielen Vögel, die da nisten, hatte der Frühling längst begonnen, ihr Singsang und ihre nestbauerische Geschäftigkeit verbreiteten Aufbruchstimmung. Stundenlang lief ich spazieren oder fuhr mit dem Fahrrad und hielt mein Gesicht in den Wind. Ich bemühte mich, nicht zu grübeln, an nichts zu denken, so wurde ich immer leerer und leichter und, als ich wieder dachte, sprach ich laut in den

Wind, was ich dachte: Laura Wunder, du hast Glück, du darfst noch einmal von vorne anfangen, wer kriegt schon die Chance, ein zweites Mal im Leben von vorne anzufangen …

Ich kehrte in die Stadt zurück und teilte Limettchen mit, dass ich mich entschlossen hätte, unsere alte Wohnung aufzugeben und mir eine kleinere, behaglichere zu suchen. Nicht nur aus finanziellen, auch aus therapeutischen Gründen. Limettchen nahm die Ankündigung begeistert auf: »Ich wollte dir schon lange sagen, scheiß auf dieses Museum deiner Vergangenheit, zieh endlich um.« Und da wir grade beim Thema waren, plante sie auch mein weiteres Leben. »Dann arbeitest du als freie Journalistin, machst nur, was dich interessiert, bist auf keinen Sklaventreiber angewiesen, hast eine Megahetz, und ein Buch kannst du auch irgendwann schreiben.«

Ich fand eine winzige Zweizimmerwohnung mit einem Spucknapf von Balkon in der letzten Etage eines hässlichen, schmalen, zehnstöckigen Hauses. Im Herzen der Stadt gelegen, nicht ohne Atmosphäre. Gisi nannte es den Singlesilo, weil es der kleinen Wohneinheiten wegen ausschließlich von allein stehenden werktätigen Menschen bewohnt wurde. »Ist ja nicht für die Ewigkeit«, meinte Limettchen tröstend. Sie fand es scheußlich. »Und was geschieht mit den Möbeln aus dem Hause Wunder?«

Die Frage stellte sich natürlich. In der neuen Wohnung fand mit Ach und Krach die Einrichtung meines alten Schlafzimmers Platz. Neben vielem Verzichtbarem blieben die Speisezimmermöbel aus dem Hause meiner Eltern, hübsches Biedermeier, und ein paar gute Stücke aus dem Besitz der Familie Wunder, die im Salon gestanden hatten. »Lagerhalle«, sagte ich kurz entschlossen, »die

Sachen gehören dir, Limchen, wenn du sie brauchst, holen wir sie raus.«

Limettchen widersprach: »Ich will den alten Krempel nicht, verscherble alles, mit der Kohle, die das bringt, können wir beide eine Weltreise machen.«

Ich nickte und entschloss mich für die Lagerhalle. Meine Tochter war eine neue Beziehung eingegangen, der Neue war angeblich sympathisch. Karrieremensch. Wer weiß, vielleicht würde es bald eine Hochzeit geben, dann würden Mutter Lauras Möbel plötzlich Sinn stiften.

Meinem Umzug ging die unvermeidliche Entrümpelung voraus. Volle sechs Wochen saß ich vor Schränken, kramte in Laden, wühlte in Kisten, die unter einer dicken Staubschicht auf dem Dachboden gestanden und jahrelang auf Entsorgung gewartet hatten. Ich arbeitete mein bisheriges Dasein an den kleinen Dingen des Lebens auf. Puppenschränke aus meiner Kindheit, meine ersten Schulhefte, Babykleidung und Spielzeug von Limettchen, mein erstes Ballkleid, Schlittschuhe und viel, sehr viel von Martin: seine Schiausrüstungen, seine Zeugnisse, seine Doktorurkunde, seine lederne Arzttasche, seine Arztkittel …

Ich disponierte. Biss die Zähne zusammen und gab, was in gutem Zustand war, an die Caritas. Schmiss Schäbigeres in den Müll. Fotos, Briefe und Bücher übernahm ich in die neue Existenz. Und Martins altes Fahrrad, das ich auf dem Dachboden entdeckt hatte. Ich ließ es aufmöbeln und zwängte es neben meinen betagten Pkw auf meinen Garagenplatz im Singlesilo.

Heile, heile Segen, drei Tage Regen, drei Tage Sommerwind, weine nicht, mein liebes Kind. Den Kindervers hatte meine Mutter mir aus einem kleinen, quadratischen Bilderbuch oft vorgelesen, das Buch ist noch heute in meinem Besitz. Die Erinnerung an meine Mutter wird immer blasser, aber mit diesem Vers gelingt es mir nach wie vor, ihre Stimme zu vernehmen. Ich hörte ihre Stimme oft in den Tagen des großen Umkrempelns, weil mir der Vers immer wieder einfiel. Es ging mir gut, ja. Nachdem die Entrümpelung vollzogen war, fühlte ich mich leicht, befreit. Der Sommerwind zauste die Pelargonien auf meinem minimalistischen Balkon, die Hitze, die im obersten Stock herrschte, machte mir nichts aus, ich hatte meinen Ventilator aus der Redaktion in meine neue Freiheit mitgenommen. Ich liebte sein Surren und sein zuverlässiges Drehen zum Zwecke der Umverteilung heißer Luft. Fast täglich fuhr ich mit Martins Fahrrad in den Prater. Auwald, Teiche, Reitwege und endlose Kastanienalleen, die Radfahrern und Spaziergängern goldgrünen Schatten bieten. Träge durch diese Alleen zu radeln, machte mich glücklich. Ich rollte dahin und dachte nicht viel, ich roch und sah und war beruhigt und zufrieden.

»Du bist zu wunschlos«, warf mir Gisi – wer sonst als meine Gisi – eines Frühherbsttages an den Kopf. Wir saßen beim Wirt neben der Buchhandlung Majer mit »j«, um nach Ladenschluss den ersten Most zu trinken.

»Hörst du mir zu, Laura?«

Ich hörte. Ich wusste bloß nicht, was ich darauf sagen sollte. Gisi war direkt wie stets, ohne Umschweife wurde sie los, was ihr auf dem Herzen lag. »Du tuttelst dahin, Laura.«

Ich schwieg.

»Du weißt recht gut, was ich meine. Du tust so, als sei

das Leben ein Ferienparadies. Schau nicht so entgeistert. Was ich sagen will ist Folgendes: Du hast dein Leben neu organisiert, jetzt musst du ihm auch Inhalte geben. Dich ins Geschehen einklinken. Du kannst nicht immerzu Fahrrad fahren und abends alte Fotos und Briefe sortieren. Du brauchst Menschen um dich. Und du musst etwas Sinnvolles tun.«

Gisi selbst hatte genau das geschafft. Sie hatte einen neuen Kreis gefunden. Sie besuchte laufend Veranstaltungen der Gesellschaft für Literatur, traf sich mit Kollegen aus der Branche und hatte begonnen, Autorenlesungen in der Buchhandlung Majer zu veranstalten. Louise Majers Augen glänzten wie Christbaumkugeln, wenn sie von Gisi sprach. Auch mit Viktor vertrug Gisi sich bestens. Sie waren immer noch nicht geschieden. Sie hatten einen wöchentlichen *jour fixe*, an dem sie einander erzählten, was alles lief. Was sie bewegte. Sie alberten viel. Gisi hatte mir einmal gestanden, dass sie sich in all den Vor-Benschen Jahren nicht so gut verstanden hätten, wie jetzt. Keine Frage, Gisi hatte die Kurve gekratzt. Ich wusste, dass sie mit ihren Vorhaltungen Recht hatte.

»Gisi meint, ich tuttle dahin«, berichtete ich Limettchen noch am selben Abend per Telefon. »Endlich ein Mensch, der dir sagt, was gesagt sein muss, Gott segne sie«, schnaubte meine Tochter in den Hörer. Und mitleidlos wie stets setzte sie noch eins drauf: »Du musst übrigens aufpassen, dass du nicht wieder fett wirst. Als wir unlängst schwimmen waren, habe ich gesehen, dass du am Rücken diesen Tannenbaum kriegst, du weißt schon, diese Schwarten, die viele Frauen im Wechsel kriegen. Und wenn du den Kopf nicht grade hältst, hast du bald ein Doppelkinn.«

Ich legte auf, ging zum Spiegel, zog die Bluse aus und betrachtete meinen Rücken. In der Tat, da waren sie, die seitlich sitzenden, abwärts tendierenden Fleischwülstchen, die meine Tochter den Tannenbaum nannte.

Drei Tage später tat ich etwas, von dem ich mir stets geschworen hatte, es niemals zu machen: Ich trat einem Fitnessclub bei. Ich stieg in Pedale und hing in Riemen und hüpfte auf und nieder und lief auf Bändern und schwitzte permanent. Ab sofort fuhr ich in die Kastanienallee, um dort zu joggen, statt beschaulich mit dem Fahrrad dahinzurollen. Die Plackerei lohnte sich, drei Monate später zeichnete sich ein Doppelerfolg ab: Als der erste Schnee fiel und meine Mitmenschen Winterspeck anzusetzen begannen, war ich schlank und rank und bestens in Form. Und das körperliche Hoch zog ein geistiges nach sich; ich begann mich wieder für die Welt der Printmedien zu interessieren, nahezu gierig las ich Tageszeitungen und Magazine und aktuelle Bücher, kurzum, ich begann, um bei Gisis Terminologie zu bleiben, mich ins Geschehen einzuklinken.

»Die Katze lässt das Mausen nicht«, sagte Viktor eines Abends grinsend, als wir mit ein paar Freunden der Urbanskis beim Heurigen saßen und ich enthemmt über Innenpolitik und internationale Krisenherde stritt. »Sie sollten wieder schreiben, Frau Wunder, Ihre Art zu berichten geht ab im Land«, sagte einer, der am Tisch mit dabei saß. Einer von Viktors Kollegen. Ein angenehmer Mensch fand ich, man neigt dazu, Menschen, die einen loben, angenehm zu finden.

Der angenehme Mensch brachte mich in den Singlesilo. Sein Angebot, mich in den zehnten Stock zu begleiten, lehnte ich mit einem Gefühl des Bedauerns ab. Ein ungewohntes Gefühl, dieses Bedauern, es beschäftigte mich, als ich im Bett lag. Hatte ich tatsächlich Sex mit einem Mann gewollt, der zwar angenehm war, von dem ich jedoch null Komma Josef wusste? War ich versucht gewesen, mich auf eine Sache einzulassen, die man am Theater und im Sexualjargon als *one night stand* bezeichnet?

Haarscharf vorbeigeschrammt, dachte ich nach Gisis Anruf am nächsten Morgen.

»Der ist total auf dich gestanden, hast du mit ihm geschlafen?«

Mit diesen Worten, grußlos, hatte sie das Gespräch eröffnet.

Ich mimte Entrüstung: »Bist du wahnsinnig?«

Sie blieb sachlich: »Gut so. Er ist nämlich seit Jahren glücklich verheiratet. Reizende Frau, ist grade auf Kur, Bandscheibe …«, Pause, dann nachdenklich: »Obwohl du überfällig bist. Der letzte Mann in deinem Bett war, wenn ich mich recht erinnere, der Jurisprudenzler.«

Ich fand ihre Art, sich über mein dürftiges Liebesleben auszulassen, herablassend. »Du hast's notwendig«, schnappte ich zurück, »bei dir läuft doch seit Ben auch nichts mehr.«

An der Art, wie sie antwortete, konnte ich mir ausrechnen, dass sie grinste, während sie sagte: »Woher willst du das wissen?«

»Weil du es mir gesagt hättest, wenn was gewesen wäre.«

»Ich sag dir nicht alles.«

»Und ich sag dir auch nicht alles«, trumpfte ich auf.

Gisi horchte auf. »Lauraliebchen, was hast du mir verschwiegen?«, schnurrte sie.

»Sag du mir erst, was du mir nicht gesagt hast.«

Gisi lachte laut. »Wir sind ziemlich kindisch für unsere

Jahre, was? Gut, ich sag's dir. Ich schlafe ab und zu mit Viktor.«

Ich klappte den Mund auf und wieder zu und juchzte: »Super! Ich hab's gewusst, dass das passieren würde! Und? Ist es fein?«

Ich hörte sie leise mit der Zunge schnalzen, ehe sie antwortete: »Wie alles in unserer Spätepoche: besser als in der Frühzeit. Zärtlicher, entspannter, angenehm.« Sie ließ mir etwas Zeit, mich über ihr Geständnis zu freuen, ehe sie sagte: »So, und jetzt du.«

Ich hatte nichts zu erzählen, das war das Dumme, also erzählte ich von Angelo.

Während ich sprach wurde mir bewusst, wie genau mir die venezianische Episode im Gedächtnis geblieben war. Sie war unglaublich präsent, ich erinnerte mich an Details, das karierte Hemd, den starken Hals, die pochende Ader, den frischen Duft des Langobardenprinzen. Ich sah seine langen blonden Wimpern über den grauen Augen niedergehen, ich hörte seine heisere Stimme: »Sie sind schön, Signora, so schön.« Und ich wusste jetzt besser als damals, wie groß die Versuchung gewesen war, mich der Situation zu ergeben.

Gisi ist eine gute Zuhörerin. »Schön«, sagte sie einfach. Am nächsten Tag schickte sie mir die Ansichtskarte eines Gemäldes von Fragonard. Ein elegantes Interieur, 18. Jahrhundert, eine schöne Frau mit weiß schimmerndem Busen in einem Morgenkleid aus schwerer perlgrauer Seide. Flieht sie vor dem braunen Jungen, der sich durch die Tür ins Zimmer stiehlt, oder neigt sie sich ihm entgegen? Der braune Junge streift mit dem Mund das weiße Gesicht der Frau. »Der flüchtige Kuss«, hatte Gisi hinten auf die Karte geschrieben.

Einige Wochen später, ausgerechnet zu Frühlingsbeginn, traf ich in der Stadt zufällig einen Kollegen, den ich lange nicht mehr gesehen hatte. Er war schon einige Jahre vor der feindlichen Übernahme unseres Magazins zur Konkurrenz abgewandert. Es gehe ihm gut, ausgezeichnet sogar, antwortete er auf meine Frage. Nein, bei dem Konkurrenzblatt sei er nicht mehr, er arbeite jetzt frei.

»Kannst du davon leben?«

»Bestens«, meinte er, »es ist ein anderes Arbeits- und Lebenskonzept. Niemand schreibt dir etwas vor, du arbeitest, wann du möchtest, manchmal schuftest du wie ein Berserker, dann liegst du wieder auf der faulen Haut.«

»Und das funktioniert?«

»Unter der Voraussetzung, dass du gut genug bist, um genügend Aufträge zu kriegen, ja.«

Ich war fasziniert, möglicherweise war das die Lösung für mich. Für welches Blatt er arbeite, wollte ich von ihm wissen.

»Du arbeitest nicht bloß für ein Blatt, sondern für mehrere. Je mehr Standbeine desto sicherer stehst du. Wenn eines ausfällt, hast du immer noch ein paar andere.«

Ich seufzte: »Das wäre nichts für mich, sich überall andienern, das könnte ich nie.«

»Schäfchen«, ließ der Kollege sich herab, »nicht du dienst dich an. Dafür hast du einen Agenten.«

Stein der Weisen, der Agent. Der Kollege gab mir bereitwillig die Adresse des seinen, der in München lebte. Ich rief ihn an und schickte ihm ein paar meiner Texte. Vierzehn Tage später fuhr ich nach München zu einem Gespräch. Wir verstanden uns auf Anhieb und unterschrieben einen Vertrag: Er würde mich als freie Autorin an deutsche Magazine vermitteln und dafür fünfzehn

Prozent meines jeweiligen Honorars einbehalten. »Sie müssen Geduld haben, Frau Wunder«, sagte er beim Abschied. »Ihre Stärke scheint mir im Feuilleton zu liegen, und das ist in Deutschland ziemlich eng besetzt.«

Vier Wochen später rief er mich an: »Verstehen Sie etwas von Vögeln«, fragte er. Ich räusperte mich. Ich war sicher, dass er grinste. »Vogelkunde«, fuhr er fort. Es gebe da ein neues Umweltmagazin, das Beiträge suche. »Einer der Schwerpunkte ist Vogelkunde. Können Sie nächsten Monat nach Schottland fahren und einen Text über *Birdwatching* bringen? Sagen Sie jetzt nicht Nein. Ich habe Sie eben verkauft.«

# 10

Ich konnte eine Amsel nicht von einer Drossel unterscheiden, ich war noch nie in Schottland gewesen und außer Mary Stuart hatte mich bis dato an diesem Land nichts sonderlich interessiert. Die schöne schottische Königin faszinierte mich in erster Linie ihres turbulenten Liebeslebens wegen. Dem Sinnenrausch, den sie in den Armen des Haudegens Bothwell erfahren hatte, gewann ich einiges ab. Hingegen hatte ich ihr Ende auf dem Schafott schon als Teenager schauerlich und ungerecht empfunden. Es besetzte mein Bild von Englands Elizabeth I., die Mary hatte enthaupten lassen, ein für alle Mal negativ. Überhaupt eine blutrünstige Geschichte. Die englische wie die schottische. »Kein Land zum Ankommen«, hätte Fridolins Karl dazu bemerkt.

Ich fuhr also nach Schottland. Meine Erkundigungen bezüglich des Anfang Juni dort zu erwartenden Wetters hatten ergeben, dass die Witterung im besten aller Fälle wechselhaft sein würde. Die meisten meiner Informanten hatten ihre Ausführungen mit der sattsam bekannten englischen Redensart »es gibt kein schlechtes Wetter, es gibt bloß unzulängliche Kleidung« geschlossen. Meine Ausrüstung bestand daher aus ausschließlich unattraktiven Kleidungsstücken. Dicke Wollsocken, klobige Bergschuhe, unförmige Gummistiefel, eine monströse Regenhaut, warme Unterwäsche, alte Pullover und ein Rucksack, den ich normalerweise nicht mit der Feuerzange angefasst hätte. Limettchen, die gekommen war, um mich zu verabschieden, inspizierte mein Gepäck. Mit spitzen Fingern hielt sie mein Flanellnachthemd hoch. »Igitt, die reinste Reizwäsche«, bemerkte sie süffisant. Sie drehte an meinem Fernglas, richtete es auf das eben erstandene Buch über europäische Greif- und Zugvögel und krächzte boshaft »Alle Vöglein sind scho-on da, alle Vöglein, alle …«.

Wir befanden uns im Anflug auf Aberdeen, das *fastenseat-belt*-Zeichen leuchtete längst, aber der dichten Bewölkung wegen war mir noch kein Blick auf mein Reiseziel vergönnt gewesen. Die Maschine stieß in eine Wolkenbank, schwankte, rumpelte, sank. Glitt endlich durch eilfertig ziehende Nebelschleier. Unter mir lag Schottland. Klatschgrünes, braun und weiß getupftes Land. Die Maschine sank tiefer, die braunen Tupfen wurden zu Rindern, die weißen zu Schafen. Und was von oben wie glänzende Blindschleichen ausgesehen hatte, offenbarte sich als unregulierte, durch Wiesen mäandernde silbrige Bäche.

Ich hätte mir in Aberdeen gerne ein Auto gemietet, ließ es jedoch wegen der Glaubwürdigkeit des zu schreibenden Textes bleiben und nahm den kleinen Bus, der elf weitere kontinentale Birdwatcher in das Tal des Flusses Spey, in einen Ort namens Kingussie schaffen würde.

Kingussie und der Spey. Ein heißer Tip für Vogelbeobachter, den ich der Royal Society for the Protection of Birds verdankte: Schottisches Hochland, Heidemoore, menschenleere Hochtäler, einsame Lochs. Zweihundert Vogelarten seien dort heimisch, besonderes Augenmerk sei dem seltenen Fischadler zu schenken. Auch eigne sich die Gegend bestens für das Beobachten von Wild, von Pflanzen- und Gesteinswelt und für das Fischen von Lachsen. Es war Viktor (Gott segne ihn), der mich hatte wissen lassen, dass ich im Tal des Spey auch auf dem berühmten schottischen *Whiskytrail* wandeln würde. Eine Destillerie nach der anderen. Das weiche, extrem klare Wasser des Spey sei nicht nur für den Vogelreichtum ausschlaggebend, sondern auch den Lachsen bekömmlich und der Qualität des Whisky zuträglich.

Es dämmerte lichtgrau, als wir in den *Whiskytrail* einbogen. Eine schmale, gewundene Landstraße, eine kräftig gewölbte Brücke aus grauem Stein – Glenfiddich! Die Heimat meiner bevorzugten Whiskymarke, mein erster realer Bezug zu Schottland, ich juchzte leise. Was für einen Vogel ich gesehen hätte, fragte das Schwyzerdütsch sprechende Männlein, das neben mir im Bus saß. »Keinen«, sagte ich beschämt.

Das Männlein an meiner Seite stammte aus dem Berner Oberland. Es ließ mich wissen, dass auch die übrigen sieben an Bord des Busses befindlichen Herren Schweizer seien. Eine uneinnehmbare Sprachinsel also. Die beiden zwitschernden alten Damen, die in der ersten Reihe saßen, hatten sich als Französinnen geoutet. In der Mitte der letzten Bank hatte eine blonde Frau mit kantigem, klugem Gesicht und unglaublich langen Beinen Platz genommen. »Ich bin Dagmar aus Hamburg«, hatte sie sich auf sympathische Weise als Einzige der Businsassen vorgestellt.

Leidenschaftliche Hobbyornithologen, ausnahmslos. Sie starrten angestrengt aus den Fenstern, nicht etwa um die Landschaft zu betrachten, sondern um nach Vögeln Ausschau zu halten. Immer wieder spitze Freudenschreie: »Austernfischer!«, »Dort drüben, ein Steinschmätzer!«, »Kibitze!«

Ich war in diesem Kreis ein Fremdkörper, mein ornithologisch unbelecktes Auge nahm außer freilaufenden Haushühnern kein Federvieh wahr. Es hing stattdessen an Eichen und Birken und den vereinzelt aufragenden, mächtigen kaledonischen Föhren. Es genoss den Anblick der schlichten Steinhäuser im unnachahmlich eleganten Grau britischer Ansitze; die feudale Artenvielfalt und Farbenpracht in selbst den kleinsten Vorgärten; die wild wachsenden Rhododendronbüsche, die hier an Straßenrändern wucherten, wie bei uns daheim die Haselstauden. »Fahrt ein, das Land«, würde Limettchen gesagt haben.

Als wir das Städtchen Kingussie erreichten, war es fast Nacht, aber immer noch nicht ganz dunkel. »Kinjussi«, so und nicht anders werde Kingussie ausgesprochen, hatte uns der schottische Busfahrer eingeschärft. Ich hatte mich in der Villa *Birdwatch* eingemietet, in der auch die übrigen Businsassen logieren würden. Ein Haus wie eine Filmkulisse. Viktorianisch in Potenz. Ecktürmchen, geätzte Glasfenster, gedrechselter Zierrat, Troddeln, feuchter Plüsch, düstere Beleuchtung und ein halsbrecherisch steiles Stiegenhaus. Mein Zimmer lag neben dem eines athletisch gebauten Schweizers namens Walter, der aussah wie »Uli, der Knecht«. Mit ihm und vier anderen Vogelbeobachtern würde ich ein Badezimmer und ein Klo teilen müssen. Das geblümt bezogene Bett, in das ich lustlos kroch, war klamm. Aber am Fußende erwartete mich ein brühheißes Heizkissen. Und in den leise rauschenden Baumkronen vor meinen Fenstern gurrten immer noch die Tauben.

Der nächste Morgen war wolkenlos. Er ließ mich die kalte Dusche und das dauerbesetzte Klo vergessen. Draußen war es warm, wärmer als ich es für Schottland jemals vermutet hatte. Ich würde mir ein T-Shirt kaufen müssen. Zum Frühstück gab es Lachs und Hering und einen Einführungsvortrag des lebensbejahenden Hausherrn, der einen Spitzbart und den Namen Basil trug. Die Villa Birdwatch stelle ein handgestricktes Familienunternehmen dar: Seine Frau Amy koche das Abendmenü, das im Speisesaal des Hauses gereicht werde, und sie bereite die Picknickkörbe für die Exkursionen vor. Seine Schwester Sue serviere und putze. Er selbst, Basil, werde uns, die *Birdwatcher* im hauseigenen Minibus umherfahren und mit uns durch Wälder und Moore streifen, Lochs entdecken, kurz über Berg und Tal wandern.

»Wandern?«, fragte ich besorgt.

»Ja, viel wandern«, antwortete Basil und nickte enthusiastisch.

Rasch also ins Stadtzentrum, T-Shirt kaufen. Die »City« von Kingussie: überschaubar und in wenigen Minuten zu Fuß durchmessen. Etliche Pubs. Ein atypischer, weil klapperdürrer Metzger. Ein penetrant nach Pomade riechender Frisiersalon mit vorsintflutlichen Trockenhauben. Ein putziges Postamt. Schließlich ein Laden mit scheußlichen T-Shirts und wirklich schicken Herrenhemden. Ich kaufte ein Herrenhemd. Auf dem Rückweg kam ich an einem gepflegten kleinen Hotel vorbei. Ob die Zeit reichte, mir einen Espresso zu gönnen? Der Frühstückskaffee chez Birdwatch war ein Trauerspiel gewesen.

Ich hätte mir auch den Kaffee im Hotel ersparen sollen. Als ich wieder auf die Straße trat, war die Sonne verschwunden, Regenwolken zogen auf. Es war kalt, die nackten Knie der Schulkinder wechselten von rosa auf blau. Ein Radfahrer fuhr rasch die Straße entlang. Er saß nicht, wie Radfahrer es gemeinhin tun im Sattel, sondern stand aufrecht, einen Fuß auf einem Pedal, den anderen freischwebend. Er fegte an mir vorüber, Nacken kerzengerade, kühnes Profil, sein langes Haar, kupferrot, zu einem Pferdeschwanz gebunden, flatterte im Wind wie eine Fahne. Mein unbezähmbarer Hang zur Metapher machte den Radler zum stolzen Heerführer, der in eine besiegte Stadt einreitet. Ich registrierte ihn unter »Keltenfürst« und legte ihn ab.

Der Rest des Tages blieb mir aus zweierlei Ursachen im Gedächtnis. Zum einen wegen des ständigen An- beziehungsweise Ablegens diverser Kleidungsschichten auf Grund laufender Wetterumschwünge. Unvermittelt einsetzender Sturm und Regen: Pullover an, Windjacke an, Regenhaut überziehen. Zwanzig Minuten später jäher Durchbruch der Sonne, Einsetzen frühsommerlicher Hitze: Regenhaut runter, Windjacke weg, Pullover aus, nasses Zeug in den Rucksack stopfen. Hitze nimmt zu: Aufrollen der Hosenbeine bis zum Knie, Aufknöpfen des neuen Herrenhemds, so weit es der Anstand zulässt, wachsender Wunsch nach einem Sonnenhut. Weitere zwanzig Minuten später: Sonne weg, kalter Wind, Frösteln am schweißnassen Rücken, Wolkenfetzen, Regen, alles wieder raus aus dem Rucksack … Zum anderen wegen unseres ersten, von Basil geführten ornithologischen Erkundigungsgangs durch die Auen des Spey.

Die Luft überm Ried besaß eine eigene, reine Qualität. Jahrhunderteichen raunten, Birken raschelten, Espen zitterten, Buchen und Erlen rauschten. Ein Höckerschwanpaar mit seinen Jungen zeichnete sanfte Kreise ins Balsamwasser des Spey. Basil und die Birdwatcher, echte Freaks, brachten es fertig, innerhalb einer Stunde weniger als hundert Meter zurückzulegen. Für sie wurde jeder Gimpel, Mauersegler, Zaunkönig, jede Blaumeise, Uferschwalbe, Sturmmöwe zum Studienobjekt.

Es war Abend geworden, und das Wetter hatte sich beruhigt, als wir uns endlich niederließen. Wir saßen an einem hurtigen braunen Bach, der in den Spey mündete. Ich hielt meine vom ungewohnten Wandern lädierten Füße ins Wasser, welches über bunten Kieseln kreiste. Basil sprach über die Leidenschaft der Schotten für Birdwatching und meinte lachend, in Schottland zähle man ebenso viele Vogelbeobachter wie Einwohner. Er sprach über die Royal Society for the Protection of Birds, die eine halbe Million Mitglieder zähle und zweitausend Morgen Land entlang des Spey erworben habe, um effektvollen Artenschutz zu betreiben. »Aber jedermann hat überall Zutritt, in Schottland gibt es keine Grenzzäune, keine Ausgrenzung, Schottland ist ein sehr, sehr freies Land.« Basils Stimme war angenehm, sie murmelte im Verein mit dem Bach. Die Abendsonne wärmte meinen Rücken, ich hörte auf zu denken, sah seitwärts in die Wiese. Und da sah ich ihn sitzen: einen winzigen Grasfrosch unter einem Huflattichblatt, Augen wie schwarze Stecknadelköpfe, pochende Kehle. Normalerweise hätte ich beim Anblick eines Frosches aufgekreischt. Diesmal tat ich's nicht. Er starrte mich an, ich starrte zurück. Minutenlang saßen wir Auge in Auge. Während dieser Minuten bin ich Schottland verfallen.

Im Laufe der nächsten Tage verfiel ich auch dem versteckten Charme der Vogelbeobachter und dem ungewohnten Ambiente der Villa Birdwatch. Mein Zimmernachbar Walter, der, den ich »Uli, der Knecht« nannte, hatte sich zu meinem Beschützer ernannt, er half mir beim Aufsatteln meines Rucksacks und informierte mich laufend über die Höhe, auf der wir uns gerade befanden; seine Frau hatte ihm vor der Abreise einen Höhenmesser geschenkt, nach welchem er immer wieder griff, um gleich darauf zu verkünden, wie viele Höhenmeter »'s het«. Mein zweiter Ritter hieß Giovanni und stammte aus dem Tessin. Zart gebaut, versonnene Samtaugen, von Beruf Weltraumtechniker. Ein verschämter Schöngeist, der aus Shakespeares Sonetten schwyzerdütsch zitierte. Er achtete darauf, dass mein Weinglas beim Abendessen stets gefüllt war und rückte mir stets den besten Lehnstuhl im Salon zurecht.

Dieser düstere Schlauch von Salon mit den schwülstig bestickten Sofakissen und dem stets parat stehenden *teapot,* der eine gestrickte Haube trug. Dieses schmalbrüstige Speisezimmer mit den schweren, dunklen Möbeln und der entspannten Zwischenmenschlichkeit. Der Windfang mit dem Berg muffelnder Gummistiefel und dem Haufen ewig feuchter Überkleider, die kleinbürgerliche Hausordnung, die die Gäste der Villa zum Tragen von Hausschuhen anhielt … All das hatte ich am ersten Abend mit Schaudern registriert. Drei Tage später bewegte ich mich darin wie der sprichwörtliche Fisch im Wasser.

Mein Interesse an der Spezies Birdwatcher und an Basils »Villa Schauderbar« schlugen sich bedauerlicherweise auch in meinen Notizen nieder: übergewichtig in Bezug auf Menschen, dürftig was Vögel betrifft. So würde ich bei dem neuen Umweltmagazin nicht punkten können. Ich beschloss, die verbleibenden sieben meiner gebuchten zehn schottischen Tage ausschließlich der Beobachtung von Fauna und Flora zu widmen. Dabei setzte ich allergrößte Hoffnung auf Tag Nummer fünf, dem Basil von Anfang an die Aura des Geheimnisvollen verliehen und den er quasi zum Höhepunkt im Dasein jedes Birdwatchers hochgejubelt hatte. Er ließ sich nicht entlocken, was wir zu sehen kriegen würden, nur so viel: lang, anstrengend, kalt, geheimnisvoll und nahezu lautlos und unvergesslich würde sich dieser Tag gestalten …

Man weckte uns um drei Uhr morgens. Grummelnd und fröstelnd versammelten wir uns auf dem Kiesplatz vor dem Haus. Das auch nächtens nie ganz versiegende Tageslicht – Ritter Giovanni hatte mich wissen lassen, das sei so, weil wir uns auf der geografischen Breite Mittelschwedens befänden – tauchte die Welt in Dunkelgrau und ließ Konturen verschwimmen. Es war eisig. Ich tippte auf Gefrierpunkt. Hatte irgendwo gelesen, dass man in Schottland Frost definitiv nur sechs Wochen im Jahr, und zwar während der Monate Juli und August ausschließen dürfe. Die kleinere der beiden kleinen alten Französinnen, Yvonne, klapperte laut mit den Zähnen. Es klang spanisch: Kastagnetten. Die größere, Germaine, zirpte ungeduldig, wo eigentlich Basil bleibe.

Basil, ja. Er schleppte sich als Letzter heran. Gekrümmt wie ein Hirtenstab, schmerzverzerrt, so viel man im mickrigen Schein der Hausbeleuchtung erkennen konnte. Ischiasanfall, an sein Mitkommen sei nicht zu denken, sein Freund Brian, ein ausgezeichneter Bergführer und Birdwatcher, habe sich liebenswürdigerweise bereit erklärt, uns zu führen … Basil deutete auf den bereitstehenden Minibus. Hinter dem Lenkrad saß ein

Schatten. Der Schatten grüßte nicht, als wir in den Bus kletterten, er knurrte.

Brian also. Ihn als liebenswürdig zu bezeichnen, käme einer Lüge gleich. Er trat aufs Gas, dass der Kies hoch aufspritzte. Er jagte den Bus in halsbrecherischem Tempo über die Landstraße und bremste jäh, um in einen steinigen Feldweg einzubiegen. Hielt ebenso jäh an, um uns aus dem Bus zu scheuchen. Erklärte nichts, flüsterte bloß einen einzigen Satz, den außer der langen deutschen Dagmar niemand verstand, und diese gab ihn flüsternd weiter: Lautlosigkeit sei geboten, keine unnützen Bewegungen, schleichen solle man, und sowie er, Brian, den Arm hebe, möge man bewegungslos stehen bleiben, auch auf einem Bein, wenn es sich so füge, auf keinen Fall husten, am besten aufhören zu atmen.

Bis auf den heutigen Tag bezeichne ich diesen Morgen als den unbequemsten und bizarrsten meines bisherigen Lebens. Wir trugen Gummistiefel, unförmige Regenhäute, wollene Handschuhe und Pudelmützen, obwohl es Juni war. Wir schlichen über einen quatschnassen Rasen, der sich später, im Licht des Tages als Teil eines einsam gelegenen nordschottischen Golfplatzes erweisen sollte. Obwohl wir nicht wussten, wonach wir Ausschau hielten, verharrten wir in unregelmäßigen Abständen, jäh, als gehorchten wir einem geheimen Kommando, hoben die Ferngläser an die Augen und versuchten das immer noch konturlose Grau am Rand des nahen Waldes zu durchdringen. Wir hatten nicht gefrühstückt, weshalb es mitunter im leeren Magen des einen oder anderen gurgelte. Gurgler wurden vom Rest der Gruppe strafend angeblickt, ebenso jene Schwächlinge, die dem Impuls gehorchten, nach den blutsaugenden Mücken zu schlagen, welche der Gruppe in Schwärmen folgten, sich auf Stirnen, Nacken und Jochbeinen niederließen und auf alles Unbedeckte gnadenlos einstachen.

Nach dreistündiger erfolgloser Pirsch war uns klar geworden, dass wir heute nicht mehr sehen würden, was zu sehen wir ausgezogen waren: *Black grouse*, das Birkhuhn, das um diese Zeit angeblich balzt. Es könne sich nur um das Birkhuhn handeln, nur dem balzenden Birkhuhn nähere man sich mit derart außergewöhnlicher Vorsicht, meinte Stefan aus Uri, Maler und Anstreicher von Beruf, in seiner Freizeit nicht bloß Hobbyornithologe, sondern auch Sammler von ausgestopftem Großwild. Neunzig Stück umfasse seine Sammlung, hatte er mir während unseres zweiten gemeinsamen Abendessens in der Villa Birdwatch anvertraut, darunter ein sibirischer Tiger und ein afrikanischer Löwe …

Unser Fährtensucher Brian hingegen hatte keinerlei Kommentar zu dem ergebnislosen Morgenmarsch abgegeben, er hatte uns überhaupt keiner Mitteilung teilhaftig werden lassen, hatte verbal so gut wie gar nicht mit uns kommuniziert. Wir hatten ihn noch nicht einmal richtig zu Gesicht bekommen. Er war, sobald es Tag wurde, immer schneller gegangen, hatte uns weit hinter sich gelassen und war, als die Morgensonne sich durch die Nebelschleier mühte, nur mehr als grüner Schemen auf einem fernen grünen Hügelkamm zu erkennen: grüne Gummistiefel, grüne Windjacke, grüne Pudelmütze, grüner Feldstecher, mit dessen Hilfe er wohl immer noch ein Birkhuhn zu entdecken hoffte.

Wir standen am Rand eines lichten Wäldchens und warteten auf Brians Wiederkehr. »Sieh, das Gute liegt so nah«, murmelte Dagmar und deutete auf einen Zweig über unseren Köpfen, auf dem sich ein Birkenzeisig im Morgenlicht wiegte. Nichts was Flügel hat, achtet der Birdwatcher gering, augenblicklich richteten sich zehn Feldstecher auf das gefiederte Bällchen. Die Gelegenheit schien mir günstig, um mich auf die Suche nach einem uneingesehenen Fleckchen Natur zu machen.

Ich erklomm den nächstgelegenen Hügelkamm, gelangte in eine weite Senke, die nicht die geringste Deckung bot, erklomm einen weiteren Hügelkamm – und fand mich Angesicht zu Angesicht mit einem zottigen blonden Riesenrind. Ein Blick auf seine primären Geschlechtsmerkmale bestätigte meinen Verdacht, dass es sich um einen Bullen handelte. Ich stand wie versteinert, ich glaube, ich hatte zu atmen aufgehört. »Es ist harmlos. Ein schottisches Hochlandrind«, sagte eine Stimme hinter mir. Die Stimme sprach Englisch mit rollenden »rs« und leicht gepfiffenen Konsonanten. Der Sprecher musste sich an mich rangeschlichen haben wie ein Indianer. Er stand so dicht hinter mir, dass sein Atem in mein Haar blies und es bewegte. Langsam wandte ich mich um.

Brians Gesicht war kühn und glatt. Sein Teint war dunkler als seine blau-braun gesprenkelten Augen und sein kupferrotes Haar es hätten vermuten lassen. Er hatte die Mütze abgenommen, sein Haar war nicht nur kupferrot, es war beinahe schulterlang. Ich stand dem Keltenfürsten aus Kingussie gegenüber.

# 11

Brian MacKay, Schotte bis ins Mark. Er sprach selten und, wenn er es doch tat, dann Gälisch zu sich selbst. An uns richtete er grimmige Kurzmitteilungen in schottisch gefärbtem Englisch, bloß das Allernötigste, nicht zu vergleichen mit Basils liebenswürdigem informativen Wortschwall.

Brian statt Basil, ein unbefriedigender, aber unumgänglicher Tausch. Bei unserer Rückkehr von der morgendlichen Birkhuhnpleite hatte uns ein Arzt erwartet, um uns mitzuteilen, dass Basils Ischiasanfall sich als akutes Bandscheibenproblem entpuppt habe, welches Exkursionen in den uns verbleibenden fünf Tagen ausschließe. An den darauf folgenden Morgen schleppte sich unser Hausherr mit vor Anstrengung zitterndem Spitzbart in den Salon, um uns über den bevorstehenden Tag, über die Route und ihre Besonderheiten, über Fauna und Flora und landesgeschichtlich Interessantes zu unterrichten. Offenbar war ihm klar, dass wir von Brian diesbezüglich wenig zu erwarten hatten. Dennoch versäumte er es nie, uns abschließend zu versichern, dass wir uns bei seinem Freund Brian in den besten Händen befänden, er, Basil, wisse niemanden, der Schottland besser kenne und mehr liebe als Brian MacKay.

»Falls es so ist, verbirgt er es gut«, hatte mir die deutsche Dagmar zugeflüstert. Seit der ergebnislosen Frühpirsch ließ sie an Brian kein gutes Haar. Er sei hochmütig, sehe auf uns herab, sei mit Sicherheit fremdenfeindlich, ein typischer Inselbewohner, nun ja, vielleicht sei er bloß wortkarg, weil doof, »schön, aber doof«.

Auch die Französinnen machten Bemerkungen über Brians Aussehen: »Was für eine Erscheinung! Die stolze Haltung, das edle Gesicht, zweifellos Wikingerblut, schade, dass er nicht spricht.«

Doof oder nicht, über Tiere und Pflanzen seiner Heimat wusste unser neuer Begleiter in der Tat Bescheid. Er konnte jeden Stein benennen und das unberechenbare Wetter im schottischen Hochland vorhersagen. Er bewegte sich mit der Sicherheit des Naturmenschen im Gelände. Nie hastig, nie zögernd, stets witternd, Augen zwischen nah und fern schweifend. Es war, als wisse er im Voraus, was ihn wo erwarten würde.

Am Morgen hatte Basil angekündigt, dass wir heute Gelegenheit haben würden, dem schottischen Moorhuhn zu begegnen. Schweigend chauffierte Brian uns durch die Heide. Hielt an, sprang aus dem Bus, setzte wortlos voraus, dass wir ihm folgen würden. Wir folgten. Das Wetter war zur Abwechslung trocken, die Luft über der Heide flirrte, Brians langer Körper warf einen langen Schatten. Wo er seine Füße lautlos auf den Boden setzte, wirbelten Sandwölkchen auf. Als er stehen blieb, geschah es nicht jäh, als er sich bückte, tat er es geschmeidig, als er sich aufrichtete und sich uns zuwandte, saß ein Moorhuhnkücken im sanft gekrümmten Teller seiner Hand. »Drei Tage alt«, sagte er leise, ließ es uns betrachten, setzte es eben so bestimmt wie er es aufgenommen hatte, in die roten Erikabüschel zurück, in denen die aufgeregte Henne krawallte. Dann ging er wortlos zum Bus zurück. Nahm an, dass wir ihm folgen würden. Wir folgten.

Abgesehen von dem knappen Satz übers schottische Hochlandrind, den Brian mir am Vortag hinterrücks hatte zukommen lassen, hatte er noch niemanden aus der Gruppe direkt angesprochen. Am Mittag des Moorhuhntags geschah es zum ersten Mal, es war Yvonne, der die Ehre widerfuhr. Wir standen am Ufer des hoch gelegenen Loch Indorb. Ein tiefblauer See inmitten herben Heidelands. Der Wind legte die Wasseroberfläche in harte kleine Falten, sie brachen sich an einem Inselchen in der Mitte des Sees. Sonnige Kälte rieb die Wangen und leerte das Hirn. Brian hatte den Kopf gehoben, sah in die vor Helligkeit flirrende Luft, plötzlich legte er den Arm um die neben ihm stehende Yvonne. »Kormoran«, sagte er und deutete auf den großen Vogel, der majestätisch Richtung Westen flog. Wenig später entdeckte er einen kleinen Austernfischer, dem seine Mutter abhanden gekommen war. Tschilpend rannte das Kücken am Ufer auf und ab. Als es uns gewahrte, vergrub es ängstlich sein Köpfchen im Ufersand. Brian lachte auf, als er das sah. Dann sagte er einen ganzen Satz, er sagte: »Der Vogel glaubt, wir sehen ihn nicht, weil er uns nicht sieht.« Er lachte immer noch, und ich sah in das Gesicht, das lachend eine völlig andere Art von Schönheit gewann, und ich starrte auf das prachtvolle Gebiss des Mannes, und dann trafen sich unsere Augen. Brian klappte den Mund zu, als hätte man ihn bei etwas Unrechtem ertappt. Ich sah betreten weg.

Vor dem Zubettgehen machte ich mir Notizen für meinen Text. »Brian MacKay«, schrieb ich und malte statt einer Altersangabe ein paar Punkte aufs Papier. Wie alt mochte er sein, achtundzwanzig, dreißig? Ich würde Basil fragen, nicht Brian selbst, sondern Basil, der würde mir alles Nötige über seinen Freund sagen können. Falls ich Brian überhaupt in dem Beitrag erwähnte. Wahrscheinlich nicht, besser nicht, weniger Menschen, Laura, mehr Vögel!

Der nächste Tag ließ sich diesbezüglich bestens an. Bereits um neun Uhr morgens standen wir auf einer Lichtung inmitten eines lichten Waldes, vor unseren Nasen eine Felswand, hoch droben ein Felsband, darüber ein Nest, in dem Wanderfalken brüteten. Offensichtlich eine Sensation für Vogelbeobachter, wir waren nicht die Einzigen, die, den Kopf weit nach hinten gebeugt, das Fernglas am Auge, hinaufstarrten, bis die Nackenmuskeln schmerzten. Neben mir saß ein Brite im rauen *Homespun* auf einem aufklappbaren Jagdhocker. Er führte aus, was Brian nicht erklärte: seit zweihundert Jahren werde dieser Horst bebrütet, gegenwärtig seien vier Junge drin, fast flügge, ob ich sie sehen könne? Ich sah sie. Gefräßig, kackend, flügelschlagend hüpften sie auf und nieder, sichtlich darauf aus, das Nest so bald wie möglich zu verlassen. Ein kindgerechtes Verhalten, erlaubte ich mir zu bemerken. Der Brite sah mich missfällig an, Brian, der die jungen Falken mit bloßem Auge beobachtete, grinste vor sich hin. Er grinste noch, als er sich zum Gehen wandte und seinen Arm schwenkte, womit er uns wissen ließ, dass wir ihm folgen sollten.

Gegen Mittag hielten wir an einem »wee loch«, einem kleinen See, um das übliche Picknick abzuhalten. In einem war die Gruppe sich über Brian einig: Er wählte weit bessere Picknickplätze aus als Basil. Auch dieser hier hätte nicht schöner sein können. Eine sanft abfallende Wiese.

Ein murmelnder Bach, der in den See mündete. Über den Bach eine verwitterte Steinbrücke, die zu einem verlassenen grauen Steinhäuschen führte. Nickende Heckenrosen rankten sich um den grauen Stein. Es war so still, dass man die einzelnen Vogelstimmen und das Plätschern des Sees stereophon zu hören glaubte. Schweigend deutete Brian ans Ufer: im Ried brütete ein Zwergtaucher. Auch ich war inzwischen als Birdwatcher ausreichend angelernt, um nicht drauf loszustürzen, sondern mein Fernglas gemessen ans Auge zu heben, um den Vogel ja nicht zu stören.

Ich sah das Vogelköpfchen. Sah jedes Federchen. Entzückend. Aber wenig *action.* Ich ließ das Fernglas wandern. Richtete es auf den Himmel, die ziehenden Wolken, dann auf den Waldrand, stellte schärfer, sah einzelne Zweige sich im Wind wiegen. Näher jetzt, nahm ich Yvonne und Germaine, die etwa dreißig Meter entfernt von mir unter einer Erle saßen, ins Visier. Gutes Glas, selbst die kleinsten Altersflecken waren zu erkennen. Und jetzt die Schweizer. Flüchtiger Schwenk, weil peinlich, wenn sie merkten, dass ich sie mit dem Vergrößerungsglas betrachtete … Die Sache machte Spaß. Ich ruckelte mit dem Hintern so lange im Gras hin und her bis ich bequem saß, stützte die Ellbogen auf die Knie, um das Glas ruhiger halten zu können und nahm den Bus aufs Korn.

Er war in ziemlicher Entfernung am Rand der weitläufigen Wiese geparkt. Brian stand daneben. Er hatte die Schiebetür geöffnet und hob den schweren Picknickkorb so mühelos heraus, als wäre er aus Pappe. Er schloss die Wagentür, hob den Korb hoch und kam damit die Wiese hinauf. Jetzt schüttelte er den Kopf, weil der Wind eine

Strähne seines langen Haars über Stirn und Augen geweht hatte, ich sah die Sehnen an seinem starken Hals hüpfen. Das Strickmuster seines Pullovers, das Geflecht des Weidenkorbs. Und dann Brians Arme. Er hatte die Ärmel hochgekrempelt. Ich sah die langen, nackten, muskulösen Unterarme, rotgolden glänzende Härchen auf glatter, brauner Haut, attraktiv, sexy, ungemein sexy… Die starke erotische Wirkung, die diese Großaufnahme von zwei Armen auf mich ausübte, traf mich unvorbereitet. Überrascht, fast erschrocken ließ ich das Glas sinken. Und sah erst jetzt, dass Brian zu mir hinaufsah. Sein Gesicht war unbewegt, es verriet nichts.

Den folgenden Nachmittag habe ich nur mehr vage in Erinnerung. Wieder latschten wir um einen dieser kleinen einsamen Seen, die sich in der Landschaft auftun wie glänzende Augen. An diesem hier stellte ein stromlinienförmiger Entenvogel mit einem rostroten Fleck am Hals die Hauptattraktion dar.

»Ein Sterntaucher«, hauchte Dagmar aus Hamburg ergriffen. Sie hatte ihre Abneigung gegen Brian offenbar überwunden, ständig hielt sie sich in seiner Nähe und versuchte, ihn in ein Gespräch zu verwickeln. Ich hingegen hielt Abstand. Meine Fernglaserfahrung beschäftigte mich noch immer, sie war mir neu und machte, dass ich mir selbst neu vorkam. Meine Gedanken kreisten beharrlich um mich und den schweigsamen Schotten. Ich würde ihn exorzieren, indem ich mehr über ihn in Erfahrung brachte. Gründliche Recherche, das A und O in meinem Beruf musste am Anfang jeder weiteren Überlegung stehen.

Ich lauerte Basil vor dem Abendessen auf. Die Gelegenheit war günstig, noch rumorte die Gruppe in den oberen Etagen. Und Brian konnte uns nicht stören, er wohnte nicht im Hause, er pflegte, nachdem er uns an der Villa Birdwatch abgesetzt hatte, mit unbekanntem Ziel zu verschwinden. Auf Krücken gestützt humpelte Basil in den Salon. »Laura, meine Liebe. Schön wie immer. Wie war der Tag«, ächzte er.

»Überaus interessant, Basil, und schön wie immer.« Ich wartete, bis er sich im Ohrenstuhl neben dem elektrischen Kamin niedergelassen hatte und steuerte ohne Umschweife mein Thema an: »Erklären Sie mir Ihren Freund Brian.«

Basil sah mich verwundert an.

Ich wurde rot, was mich grün ärgerte. »Warum spricht er kaum?«, fuhr ich fort.

Basil grinste.

»Ich muss einfach mehr über ihn wissen, schließlich werde ich über ihn schreiben müssen.«

Schlecht, Laura, ganz schlecht, das klingt nach Rechtfertigung.

Basil strich über seinen Bart, grinste noch immer. »Ein gut aussehender Bursche, nicht wahr?«, sagte er ein wenig spöttisch. Dann schwieg er. Ich fragte nicht weiter, wartete. Gelassen und beharrlich warten, das hält kein Befragter ewig durch, irgendwann wird er zu reden beginnen. Berufserfahrung das, auch Basil ging mir schließlich auf den Leim.

Was er wusste, war freilich nicht viel. Durch die Royal Society for the Protection of Birds sei er vor einigen Jahren auf Brian gestoßen, als er einen zusätzlichen Führer für eine Gruppe Birdwatcher gesucht hatte. Nein, MacKay sei kein Ornithologe. Er habe überhaupt nicht studiert, habe keinen Beruf erlernt, sei einfach ein Naturmensch, der von irgendeiner der Western Isles stamme. Er komme und gehe und sei so wenig zu halten wie der Wind. Seinen Lebensunterhalt verdiene er mit Gelegenheitsarbeiten. Elternhaus? Keine Ahnung, Brian spreche nie darüber. Seine Sprache sei Gälisch, ja. Alter? So um die dreißig würde er, Basil, mal annehmen.

»Sie bezeichnen Brian als Ihren Freund, wieso wissen Sie so wenig über ihn?«, fragte ich ehrlich verwundert.

»Wie viel muss man von einem Menschen wissen, um Freundschaft für ihn zu empfinden?«, meinte Basil. »Sehen Sie, Laura, ich bin Engländer, Brian ist Schotte. Meine Frau Amy ist gleichfalls Schottin. Sie hat mir beigebracht, nicht zu viel zu fragen, weil das in Schottland zu nichts führt. Ich habe hier gelernt, die Augen offen zu halten und mir so ein Bild zu machen. Auf diese Weise bin ich auch mit Brian verfahren. Ich war oft mit ihm in der Natur unterwegs, habe ihn in der Natur beobachtet, seither fühle ich mich ihm nah. Ob er ähnlich empfindet, kann ich nicht mit Bestimmtheit sagen. Und ihn danach zu fragen, wäre sinnlos, denn über Empfindungen würde Brian niemals sprechen.«

Gut möglich, dass ich an diesem Abend nur deshalb zu viel trank, weil ich nicht mehr an den schottischen Naturmenschen denken wollte. Basils Bordeaux war kräftig, Ritter Giovanni schenkte mir unermüdlich nach, und dies offenbar nicht nur aus Altruismus. Schon während des Abendessens hatte er mir mehrfach versichert, dass meine Augen schimmerten wie schottische Seen. Als ich mich, reichlich spät, zu Bett begeben wollte und die steile Stiege aufwärts tappte, stolperte ich. Und wer war mir gefolgt, wer hielt sich dicht hinter mir, wessen Hand legte sich stützend auf mein Hinterteil? Armer Giovanni.

Noch ehe ich selbst seinen Hoffnungen ein Ende bereiten konnte, scheiterte er an meinem Zimmernachbarn. Wie ein Bodyguard stand »Uli, der Knecht« am Gang, tat so, als warte er auf das Freiwerden der Toilette und wünschte mir derart nachdrücklich eine gute Nacht, dass Giovanni nichts anderes übrig blieb, als ein Gleiches zu murmeln und sich zu trollen.

»Schwer im Öl« würde Limettchen, hätte sie mich sehen können, unbarmherzig gesagt haben. Im Traum wurde ich seekrank und blieb es auch, als ich nächtens erwachte. Gegen Morgen begann mein Kopf zu pochen, das Aspirin, das ich einwarf, half nicht einmal marginal, und als ich beim Zähneputzen in den Spiegel sah, wurde wieder einmal bestätigt, was ich bereits wusste: Frauen in meinen Jahren tun gut daran, Alkohol möglichst zu meiden.

Meinen beklagenswerten Zustand nahm ich weniger mir selbst als Brian übel. Jung, frisch, glatt stand er am nächsten Morgen auf dem Kiesplatz. Nicht wie ich ein Opfer der Umstände, nein, wenn überhaupt etwas in dieser Richtung, so war Brian der Sieger des Matchs.

In der Hoffnung, allein sitzen zu können, kletterte ich als Letzte in den Bus. Keine Chance. Also wählte ich das geringste Übel und quetschte mich neben das schweigsame Männlein aus dem Berner Oberland. Vier Reihen vor mir glänzte Brians kupferrotes Haar im schmerzhaft hellen Licht des Morgens. Er hatte das Fenster heruntergekurbelt, immer wieder blies der Fahrtwind seine Mähne beiseite und gab den Blick auf seinen kräftigen, geraden Nacken frei. Ärgerlich wandte ich mich ab und sah aus dem Fenster, in dem sich mein eigenes Gesicht unvorteilhaft spiegelte. Heute ist nicht dein Tag, Laura Wunder, sagte ich mir, schloss die Augen und öffnete sie erst wieder, als der Bus am Parkplatz des Föhrenwaldes von Abernethy hielt.

Ein außergewöhnliches Naturreservat, schon der prachtvollen kaledonischen Föhren wegen. Und die Heidelbeerkulturen. Und der selten gewordene Auerhahn, dem man dort auf Schritt und Tritt begegne... In den höchsten Tönen hatte Basil uns vor der Abfahrt das Tagesziel beschrieben und uns eingeschärft, Brian hemmungslos auszufragen: »Machen Sie von seinem Wissen Gebrauch.«

Auf dem Parkplatz warb ein Schild um Nachsicht für das im Wald geltende Fahrverbot: *Sorry, no unauthorized vehicles beyond that point.* Ich mochte dieses *sorry*, das die Einschränkung persönlicher Freiheit begleitete. Ich sah zu, wie Brian beide Hände ausstreckte, um der kleinen Yvonne aus dem Bus zu helfen. Keine Geste der Höflichkeit, erst recht nicht der Servilität. Eine sachbezogene Handlung. Von der Bewegung her schön, sicher, harmonisch... Jesus, Laura! Nicht schon wieder MacKay! Ich riss meinen Rucksack aus dem Gepäcknetz und sprang aus dem Bus. Eine ungraziöse Landung, was ich auf mein watteartiges Körpergefühl und den hämmernden Kopf zurückführte. Ich versuchte mich auf Professionelles zu besinnen und fotografierte das riesige leer stehende Forsthaus von Abernethy, eine interessante schwarzweiße Holzkonstruktion.

»Es ist das erste Mal, dass ich Sie fotografieren sehe, Vögel und Pflanzen fotografieren Sie wohl weniger gerne«, bemerkte Dagmar.

Ich glaubte eine Spitze herauszuhören. Nicht mein Tag heute, eindeutig nicht mein Tag.

Der Marsch durch den Wald nahm kein Ende, aber wenigstens gab es dabei keine Steigungen. Ein Dahinwandern im Schatten hoher Bäume auf ebenem, weichem Waldboden, und zwar im Birdwatcherrhythmus: Losgehen in forschem Schritt, Entdecken eines Vogels, Stillstand. Feldstecher ans Auge, Anvisieren des Objekts, Beobachtung desselben, solange es sich sehen lässt. Anschließend Fachsimpeln, langsames Losmarschieren, allmähliche Steigerung in forschen Schritt … Mir war nach Abstand von der Gruppe, also bildete ich, meiner Verfassung durchaus entsprechend, das Schlusslicht. An der Spitze ging Brian, an seiner Seite meistens die langbeinige Dagmar, die sich Basils Anregung offenbar zu Herzen genommen hatte. Sie löcherte ihn pausenlos mit Fragen. Sei das nicht eben eine Haubenmeise gewesen? Wieso sei hier der Auerhahn häufiger anzutreffen, als anderswo, und stimme es tatsächlich, dass er Sand brauche, um zu verdauen? Wichtigtuerin.

Ich blieb stehen und wartete, bis auch der letzte meiner Leute um eine Biegung verschwunden war. Eine leichte Brise bewegte die Zweige, der Wald raunte, ich hörte Vögel zwitschern und musste endlich nicht mehr fragen, um welche Arten es sich wohl handle. Ich nahm das Fernglas – das der geeichte Birdwatcher stets griffbereit um den Hals hängen hat und das bei jedem Schritt gegen das Zwerchfell klopft, weshalb sich spätestens nach Ablauf zweier Wanderstunden ein magengeschwürartiger Schmerz einstellt – ab und steckte es in meinen Rucksack. Derart befreit trottete ich dahin und nahm dankbar das allmähliche Verebben meines Katers zur Kenntnis. Gegen Mittag holte ich die Gruppe ein. Um Brian geschart saßen die Leute auf einer Lichtung, sie hatten ihre Lunchpakete ausgepackt und schnatterten gut gelaunt durcheinander. Brian hockte auf einem umgestürzten Baum, zu seinen Füßen lagerte die blonde Dagmar. Ich wich ein paar Schritte zurück, bis ich niemanden mehr sah und suchte mir einen Rastplatz. Kein Sandwich, Laura, nein. Ich nuckelte an meiner Thermosflasche, dann bettete ich mich ins Heidekraut und schloss die Augen, um zu schlafen. Es war mir nicht vergönnt. Irgendjemand näherte sich leise, beugte sich über mich und verursachte mir erwartungsvolles Herzklopfen. Letzteres erstarb, sobald ich die Augen öffnete. Es war Giovanni.

»Ich wollte Sie nicht stören, Laura«, entschuldigte er sich. »Brian hat mich geschickt. Er lässt Ihnen sagen, dass Sie ganz rasch aufstehen und sich anderswo hinlegen sollen. Im Augenblick liegen Sie zwischen zwei Ameisenhaufen.«

Als wir an den Fluss kamen, war es drei Uhr nachmittags. Sechs Stunden zuvor waren wir am Parkplatz aufgebrochen, seither waren wir keinem einzigen Menschen begegnet. Auch am Flussufer war niemand zu erblicken. Keine Seele. Und keine Brücke und kein Steg. Der Fluss war offenbar aus seinen Ufern getreten, er sah weder tief noch reißend aus, aber er war gut zehn Meter breit. Selbst Brian schien ratlos, er hatte wohl einen Bach erwartet, den man von Stein zu Stein hüpfend hätte überqueren können. Er bedeutete uns zu warten und verschwand flussaufwärts. Ich starrte auf das Wasser, es schien eisig. Ich dachte an Viktor, der Brücken als Übergangslösungen bezeichnete, und beklagte das Fehlen einer solchen. Nach einer Weile kehrte Brian wieder und sah sich gezwungen, ungefragt einen ganzen Satz an uns zu richten:

»Es gibt keine Brücke«, sagte er, »wir müssen durch das Wasser waten.«

Schulausflugsatmosphäre machte sich breit. Die Schweizer grinsten und gaben Kommentare in ihrer Landessprache ab.

»Dann wollen wir mal«, sagte Damar forsch, setzte sich in den Ufersand und begann Schuhe und Socken auszuziehen. Nur Yvonne – heute ohne Germaine, die wegen Ermüdung in der Villa Birdwatch zurückgeblieben war – wirkte verzagt. Wie ein frierender Vogel hatte sie den Kopf zwischen ihre Schulterchen gezogen und blickte ängstlich aufs Wasser. Da beugte sich Brian, der hinter ihr stand, zu ihr hinunter und flüsterte ihr etwas ins Ohr, worauf die alte Frau hellauf lachte.

»Uli, der Knecht« machte sich als Erster an die Überquerung. In jeder Hand einen Bergschuh, die härenen Knickerbocker übers Knie geschoben, so watete er ins Wasser. In der Flussmitte war es so tief, dass es die Knickerbockerwülste benetzte, offenbar war es auch eiskalt, denn die letzten Schritte nahm der massige Mann im Sprunglauf. Unser Applaus war ihm sicher. Die Nächste war Dagmar, auch sie mit aufgerollten Hosenbeinen, was ihr Gelegenheit gab, ihre zarten Fesseln und schön geschwungenen Waden zu zeigen. Mit kleinen schrillen His und Has schaffte sie es bis in die Mitte, dort entrollten sich ihre Hosen, was der vornehmen Hamburgerin ein herzhaftes »Scheiße« entrang. Als sie schließlich am anderen Ufer stand, war die Textilie bis zur Mitte der Oberschenkel klatschnass.

»Hipp, hipp, hurra«, riefen die restlichen Schweizer hinüber und folgten ihr.

Nur Giovanni war zurückgeblieben. »Darf ich Ihnen

behilflich sein, Laura«, bot er sich an. Wie wohl, fragte ich mich und lehnte dankend ab.

Ich hatte längst beschlossen, diesen Fluss ohne Hosen zu durchqueren. Meine Jeans waren viel zu eng um sie hochzuschieben, aber die Vorsehung hatte mich ein zweites dieser schicken Herrenhemden in Kingussie erwerben lassen, es war lang genug, um den Po zu bedecken. Keine falsche Scham, Laura Wunder, du wirst dir hier nicht den Tod holen! Ich zog zuerst Schuhe und Socken und dann die Hosen aus, rollte alles zu einem festen Paket, das ich auf dem Kopf balancieren wollte und war schon mit einem Fuß im Wasser als ich seine Stimme hinter mir hörte.

»Laura«, rief Brian leise. Er hatte meinen Namen noch nie vorher ausgesprochen, er sagte *Lorra.*

»Ich heiße Lora und bin ein Papagei«, hatte der Kakadu von Fridolins Nachbarin gekrächzt, er war das Entzücken meiner Kindheit gewesen. Ich musste schmunzeln und wandte mich nach Brian um. Der lächelte gleichfalls.

»Geben Sie Acht«, sagte er, »in der Mitte des Flusses gibt es eine starke Strömung am Grund. Verlieren Sie nicht das Gleichgewicht, es wäre schade um das Hemd.«

Weiß der Himmel, wie er das mit der Strömung wissen konnte, an der Wasseroberfläche war sie nicht zu erkennen, aber er hatte Recht. Giovanni, der meinen Rucksack trug, ging vor mir her, pflügte durch das erwartungsgemäß eisige Wasser, als er die Flussmitte erreichte, geriet er ins Wanken. Ich spürte einen starken Sog unter meinen Fußsohlen, wilde kleine Strudel zerrten an meinen Knöcheln, drückten gegen meine Knie, versuchten, mich umzuwerfen. Ich stürzte nicht, erreichte dank meiner Stripeinlage das jenseitige Ufer als Einzige mit trockener

Kleidung und wandte mich triumphierend nach Brian um.

Er war bereits im Wasser. Seine Schuhe baumelten an seinem Rucksack, seine Hosen waren bis zum Knie hochgekrempelt, in seinen Armen lag Yvonne. Er trug sie so mühelos, als wäre sie ein Kind. Die alte Frau hielt sich mit beiden Händen an den Aufschlägen seines Hemdes fest und lachte.

Brian ging gleichmäßig und sicher dahin. Bei jedem Schritt wirbelte das Wasser um seine Beine, ich sah die Muskeln seiner langen Oberschenkel spielen, sah die schmalen Hüften sich rhythmisch bewegen, sah ihn die Flussmitte erreichen und Yvonne hochheben wie ein Federchen, um sie vorm Nasswerden zu schützen, sah das Wasser an seinen Beinen steigen, höher und höher und wieder sinken. Auch seine Hosen waren jetzt durchnässt. Sie lagen eng um seinen Körper ... Du bist schön, Brian MacKay. Ich möchte mit dir schlafen ...

Verstohlen sah ich mich um. Die Gruppe hatte am Ufer Aufstellung genommen und klatschte Brian und Yvonne Beifall. Niemand außer Brian sah mich an. Langsam stieg er aus dem Wasser. Ebenso langsam wanderten seine Augen über meine nackten Beine. Ich hatte meine Zehen in den von der Nachmittagssonne warmen Ufersand gegraben, meine Haut prickelte, ich fühlte mich lebendig und jung. Brians Augen berührten mich als wären sie Hände. In meiner Körpermitte explodierte eine Sonne, ihre Hitze breitete sich wellenförmig aus, ich wusste plötzlich, dass ich noch niemals zuvor einen Mann derart begehrt hatte wie Brian MacKay. Und diese Erkenntnis war ein Schock.

Auf der Rückfahrt saß ich ganz hinten im Bus, um möglichst wenig von Brian sehen zu müssen. Es war dämmrig, als wir die Villa Birdwatch erreichten. Der Schotte MacKay hatte die Fähigkeit, wie ein Indianer mit der Dämmerung zu verschmelzen und sich in ihr aufzulösen. Als ich aus dem Bus stieg, war er bereits verschwunden.

»Sie sind schweigsam heute Abend, Laura, und etwas blass, fühlen Sie sich nicht wohl«, fragte Basil, als wir uns nach dem Dinner im Salon versammelt hatten, um das Programm für den nächsten Tag zu besprechen. »Alles okay«, versicherte ich und rang mir ein Lächeln ab.

Die halbe Nacht wälzte ich mich im Bett und versuchte, meine schwindende innere Ordnung dingfest zu machen. Ich sprach halblaut zu mir selbst, führte mir sämtliche Gründe, die gegen meine Brian-Lust sprachen, vor Augen und betete um einen Sieg der Vernunft. Im Einschlafen hörte ich das leise Gurren der Türkentauben. Als ich endlich schlief, hatte ich schwüle Träume, und mein erster Gedanke beim Aufwachen galt Brian MacKay. Ich stand auf, stellte mich ans offene Fenster, holte tief Luft, fixierte die verflixten Tauben, die in den Baumkronen raschelten und noch immer oder schon wieder gurrten und redete mir ins Gewissen: Schluss jetzt, Laura Wunder. Du bist ein Profi, du wirst diese beiden letzten Tage noch mitmachen, deinen Text schreiben und dann: adieu Schottland!

Zunächst sah es so aus, als würde sich mein Vorsatz ohne Schwierigkeiten in die Tat umsetzen lassen. Ich verschanzte mich hinter meinem Schreibblock und der Miene einer konzentriert am Werk befindlichen Autorin. Ich saß ganz hinten im Bus, nagte am Kuli, den Blick gedankenverloren auf die Landschaft gerichtet. Dann und wann kritzelte ich ein paar Stichworte nieder. Meine

Isolationsbestrebung war von Erfolg gekrönt: Aus der Gruppe sprach mich niemand an und von Brian MacKay sah ich dank meines sorgfältig gewählten Sitzplatzes nicht einmal den Scheitel. Dass der Tag schließlich anders verlaufen und ich mich anders verhalten sollte, als ich geplant hatte, lag an dem Tal.

Es war lieblicher als alles, was ich bisher im schottischen Hochland gesehen hatte. Weich, grün, verschleiert. Ein unglaublich klares Flüsschen schlängelte sich durch den Wiesengrund. Das Rauschen jahrhundertealter Erlen, das Glucksen des Wassers, das über Kiesel sprang, konzertante Vogelstimmen waren alles, was man hörte. Eine menschenlose Märchenlandschaft.

Brian hatte den Bus auf einem hoch gelegenen Feldweg angehalten. Von hier aus konnte man die zauberhafte Flusslandschaft überblicken. Wir würden den Tag hier verbringen. Picknick in zwei Stunden dort unten an der Biegung des Flusses. Bis dahin könne jeder wandern, wohin er wolle, und Feldforschung auf eigene Faust betreiben. Es war eine von MacKays längeren Reden gewesen. Ich machte mich augenblicklich selbstständig und rutschte den Abhang bis zum Flussbett hinunter.

Mein Versteck zwischen drei großen Steinen, dicht am Wasser, umgeben von nickenden Fingerhüten, entzückte mich derart, dass ich zunächst zu schreiben vergaß. Der Himmel war bedeckt. Das Tageslicht schimmerte wie das Innere einer Muschel. Blumen und Gräser bewegten sich sachte, obwohl es windstill war. Es herrschte ein unglaublicher Friede. Erfüllte Stille. Weder Sehnen noch Wünschen. Nach einer langen Weile begann ich die Landschaft zu beschreiben. Ich tat es mit Hingabe und war so versunken, dass ich Brian nicht kommen hörte.

Plötzlich stand er zwischen mir und dem Fluss und sah auf mich hinunter. »Was schreiben Sie da«, fragte er so, als hätte er ein Recht darauf, es zu wissen. Das idiotische Herzklopfen, das mich in seiner Nähe befiel, setzte wieder ein, dumpf und so laut, dass ich fürchtete, Brian könne es hören.

»Einen Text für eine Zeitung«, sagte ich, und als er nichts erwiderte, plapperte ich fort. »Ich beschreibe unsere Exkursionen, die Landschaft und das Birdwatching. Für ein Umweltmagazin in Deutschland. Ich bin Journalistin.«

Zu meiner Verblüffung saß er so plötzlich neben mir, wie er eben noch vor mir gestanden hatte. Leise und schnell wie eine Schlange, dachte ich und sah auf seine Hand, die ruhig und entspannt dicht neben meinem Knie lag.

»Warum«, fragte Brian streng.

Ich wurde ärgerlich. »Warum, warum … weil es mein Beruf ist. Ich lebe davon.«

Er schwieg eine Weile. Dann deutete er auf die Baumgruppe am jenseitigen Ufer. »Sehen Sie die Moosbärte an den Stämmen?«

Ich nickte.

»Dieses Moos wächst nur dort, wo Luft und Wasser vollkommen sauber sind.«

»Ach, das ist interessant, das muss ich erwähnen …«

Als ich zu schreiben begann, legte er seine Hand auf meine, um mich daran zu hindern. Eine warme, trockene, auf angenehme Weise raue Hand. Mein Herz machte einen Satz. »Schreiben Sie das nicht, Lorra. Schreiben Sie vor allem keine Namen. Wenn Sie diesen Glen nennen, werden die Touristen kommen. Touristen machen die Natur kaputt.» Brian ließ das »r« in Lorra nach Art und Weise der Schotten auf der Zungenspitze vibrieren.

»Okay«, sagte ich und nickte, »keine Glens, keine Lochs, wenn Sie mir helfen, die Vögel, die wir in den vergangenen Tagen gesehen haben, zu benennen.«

Ich holte das Vogelbuch aus meinem Rucksack, Brian deutete auf die Vögel, die wir gesehen hatten, er wusste genau, wann und wo wir sie gesehen hatten. Er nannte mir ihre englischen Bezeichnungen, die mir genauso komisch vorkamen wie ihm die deutschen. Flussuferläufer, Steinschmätzer, Waldlaubsänger ... Wir lachten darüber, sachbezogene Vertrautheit stellte sich ein. »Birdwatching macht Spaß, ich habe das früher nie getan«, sagte ich und betrachtete Brians ebenmäßiges Profil, seine gut geschnittene Nase, deren Flügel stets ein wenig vibrierten, als würde er Witterung aufnehmen.

Er schwieg eine Weile und sah konzentriert vor sich hin, als müsse er sich über etwas klar werden, ehe er sagte: »Fahren Sie nach Skye.«

Die Western Isles, Basil hatte sie erwähnt, als ich ihn über Brian ausfragte, ich wusste längst, dass Skye zu ihnen zählte. Noch am selben Abend hatte ich auf der Landkarte nachgesehen und herausgefunden, dass es sich bei den Isles um die Inselgruppe der Hebriden handelte und dass Skye die größte Insel der Inneren Hebriden war.

»Warum nach Skye«, fragte ich.

»Weil es unglaublich schön dort ist, schöner und freier als im Hochland. Das beste Birdwatching überhaupt.« Er sah immer noch vor sich hin.

»Sind Sie auf Skye zu Hause?«

Er antwortete nicht. Die Vertrautheit von vorhin war weg.

»Ach, die Vögel singen überall gleich«, sagte ich leichthin, »jedenfalls in Schottland, Schottland ist ein Vogelparadies.« – Wieder schwieg er, ich hatte den Eindruck, dass er überlegte, ob ich ihm eine Antwort wert sei.

Sie kam schließlich so unerwartet und heftig, dass ich zusammenzuckte: »Nur in Culloden Muir singt kein Vogel.« Und schon stand er auf seinen Füßen und wandte sich zum Gehen.

»Brian, warten Sie«, rief ich ihm nach und versuchte ähnlich geschmeidig auf die Beine zu kommen wie der Schotte. Es misslang, meine unteren Extremitäten waren durch das lange Sitzen eingeschlafen, ich landete auf allen vieren. Brian, der sich nach mir umgewandt hatte, sah es und grinste. Er kam zurück, streckte mir beide Hände entgegen und zog mich mit einem Ruck auf die Füße. »Wo ist Culloden Muir?« Ich keuchte ein wenig. »Und warum singt dort kein Vogel?«

Niemand hätte eine nationale Tragödie in weniger Worte zu fassen gewusst als Brian MacKay: Das letzte Aufgebot der Hochländer zur Restauration der Stuarts. Angeführt vom schneidigen Stuartprinzen Charles Edward, den die Schotten bis auf den heutigen Tag »Bonnie Prince Charlie« nennen. April 1746 die Entscheidungsschlacht im Moor von Culloden, nächst Inverness. Kaum Verluste der Engländer, 1500 Tote bei den Schotten, der Herzog von Cumberland, Heerführer der Engländer, lässt nach seinem Sieg die verwundeten Gegner grausam abschlachten und heißt seither »der Metzger«. Tartan und Dudelsack werden verboten, die Macht der Clans ist für immer gebrochen, »und in Culloden singt kein Vogel mehr«. Brian erzählt leidenschaftlich, als hätte die Schlacht gestern stattgefunden und seine Brüder das Leben gekostet.

»Was ist mit dem Stuartprinzen geschehen?«, fragte ich gespannt.

Brian sah zu mir hinunter und lachte mich unvermittelt an.

»Er tat, was alle klugen Leute tun würden: Er floh und fuhr übers Meer nach Skye.«

Das Picknick schenkte ich mir. Stattdessen wanderte ich allein am Flussufer entlang, pflückte Blumen und kehrte erst zum Bus zurück, als ich von ferne sah, dass die Gruppe sich ans Einsteigen machte. Es hatte sachte zu nieseln begonnen. Ich war die Letzte, alle anderen saßen bereits, Brian stand am Wagen und schien auf mich zu warten. Mit gerunzelter Stirn betrachtete er meinen Blumenstrauß. Ich streckte ihm wortlos eine der Blüten entgegen, er überlegte, wie er damit umgehen sollte, nahm sie schließlich und steckte sie hinter sein Ohr. Die Gruppe hatte es verfolgt, »oh, là, là!« hörte ich Dagmar mit spitzer Stimme sagen. »Kommen Sie, Laura, hierher, ich habe Ihnen einen Platz reserviert«, rief mir Giovanni entgegen.

Die Fensterscheiben beschlugen, im Bus wurde es grau, nur meine Blumen leuchteten. Die Leute waren schweigsam und schienen schläfrig. Brian fuhr langsamer als sonst, der Wagen schaukelte gemütlich dahin, ich war kurz davor, einzunicken, als Brian zu singen begann. Seine Stimme hob sich ohne Zögern, ohne Scheu, sie war voll und eher dunkel, Bariton nehme ich an: *»Speed Bonnie boat like a bird on the wing / onward the sailor's cry / carry the lad that's born to be king / over the sea to Skye.«* Bonnie Prince Charlie auf der Flucht nach Skye. Das Lied hatte mehrere Strophen. Brian sang sie alle. Als er geendet hatte, applaudierte die begeisterte Gruppe. Und ich wusste, dass ich den rostroten Kerl nicht bloß begehrte, sondern dass ich mich in ihn verliebt hatte.

Aus purem Selbstschutz hatte ich mich entschlossen, die Exkursion am folgenden Tag, dem letzten, nicht mitzumachen. Eine Bergtour war geplant, Bergtouren konnte ich ohnehin nicht leiden, ich würde in der Villa Birdwatch bleiben und meinen Text fertig stellen.

Ein Scheißtag. Es goss ohne Unterlass, ich saß im plüschigen Salon des Hauses und versuchte mich zu konzentrieren. Meine Gedanken hüpften wie Flöhe, aber am Nachmittag war die Geschichte fertig, und ich wanderte nach Kingussie zum Postamt, um sie an meinen Agenten zu faxen. Es hatte zu regnen aufgehört, die Sonne schien, als wäre sie jahraus, jahrein aufs schottische Hochland abonniert und Brian MacKay besetzte aufs Neue mein Denken. Eigentlich blöd, dass ich nicht auf die Bergtour mitgegangen war. Es wäre meine letzte Chance gewesen, dem Keltenfürsten näher zu rücken. Morgen schon würde ich in Aberdeen ins Flugzeug steigen und spätestens übermorgen vor Limettchen und Gisi verbergen müssen, dass ich mich in einen zwanzig Jahre jüngeren Mann vergafft hatte, den ich nie wieder sehen würde.

Die Angst, ich könnte ihn tatsächlich nicht wieder sehen, ergriff mich überfallartig. Ich rannte zur Villa zurück. Auf dem Kiesplatz parkte der Bus, sie waren also schon zurück. »Uli, der Knecht« stand über die Regentonne gebeugt und wusch seine Bergschuhe. Toll sei's *»gsi«*, versicherte er mir, sie hätten mich vermisst.

»Wo ist Brian«, fragte ich atemlos und erfuhr, dass er längst gegangen war.

Während ich meine Birdwatcherausrüstung lieblos in

den Koffer stopfte, heulte ich. Nicht aus Liebesleid, nicht einmal vor Enttäuschung, sondern vor Wut. Wut auf Brian, weil er meinen Lebensweg gekreuzt und mich aus meiner Beschaulichkeit aufgescheucht hatte, und Wut auf mich selber, weil ich mich mit meinen bald fünfzig Jahren von einem jungen Fant hatte aufscheuchen lassen. Ich hatte bereits fertig gepackt, als mir einfiel, dass Basil und die Seinen einen Abschiedsabend vorbereiten wollten. Also durchwühlte ich mein Gepäck nach dem angeblich knautschfreien Wickelrock, der sein Versprechen nicht hielt, gab mir keine Mühe, mich hübsch zu machen – für wen auch, Giovanni etwa? –, übte vorm Spiegel einen beschwerdefreien Gesichtsausdruck und stieg die steile Treppe hinunter.

Basils Frau Amy hatte fabelhaft gekocht, seine Schwester Sue Tischdekorationen aus rosa Rhododendronblüten gesteckt und er selbst hatte mehrere Toast auf uns ausgebracht. Meine Absicht, gleich nach dem Abendessen auf mein Zimmer zu verschwinden, durchkreuzte er: »Ausgeschlossen Laura, Sie können jetzt nicht gehen, wir haben eine Überraschung vorbereitet.«

In der Plüschhölle waren die Sitzmöbel an die Wände gerückt und die Teppiche eingerollt worden. Sobald wir Platz genommen hatten, klatschte Basil in die Hände, worauf im Flur das durchdringende Pfeifen eines Dudelsacks ertönte. Die Tür ging auf und drei Schotten in Kilts zogen ein: voran der Dudelsackpfeifer gefolgt von einem gut aussehenden Mann in mittleren Jahren, zuletzt Brian.

Er besaß die aufregendsten Beine, die ich je bei einem Mann gesehen hatte. Der Anblick seiner nackten Knie verwandelte die meinigen in Gummi. Er begann mit dem anderen Mann einen altmodischen Tanz zu tanzen. Ein rhythmisches Stampfen und Springen. Er bewegte sich mit unglaublicher Leichtigkeit und Grazie, und während sein Partner zu schwitzen und zu keuchen begann, atmete Brian um keinen Deut schneller. Der Partner warf das Handtuch, er verbeugte sich unter Bravorufen, Brian tanzte allein weiter. Obwohl seine Bewegungen immer schneller wurden, brauchte er nicht viel Raum, er wirbelte nahezu auf der Stelle, ließ sich von der wilden Musik mitreißen, endete mit einem gedrehten Sprung, sein Kilt flog, sank, Brian stand still, und sein Brustkorb hob sich kaum.

Die Gruppe scharte sich um ihn, die Schweizer klopften ihm anerkennend auf die Schultern, Dagmar strahlte wie ein frisch lackiertes Schaukelpferd zu ihm auf, und Yvonne wisperte ergriffen: »Was für ein Mann.«

Jetzt, spätestens jetzt hätte ich verschwinden müssen, aber ich blieb auf meinem Stuhl wie angeklebt sitzen. Um Brian nicht ansehen zu müssen, sah ich Basil zu, der sich am Tonbandgerät zu schaffen machte. Eine schottische Tanzweise ertönte. Und dann stand Brian vor mir, fasste wortlos nach meinen Händen und zog mich auf die Füße.

»Ich kann nicht tanzen, nein, Brian, ich tanze nie.«

Er schien es nicht gehört zu haben. Schon standen wir mitten im Raum. Er nahm mich um die Taille und begann sich mit mir zu drehen. Ziemlich schnell. Und sagte leise: »Komm morgen mit mir nach Skye.«

Ich glaubte, nicht recht gehört zu haben, und lächelte dämlich. Brian drehte sich schneller, sein Mund bewegte sich kaum, als er es wiederholte: »Komm morgen mit mir nach Skye.«

Ich schüttelte den Kopf und lachte. Wir wirbelten dahin, ich spürte, wie er mich ein wenig vom Boden hob und den Druck seiner Hände verstärkte. »Lorra, sag Ja.«

Ich glaube, ich war nie seliger als in diesem Augenblick. Ich strahlte Brian an und japste atemlos: »Nein, niemals.«

Da hob Brian mich hoch, drehte sich noch schneller, ich sah auf ihn hinunter, sah wie seine Lippen sich bewegten. »Komm, Lorra, komm!« Mir wurde schwindlig, ich war endlich die Feder im Arm eines Mannes, die jede Frau einmal im Leben sein möchte. Irgendetwas in mir ging über Bord, und ich sagte ja.

# 12

Am nächsten Morgen dämmerte mir, dass ich mit diesem »Ja« aus jeder Norm gefallen war.

Das Reisegepäck der Gruppe türmte sich vor der Villa Birdwatch, der Bus, mit dem wir vor zehn Tagen aus Aberdeen gekommen waren, fuhr vor, der Fahrer begann Koffer und Rucksäcke zu verladen. Als er nach den meinigen griff, schüttelte ich den Kopf. »Das bleibt hier.« Der Mann sah auf, ich glaubte, ihm eine Erklärung schuldig zu sein, und sagte allzu hastig: »Ich fahre noch nicht ab.« Er zuckte mit den Schultern und stellte die Sachen beiseite.

Basil, immer noch auf Krücken, hopste heran. »Ihr Gepäck, Laura …«

»Ich fahre nicht nach Aberdeen.«

»Nein? Wohin dann?«

»Nach Skye.«

Basil legte seine Stirn in Falten und räusperte sich. Meine Ankündigung schien ihn verlegen zu machen. »Ach, wirklich …«, sagte er gedehnt. Er wandte sich von mir ab und drängte die anderen zum Aufbruch, die Strecke nach Aberdeen sei um diese Zeit sehr befahren, das Flugzeug werde nicht warten, »husch, husch«, scherzte er und scheuchte Yvonne und Germaine, die nervös umhertrippelten, zum Bus.

Amy, Sue und Bridget waren zum Händeschütteln angetreten. Amy wünschte mir eine gute Reise und eine glückliche Heimkehr und machte Anstalten, mich zum Abschied zu umarmen. Wieder schüttelte ich den Kopf. »Ich fahre noch nicht nach Hause, ich fahre zu den Hebriden … nach Skye …«

Amy gab einen kleinen, erstaunten Laut von sich, stotterte: »Wie schön für Sie«, und suchte das Weite.

Ich kam mir total daneben vor. Brian, der Mann, mit dem ich auf und davongehen wollte, ließ sich nicht blicken. Was, wenn er gar nicht kam? Wenn er schon abgereist war, weil er sein gestriges Angebot bereute oder es gar vergessen hatte? Eine einzige Peinlichkeit, diese Situation.

Bis auf Giovanni und Dagmar saß die Gruppe jetzt im Bus. Mein Ritter sah zu mir hinüber und winkte nachdrücklich. »Laura, kommen Sie endlich!«

Ich riss mich zusammen, simulierte unbeschwerte Munterkeit, deutete auf mein Gepäck, das verloren im Kies stand und sagte wiederum mein Sprüchlein auf: dass ich noch in Schottland bleibe, weiter nach Skye müsse, Recherche und so … Giovanni sah entgeistert drein und kletterte zögernd in den Bus.

Nur Dagmar schien das Abenteuerliche meines Vorhabens zu mögen. Sie rief laut: »Mit Brian?«, machte das Victoryzeichen und lachte. »Bravo, Laura, den Mutigen gehört die Welt!«

Ich bezweifelte, dass lauteres Wohlwollen aus ihr gesprochen hatte und beschloss, noch ehe die Bustür sich hinter ihr schloss, auch dann nach Skye zu fahren, wenn Brian mich sitzen ließ. Schon um mein Gesicht zu wahren. Und Brian wünschte ich zum Teufel.

Der Fahrer des Busses hupte zum Abschied, die Insassen winkten, der Bus zog einen Halbkreis und rumpelte durchs Gartentor davon. Ich stand Basil und den Seinen allein gegenüber. Nur keine Fragen, keine Erklärungen erfinden müssen… »Ich laufe rasch zum Postamt, bin gleich wieder da«, nuschelte ich und machte mich davon.

Limettchen hätte ich in jedem Falle verständigen müssen, dass ich nicht, wie erwartet, nach Hause kommen würde. Als ich am Abend zuvor zu Bett gegangen war, hatte ich überlegt, ob ich Brian ihr gegenüber erwähnen sollte. Darüber war ich eingeschlafen. Heute sah ich die Sache klar: Ich würde den Schotten ausklammern. Ich würde Limettchen in ihrer WG anrufen, hoffen, dass sie und die anderen schon auf der Uni waren und auf den Anrufbeantworter sprechen. »Weitere Recherche leider unvermeidlich«, würde ich sagen. »Recherche« ist eine schwer zu widerlegende Ausrede.

In der WG ging niemand ans Telefon, und der Anrufbeantworter war auch nicht eingeschaltet. Ärgerlich, sehr ärgerlich. Ich würde Gisi anrufen und sie bitten müssen, Limettchen Bescheid zu sagen. Vielleicht hatte ich Glück, vielleicht war Gisi noch nicht im Laden, und es würde mir vergönnt sein, Louise Majer als unverfänglichen Meldekopf zwischenzuschalten.

»Buchhandlung Majer«, meldete sich Gisi.

Ich hätte kurz und sachlich sein müssen. »Gisi, ich muss hier noch einiges für meinen Text recherchieren, es kann ein paar Tage dauern, bitte sage Limettchen, dass ich mich wieder melden werde.« So hätte das klingen müssen. Stattdessen stotterte ich gottlos herum. »Hallo Gisi, bist du's? Fein… es ist nämlich so, dass… ich habe meinen Text schon fertig, aber eigentlich muss ich noch auf die Hebriden… der Vollständigkeit halber. Es ist nur, weil es doch mein erster Text als Freie wird, der soll halt gut werden… Na ja, Vergnügen wird es sicher nicht… obwohl… Schottland ist ein tolles Land, es geht dir unter die Haut… hallo Gisi, hörst du mich…?« Mein Wortschwall versickerte. Ich hörte Gisi leise lachen. »Und kannst du Limettchen alles sagen… ja? Sie ist nämlich nicht zu Hause…« Ich verstummte.

Endlich hörte ich Gisis warme, dunkle Stimme: »Alles klar, Lauraliebchen. Und wie heißt der Mann?«

Wenn Gisi etwas von mir erfahren wollte, erfuhr sie es. Zunächst gab ich Brians Existenz, dann seinen Namen preis. Meine Versuche, ihn auf einen unumgänglich notwendigen professionellen Führer durch Schottlands Vogelwelt zu reduzieren, missglückte. Aber ich hatte den Eindruck, dass es mir schließlich gelungen war, meine Gefühle für ihn herunterzuspielen und Gisi davon zu überzeugen, dass ich allein nach Skye fahren würde. »Ehrenwort, Gisi, nur mein Rucksack, mein Feldstecher und ich.«

Sie sagte eine Weile gar nichts. Ich war sicher, dass sie überlegte und dabei Nagelhaut kaute. »Angeblich ist auf den Hebriden immer Nebel«, sagte sie endlich. »Hab's trotzdem schön. Und Laura, mach keinen Unsinn. Pass auf dich auf.« Dann hängte sie ein.

Mein Rucksack, mein Feldstecher und ich, jawohl, und Brian MacKay, der konnte mich mal…! Ich machte mich auf die Suche nach der Touristeninformation. Nach Skye, noch heute? Leider nicht möglich, zu spät am Tage. Heute noch müsse es sein. *Well,* nach Mallaig würde ich es schaffen. Dort, gleich am Hafen übernachten, morgen mit der ersten Fähre…

Ich verließ das Büro mit Landkarten und Fahrplänen und war halbwegs mit mir zufrieden. Unangenehme Situationen durfte man nicht überhand nehmen lassen. Ätsch, schöner Schotte, mich wirst du nicht ungestraft sitzen lassen, ich werde nicht Trübsal blasen, ich bin nicht auf dich angewiesen, um ein Abenteuer zuerleben …

Als die Villa Birdwatch in Sicht kam, sank meine Stimmung wieder. Basil würde auf mich lauern, mich mit Fragen löchern und mit Ratschlägen nerven. Ich würde über mein Gepäck disponieren und Reiselust heucheln und vorgeben müssen, dass ich niemals auch nur im Traum daran gedacht hatte, in Begleitung von Brian nach Skye zu fahren. Da war sie wieder, meine Wut auf den jungen Menschen, dem ich nicht verzeihen konnte, dass ich mich ihm gerne hingegeben hätte. Der wahrscheinlich seinen Spaß daran gehabt hatte, mir den Kopf zu verdrehen. Und ich doofe Tussi war mit meinen bald fünfzig Jahren auf ihn abgefahren wie ein Teenager.

Kopf hoch, Laura Wunder, Flagge zeigen, selbstbewusst sein, schließlich bist du kein Niemand … Ich betrat den Vorplatz, hörte den Kies unter meinen Bergschuhen knirschen und sah, dass man mein Gepäck unter das gläserne Vordach gestellt hatte. Ich bemerkte erst jetzt, dass es wieder einmal nieselte und sich mein Haar in seine gottgewollte Naturkrause legte. Hinter der bunten, geätzten Glasscheibe der Eingangstür zeichnete sich der Umriss eines Mannes ab. Augenblicklich machte mein Herz einen erwartungsvollen Satz und begann zu pochen. Umsonst. Es war Basil. Weiß der Himmel, weshalb mir Basil das Gefühl vermittelte, ein ungezogenes Gör zu sein, das zum Schuldirektor zitiert wurde.

Als er mich in den Salon bat, lehnte ich dankend ab. Ich sei in Eile, ich müsse heute noch nach Mallaig. Basil betrachtete mich mit dem gewissen besorgten Blick des wohlwollenden Freundes und ließ nicht locker: »Laura, ich gehe doch richtig in der Annahme, dass Sie die Absicht hatten, mit Brian nach Skye zu fahren?«

»Wie kommen Sie darauf?« Ich versuchte, kühl, distanziert, von oben herab zu wirken und war nicht sicher, ob es mir gelang, denn urplötzlich saß ein Kloß in meinem Hals. Nur nicht heulen, Laura, das fehlte noch! Um Basil nicht ansehen zu müssen, tat ich geschäftig, öffnete die Tür nach draußen und griff nach meinem Rucksack. »Mal sehen, ob ich alles Nötige für die Inseltour eingepackt habe. Meinen Koffer würde ich gern bei Ihnen stehen lassen, wenn das keine Umstände macht. Auf dem Rückweg würde ich ihn abholen.«

Basil nickte. »Kein Problem.« Dann fuhr er da fort, wo er vorhin aufgehört hatte. »Brian scheint sich sehr für Sie zu interessieren. Es hat mich erstaunt, dass er sein Interesse so deutlich zeigte, wie ich schon sagte, er zeigt seine Gefühle praktisch nie.«

Der Kloß in meinem Hals war so plötzlich verschwunden, wie er gekommen war. »Sie täuschen sich, Basil, wir haben bloß Spaß gemacht«, sagte ich fröhlich. »Ich werde allein nach Skye fahren, ich komme eben vom Tourismusbüro, ich habe mir Bus- und Schiffsverbindungen rausschreiben lassen. Sehen Sie …« Ich schwenkte meinen Fahrplan vor seinen Augen wie ein Angeklagter, der mit seinem Alibi wedelt.

»Brian ist nicht mit normalen Maßstäben zu messen«, fuhr Basil ungerührt fort. »Er ist nicht, was man im britischen Sinn ›verlässlich‹ nennen würde, und viel Ungereimtes ist um ihn.«

Ich hätte gerne nachgehakt, was er unter »ungereimt« verstand, stattdessen zuckte ich bloß die Achseln und tat, als wäre mir Brian einerlei. In diesem Augenblick hörte ich einen Wagen über den Kies knirschen, jemand hupte laut und ungeduldig.

»Wenn das nicht Brian ist…«, seufzte Basil.

Wieder machte mein Herz einen dieser verrückten Sprünge, offenbar brachte die bloße Erwähnung von Brians Namen es aus dem Takt.

Er trug Jeans und einen Pullover, der wohl beim Waschen eingelaufen und deshalb körpernah geworden war. Jede Bewegung seiner Schultern und seiner Brustmuskulatur zeichnete sich unter der knapp sitzenden Wolle ab, ein Anblick, der nicht zur Festigung meines schwankenden Gemütszustandes beitragen würde. Er hatte sein Haar schneiden lassen, es reichte nur mehr bis zum Kinn und erinnerte mich an die Frisur von Prinz Eisenherz aus den Comics meiner Jugend. Er war in einem Wagen der oberen Preisklasse, einem jagdgrünen Range Rover gekommen. Und er lachte nicht, als er mir entgegensah.

»Ist das deiner«, fragte er und deutete auf den Koffer, der unterm Glasdach stand.

»Ja, aber der bleibt hier.«

Ebenso gut hätte ich gar nichts sagen können, denn Brian lupfte den schweren Koffer, als wäre er aus Stroh und lud ihn in das Luxusauto.

Auch Basil war aus dem Haus getreten, er näherte sich unerbittlich, mit nach wie vor sorgenvoll gefurchter Stirn. »Also doch…«, sagte er im Tonfall eines enttäuschten Erziehungsberechtigten.

Ihn lächelte Brian an. »Skye«, teilte er sich auf die ihm eigene minimalistische Weise mit.

Basil erwiderte das Lächeln. »Mach's gut, alter Knabe.« Für mich hatte er bloß ein mahnendes: »Ich hoffe, Sie wissen, was Sie tun, meine Liebe«, übrig. Es war beschämend. Ich war froh, als wir den Kiesplatz und Birdwatch und Basil endgültig hinter uns gelassen hatten.

Ich weiß nicht, wie ich mir die Reise mit Brian vorgestellt hatte, aber auf die Art, wie sie sich tatsächlich gestaltete, war ich nicht gefasst gewesen.

Längst hatten wir Kinguissie hinter uns gelassen, ich hatte das schweinslederne Interieur des Range Rover mit Erstaunen und die großen Kisten im Laderaum mit Neugier zur Kenntnis genommen. Wir waren bald zwanzig Minuten unterwegs und zwischen uns war noch kein Wort gefallen. Schließlich wurde mir das zu blöd. »Ich dachte schon, du kämst nicht mehr«, begann ich. Keine Antwort. Ich wartete eine Weile, ehe ich einen neuen Einstieg versuchte. »Tolles Auto«, sagte ich und strich über den hellen, weichen Ledersitz, »deines?«

Kopfschütteln.

Jesus, am Ende ein Leihwagen, dachte ich besorgt, ich wusste ja von Basil, dass Brian von Gelegenheitsjobs lebte.

»Gemietet?«, fragte ich und überlegte bereits, wie ich ihm Geld zustecken könnte, ohne dass es für ihn peinlich wäre.

Neuerliches Kopfschütteln, lange Pause, schließlich sagte er widerwillig: »Es gehört einem Freund.«

»Aha, geborgt. Netter Freund«, fand ich. »Lebt dein Freund in Kingussie?«

Schweigen.

»Und wem gehören die vielen Kisten, da hinten, im Auto?«

Schweigen.

»Was ist drin?«

Verärgertes Schweigen.

Ich wusste nichts mehr zu sagen und verstummte.

Wir waren zu wenig vertraut, um gut miteinander schweigen zu können. Je länger das wortlose Nebeneinander dauerte, desto ärger verkrampfte ich mich. Ich sah Brian nicht mehr an, ich guckte allenfalls auf seine Hände, die locker auf dem Lenkrad lagen und sich nur anspannten, wenn er die Schaltung betätigte. Die rotgoldenen Härchen auf seinen Handrücken flimmerten im trüben Licht des Tages. Ich sah aus dem Fenster, der Regen fiel jetzt in sanften grauen Schleiern, der graue See zu unserer Linken musste Loch Laggan sein, hier, im Jagdschloss Ardverikie, hatte die junge Königin Viktoria ihre ersten längeren Hochlandferien verbracht. Ihr Gastgeber war der Marquis von Abercorn gewesen, dessen kleiner Sohn bei der Monarchin in Ungnade gefallen war, weil er vor dero allerhöchsten Augen einen Handstand im Kilt vollführt hatte. Die Vorstellung erheiterte mich, ich musste lachen und hoffte, Brian würde mich fragen, worüber ich lachte. Er fragte selbstverständlich nicht. Ich begann wieder zu grübeln.

Was war zwischen dem gestrigen Abend und heute Morgen geschehen? Mit Sicherheit hatte er mich gestern begehrt. Und heute nicht mehr? Nein, heute nicht mehr. Basil hatte schon Recht, um Brian MacKay war viel Ungereimtes, und es sah nicht so aus, als würde ich Gelegenheit bekommen, mir einen Reim auf ihn zu machen… Ich war in meine Überlegungen verstrickt und merkte zunächst nicht, dass Brian auf einen Parkplatz gefahren war.

»Das menschliche Gemüt ist elastisch wie ein Hosengummi«, pflegte der Fridolin nicht ganz zu Unrecht zu sagen. Eben war ich noch niedergeschlagen und im Handumdrehen war ich hochgestimmt: Parkplatz, draußen Regen, im Wagen warm und dämmrig, die Scheiben blickdicht angelaufen und Brians Lächeln … Das konnte nur das eine bedeuten …

Brian MacKay lächelte mich an. Er beugte sich langsam zu mir herüber, sein Gesicht näherte sich dem meinen, er streckte die Hand aus, ich konnte ihn riechen, frische Haut und schottische Schafwolle … Seine Hand verfehlte knapp mein Gesicht, seine Finger wischten über die Scheibe, die Außenwelt wurde sichtbar, »Glenfinnan«, sagte Brian und setzte sich wieder gerade hin.

Ich sah eine gewaltige steinerne Säule. Auf ihr stand klein und irgendwie verloren die Figur eines schottischen Stammeskriegers in voller Kampfausrüstung. Hinter dem Monument wallte Nebel, verlor sich ein Loch, regengrau wie alles am heutigen Tag. »Glenfinnan«, wiederholte Brian.

»Und was, wenn ich fragen darf, ist Glenfinnan«, fragte ich spitz.

Sein Lächeln erlosch. »Hier hat der Aufstand der Jakobiten begonnen.« Er starrte aus dem Fenster und fixierte den Krieger, während er sprach. »Hier hat ›Bonnie Prince Charles‹ gestanden und gewartet, ob die Clans kommen und ihm folgen werden. Sie sind gekommen, weil der Cameron von Loch Shiel gekommen ist. Mit achthundert Mann ist er gekommen, und die anderen Stammesführer sind ihm gefolgt. Der Prinz hat seine seidene Standarte gehisst, und sie sind losgezogen, nach London, an einem sonnigen Augusttag im Jahre 1745.«

»Sonnig? Kaum zu glauben. Wie viele sonnige Tage hat das Land seither gesehen?«

Ich hätte wissen müssen, dass Sarkasmus fehl am Platze war. Brian kniff die Lippen zusammen und warf den Kopf zurück, dass sein Haar tanzte. Er startete den Wagen, gab Gas und raste los. Die Reifen jaulten, als er knapp vor einem Lastwagen in die Straße schnitt. Er fuhr wie ein Besessener. Meinem Schrecken folgte eiskalte Angst. War Brian MacKay verrückt?

Diese Frage hätte ich in erster Linie mir selbst stellen müssen: Laura Wunder, bist du noch zu retten? Was machst du in diesem Land, in das du eigentlich nie wirklich wolltest. Mit einem Mann, den du vor einer Woche noch nicht gekannt hast. Von dem du nichts weißt, außer dass er zu jung für dich ist. Der kriminell, geistesgestört, ein Frauenmörder sein könnte …

Der potenzielle Frauenmörder raste mit unverminderter Geschwindigkeit dahin. Mehrmals hatte ich versucht ihn anzusprechen, ihn durch Fragen dazu zu bringen, das Tempo zu verringern: »Wir müssen nach Mallaig, nicht wahr?« – »Es ist schon spät, werden wir heute noch eine Fähre nach Skye erwischen?« – »Brian, ich glaube, es ist keine gute Idee, dass wir beide nach Skye reisen. Ich glaube, ich werde in Mallaig den Zug nehmen und nach Glasgow fahren.«

Brian MacKay schien mich nicht einmal gehört zu haben, er hatte mit keinem Wimpernzucken reagiert. Er chauffierte angespannt, vollkommen konzentriert, als wäre die Landstraße der Nürburgring und er entschlossen, als Sieger durchs Ziel zu gehen. Ich hatte keine Ahnung, beim wievielten meiner lautlos gen Himmel gesandten Vaterunser wir ein Nest namens Arisaig erreichten.

Wir hielten an einem Spucknapf von Hafen. Nebelschwaden waberten um die wenigen sichtbaren Häuser und um die paar Fischerboote, die auf dem schiefergrauen Meer schaukelten. Brian riss die Wagentür auf, das Rauschen des Regens hörte sich an, als hätte jemand vergessen, einen Duschhahn zuzudrehen. Kein Mensch war zu sehen. Brian sprang aus dem Wagen.

»Was suchen wir hier, Brian, ich will wissen, was wir hier suchen«, keifte ich ihm nach. Vergebens. Er gab keine Antwort, er sah sich nicht nach mir um, er lief ein paar Schritte, sprang mit einem Satz auf eine Kaimauer und begann wild zu gestikulieren. Und dann sah ich den Mann, dem er zuwinkte.

Er war plötzlich da. Aus dem Nebel aufgetaucht wie Orson Wells im *Dritten Mann.* Er schien mir groß und hager und dunkel, ja, alles an ihm war dunkel, Ölzeug, Regenhut, Gummistiefel, auch sein Gesicht. Das Gesicht erst recht. Viel davon war unter der breiten Hutkrempe nicht zu erkennen, aber als der Mann zu Brian sprach, blitzten seine Zähne weiß wie das Gebiss im Antlitz eines Mohren. Und er hinkte.

Langsam hinkte er auf Brian zu. Er hatte etwas Diabolisches an sich, »Inselmephisto« schoss es mir durch den Kopf. Brian sprang von der Mauer und lief ihm entgegen. Kein Händeschütteln. Der Dunkle begann auf Brian einzusprechen. Der hatte mir seinen Rücken zugewandt, sein Haar war nass und klebte im Nacken, seine Kleidung dampfte, sein Körper schien an Spannkraft zu verlieren, je länger der Fremde auf ihn einsprach.

Mephisto hatte beide Hände in den Taschen seines Mantels vergraben, er trat unruhig von einem Fuß auf den anderen, als hätte er Mühe, das Gleichgewicht zu halten. Plötzlich zog er eine Hand aus der Manteltasche und hielt sie Brian fordernd vors Gesicht. Der Junge schüttelte den Kopf, als verweigere er, was der andere von ihm verlangte. Ungeduldig bewegte der Diabolische die Finger seiner ausgestreckten Hand, zögernd langte Brian in die Hosentasche, nahm etwas heraus und drückte es dem Mann in die Hand. Der sah scharf in meine Richtung, seine Zähne blitzten, und dann fiel plötzlich eine dieser verflixten schottischen Nebelwände und verschluckte ihn.

Mein Herz klopfte, in meinen Ohren rauschte es und mein Gesicht war heiß. Erhöhte Adrenalinausschüttung. Ich hatte Angst. Als Brian mit langen Sprüngen auf meine Seite des Wagens zukam, widerstand ich dem Impuls, die Innenverriegelung zu bestätigen. Er riss den Wagenschlag auf und sagte barsch, ohne mich dabei anzusehen: »Steig aus!«

Ich krampfte beide Hände um die Schale meines Sitzes und schüttelte den Kopf. »Steig aus, Lorra«, wiederholte er, fasst nach meiner Hand und zerrte mich aus dem Wagen. »Nicht ohne meinen Rucksack«, japste ich. Mit einer Hand hielt Brian mein Handgelenk fest, mit der anderen fischte er meinen Rucksack vom Rücksitz, dann führte er mich ab.

Es waren nur ein paar Schritte bis zur Pension. *Bed and Breakfast* war in großen rosa Buchstaben auf eines der Fenster zu ebener Erde gemalt. Im Empfangsraum brannte armselig eine einzige Lampe. Aus einem Nebenraum trat ein älterer Mann. Er nickte kurz in meine Richtung und begrüßte Brian, den er offensichtlich kannte. Wie gut, das zu beurteilen, war mir nicht vergönnt, denn die beiden sprachen Gälisch. Brian schien dem Mann etwas zu erklären, der nickte immer wieder, sah mehrfach zu mir herüber, gar nicht unfreundlich, wie mir schien. Dann wandte sich Brian zu mir, fasste mich an den Schultern und schüttelte mich leicht. »Hör mir zu, Lorra, du musst hier auf mich warten. Es ist wichtig, dass du hier auf mich wartest.«

Ich war völlig fertig, ich war wütend, und gleichzeitig hatte ich Angst und das starke Gefühl, dass das alles nicht Realität war, dass ich einen perfiden Traum träumte. »Wohin gehst du, Brian?« Es klang nach quengeliger Ehefrau, die eben abgehalftert war. Was war aus der jeder Situation gewachsenen Journalistin in den besten Jahren geworden?

Brian hatte mir noch nie auf eine Frage geantwortet. Auch diesmal nagte er bloß nachdenklich an seiner Unterlippe, als überlege er, ob er etwas sagen sollte. Er tat es nicht. Stattdessen umfasste er mit beiden Händen mein Gesicht, er sah mir in die Augen, er war plötzlich so nah, dass ich seinen Schafwollpullover roch und seine Haut und prompt, als wäre ich einer von Iwan Petrowitsch Pawlows Hunden, begann mein Herz zu klopfen. Umsonst, auch diesmal umsonst, denn Sekunden später war Brian gegangen, und ich stand da und wartete darauf, dass das Herzklopfen verebben und der kalten Wut auf Brian Platz machen würde. Dann hörte ich draußen den Rang Rover aufjaulen. Jesus, die Kerle hatten ja meinen Koffer im Auto!

Ich wollte an die Tür, stolperte über meinen Rucksack, den Brian mitten im Raum hatte fallen lassen, und als ich endlich im Freien war, sah ich die Rücklichter des Wagens im Nebel verschwinden.

# 13

Als Brian sich aus dem Staub gemacht hatte, war es, obwohl erst sechs Uhr abends, des schlechten Wetters wegen für hiesige Verhältnisse dunkel und die Straßen von Arisaig waren menschenleer. Ich wollte zur Polizei, verständlicherweise wollte ich zur Polizei, ich musste schließlich zur Anzeige bringen, dass ein gewisser Brian MacKay, Adresse unbekannt, und sein Komplize, Name und Adresse unbekannt, mit meinem Koffer abgehauen waren. Da sich niemand zeigte, den ich nach dem Weg hätte fragen können, musste ich mich an den Wirt der Pension wenden.

Im Empfangsraum war er nicht. Ich pflanzte mich dicht an der Eingangstür auf und schrie so lange »Hallo«, bis sich in den Tiefen des Hauses etwas rührte, Füße scharrten, Stimmengemurmel zu hören war. Der Wirt erschien, schwenkte einen Schlüssel und wies auf die Treppe in den ersten Stock. Offenbar nahm er an, dass ich dringend mein Zimmer beziehen wollte. Ich schüttelte den Kopf und sagte: »Polizei, ich möchte zur Polizei, wo ist hier die Polizei?«

Der Wirt grinste freundlich und gab keine Antwort. »Polizei?«, wiederholte ich, worauf der Mann den Kopf schüttelte und mir in schlecht verständlichem Englisch versicherte, dass es in Arisaig keine Polizei gebe.

Ich war überzeugt, dass er log. Dass auch er in die dunklen Machenschaften des Inselmephisto und des Brian MacKay verstrickt waren. Drogendealer. Schmugglerbande. Menschenhändler… Die Frauenmördervariante schloss ich inzwischen aus, sie war durch das Auftreten von Brians diabolischem Komplizen unwahrscheinlich geworden, Frauenmörder waren Einzeltäter.

Keine Angst zeigen, Laura, überlegen, lass dir was einfallen. »Kann ich telefonieren«, fragte ich streng, obwohl ich keine Ahnung hatte, wen ich anrufen sollte. Der Wirt deutete auf ein armseliges Konstrukt am Ende eines Ganges, die unbeleuchtbare, offenbar von einem Heimwerker errichtete Telefonzelle des Hauses. Ich wühlte in meinem Rucksack nach der Taschenlampe und dem Adressbuch, und als ich beides gefunden hatte, wusste ich auch, wen ich anrufen würde: Basil.

Er war da. »Basil, hier ist Laura. Ich brauche Ihren Rat.«

»Laura«, sagte er gedehnt, mein Anruf schien ihn weder zu überraschen noch zu erfreuen.

»Sie hatten Recht mit Ihrer Warnung vor dem ungereimten Brian«, fuhr ich gehetzt fort. »Brian ist mit einem dunklen Gesellen und meinem Koffer getürmt, und ich sitze hier in Arisaig fest.«

Er sagte eine Weile nichts, aber ich hörte ihn atmen, es klang, als müsse er sich erst fassen, ehe er antwortete. »Laura, das ist nicht Ihr Ernst«, sagte er schließlich, und ich hatte den Eindruck, dass er sich das Lachen verbiss.

»Doch, Basil, mein vollster Ernst«, sagte ich mit Nachdruck und schilderte ihm die Autofahrt und das Auftauchen von Mephisto und meine augenblickliche Lage bis hin zu der mickrigen Telefonzelle, in der ich mich eben befand. »In diesem Haus bleibe ich keine Stunde«, schloss ich pathetisch. »Ich werde eine Polizeistation suchen und finden und Anzeige gegen Brian erstatten. Dann fahre ich mit dem Taxi nach Mallaig und von dort mit dem ersten Zug zurück in die Zivilisation!«

Basil hatte mich nicht unterbrochen. Als er sprach, war seine Stimme ruhig. »Laura, hat Brian Ihnen nichts gesagt, ehe er ging?«

»Ha! Sie kennen doch Brian! Wann sagt der schon einmal freiwillig ein Wort?«

»Gar nichts?«

»Na ja, ich soll auf jeden Fall hier auf ihn warten, hat er gesagt.«

»Dann warten Sie, Laura. Das sind Sie ihm schuldig. Immerhin haben Sie zugestimmt, mit ihm diese Reise zu unternehmen. Und es hat Brian sicher größte Überwindung gekostet, Sie zu bitten, mit ihm zu reisen. Es muss einen schwerwiegenden Grund dafür geben, dass er so plötzlich verschwunden ist. Wenn Sie jetzt Ihrerseits verschwinden, könnten Sie bei dem Jungen viel anrichten.«

Unerhört, dachte ich, das klingt ja, als trüge ich Schuld an dem Schlamassel, schließlich bin ich es, die man hier hat sitzen lassen. »Der arme Junge«, äffte ich Basil nach. »Ich habe nicht einmal seine Adresse. Und wer ist der schwarze Mann, den er hier getroffen hat und dem er offensichtlich hörig ist?«

Jetzt klang Basil ärgerlich: »Keine Ahnung, sicher ebenso wenig ein Verbrecher, wie Brian einer ist. Vielleicht ist es einer aus dem Clan, ein Verwandter.« Ich wollte etwas erwidern, aber Basil war ungeduldig geworden und schnitt mir das Wort ab. »Hören Sie, Laura, bleiben Sie, wo Sie sind, und machen Sie keinen Unsinn. Alles wird sich klären. Spätestens morgen wird Brian wieder da sein oder sich melden. Bedenken Sie, dass Sie ein Abenteuer haben wollten. Jetzt haben Sie es.«

Plötzlich war ich unglaublich müde. Die letzten vierundzwanzig Stunden waren eine emotionale Gewalttour gewesen. Ich würde an diesem Abend sicher nicht mehr in der Lage sein, einen vernünftigen Entschluss zu fassen, ich wollte jetzt nur mehr schlafen, alles andere war mir egal. Ich nickte dem Wirt zu, er zeigte mir mein Zimmer. Ich versperrte die Tür doppelt und warf mich wie ich war auf das klamme Bett. Essen, man müsste etwas essen, ich hatte seit dem Frühstück in der Villa Birdwatch nichts mehr in den Magen gekriegt. Im Rucksack waren noch ein Apfel und eine Tafel Schokolade. Ich aß beides im Liegen und sah mich, während ich aß, in dem rosa geblümten Zimmerchen um. Geblümte Tapeten, geblümte Vorhänge, geblümtes Bettzeug, Letzteres feucht… Hier werde ich kein Auge zutun, dachte ich und muss wohl im selben Augenblick eingeschlafen sein. Als ich aufwachte, hatte ich zunächst keine Ahnung, wo ich mich befand. Da lag ich, völlig angezogen, nicht einmal die Windjacke hatte ich abgelegt. Vor meinen Fenstern kreischten Möwen, wild, laut, lebensbejahend. Über die geblümten Vorhänge tanzten Sonnenkringel. Ich stand auf, sah aus dem Fenster und sah das Meer. Es war zum Greifen nah und glitzerte wie ein Edelstein.

Ich bin nicht, was in meiner Heimatstadt Wien als musikalisch gelten würde. Eigenartig deshalb, dass mir in diesem Augenblick der *Rosenkavalier* einfiel. Vielleicht, weil die Seevögel sich in irrwitziger Lust in den türkisfarbenen Himmel schraubten und selig dahin segelten und sich unvermittelt fallen ließen, kreischend, taumelnd, bis sie die Wasseroberfläche streiften und wieder stiegen, und weil ihre Schönheit die Melancholie des Endlichen besaß.

Meine Misere mit MacKay war mir plötzlich fern, mein Gemüt schwang in gezogenem Dreivierteltakt. Ich duschte, ging hinunter und fand das Frühstückszimmer, in dem für eine einzige Person gedeckt war. Der Wirt beobachtete mich schweigend, als ich zwei Spiegeleier auf gebratenem Speck verschlang. Er nickte wohlwollend, als ich mit dem letzten Brocken Brot den letzten Rest Fett vom Teller wischte. Als ich ihn fragte, ob und wann ich gegen Abend eine Verbindung von Arisaig nach Mallaig hätte, umwölkte sich seine Miene. Ich werde doch warten, bis »Brriann« zurückgekehrt sei? Er rollte das »r« ganz vorne auf der Zungenspitze, wie Brian es tat, wenn er »Lorra« sagte. Ich versicherte ihm, dass ich bis zum Abend warten würde, dann aber unbedingt abfahren müsse, im Übrigen wolle ich jetzt meine Rechnung bezahlen. Er schüttelte heftig den Kopf, die Rechnung sei bereits bezahlt. Von wem, wollte ich wissen. Er seufzte auf ob meiner mangelnden Begriffsfähigkeit, ehe er neuerlich »Brriann« schnarrte. Ich wusste nicht, was ich auf diese Mitteilung hin sagen sollte. Und ein Fahrrad? Ich würde gerne ein Fahrrad mieten. Er winkte mir, ihm zu folgen. In einem Gartenschuppen hinter dem Haus stand ein riesiges altmodisches Damenfahrrad, dessen Sattel aufs äußerste hochgeschraubt war und das irgendein Witzbold orange und schwarz lackiert hatte. Beim näheren Hinsehen erinnerte das wagemutige Muster an die Zeichnung eines Feuersalamanders.

»Ihres?«, fragte ich den Wirt, er grinste und ehe er noch antworten konnte, nahm ich seine Antwort vorweg und sagte: »Ah, Brrianns.«

Es würde schwer sein, auf Brians Fahrrad nicht an Brian zu denken. Als ich unter der Dusche stand, hatte ich mir fest vorgenommen, mich an diesem goldenen Morgen von der Causa MacKay nicht beherrschen zu lassen und mich erst wieder mit ihr auseinander zu setzen, wenn Brian auftauchte. Falls er wieder auftauchte …

Ich radelte durch Arisaig. Die Straßen waren nicht sehr belebt. Niemand, den ich für einen Touristen hätte halten müssen. Niemand schien in Eile. Der Lebensrhythmus von Küsten- und Inselbewohnern ist in der Tat weniger hastig, als der von binnenländischen Menschen. Ein paar Passanten nickten mir freundlich zu, was ich auf die Tatsache zurückführte, dass ich auf Brians absurdem Fahrrad saß. Die Luft war lauer als im Landesinneren. Ozeanisch halt. Außerdem war da ja noch der Golfstrom. Erfreut stellte ich fest, dass hier sogar Palmen wuchsen und prächtige Rhododendronbüsche entlang der Straßen schlichtweg wucherten.

Der Ort lag hinter mir, ich bog in einen Weg ein, der mich zum Strand führte. Eine Prachtbucht mit weißem Sand, dahinter der Sund von Arisaig. Türkisfarbenes Meer, Klippen und Riffe, die von orangefarbenen Algen überzogen waren, in der Ferne ein paar Inseln, deren Konturen sich wie gestochen vom heiteren Frühsommerhimmel abhoben. Ich warf das Fahrrad in den Sand, lief mit ausgebreiteten Armen auf das Wasser zu und jauchzte vor Freude. Hier war alles gut. Nichts was mich störte. Außer den verdammten schottischen Mücken … Ha, schon wieder eine …! Mit der flachen Hand drosch ich auf meine Stirn, hatte Jagdglück, und im gleichen Augenblick fiel mir Brian ein.

In Gedanken sah ich ihn vor mir. Unerwartet wie das

Insekt war er in mein Bewusstsein geplatzt, jetzt füllte er es restlos aus, für nichts mehr war Raum neben Brian MacKay. »Wer ist er, wie ist er, wo ist er?«, sagte ich laut und ließ mich in den Sand plumpsen.

Hier, inmitten dieser heiteren Helligkeit schien mir absurd, wovon ich gestern noch überzeugt gewesen war. Brian ein Krimineller? Blanker Unsinn, Basil hatte Recht... Freilich, was Mephisto betraf, mochte selbst Basil irren, er hatte den Kerl ja nicht gesehen, nur zu leicht konnte ein junger Mensch einer dämonischen Persönlichkeit verfallen... Jung, ja. Wie jung? Wie viel jünger als ich war Brian MacKay? Ich könne bei dem Jungen viel anrichten, hatte Basil gesagt... Na, so jung war er nun auch wieder nicht. Und wenn schon von »anrichten« die Rede ist, was ist mit mir, was hat der »Junge« bei mir angerichtet?

Gedankenverloren hatte ich viel weißen Sand über meine Hosenbeine geschaufelt. Sand wie diesen würde man tagelang nicht loswerden. Wie lange erst würde es dauern, bis ich dieses nicht konsumierte Liebesabenteuer überwunden hatte? Ich ließ mich auf den Rücken fallen, starrte in den Himmel, sah über mir die Vögel kreisen und überlegte, wie es wäre, wenn Brian sich über mich beugte... Interessant, dass die Vorstellung keine erotische Faszination besaß, sie erregte mich gar nicht... Vielleicht hatte ich mir bloß eingeredet, dass ich Sex mit Brian wollte. Vielleicht wollte ich bloß begehrt werden, Erfolg bei Männern haben und war am Ende gar nicht mehr fähig, Lust mit einem Mann zu empfinden. Vielleicht war ich frigide geworden. – Wie hatte Gisi unlängst gesagt? »Lauraliebchen, unsere biologische Uhr ist abgelaufen. Die meisten Frauen in unserem Alter sind längst im Wechsel, wir wahrscheinlich auch. Wir nehmen bloß diese Hormonpillen, du weißt schon: *forever young*.« – Ich stand auf und begann den Sand aus meinen Kleidern zu klopfen. Mal angenommen, Brian kommt zurück und will mit mir schlafen, und ich will gar nicht ... Ich kicherte vor mich hin. Brian MacKay, du Kofferdieb, das wäre der größte Gag ...

Der Gedanke an meinen Koffer ernüchterte mich. In diesem Koffer befand sich schließlich auch mein Laptop, meine Existenzgrundlage, ohne ihn war ich verloren. Ich griff mir das Fahrrad und sah mich, ehe ich aufstieg, noch einmal um. Das Meer warf jetzt schaumgekrönte Wellen, am Horizont zeigte sich eine lila Wolkenwand, die den türkisfarbenen Himmel begrenzte. Die fernen Inseln wirkten nicht mehr lieblich, sondern dramatisch. Schön. Wild. Hell und gleichzeitig dunkel. Wie Brian, schoss es mir durch den Kopf. Er gleicht diesem unberechenbaren Land, der Schotte Brian MacKay.

Ich radelte zur Pension zurück. Der Wind wurde immer stärker, er drehte sich wie ein tanzender Derwisch, ehe er sich entschloss, mir ins Gesicht zu blasen. Ich trat heftig in die Pedale. Ob Brian zurückgekehrt ist? Eine Frage der Neugier, dramaturgischer Neugier, wie die Sache enden wird, denn enden muss sie, so oder so.

Als ich vor der Pension vom Rad stieg, regnete es. Der Wirt lauerte im Empfangsraum. Und Brian war nicht wiedergekommen. Ich tat, was ich tun musste, ich bat den Wirt, mir ein Taxi zu bestellen, das mich nach Mallaig bringen sollte. Nein, kein Wenn und Aber, jetzt bitte ... In Mallaig würde ich zur Polizei gehen und den Verlust meines Koffers melden, nein, besser noch nach Kingussie zurückfahren und mit Basils Hilfe zusehen, dass ich meine Sachen wiederkriegte. Ich holte meinen Rucksack aus dem geblümten Zimmer und bat den Wirt um ein Blatt Papier; ich würde Brian ein paar Worte schreiben … Oder besser nicht? Wozu eigentlich, schließlich war er ohne Erklärung abgehauen …

Der Wirt hatte seine Stirn in besorgte Falten gelegt und murmelte Schottisches, er hatte sich meinen Rucksack gegriffen und drückte ihn fest an seine Brust. Es sah ganz so aus, als würde er sich weigern, ihn mir auszuhändigen. Ich hörte das Taxi vorfahren. »Meinen Rucksack, bitte«, sagte ich und zerrte an den Gurten. Der Wirt schüttelte störrisch den Kopf, sah zum Fenster hinaus, strahlte plötzlich und ließ los. »Brriann«, seufzte er beglückt. Aus meinem Taxi stieg MacKay.

Er sah müde aus. Er hatte sich nicht umgezogen, seit er mich verlassen hatte. Und er war herzerweichend schön.

Mit hängenden Armen stand ich neben dem Wirt, als Brian eintrat. Ich hörte, wie das Taxi startete und davonfuhr, ich hätte selbstverständlich protestieren müssen, weiß der Himmel, weshalb ich es unterließ. Der Wirt begrüßte Brian mit einem breiten Grinsen und erstattete ihm in der Sprache der Schotten Bericht. Vermutlich ging es um mein Verhalten in den vergangenen vierundzwanzig Stunden, da er immer wieder beziehungsvoll in meine Richtung blickte. Dann zog er sich zurück. Brian und ich standen einander wortlos gegenüber.

Das Schweigen dehnte sich. Brian sah mich an. Ich konnte weder Leidenschaft noch Bedauern noch Unbehagen in seinen Augen lesen, er stand einfach da und sah mich an, unentwegt, ohne erkennbare Emotion, als hätte er mir nichts, aber auch gar nichts zu sagen. Schließlich hielt ich es nicht mehr aus. »Mein Taxi ist weggefahren«, plapperte ich in die Stille, »ich wollte eben nach Mallaig, dort wollte ich den Zug nehmen…«

»Es war nicht dein Taxi«, unterbrach Brian mich ruhig. »Mein Freund hat kein Taxi für dich gerufen.« Ich wollte mich aufplustern, Brian hob die Hand. »Er hatte den Auftrag, dich hier bis zu meiner Rückkehr festzuhalten. Du kannst nicht gehen, Lorra, ehe ich dir erzählt habe, was vorgefallen ist.«

Obwohl das folgende Gespräch karg war, dauerte es weit über eine Stunde. Das lag an Brians fast physischem Widerwillen gegen Worte. Er sprach einfach nur, wenn es gar nicht mehr anders ging. Wahrscheinlich hätte er trotz des anstehenden Erklärungsbedarfs wieder nichts gesagt, wenn ich ihm nicht mit Fragen auf die Sprünge geholfen hätte. Und selbst auf meine Fragen antwortete er nicht umgehend, nein, er saß da und tat, als hätten sie nicht ihm gegolten. Erst wenn sich meine Ungeduld in nervösem Tischgetrommel oder Fußspitzenwippen Luft machte, gab er zögernd Antwort.

Wir saßen an einem rosa Kunststofftisch in der Fensternische des Empfangsraums. Der Wirt hatte unaufgefordert Tee gebracht. Draußen war es zur Abwechslung einmal sonnig. Die späte Nachmittagssonne fiel schräg durch die mit Fliegenschissen übersäten Scheiben. Brian setzte mehrmals erfolglos zum Sprechen an. Sein breiter Brustkorb dehnte sich wie ein Blasebalg, ehe er den ersten Satz herausbrachte. Er sagte: »Ich habe einen Großvater.« Pause. Nicht enden wollend.

Ich verlor die Geduld. »Was du nicht sagst, die meisten Menschen haben zwei«, bemerkte ich spitz.

Seine Miene veränderte sich nicht, ich sah bloß an den

blau-braunen Pünktchen in seinen Augen, dass ich ihn verletzt hatte. Ich langte über den Tisch, legte meine Hand auf die seine und sagte: »Verzeih.« Seine Hand war warm und rau und irgendwie erregend, ich zuckte zusammen.

Er brauchte eine Weile, um meinen Sarkasmus zu verdauen, ehe er wiederholte: »Ich habe einen Großvater.« Und dann. »Er ist sehr alt. Außer ihm habe ich niemanden.«

»Was ist mit deinen Eltern«, fragte ich.

Keine Antwort.

»Sind sie tot?«

Er nickte.

»Wo lebt dein Großvater, auf Skye?«

Kopfschütteln.

»Wo dann?«

»Auf Raasay.«

»Wo ist das?«

»Eine Insel nah bei Skye.«

»Lebt er alleine da?«

Wieder nickte er, dann setzte er hinzu: »Jetzt ist er nicht mehr auf Raasay. Jetzt ist er in meinem Häuschen auf Skye.«

Ich war überrascht. »Du hast ein Häuschen auf Skye?«

Er lehnte sich zurück und sah aus dem Fenster, er wirkte unbeteiligt, als er sagte: »Ein kleines Häuschen aus Stein. Aus seinen Fenstern sieht man das Meer. Ich wollte es dir zeigen.« Kurze Pause. »Ich habe noch nie eine Frau nach Skye mitgenommen.«

Mein Herz machte einen Satz und begann zu pochen. »Ich würde dein Häuschen sehr gerne sehen, Brian«, sagte ich leise.

Er schüttelte den Kopf. »Das geht nicht mehr. Jetzt ist

mein Großvater dort. Er hat sich das Bein gebrochen. Mein Freund hat ihn von Raasay nach Skye und dann zu einem Arzt gebracht. Er hat ihn in meinem Häuschen einquartiert.«

Die wenigen zusammenhängenden Sätze hatten ihn offenbar überfordert, denn er verstummte auf längere Zeit und mein Herzklopfen verebbte. Schluss jetzt. Ich wollte Klarheit, wollte Zusammenhänge wissen, ich hatte die schottische Vernebelungstaktik endgültig satt. Ich würde so lange fragen und bohren und nicht locker lassen, bis ich die Geschichte erfahren hatte.

Es gelang mir bruchstückhaft. Ich lüftete die Identität des Inselmephistos und brachte ein wenig mehr Licht in das verworrene Geschehen der letzten vierundzwanzig Stunden. Aber hinsichtlich Brians Gefühlen für Laura Wunder tappte ich weiterhin im Dunkeln.

Da war zunächst der fast neunzigjährige Großvater MacKay, eine Art hebridischer Ureinwohner, ehemals Fischer, verschlossen, stolz, ein fremdenfeindlicher Naturmensch, der ausschließlich Gälisch sprach. Vor drei Tagen war er in seiner Hütte auf Raasay gestürzt, hatte sich das Bein gebrochen und war von Nachbarn gefunden worden. Da Brian nicht hinterlassen hatte, wo er zu finden war, hatte man seinen auf Skye befindlichen Freund, den Inselmephisto, benachrichtigt. Mein Eindruck von dem Mann hatte getrogen, der Düsterling war weder Mafiaboss noch Mädchenhändler, sondern Ornithologe und offenbar ein Samariter. Er hatte den alten Mann von Raasay nach Skye geschafft, ihn ärztlich versorgen lassen und ihn schließlich unter der Obhut einer pensionierten Krankenschwester in Brians Häuschen deponiert. Dann war er nach Arisaig geeilt, wo er seit längerer Zeit mit Brian verabredet gewesen war.

»Also doch! Du warst hier mit ihm verabredet. Weshalb?«, fragte ich und schämte mich, weil ich wie ein Untersuchungsrichter klang.

Brian grinste nach Art ertappter Lausbuben, was mein Herz unfehlbar erreichte und erweichte. Er beugte sich vor, sein Gesicht näherte sich dem meinen. »Wir schmuggeln«, flüsterte er, »ich musste ihm Ware übergeben.« Ich fühlte mich ertappt und wurde rot, was Brian zu gefallen schien, er lachte auf und zeigte seine makellosen Zähne und wieder einmal fragte ich mich, wie ein Mann derart vollkommen sein konnte.

»Mach keine Witze, Brian. Wieso wolltest du ihn hier treffen«, quengelte ich. »Weil ich ihm sein Auto übergeben sollte.«

»Ach, der Range Rover gehört dem schwarzen Mann.«

Brian nahm den »schwarzen Mann« kommentarlos zur Kenntnis und nickte.

»Er hat es dir einfach so geborgt, bloß um nach Kingussie zu fahren?«

»Nicht bloß so, ich habe das Material transportiert.«

»Welches Material?«

»Du weißt schon, das in den Kisten. Es ist für die Hütte.«

»Welche Hütte?«

»Die auf Eigg.«

»Wo ist Eigg?«

Brian deutete aufs Meer hinaus. Eigg war eine jener kleinen Inseln, die ich am Morgen vom Strand aus gesehen hatte. Und wieder entwirrte ich ein Stück jener Geschichte, die einer verhedderten Wollsträhne glich: Die

Hütte auf Eigg war für den Düsteren bestimmt. Nicht eigentlich eine Hütte, eher ein Unterstand sollte es werden. In seiner Eigenschaft als Ornithologe wollte Mephisto von da aus das Verhalten der Trottellumme und anderer Alke studieren. Brian würde den Unterstand bauen. Er war mit dem Wagen unterwegs gewesen, um das nötige Material zu besorgen, als ihn Basils Notruf erreichte. Also fuhr er nach Kingussie, um unsere Birdwatchgruppe zu führen. Einen Tag vor dem Unfall des Großvaters hatte er Mephisto angerufen und sich mit ihm in Arisaig verabredet, um ihm das Auto zu übergeben. Und er hatte Mephisto mitgeteilt, dass er mit einer Frau kommen und mit ihr nach Skye weiterreisen würde.

An diesem Punkt stutzte ich. »Brian, da stimmt etwas nicht. Vor vier Tagen hast du noch nicht gewusst, dass ich mit dir kommen würde.«

»Doch Lorra.« Brians Gesicht blieb ernst und seine Stimme ruhig. »Ich habe es vom ersten Tag an gewusst.«

Das wäre der Augenblick gewesen, mehr über Brians Gefühle für mich zu erfahren. Aber ich nützte ihn nicht. Um ihn gefahrlos zu umschiffen, kam ich rasch auf Mephisto zurück. »Was hat dein Freund gesagt, als er hörte, dass du mit einer Frau kommen würdest?«

»Zunächst nichts.«

»Ach … und wann hat er?«

»Gestern Abend. Als wir uns hier in Arisaig trafen.«

»Brian, bitte lass dir nicht alles wie Würmer aus der Nase ziehen: Was hat er gesagt?«

Die Frage hätte ich mir sparen können. Ich wusste im Voraus, dass es keine Freundlichkeiten sein würden. Als Brian von seinem Freund erfahren hatte, dass sein Großvater verletzt war, wollte er mit mir nach Skye aufbrechen. Das hatte der Düstere zu verhindern gewusst, indem er Brian klarmachte, dass er zwar umgehend ans Krankenbett des alten MacKay reisen müsse, aber doch um Himmels willen nicht in Begleitung einer völlig fremden Frau. »Lass sie zurück«, hatte er Brian beschworen. »Erkläre ihr die Lage, wenn du wiederkommst. Falls sie etwas für dich übrig hat, wird sie hier auf dich warten. Wenn sie bei deiner Rückkehr fort sein sollte, brauchst du ihr keine Träne nachweinen.« – Blöder Scheißer. Er war mir vom ersten Augenblick an unsympathisch gewesen. Und er wurde mir nicht sympathischer, nachdem ich den Rest der Geschichte in Erfahrung gebracht hatte.

Es war Mephistos Idee gewesen, mich in der Pension wie ein lästiges Paket zu hinterlegen. Dann hatte er Brian nach Mallaig gebracht, gerade rechtzeitig für die letzte Fähre nach Skye. Auf die Insel begleitet hat er ihn freilich nicht. Mitten in der Nacht kam der Junge dort an, Bus ging keiner mehr und die Taxifahrer schliefen. Also borgte Brian sich ein Fahrrad und radelte zwei Stunden lang bis zu seinem Häuschen, wo der Großvater friedlich schlief. Am Morgen konnte Brian sich davon überzeugen, dass mehr als ein gebrochenes Bein nötig war, um einen neunzigjährigen Fischer aus Raasay umzuwerfen. Also radelte er wieder zurück, verpasste die Fähre nach Mallaig, nahm die nächste, verpasste auch den Bus nach Arisaig, nahm ein Taxi …

»Und wo ist dein Freund abgeblieben? Warum hat er dich nicht erwartet«, blaffte ich giftig.

»Er fuhr gestern Abend noch nach Arisaig zurück. Er hat hier in der Pension im Zimmer neben dir übernachtet.«

»Und wo ist er jetzt?«, fragte ich erschrocken.

»Er ist heute sehr früh am Morgen mit dem Auto und dem ganzen Material für die Hütte nach Eigg übergesetzt.«

»Mitsamt meinem Koffer«, fügte ich hinzu und musste mir eingestehen, dass ich in Brians Gegenwart mein verloren geglaubtes Hab und Gut fast vergessen hätte. »Das heißt, meine Sachen sind jetzt auf Eigg«, sagte ich übellaunig. »Wie komme ich an sie, ohne deinem finsteren Freund begegnen zu müssen?«

Plötzlich wirkte Brian niedergeschlagen. Das störte mich mehr als mein entführter Koffer, weil es nicht zu Brian passte. »Wir werden morgen nach Eigg fahren, um deinen Koffer zu holen«, sagte er müde. »Mein Freund wird nicht mehr da sein, er fährt noch heute auf die Insel Rum weiter.«

»Jede Nacht woanders! Ist er Vertreter für Vogeleier?«

Brian ging über meine Bemerkung hinweg. Als er weitersprach, sah er nicht mich an, sondern die rosa Tischplatte. »Eigg ist nicht Skye, Lorra, aber vielleicht gefällt es dir trotzdem. Ich muss dort diese Hütte bauen und du und ich, wir könnten …« Ich wollte nicht mehr hören, was wir auf Eigg könnten. »Nein, Brian, so geht das nicht«, sagte ich nachdrücklich. »Ich werde zwar mit dir nach Eigg fahren müssen, um meinen Koffer zu holen, aber mit Sicherheit werde ich nicht dort bleiben.« Ich sah auf seinen gesenkten Kopf und fühlte zur Abwechslung mütterlich. »Wir können nicht weitermachen, wo wir in Kingussie aufgehört haben, Brian.« Ich wollte versöhnlich sein, aber was ich sagte, klang brutal: »Die Romantik ist raus, der Zauber ist hin.«

Das war's. Brian stand auf, er hielt den Kopf wieder hoch und stolz, ganz Keltenfürst. »Das Boot fährt morgens um neun«, sagte er ruhig und sah zu mir hinunter. »Der Wirt wird dich um acht Uhr wecken.« Er war so schnell verschwunden, dass ich nichts erwidern konnte. Wenig später sah ich ihn auf dem gemusterten Fahrrad an der Pension vorübergleiten.

Ich ging auf mein Zimmer, wollte nachdenken, wollte Ordnung in mir machen, aber es misslang mir. Ich spazierte durch das abendliche Arisaig und ertappte mich dabei, nach Brian Ausschau zu halten. Ich aß in einem kleinen Restaurant und nahm nicht wahr, was ich aß. Als ich in die Pension zurückkehrte, herrschte das nächtliche schottische Dämmerlicht, das dem Schlaf im Wege steht.

Es muss nach Mitternacht gewesen sein, als ich durch laute Stimmen geweckt wurde: zu ebener Erde sprachen und lachten Brian und der Wirt, und sie sangen gälische Lieder.

Später hörte ich Schritte auf der Treppe. Leichte, schnelle Schritte. Brian. Vor meiner Zimmertür blieb er stehen. Die verloren geglaubte Spannung war so plötzlich wieder da, dass ich einen Augenblick lang keine Luft kriegte. Unterhalb meines Nabels begann sich das sanfte Feuer breit zu machen. Ich lauschte, Brian rührte sich nicht. Dann fiel mir ein, dass ich die Zimmertür verschlossen hatte. Scheiße... Sollte ich aufstehen und aufsperren?... Überhaupt, wie sah ich aus?

Es war belanglos, wie ich aussah. Brian drückte weder die Türklinke nieder noch klopfte er. Nach einer Weile hörte ich, wie seine leisen Schritte sich entfernten.

# 14

Niemand musste mich wecken. Ich hatte unruhig geschlafen und manchmal im Halbschlaf, manchmal hellwach überlegt, wie und wo sich der Abschied von Brian vollziehen würde. Nur eines war mir immer klar gewesen: Er würde morgen stattfinden.

Um sieben Uhr morgens zog ich mich an und ging hinunter, um Limettchen anzurufen und ihr zu sagen, dass sie innerhalb der nächsten achtundvierzig Stunden mit meiner Heimkehr rechnen könne. In Wien war es jetzt acht Uhr, Limettchen war noch zu Hause.

»Hallo, Einzige, wo treibst du dich herum?«

Sie klang heiter, der Neue in ihrem Leben tat ihr gut, er machte sie auf besonnene Weise fröhlich.

»Ich muss heute noch auf eine Insel, die von da, wo ich gerade bin, nicht größer aussieht als ein Vogelnest.«

»Ach, wo bist du denn gerade? Gisi sagte mir, du seist auf Skye.«

»Da kam ich nie hin.«

»Und wo musst du nun heute hin?«

»In dieses Vogelnest, nach Eigg.«

»Was willst du dort, dein Text ist doch fertig.«

»Meinen Koffer holen.«

»Du hast einen Koffer auf Eigg?«

»Meinen Koffer mit meinem Laptop, ja. Irrtümlich hat ihn einer mitgenommen.«

Aus Wien erreichte mich ein Seufzer, ich seufzte zurück. »Das ist alles so kompliziert, Limchen, ich erkläre es dir, wenn ich daheim bin.«

Ich wusste, dass meine Tochter jetzt die Stirn runzelte.

»Mutter«, sagte sie streng, »geht's dir auch gut? Hast du's im Griff?«

Ich hoffte es. Brian erschien um acht Uhr. Er trug immer noch das alte Zeug, das er bei unserer Abreise aus Kingussie angehabt hatte. Wie schaffte er es, dass er nie anders als nach frischer Luft und Wald und Wiese roch?

»Hör mal, Brian, ich möchte für mein Zimmer bezahlen«, sagte ich.

Einen flüchtigen Augenblick lang sah er drein wie ein gekränkter Schuljunge und schon hatte er wieder sein kühles Keltengesicht. »Nein«, sagte er. Das war alles.

Als wir an die Mole kamen, regnete es. Das Küstenboot, das uns nach Eigg bringen sollte, war ein schäbiger alter Kahn und sah aus wie ein Seifenkasten: flaches Deck, Holzbänke für höchstens dreißig Personen, keine Überdachung. Nur über die Kommandobrücke war eine Regenplane gespannt. Der Steuermann war ein wild aussehender Bursche mit rotem Vollbart, seine Whiskyfahne war mit Sicherheit noch keine Stunde alt. Brian und er kannten sich – jedermann in dieser Gegend schien Brian zu kennen –, sie unterhielten sich wie alte Freunde. Auf Gälisch. Als ich nach dem Preis für die Überfahrt fragte, winkte der Rotbart ab.

Brian und ich waren die einzigen Passagiere. Des Regens wegen hatten wir uns nicht hingesetzt, sondern lehnten Seite an Seite an der Wand der Kommandobrücke.

»Du wirst nass, wo ist dein Regenschutz«, fragte Brian, als wir in den Sund von Arisaig hinaustuckerten.

»Wo schon, im Koffer auf Eigg«, sage ich übellaunig.

Der Regen fiel sachte, in Schleiern. Die Vögel, die gestern zu Richard Strauss getanzt hatten, flogen lustlos und tief, sie jubilierten nicht, sie krächzten. Brian unterrichtete mich mittels Schlagwörtern. »Eiderente«, »Reiher«, »Kormoran«. Nur die zahlreichen Seehunde entlockten ihm einen vollständigen Satz. »Sie kommen gern in den Sund von Arisaig, sie mögen die vielen Klippen.«

Plötzlich sah man gar nichts mehr. Um uns wurde es dunkelgrau, Nebel wallte um das Schiffchen und ein Platzregen ging nieder. Ich begann mit den Zähnen zu klappern. Brian rief dem Steuermann etwas zu, der lachte laut und reichte ihm einen Regenmantel hinunter. Das Ding war gelb und steif und riesig wie ein Zelt. Brian schlüpfte hinein, dann griff er nach mir und zog mich an sich, so, dass ich mit meinem Rücken an seiner Brust lehnte. Er schloss den Mantel um uns beide und hielt ihn mit seinen um meine Mitte gekreuzten Arme zusammen.

Ruhig und bestimmt hatte er das getan. Als hätte er mich schon hundertmal so und nicht anders an sich gezogen. Seine Nähe erregte mich nicht. Aber allmählich teilte sich die Wärme seines Körpers dem meinigen mit. Der Regen rauschte, ich fühlte mich sicher und geborgen, ich war entspannt und wunschlos und wollte nirgendwo sein außer an Brians Brust.

Und dann versiegte der Regen mit schottischer Plötzlichkeit. Wie ein Bühnenvorhang riss die Wolkendecke auf. Regenbogenfarben schimmerte die feuchte Luft im Sonnenlicht. Vor uns lag Eigg, ein Fabergé-Ei in Grün. Durch das Boot lief ein Zittern.

Brian sah zum Steuermann hinauf. Der hatte seine lässige Haltung aufgegeben. Mit beiden Händen hielt er das

Steuerruder umklammert, er schrie Brian etwas zu, worauf der mich jäh an sich drückte. Er stemmte sich gegen die Wand der Kommandobrücke, sah konzentriert und gespannt geradeaus und schien etwas zu wittern. Und dann geschah es.

Der Bug des Schiffes hob sich, steil, immer steiler, etwas Riesiges schien das Boot zu heben. Dann klatschte der Kahn ächzend abwärts, und während sein Bug in die See tauchte, stieg knapp vor ihm ein gewaltiger grauer Leib in die Luft. Stieg träge, scheinbar in Zeitlupe, war trotz seiner Größe von unglaublicher Anmut. Gischt sprühte um ihn, seine narbige Haut glitzerte im Sonnenlicht wie eine Kostbarkeit. Der Wal schien Sekunden in der Luft still zu stehen, ehe er mit einem gewaltigen Laut ins Meer zurücktauchte.

Das Wasser hatte sich über ihm geschlossen, es schlug Wellen, die das Schiffchen noch einmal heftig beutelten. Atemlos suchte ich mit den Augen die Wasseroberfläche ab, meine Hände hielten Brians umklammert. Ich wandte mich zu ihm um, wollte ihm sagen, dass ich nie etwas Schöneres gesehen hatte, dass ich hingerissen war. Ich sah zu ihm auf. Sein Gesicht leuchtete vor Erregung. Es beugte sich zu mir herunter. Seine Lippen trafen auf meine Schläfe. Dann lagen wir uns in den Armen und ich küsste Brian MacKay, wie ich nie zuvor einen Mann geküsst hatte.

Der Wal tauchte noch einmal auf, weit, weit draußen, ehe er im offenen Atlantik verschwand. Wir hatten uns voneinander gelöst und standen wieder Seite an Seite, die Rücken an die Kommandobrücke gelehnt, Augen geradeaus gerichtet. Wir sprachen nicht. Wir hielten uns an den Händen. Ich spürte mein Blut und seines im gleichen Rhythmus pochen. In meinen Ohren rauschte es, mein Herz schlug laut und getragen wie eine Trommel, die einen Festtanz ankündigt. Ich dachte nichts. Und auch den Steuermann hatte ich vergessen. Brian und ich waren allein auf der Welt. Wir mussten einander nichts erklären, nichts versichern, wir wussten ohne Worte, welchen Weg wir gehen würden.

Unsere Ankunft in dem winzigen Hafen Galmisdale habe ich offen gestanden nur äußerst vage in Erinnerung. Das Rasseln der Ankerkette, das gutmütige, andeutungsweise anzügliche Lachen des Steuermannes. Eine rote Telefonzelle, deutlich sichtbar *out of order,* denn der Hörer war nicht aufgelegt, sondern baumelte sachte im Wind. Brians Hände, die sich um meine Mitte legten, um mich an Land zu heben...

Vor dem Postamt von Galmisdale wartete ein staubiger Kastenwagen, am Steuer saß eine kräftige Frau in meinem Alter, die Brian zuwinkte. Auf der Ladefläche des Wagens stand mein Koffer. Es war mir einerlei, wie er da hingekommen war. Ich hatte vergessen, dass ich in der Absicht gekommen war, meinen Koffer zu schnappen, auf dem Absatz kehrtzumachen und mit dem Kahn nach Arisaig zurückzufahren. Widerspruchslos quetschte ich mich in das Auto. Die Sitzbank war nicht sehr breit, ich saß in der Mitte neben der Frau, Brian saß außen. Er drückte mich an sich, ich spürte seinen Schenkel an meinem, mehr wahrzunehmen war ich nicht im Stande.

Wir fuhren vom Meer weg ins Innere der Insel. Ich denke, wir waren höchstens zehn Minuten unterwegs gewesen, als wir vor einem einsam gelegenen Gehöft hielten.

*Bed and Breakfast,* murmelte Brian.

Die Frau sprach ein sehr schottisches Englisch, das Zimmer wolle sie mir zeigen, nach der Reise werde ich mir sicher die Hände waschen wollen. Wessen Zimmer, dachte ich flüchtig, Brians?

»Mach schnell«, sagte Brian, »ich warte hier auf dich.«

Das Zimmer war groß und dämmrig, die Decke niedrig, das Waschbecken hinter einem Paravent verborgen. Klo und Dusche auf dem Gang. Kein Doppelbett, aber breit und weiß bezogen. In einer Ecke ein altmodisch verschnörkeltes Sofa, darauf ein Seesack und eine Männerjacke aus Harris Tweed. Brians Zimmer.

Ich ging hinunter und suchte nach der Frau und nach Brian. Sie standen in der Mittagssonne vor dem Haus und unterhielten sich in ihrer Sprache. Ich wollte die Frau ersuchen, mir für eine Nacht ein Zimmer zu vermieten, aber ich kam nicht dazu, Brian nahm ich bei der Hand und zog mich mit sich fort.

Wir liefen einen Feldweg entlang und eine Wiese bergauf. Da schoben sich die Jahre zwischen uns: Ich begann zu keuchen, während Brian kaum schneller atmete. Aber er ließ meine Hand keinen Augenblick los und zwang mich, mit ihm Schritt zu halten, bis wir die Kuppe des Hügels erreicht hatten.

Grünes Weideland, am Rand ein paar hohe Bäume. Tief unter uns das Bred-and-Breakfast-Gehöft, sonst weit und breit kein Haus, kein Vieh und keine Menschenseele. Ich müsste lügen, wenn ich beschreiben wollte, wie wir in die Mulde unter den Bäumen gelangt waren. Geborgen lagen wir drin. Weiches, duftendes Gras, Schmetterlinge, die Äste der Bäume gaben unseren Köpfen Schatten, die Luft war weich und lau. Ich spürte Brians

Gewicht auf meinem Körper. Nicht schwer, nicht lastend, geschmeidig und bestimmt.

»Öffne deine Augen, Lorra«, raunte er über mir.

»Warum?«

»Weil ich das Sonnenlicht in ihnen sehen will.«

Er liebte mich ohne Vorspiel. Er vollzog den Akt ohne Hast, ohne Gier, wie ein Ritual. Als sich die blau-braunen Pünktchen um Brians Pupillen verschleierten, schloss ich die Lider.

»Lorra, zeig mir deine Augen«, forderte er atemlos und ich gehorchte.

Es gab auch kein Nachspiel. Brian löste sich von mir, rollte sich auf den Rücken und lag eine Weile still neben mir in der Mulde. Seine Befriedigung war so vollkommen, dass sie sich mir mitteilte, ohne dass er ein Wort zu sagen brauchte. Er berührte mich nicht, er sprach nichts. Nach einer Weile schnellte er wie eine Feder auf die Füße. Er stand über mir, reichte mir die Hände und zog mich hoch. Er lächelte mich an, weder besitzergreifend noch lasziv noch besonders zärtlich. Nur in der Art, wie er das Gras aus meinem Haar zupfte, lag Vertrautheit. Abgesehen davon gehörte Brian MacKay wieder ganz sich selbst.

Er ließ mich am Gehöft zurück. Er wolle nach dem Baumaterial für die Hütte sehen, welches sein Freund Mephisto angeblich am Ort der Bestimmung deponiert hatte, abends sei er wieder da... Ich mietete von der Hausfrau eines ihrer drei Gästezimmer. Es lag neben Brians. Ich richtete mich ein und duschte und durchwühlte meinen Koffer nach möglichst hübscher Wäsche. Dann verließ ich das Haus und wanderte langsam den Weg, den ich mittags mit Brian im Laufschritt genommen hatte.

bergauf. Ich betrachtete die Mulde, in der wir gelegen waren. Dann ließ ich mich auf der Hügelkuppe mit Blick auf das Gehöft nieder. Das Wetter war noch immer schön, keine Windbö, keine Regengüsse, der Himmel von mitteleuropäischer Bläue. Und leicht wie die richtungslosen Sommerwolken über mir trieben meine Gedanken.

Ich dachte weder an gestern noch an morgen. Nicht an Limettchen noch an Gisi noch an die Welt jenseits von Eigg. Es war mir einerlei, was die, falls sie über Laura Wunder Bescheid wüssten, zu Laura Wunder sagen würden. Ich war entspannt, ich schwebte. Ich hatte zu der Erde, auf der ich gerade saß, keinen realen Bezug, es war, als wäre sie Feenland. Und doch fühlte ich mich so lebendig wie seit Jahren nicht mehr. Es kam mir so vor, als sei ich zwischen Martins Tod und heute Mittag scheintot gewesen.

Was war es gewesen, was ich mit Brian empfunden hatte – doch kein sexueller Höhepunkt im klassischen Sinn? Dieses langsame Anschwellen ohne Überkippen, dieses sich ohne Grenzen dehnende Lebensgefühl. Kein Raum, keine Zeit, nur Sein. Der Mann, der mich in diesen Zustand versetzte, hatte, während er mich erfüllte, keine Identität besessen, er war wie Frühling gewesen, wie Sommer, eine Naturgewalt, undefinierbar wie ein Gott.

Der Gott kehrte auf einem Fahrrad zurück. Von meinem Platz auf der Kuppe sah ich ihn in die Sandstraße, die zum Gehöft führte, einbiegen, absteigen und im Haus verschwinden. Wie immer waren seine Bewegungen sparsam, aber schwungvoll, kraftvoll ohne zu protzen, einfach schön.

Träge ging ich den Berg hinunter. Die Wirtin begrüßte

mich freundlich. Brian habe sie gebeten, für mich und ihn Abendbrot zu kochen, das sei zwar im Haus nicht üblich, aber für uns mache sie es gerne, zumal wir ja zurzeit die einzigen Gäste seien. Sie bat mich, den Tisch im Speisezimmer zu decken und Salat vom Gemüsebeet zu holen.

Die Wirtsleute aßen offenbar in der Küche, denn Brian und ich hatten das große Speisezimmer für uns. Wir saßen uns am kleinsten der drei vorhandenen Tische gegenüber. Die runde Lampe reichte tief, ihr Lichtkegel ließ unsere Augen im Schatten. Brian hatte geduscht, sein Haar war noch feucht, wo es trocknete, glänzte es wie Seide. Er trug weite Baumwollhosen und ein frisches, sonnengelbes Hemd, das den Blick auf seinen Hals und seine Unterarme freigab. Ich wäre nie auf die Idee verfallen, die Farbe Gelb für ihn zu wählen, aber sie stand ihm in der Tat ausgezeichnet. Das stumpfe Gelb zu der glatten braunen Haut mit ihrem Kupfergeflimmern… Ich starrte ihn an, während er aß. Es gab Fisch, den Brian konzentriert und schweigend transchierte, die Augen auf den Bissen gesenkt. Erst jetzt fiel mir auf, wie lang und gebogen und dicht seine kupferfarbenen Wimpern waren. »Wie alt bist du, Brian«, fragte ich unvermittelt.

Ich hatte fast vergessen, wie sehr mich diese Frage beschäftigte. Während wir uns geliebt hatten und auch danach, war sie mir glatt entfallen. Jetzt stellte sie sich mir plötzlich wieder, quasi aus dem Hinterhalt. Brian sah auf, sah mich an. »Dreiunddreißig«, antwortete er.

»Weißt du, wie alt ich bin?«, fragte ich und war erstaunt, als er nickte.

»Du wirst in diesem Jahr fünfzig«, sagte er nebenhin, als wäre es für ihn bedeutungslos.

»Woher weißt du das?«

»Ich habe Basil danach gefragt, und er hat es mir gesagt.«

Basil, alter Gauner… Ich beugte mich vor und versuchte seine Augen zu sehen. »Brian, weißt du, was das heißt? Ich bin siebzehn Jahre älter als du!«

Er grinste. »Ich bin zur Schule gegangen, Lorra, ich kann rechnen.« Dann fuhr er fort, seinen Fisch zu zerlegen und sagte ruhig: »Es ist egal, wie alt du bist, Feen haben kein Alter.«

Ich verbiss mir die Frage, was er damit meinte. Wenn ich fragte, würde er nicht antworten, also saß ich still und wartete. »Kennst du das Märchen von Thomas dem Reimer«, fragte er schließlich.

»Nicht wirklich«, gestand ich.

Brian lächelte. »Jedes Kind in Schottland kennt es«, sagte er. »Es ist mein Lieblingsmärchen. Als ich klein war, hat es mir mein Großvater immer wieder erzählen müssen.« Lange Pause, ehe er fortfuhr. »Thomas Learmont, der Mann mit der Laute. Im Schatten der Eildon-Berge ist er an einem heißen Sommertag der Feenkönigin begegnet und für sieben Jahre mit ihr im Feenland verschwunden. Weißt du, die Feenkönigin war unglaublich schön, sie hatte langes, blondes Haar und schwarze Augen, genau wie du… Ich habe schon als kleiner Junge davon geträumt, ihr zu begegnen.«

Ich schüttelte den Kopf.

»Aber Brian, mein Haar ist brünett und meine Augen sind grün.«

Er guckte wie ein bockiges Kind. »Nein. Wenn die Sonne auf dein Haar scheint, glänzt es wie altes Gold und, wenn das Licht in deine Augen fällt, werden sie schwarz wie Brunnenschächte.« Er lachte plötzlich laut und zog mich von meinem Stuhl in die Höhe. »Komm, meine Fee…« Er hielt meine Hand fest, bis wir die Tür zu seinem Zimmer erreicht hatten.

»Nein, Brian«, sagte ich, weil mir plötzlich beklommen zu Mute war, ganz so, als hätte ich nicht die geringste Erfahrung mit Männern. Mit einem Mann wie Brian hatte ich sie tatsächlich nicht…

Er sah mich erstaunt an. »Fühlst du dich nicht gut?«

»Ich … doch, doch, es geht mir gut, ich will bloß in mein Zimmer … Zähne putzen«, stotterte ich und kam mir vor wie ein Gänschen.

Brian nickte, sah mir zu, wie ich meine Tür aufschloss und folgte mir ohne Zögern in mein Zimmer. Er sah sich um, deutete mit ausgestrecktem Zeigefinger auf den Paravent, hinter dem sich das Waschbecken befand und sagte: »Zähne putzen, Lorra.« Dann begann er sich ungeniert auszuziehen. Er tat es gelassen und selbstverständlich.

Ich flüchtete mich hinter die spanische Wand und ein schier endloses Putzen meiner Zähne, während ich krampfhaft überlegte, wie ich Brian entgegentreten sollte: im Unterhemd, im Pyjama, nackt?

Brian nahm mir die Entscheidung ab. Er rief mehrmals meinen Namen, leise, ungeduldig, ich entschied mich gegen die nackte Variante, in der ich mich gerade befand, wickelte mich in ein Badetuch und trat hinter dem Paravent hervor.

Das Bild, das sich mir bot, würde ich niemals vergessen: Brian vor dem offenen Fenster. Er wendet mir den Rücken zu. Er steht, ohne sich abzustützen oder anzulehnen, frei. Nacken gerade, Arme locker hängend, die langen, durchtrainierten Beine ohne Schwere mit dem Boden verbunden. Das Licht der Nachttischlampe erreicht ihn nur indirekt, lässt seine glatte, braune Haut dunkler erscheinen, als sie tatsächlich ist. Schultern breit, Hüften schmal, das Gesäß eine perfekt geformte Muskelpartie ohne das geringste Fett. Ein Sieger aus dem antiken Olympia. Ein griechischer Gott…

Der Gott streckte seine Hand nach mir aus, ohne sich umzuwenden. »Lorra, sieh!«

Über unserer Hügelkuppe stand der Halbmond. Die Nacht war lavendelblau. Über das Feld vor dem Haus strich eine leichte Brise und bewegte die Halme, als wären sie das Meer. Und irgendwo in der Ferne spielte jemand auf einer Blockflöte. Brians Mund war dicht an meinem Ohr. »›Schöne Musik und der grüne Schatten passen gut zusammen.‹ Das hat die Feenkönigin zu Thomas, dem Reimer, gesagt, ehe er sie küsste.«

Das Badetuch rutschte zu Boden. Brians Körper war kühl und meiner heiß, als wir einander berührten.

# 15

Der gestern so unausweichlich scheinende Abschied von Brian MacKay hatte nicht nur nicht stattgefunden, er war heute nicht einmal mehr denkbar. Was diesen Abschied betraf, war ich offenbar von Amnesie befallen. Brian MacKay, Feenkönig …

Seine wortlose, nimmermüde Erotik hatte mich während der letzten Nacht in durchaus reales Entzücken versetzt. Die Höhepunkte, die ich erreicht hatte, waren eindeutig solche im klassischen Sinn gewesen, die Mühelosigkeit, mit der ich sie erklommen hatte, erstaunte und beglückte mich. Seltsamerweise schrieb ich sie eher einer mir neuen Empfindungsfähigkeit, als der ausdauernden Kraft und der Fertigkeit meines Liebhabers zu. Und seltsamerweise hatte ich nicht das Bedürfnis, Brian zu halten, als er gegen Morgen vom Bett aufstand und sich ohne Erklärung von meinem Zimmer in das seine begab.

Ich schlief wie ein Stein in einen sonnigen Morgen. Als ich nach unten ging, um zu frühstücken, war Brian bereits fort. Er hatte mir keine Nachricht hinterlassen. Ich stieg zur Hügelkuppe hinauf, ließ mich ins Gras fallen und döste entspannt vor mich hin. Als ich mittags zurückkehrte, hockte er auf dem gepflasterten Platz vor dem Schafstall und lackierte das Fahrrad, auf dem ich ihn gestern gesehen hatte. Schwarz und orange. Das Muster des Feuersalamanders.

»Ist das dein Fahrrad?«, fragte ich. Brian neigte den Kopf zur Seite und betrachtete sein Werk, er sah so bezaubernd aus, dass mein bis zur Stunde anhaltender postkoitärer Friede mich verließ.

»Wenn ich fertig bin, wird es mein Fahrrad sein«, sagte er. Ich ließ mich neben ihm auf den warmen Steinboden nieder. »Du hast schon ein Ähnliches in Arisaig«, meinte ich.

Er nickte. »Ich habe an vielen Orten solche Räder, auf Skye, auf Raasay, auf Harris, überall da, wo ich häufig an Land gehe. Nun brauche ich eines auf Eigg.«

»Hast du es hier gekauft?«, wollte ich wissen und ärgerte mich über meine dämliche Frage, denn sie klang, als meinte ich, Brian könnte das Rad gestohlen haben.

Er fuhr fort, hingebungsvoll zu pinseln. »Dieses hier hat mein Freund für mich besorgt. Er hat es zusammen mit den Sachen für die Hütte auf die Insel gebracht.«

»Welcher Freund? Sprichst du vom schwarzen Mann?«

Brian lachte auf, seine Zähne glitzerten feucht. »Schwarzer Mann, das passt, ja, schwarzer Mann Lazzi.« Er legte den Pinsel beiseite, stand auf und sah immer noch lachend zu mir hinunter. »Schwarzer Mann Lazzi, das gefällt mir.«

»Wie heißt dein Freund wirklich? Lazzi ist doch kein Name.«

»Er heißt Lazzi«, wiederholte Brian und verließ den Hof. Wenig später sah ich ihn auf einem etwas größeren Kinderrad, das er sich offenbar von den Wirtsleuten geborgt hatte, den Feldweg entlangfahren. Jeder andere Mann seiner Größe hätte dabei lächerlich ausgesehen, Brian nicht. Ich konnte mir überhaupt keine Situation vorstellen, in der Brian lächerlich ausgesehen hätte.

Lazzi. Klang irgendwie ungarisch, vielleicht war Mephisto kein Schotte, vielleicht war er kontinental wie Laura Wunder ... Es war wohl der Gedanke an den Kontinent gewesen, der mir Limettchen ins Gedächtnis rief. Jesus, ich hatte in Wien eine Tochter sitzen und der hatte ich gestern versichert, dass ich in den nächsten achtundvierzig Stunden heimkehren würde.

Die Wirtin schaute irritiert, als ich sie fragte, ob ich ein Ferngespräch führen dürfe. Die Sache mit dem Gebührenzähler hatte sich bis hierher wohl noch nicht durchgesprochen, sie schlug vor, ich solle sie nach Galmisdale begleiten und dort die Dienste der Post in Anspruch nehmen, im Übrigen heiße sie Mary. Sie strafte das Klischee von der Schweigsamkeit der Schotten Lügen. Ich stieg zu ihr in den Kastenwagen und wurde in den folgenden zehn Minuten ohne Punkt und Komma umfassend über die Insel Eigg informiert: Ganze dreiundsechzig Menschen lebten ständig hier, ihre, der Wirtin ältere Kinder seien nach Mallaig gezogen, *no real future* auf Eigg, Maggie Thatcher habe zwar seinerzeit das Schlagwort *small is beautiful* geprägt, aber das sei Unsinn, keine Zukunft auf Eigg für die Jungen, ich solle mich bloß umsehen, die Felder würden kaum mehr bestellt ... Nun ja, an allem seien natürlich die Engländer schuld, weil sie überall in Schottland das Land und die Schlösser und Häuser und Cottages kauften – und die eigene, die schottische Jugend? Müsse in Wohnwagen wohnen! Ob ich denn wisse, dass ganz Eigg Privatbesitz einzelner Männer gewesen sei? Dass die Insel einmal einem millionenschweren Olympiasieger im Bobfahren, ein andermal einem deutschen Künstler gehört habe, der zu allem Überfluss Feueranbeter gewesen sei. Nun, möglicherweise würde sich jetzt einiges zum Besseren wenden. Denn zusammen mit dem schottischen Wildlife Trust hätten die Insulaner von Eigg ihren eigenen Trust gebildet und die Insel für 1,5 Millionen Pfund gekauft... Als sie vor dem Postamt von Galmisdale hielt, schloss meine Informantin ihren Monolog mit dem denkwürdigen Satz: »Wie Sie wissen, ist das Leben die Hölle. Aber es kommt ja noch der Himmel.«

Der Hörer im roten Telefonhäuschen hing noch immer wie tot an seiner Schnur. Ich betrat das Postamt, ging in die Telefonkabine und wählte Limettchens Nummer. Keiner da und der Anrufbeantworter war auch nicht eingeschaltet. Ich würde Gisi in der Buchhandlung anrufen müssen. Ehe ich wählte, straffte ich meine Schultern in der Absicht, mich von meiner besten Freundin weder belächeln noch niedermachen zu lassen. Der Einstieg ging glatt vonstatten, Gisi klang sachlich, offenbar hatte sie Kundschaft: »Laura, es kracht in der Leitung, bist du noch in Schottland?«

»Ja, und da werde ich noch eine Zeit lang bleiben.«

Winzige Pause, dann: »Was heißt das? Wie lange?« – »Ich weiß es noch nicht, Gisi, bitte gib Limettchen Bescheid, ich melde mich wieder.« Ich dachte, ich hätte es hinter mich gebracht, aber ich irrte.

»Laura, warte...«, ich hörte sie mit jemandem murmeln, offenbar trat sie ihre Kundschaft ab, um sich ganz mir widmen zu können. »So, da bin ich wieder, also, was genau soll ich Limettchen sagen?«

Es wurde ein langes, unangenehmes, zuweilen scharfes Gespräch. Wiederholt hatte ich das Bedürfnis, den Hörer auf die Gabel zu knallen und tat es selbstverständlich nicht, weil das nicht Gisis und meine Art gewesen wäre. Aber ihre Fragerei ging mir schrecklich auf den Geist. Brian und Eigg gehörten mir, mir allein. Sie waren kein Thema für ein *Indaba*, nichts würde ich ihr sagen – und ging ihr doch wie ein doofes Huhn auf den Leim.

»Bist du noch mit diesem alten Vogelfänger unterwegs?«, schnurrte sie.

Darauf ich, ärgerlich: »Brian ist kein Vogelfänger, und er ist nicht alt.«

»Wie alt?«

»Kann dir doch egal sein.«

»Also sehr jung? Lauraliebchen, du wirst's doch nicht am Ende mit Minderjährigen treiben.«

»Sei nicht geschmacklos, Gisi, Brian ist nicht minderjährig, er ist dreiunddreißig und schön wie die Sonne.«

Es war mir kaum entschlüpft, als Gisi von spöttisch auf Gouvernante umstieg: Aha, eine Affäre also. Mit einem, der mit der Masche »zurück zur Natur« arbeite. Was wisse ich eigentlich von dem Mann, mit dem ich – offenbar ziemlich bedenkenlos – das Bett teile. Was wisse ich über seine Absichten, seinen Hintergrund, seine Gesundheit, ja, auch Gesundheit, der HIV-Virus mache schließlich vor den Hebriden nicht Halt. Und ob ich auch bedenke, dass »dieser, wie heißt er noch, Brian«, altersmäßig weit besser zu meiner Tochter als zu mir passe. Ich sei zwar jetzt freie Journalistin, aber so frei auch wieder nicht, dass ich keine Rücksicht auf mein Image in der Branche nehmen müsse …

Neidete Gisi mir mein Abenteuer mit Brian? Hatte sie ihre eigene Affäre mit dem Namibier vergessen? Warum sagte sie nicht einfach: »Lauraliebchen, mach dir nichts draus, es passiert den intelligentesten Frauen, irgendwann setzt das Hirn aus, und was allein zählt, ist der starke Mann. Genieße jeden Augenblick, das Ende kommt früh genug.« Stattdessen endete das Gespräch mit einer schrillen Ermahnung: »Mit fünfzig sollte eine Frau schon wissen, was sie tut, hoffentlich wirst du nichts zu bereuen haben.«

Das ärgerte mich derart, dass ich: »Hallo, hallo Gisi, ich kann dich nicht hören, die Verbindung ist ganz schlecht«, ins Telefon schrie und auflegte.

Vor dem Postamt war Mary, die Wirtin, damit beschäftigt, den Kastenwagen zu beladen. Sie sei gleich fertig, meinte sie und bereit, mich über die Insel zu fahren. Eine Schande, dass ich Eigg, klein wie's sei, noch kein bisschen kenne, dem müsse abgeholfen werden. Ich brauchte die geschwätzige Schottin im Augenblick wie ein Loch im Kopf, lehnte dankend ab und fragte nach einem Fußweg zum Gehöft.

Ein später, lauer Nachmittag, eine wogende bunte Wiese, darüber ein schmaler Steig, auf dem ich keiner Seele begegnete. Der markante Berg vor mir hieß An Sgurr. »An Sgurr«, sagte ich laut vor mich hin in der vergeblichen Hoffnung, damit Gisis Worte aus dem Kopf zu kriegen. Objektiv gesehen hatte sie ja in vielem Recht, aber die Art, wie sie es mir gesagt hatte, war nicht nett gewesen … Die wunderbare Leichtigkeit, die mich vierundzwanzig Stunden lang erfüllt hatte, machte sich davon.

Ich sah unser Gehöft vor mir liegen. Ob Brian schon zurück war? Ich wollte ihm jetzt nicht begegnen, weil ich mit Sicherheit das Falsche sagen würde. Langsam stieg ich auf unsere Hügelkuppe. Eigentlich müsste man von hier oben das Meer sehen können. Ich kletterte auf einen halb zerfallenen Weidezaun und reckte den Hals. Tatsächlich, da war es, ganz nah war es, glitzerte blau-grün und verführerisch. Und die Landmasse, die ich in der Ferne sah, war wohl Schottland. Arisaig, Mallaig, Kingussie. Bahnen, Busse, Flugzeuge … Und dann sah ich Brian.

Er rannte in weiten Sprüngen auf den Hügel zu. Am Fuß des Abhangs blieb er stehen, beschattete seine Augen und sah zu mir herauf. Er winkte nicht, aber ich war sicher, dass er mich gesehen hatte. Er sprang bergan, leicht, elegant, voll Anmut. Wie ein junger Hirsch, dachte ich und starrte ihm entgegen. Als er die Kuppe erreicht hatte, erwiderte er meinen Blick. Im Laufen griff er nach seinem Hemd, zog es über den Kopf und ließ es hinter sich ins Gras fallen. Er sah mir in die Augen. »Du erwartest mich, und ich werde deine Erwartungen erfüllen«, das sagten mir seine Augen, dann war er am Zaun, auf dem ich hockte. Ich fiel ihm in die Arme wie ein reifer Apfel. Lag an seiner nackten, glatten, schweißfeuchten Brust. Roch ihn, der auch ungewaschen roch, wie ein Mann riechen sollte: jung, unverbraucht, erregend. Diesmal war Atemlosigkeit in seinem Tun, als er sich mit mir ins Gras fallen ließ. Ich spürte weder, wie sehr das trockene Gras piekte, noch spürte ich die Insekten, die zustachen, während wir uns liebten.

Vielleicht lag es an der Tatsache, dass Brian und ich uns auf einer Insel liebten: In den folgenden Tagen vergaß ich Limettchen und Gisi und meine Arbeit und die Zeit und den Rest der Welt. Was »Wunder« an mir war, hatte ich abgestreift. Nur Laura war geblieben, losgelöst, unverankert, ohne die geringste Schwere. Und es gab Stunden, von denen ich spürte, dass ich ihre Erinnerung in meinem Herzen bewahren müsse, um sie für später zu bewahren, denn nichts dergleichen würde je wiederkommen. Wie der Morgen, an dem ich mit Brian auf dem Feuersalamander zur Hütte am Meer ritt.

Auch an diesem Tag hatte er mein Bett verlassen, als es hell zu werden begann. Ich dachte, er sei längst zu seinem Bauplatz unterwegs, als ich zum Frühstück hinunterging. Ich solle schnell machen, sagte Mary, die mit dem Kaffee bereit stand, Brian erwarte mich vor dem Schafstall.

Er war dabei, einen Korb auf dem Gepäckträger des Fahrrades, das ich den Feuersalamander getauft hatte, zu befestigen.

»Wir fahren zur Hütte«, sagte er.

»Wer ist ›wir‹?«, fragte ich.

»Du und ich.«

»Womit?«

»Mit dem Rad.«

»Ich sehe nur das eine.«

»Es hat Platz für uns beide.«

Brian lachte und klopfte auf die schwarz-orange gemusterte Stange. »Der Lack ist getrocknet, komm, Feenkönigin, wir reiten zum Meer.«

Das Aufsteigen ging leichter, als ich dachte. Brian hielt das Rad, ich hopste seitlich auf die Längsstange und hielt mich am Lenker fest, Brians Hände legten sich neben den meinen um die Griffe, er trat in die Pedale und fuhr ohne das geringste Gewackel an, so, als hätte er außer dem seinen nicht auch noch mein Gewicht zu transportieren. Er zog eine kühne Kurve und bog in den Feldweg ein, den er jeden Morgen nahm. Die metallene Stange drückte zwar am Hintern, aber ich hatte keine Angst zu fallen, Brians körperliche Nähe machte mich sicher und ausgesprochen froh. Am Ende des Feldes zweigte ein schmaler, steiniger, von mannshohen Büschen gesäumter Weg nach links ab. Zweige streiften mein Haar und meine Schultern und Brennnesseln fegten über meine Beine.

»Hör auf zu wackeln«, rief Brian dicht an meinem Ohr, als ich versuchte, ihnen auszuweichen. Der Weg wurde immer holpriger.

»Lass mich absteigen, Brian, mein Hintern tut weh«, bat ich.

»Jetzt nicht, wir sind gleich da.«

Der Weg machte eine scharfe Rechtskurve, mündete in felsiges Gelände, wurde breiter und führte unvermutet bergab, wie mir schien direkt ins Meer.

»Halt dich fest, Lorra«, ruft Brian laut. Ich spüre die Wärme seines Körpers, als er sich über mich beugt. Seine Hände legen sich fest über die meinen und wir sausen dem Wasser zu, schneller, immer schneller, der Duft der See steigt in meine Nase und füllt meine Lungen, der Fahrtwind zerrt an meinem Haar und lässt meinen leichten Sommerrock flattern. Brians Arme halten mich fest, seine Wange ist dicht an meiner, ich rieche seine Haut und höre sein Lachen und sein lang gezogenes »Yeah« und schreie laut vor Glück und weiß, dass unser beider Euphorie eine einzige geworden ist.

Von nun an fuhr ich jeden Morgen mit Brian ans Meer. Im Korb auf dem Gepäckträger befanden sich unser Lunchpaket und Trinkwasser und eine Flasche Wein. Ich hatte gelernt, mich mühelos auf der Fahrradstange zu halten. Das letzte Stück des Weges, auf das Meer zu, war immer noch mein liebstes, wenngleich mich das Abwärtssausen nicht mehr mit der gleichen unbeschreiblichen Seligkeit erfüllte, die ich beim ersten Mal empfunden hatte.

Der Weg endete in einer Bucht, die von weit ins Meer ragenden flachen Klippen begrenzt wurde. Auf ihnen nisteten Sturmtaucher und Trottellummen und allerhand andere Seevögel. Und um sie tauchten und bellten zahllose Robben: Väter, Mütter und ungemein putzige Kinder. Obwohl ich nie ohne Lesestoff in die Bucht aufbrach, las ich kaum. Ich kletterte über Fels und große Steine, bis ich den idealen Aussichtsplatz gefunden hatte. Da saß ich stundenlang und sah aufs Meer und in die Sommerwolken und beobachtete den Flug der Vögel und lachte über die Spiele der Robben. Hinter mir hörte ich Brian klopfen und sägen und hämmern. Zuweilen pfiff er vor sich hin, manchmal sang er gälische Lieder.

Mit einem Stück Holz hatte er in den Sand gezeichnet, wie die Hütte aussehen würde: keine Hütte im eigentlichen Sinn, eher ein zum Meer hin offener Unterstand. Ein Sockel aus Steinen, Rückwand und Seitenwände aus Brettern, das hölzerne Schrägdach mit Schilf bedeckt. Im Innenraum eine simple Holzbank, eine Haltevorrichtung für ein Fernrohr und eine Art Stehpult, um sich aufsützen zu können, wenn man den Feldstecher benützen wollte. Das Pult habe er eigens für Lazzi entworfen und auch schon gleiche auf Raasay und auf Skye für ihn gebaut. »Seines Beines wegen, beim Stehen hat er Schwierigkeiten, das Gleichgewicht zu halten«, hatte Brian erklärend hinzugefügt und da erst war mir wieder eingefallen, dass der Inselmephisto hinkte.

Es bereitete mir Vergnügen, Brian zuzusehen, er arbeitete konzentriert, methodisch, ohne Hast und ohne sichtbare Anstrengung. Meine Anwesenheit nahm er zur Kenntnis, ohne von ihr Gebrauch zu machen. Nie kam er zu mir auf die Klippen, um mich zu küssen oder mit mir zu schmusen. Er richtete kaum ein Wort an mich. Erst wenn es Mittag wurde – was er dem Stand der Sonne entnahm, denn er trug keine Uhr –, rief er: »Lorra, komm einen Bissen essen«, und dann hockten wir auf einem Stapel Bretter und aßen und tranken Wasser oder Bier, alles maßvoll, das Dionysische war Brians Sache nicht.

Bis auf dieses eine Mal, an unserem dritten oder vierten Tag. Es war plötzlich heiß geworden, sommerlich heiß, ich hatte die Jeans ausgezogen und lag in einem der langen Hemden aus Kingussie flach auf meiner Klippe. Es muss Mittag gewesen sein, als Brians langer Schatten auf mich fiel. Er hatte den Picknickkorb mitgebracht und holte eine Flasche Wein daraus hervor.

Wir tranken den Wein zu schnell. Ich war beschwipst und die Punkte in Brians Augen begannen zu funkeln. Gleich wird er mich anfassen, dachte ich und dehnte mich erwartungsvoll. Er tat es nicht. Er stand auf und fing an, sich ohne Hast auszuziehen.

»Brian, was tust du«, sagte ich kichernd und sah zu ihm auf.

»Ich gehe mit dir schwimmen«, sagte er.

»Kommt nicht in Frage! Das Wasser ist ja eiskalt! Hier schwimmen nur Seehunde und Enten.«

»Und Schotten«, sagte Brian, griff nach meinen Händen und wollte mich in die Höhe ziehen. Ich sträubte mich und versuchte meine Hände zu befreien. »Nein, Brian, ich zieh mich hier nicht aus. Wenn jemand kommt …«

»Es kommt niemand«, sagte Brian bestimmt. Unvermittelt ließ er meine Hände los, ich plumpste auf den Felsen zurück. Brian streifte seine Hosen ab, nackt, hoch aufgerichtet wie eine Galionsfigur stand er da auf der Klippe, ehe er ins Wasser watete.

Und dann der Abend, an dem wir hoch über der Bay of Laig saßen und zusahen, wie die Sonne hinter der Insel Rum versank. Wir waren am Nachmittag zu einer Wanderung aufgebrochen und gut drei Stunden unterwegs gewesen, um hierher zu kommen. Brian hatte mir von dem »singenden« Quarzstrand von Eigg erzählt und von den Sturmtauchern, die rund um den Gipfel des An Sgurr nisten und von den Vogelkolonien auf Rum, das nordwestlich von uns wie eine mythische Krone im Feuer der untergehenden Sonne zu schwimmen schien.

»Wir sitzen auf Basalt, ganz Eigg ist Basalt«, sagte er.

»Und das Kraut, in dem wir sitzen, wie heißt das? Fragen wie diese würde Brian immer beantworten, er nannte mir den Namen, ich habe ihn vergessen.

Wir hockten dicht nebeneinander, ohne uns zu berühren. Das Land war grün und schien mir unglaublich lieblich, und die ozeanische Luft war weich und zärtlich. Plötzlich wollte ich mehr als den Augenblick. Den Zauber, den Brian meinem Leben verlieh, wollte ich halten. Brian wollte ich halten. Nur wenn ich mehr über ihn wüsste, würde ich ihn halten können. Ein gar nicht zu stillendes Bedürfnis, ihn zu halten, ihn zu besitzen, hatte mich erfasst.

»Brian, bitte erzähle mir von dir«, bat ich.

»Da gibt es nichts zu erzählen.«

»Komm schon, sei nicht stur. Ich möchte alles von dir wissen.«

Er schwieg.

»Eltern, Großvater, Schule, die erste Frau in deinem Leben ...«

Er schwieg. Es war, als hätte ich eine Tür, die mir offen gestanden hatte, mutwillig zugeschmissen. Er starrte geradeaus, als müsse er sich mit dem Horizont beraten, plötzlich schnellte er auf die Füße. Er entfernte sich von mir und strich gedankenverloren mit den Fußspitzen über das Boden bedeckende Heidekraut. Dann wandte er sich mir zu.

Sein Gesicht kann ich nicht genau sehen, weil das Licht hinter ihm zu stark ist. Die untergehende Sonne wirft einen orange-roten, schwarz und fliederfarben gefiederten Schein und hüllt den Mann vor mir in Feuer. Brian hebt gleichzeitig Arme und Stimme. Er spricht laut. Spricht Gälisch. Seine Sprache klingt wie eine Zauberformel. Erzählt er die Geschichte seines Lebens? Deklamiert er ein Gedicht? Er endet, als die Sonne hinter Rum versunken ist. Ich kann sein Gesicht wieder erkennen. »Was hast du mir erzählt?«, frage ich.

»Ein keltisches Märchen«, sagt Brian ernst.

Erstaunlich, meinte Mary an einem der folgenden Morgen, dieses Wetter, ganz ohne die üblichen Schwankungen, gleich bleibend mild, kaum Wolken, kaum Wind und so warm für die Jahreszeit...

Auch die Nächte waren warm. Wir schliefen bei weit geöffnetem Fenster, und wir liebten uns mit weit geöffneten Augen. Vor Brian hatte ich das nie getan. Mit Martin nicht, weil damals alles noch neu gewesen war und ich mich darauf konzentrierte, meine Sache gut zu machen. Mit dem Blockadebrecher wohl auch nicht, weil ich mich kaum mehr an ihn erinnern kann. Und der Rechtsanwalt hatte mich beim Liebesakt an Karls Witz vom Schweizer erinnert, welcher nach seiner ersten einschlägigen Erfahrung im Bordell auf die Frage, wie's ihm gefallen habe zur Antwort gab, das Gefühl sei angenehm, die Kosten bedeutend und die Bewegung lächerlich gewesen. Der Rechtsanwalt, ja. Schon um nicht zu lachen, hatte ich bei ihm die Augen zugekniffen.

Mit Brian hielt ich sie ohne nachzudenken offen. Zwischen uns war keine Verschämtheit. Es war mir egal, wie ich aussah, wie er mich sah, meinen Busen, der nicht mehr so hoch saß wie früher, meinen Bauch, der sich nicht mehr hart und fest anfühlte, sondern runder und weicher geworden war. Wenn Brian mich liebte, war ich ohne Alter. Und ich wollte Brian sehen, wenn er mich liebte. Sein schweres, rhythmisch schwingendes Haar, sein Gesicht, das so ernst blieb, als vollbringe er eine kultische Handlung, es verzerrte sich nie, dieses Keltenfürstengesicht. Nur Brians Atem wurde schneller, aber er keuchte nicht und der kleine Triumphschrei, wenn er kam, war nie heiser.

Im Bett störte mich auch Brians Schweigsamkeit nicht. Ich habe nie viel davon gehalten, den eben vollzogenen Akt zu bequatschen. Schon gar, wenn er gut war, denn auch die überschwänglichsten Kommentare werden der Sache nicht gerecht. Nichts Spielerisches lag in unserem wortlosen Nebeneinander, nachdem wir uns geliebt hatten. Das passte zu unserer Beziehung. Reden hätte sie vielleicht in Frage gestellt.

Bei Tisch lag die Sache freilich anders. Es gehörte so gar nicht zu meinen Gewohnheiten, während des Essens kein Wort mit meinem Gegenüber zu wechseln. Bei Brian schien das Gegenteil der Fall. Er aß sparsam, langsam, konzentriert und schweigend. Während mich das Schweigen während einer gemeinsam eingenommenen Mahlzeit nervös machte, schien es ihn zu entspannen. Ich ertappte mich dabei, wie ich angestrengt Konversation machte und erst schwieg, wenn mir klar wurde, dass ich ja doch keine Antwort bekommen würde. Irgendwie beschämte mich dieses Verstummen. Aber im Bett hatte die Sprachlosigkeit ihren Zauber.

Die Verzauberung hielt so lange an wie das schöne Wetter. Dann kam der Regen. Und mit dem Regen kam Mephisto.

# 16

Ich war gegen Morgen aufgewacht, weil ich fror. Brian war bereits verschwunden. Ich stand auf, um das Fenster zu schließen, und merkte, dass es regnete.

Ein paar Stunden später ging ich zu Mary in die Küche, um Frühstückskaffee zu kochen. Das musste sein, ihr Gebräu war ungenießbar. Sie hatte sich bereits damit abgefunden, dass ich an ihrem Herd hantierte. Die Hintertür zum Hof stand offen, ich sah den Feuersalamander vorm Schafstall lehnen.

»Ist Brian heute zu Fuß zur Hütte?«, fragte ich.

Nein, er sei mit ihrem Auto nach Galmisdale gefahren, mittags wollte er wieder zurück sein, meinte Mary.

Eigg im Regen. Ziemlich melancholisch. Ich würde mir eine Beschäftigung suchen müssen, um nicht trübsinnig zu werden. Plötzlich packte mich die Lust zu schreiben. Ich ging in mein Zimmer, holte meinen Laptop aus dem Koffer, setzte mich ins Speisezimmer ans Fenster und begann, zögernd zuerst, dann zügig, die verschwundenen Sonnentage festzuhalten. Gegen Mittag hörte ich den Wagen vorfahren, gleich darauf stand Brian in der Tür.

Er hielt ein Buch in der Hand und lachte wie ein Kind, das unerwartet ein Geschenk erhalten hat. Ich erkannte von weitem, dass es sich um ein deutsches Konversationslexikon für Anfänger handelte. Die Seite, die er aufschlug, hatte er offenbar vorher markiert. Mit dem Finger fuhr er eine Zeile nach, und er las langsam und laut, wobei sein weißes Gebiss in dem halbdämmrigen Speisezimmer leuchtete, als er auf Deutsch sagte: »Ich bin Brriann, du bist Lorra.«

Der Tarzan-Effekt! Im Grunde war es zum Lachen. Aber mir war anscheinend jeglicher Humor abhanden gekommen. Ich knirschte mit den Zähnen und dachte: Da hast du's, blöde Kuh, er hat dich eingeholt, der Tarzan-Effekt, recht geschieht es dir, schließlich hast du ihn erfunden.

Den nächsten Schock versetzte mir Mephisto. Er lehnte in der Tür, als stünde er schon eine ganze Weile da und sagte in akzentfreiem Deutsch: »Guten Tag. Ich dachte, ein Konversationslexikon würde die verbale Kommunikation zwischen Brian und Ihnen fördern.«

Lang, hager, locker lehnte er da. Er vermittelte den Eindruck, als gehöre er in dieses Haus, als sei das sein Türstock. Er war von Kopf bis Fuß schwarz gekleidet, weite Drillichhosen, hohe Schnürschuhe, Polohemd, Anorak, alles schwarz. Seine Haut war dunkel, sein Haar – bis auf die deutlich angegrauten Schläfen – nachtschwarz, das einzig Helle an dem Menschen waren diese unglaublich weißen Zähne, die er ständig zeigte. Und die Augen, die waren auch hell. Messingfarben, wie mir von meinem Standort aus schien. Sie glitzerten. Unnatürlich glitzerten sie. Gefährlich. Diabolisch. Mein erster mephistophelischer Eindruck hatte mich also nicht getäuscht.

Wortlos maßen wir einander. Brian brach das Schweigen. Arglos sagte er: »Lorra, das ist mein Freund Lazzi, den du den schwarzen Mann nennst.«

»Sie sind Ungar«, sagte ich. Es sollte beiläufig klingen,

tat es aber nicht. Es klang irgendwie vorwurfsvoll, was meine Position schwächte.

Mephisto grinste. »Wie kommen Sie darauf?«

»Weil nur Ungarn Lacy heißen«, gab ich finster zur Antwort.

Wieder grinste er, und die Messingaugen schillerten. »Ich wurde nicht Lászlo, sondern Lazarus getauft und ich bin Deutscher.«

Ich muss ziemlich doof dreingesehen haben. Mein Gesichtsausdruck schien ihm Vergnügen zu bereiten. Er stieß sich mit dem Schulterblatt vom Türstock ab und hinkte auf mich zu. Ich hatte schon wieder vergessen, dass er hinkte. Er hinkte aus der Hüfte heraus, aber es sah nicht unbeholfen aus, im Gegenteil, es wirkte irgendwie elegant. Ich sah in sein schmales, zum Kinn hin spitz zulaufendes Gesicht, registrierte hohe Backenknochen und eingefallene Wangen und fragte mich, ob er gelogen hatte, als er sagte, er sei Deutscher. Ich hätte ihn eher als Zigeuner eingestuft.

Erst als er vor mir stand, realisierte ich, wie groß er war. Größer als Brian, fast einen Kopf größer als ich. Er verbeugte sich leicht, ohne mir die Hand zu reichen.

»Heckhausen«, sagte er. »Und mein Vorname ist nun mal Lazarus.«

Mein Hang, bei jeder Gelegenheit zu assoziieren, ritt mich in die nächste Peinlichkeit. Als er »Lazarus« sagte, sah ich unwillkürlich auf sein Bein. Völlig taktlos, jawohl, aber ich tat es. Wieder grinste er und sah mich an, als lese er meine Gedanken. »Ich bin allerdings kein Lazarus im Sinne des Neuen Testaments. Mein Vater war Bibelforscher, er sprach und liebte Hebräisch. Das hebräische Eleazar, zu Deutsch Lazarus, bedeutet ›Gott hilf‹. So wollte mein Vater den Namen verstanden wissen.«

Am Nachmittag blieb mir genügend Zeit, die veränderte Lage zu überdenken. Lazarus hatte erklärt, er wolle mit Brian die Hütte besichtigen. Keiner der beiden hatte mich gefragt, ob ich Lust hätte mitzukommen. Ich hätte abgelehnt, aber dass sie mir die Möglichkeit dazu nicht gegeben hatten, fand ich kränkend. Missgünstig hatte ich den beiden nachgesehen, wie sie über den Hof zu Marys Auto gingen. Lazarus hatte seinen Arm um Brians Schultern gelegt. Ich hatte nicht den Eindruck, dass er es seines unsicheren Ganges wegen tat, es war eher eine Geste der Vertrautheit.

Ich hatte beschlossen, mich in mein Zimmer zurückzuziehen und mein Glück mit Brian weiter schriftlich festzuhalten. Aber auch der erste Stock war nicht mehr, was er gewesen war. Vor der Tür des Zimmers neben dem meinen lagen zwei edle lederne Reisetaschen. Ich beugte mich darüber, um die Namensschilder zu lesen. Das hätte ich mir schenken können. »Lazarus v. Heckhausen«, stand darauf. Wem sonst hätten sie gehören sollen.

Tür an Tür mit Mephisto. Das veränderte die Lage. Egal wie lange er zu bleiben gedachte, er würde stören. An unbeschwerten Beischlaf mit Brian war wohl nicht zu denken, solange ich den Kerl nebenan wusste, er hatte mich ja schon zu ebener Erde befangen gemacht.

Ich begann Nagelhaut zu kauen wie Gisi und halblaut zu mir selbst zu sprechen, um mich abzureagieren: Lazarus von Heckhausen kann mich nicht leiden. Ein übel wollender Finsterling ist er. Andererseits – warum sollte er mir übel wollen? Gibt es irgendeinen Grund? Keinen –

es sei denn Eifersucht ... Jesus, am Ende ist er schwul! Er und Brian ...? Ausgeschlossen! Lazarus vielleicht, aber Brian ist nicht schwul, niemals. Auch nicht latent ... Freilich, abgefahren auf seinen Freund Lazzi ist er schon. Lässt sich wahrscheinlich von ihm beeinflussen, auch gegen mich. Ein paar heckhausische Sarkasmen über die Passion reifer Frauen für junge Männer, das Peinliche solcher Affären – adieu Brian ...

Plötzlich war es mir ungemein wichtig, bei dem bevorstehenden Abendessen, das wir wohl oder übel zu dritt einnehmen würden, möglichst vorteilhaft auszusehen. Ich kramte in meinem Koffer, bis ich die Tube mit der Gesichtsmaske fand, eine Werbeprobe, die sich sei Monaten in meinem Reisenecessaire befand. Mit Sorgfalt verschmierte ich die grüne Paste auf Wangen, Stirn und Kinn, sparte die Augen aus, malte an mir herum, bis ich aussah wie ein Sioux auf dem Kriegspfad, ich starrte in den Spiegel – und blickte über den Rand des Paravents hinweg in Brians verblüfftes Gesicht. Ich hatte wohl sein Klopfen überhört. Er war eingetreten, hatte mich rumoren gehört und sich angeschlichen, um mich zu überraschen. »Lorra, was machst du mit deinem Gesicht«, sagte er leise. Mein Anblick schien ihn nicht einmal andeutungsweise zu amüsieren.

Was immer der grüne Brei beinhaltet haben mochte, er erzielte einen gewissen Effekt: mein Gesicht war rosiger und glatter als gewöhnlich. Ich hatte mein Haar gebürstet, bis es glänzte und knisterte, meinen besten Pulli angezogen und mich mit den baumelnden Ohrringen, die ich aus Jux in Kingussie erstanden hatte, dekoriert. Große Ringe, in denen langschwänzige Vögel schaukelten.

Auch Mary hatte sich Mühe gegeben. Ihr Stew war um Klassen besser, als die vorangegangenen. Und der pompöse Kandelaber mit den kardinalroten Kerzen, der in der Mitte des Tisches thronte, galt eindeutig der Ankunft Mephistos. Im Gegensatz zu mir schien Mary der Mann zu liegen.

Der Wahrheit eine Gasse: Lazarus von Heckhausen wurde mir im Lauf des Abends zwar nicht sympathischer, aber uninteressant war er nicht. Seine Fähigkeit, die Unterhaltung locker zu führen und ihr gleichzeitig Spannung zu verleihen, war beachtlich. Ein amüsanter Erzähler und ein ausgezeichneter Zuhörer. Nicht witzig um jeden Preis, aber seine Pointen saßen. Kein Zweifel, der Mann besaß Charme. Und Brian, mein Brian erlag diesem Charme, wie er dem meinen nie erlegen war. Hingerissen hörte er Freund Lazzi zu, lächelnd, mit leicht geöffnetem Mund wie ein Kind. In meine Richtung sah er selten und wenn – so schien es mir – um Beifall für Mephisto zu heischen. Daran vor allem schaukelte sich mein Ärger auf. Ärger über Brian, Ärger über Lazzi, mein Missmut wuchs, bis ich ihm schließlich Luft machte. In irgendeinem Zusammenhang sprach Heckhausen von Kommunikation. Worauf ich ihn patzig auf Deutsch angriff. »Übrigens«, sagte ich von oben herab, »wie kamen Sie auf den Gedanken, dass die Kommunikation zwischen Brian und mir einer Förderung durch Ihre Person bedarf.«

Das war ein taktischer Fehler. Heckhausens Augen wurden schmal, seine von Haus aus tiefe, eher leise Stimme wurde noch tiefer, noch leiser. »Ah, Verehrteste«, schnurrte er wie ein satter Kater, »verzeihen Sie, wenn ich Ihnen widerspreche. Ich habe nicht persönlich, sondern mittels eines Buches fördernd eingegriffen. Ein gut gemeinter Versuch, schließlich ist mir die Sparsamkeit, mit der mein Freund Brian sich der Sprache bedient, hinlänglich bekannt.« Vergebens suchte ich nach einer schlagfertigen Antwort, doch ehe ich etwas sagen konnte, setzte der Störenfried meines Liebesglücks maliziös hinzu: »Ich möchte noch einmal betonen, dass ich dabei ausschließlich die verbale Kommunikation zwischen Brian und Ihnen im Sinn hatte.«

Eloquentes Scheusal. Ich war ihm nicht gewachsen. Meine eigene Fähigkeit, gute Dialoge zu bestreiten, war an Brians Seite offenbar erlahmt. Wenn ich punkten wollte, musste ich vorerst mein gesträubtes Gefieder glätten und mich verbindlich zeigen.

Heckhausen hatte sich zurückgelehnt. Ich blinzelte ins Kerzenlicht und versuchte, zwischen den Armen des Kandelabers hindurch in seinem Gesicht zu lesen. Schwarz, alles schwarz, nur die Augen glitzerten.

»Brian hat öfter von Ihnen gesprochen, Sie sind wohl schon lange mit ihm befreundet«, sagte ich bemüht artig.

»Braves Mädchen«, schnurrte es aus der Dunkelheit, ich hatte den Eindruck, dass er lachte, »ziemlich lange.« Er rückte wieder ins Licht, sah Brian an, dann mich, dann wieder Brian. »Wie lange kennen wir uns, Brian, fünfzehn Jahre?«, fragte er in Englisch.

Das Ausfragen von Leuten ist ein berufsbedingter Reflex, ich kann nicht anders, aber an Mephisto scheiterte meine ausgefeilte Interviewtechnik. »Vor fünfzehn Jahren«, gab ich mich erstaunt, »da war Brian ja fast noch ein Kind.« Das war ein Eigentor, Lazarus grinste tückisch.

»Kommt darauf an, wie alt man zum Zeitpunkt der Betrachtung ist. Von meinem damaligen aus gesehen war

Brian tatsächlich noch ein Knabe«, kurze rhetorische Pause, »ich bin achtzehn Jahre älter als Brian, soziokulturell gesehen eine andere Generation.«

Mistvieh. Offenbar wusste er, dass mich fast ebenso viele Jahre von Brian trennten. Ich wandte mich an Brian: »Wo bist du deinem Freund begegnet?«

»Auf Raasay«, sagte der mit dem üblichen Punktum in der Stimme. Die Erfahrung hatte mich gelehrt, dass er mehr nicht von sich geben würde.

Raasay, der Arsch der Welt, war ich versucht zu sagen, sagte es natürlich nicht, wandte mich stattdessen wieder Lazarus zu und fragte mit süßlich-sanfter Stimme: »Raasay sei ziemlich öde, habe ich mir sagen lassen, was macht ein unternehmungslustiger Deutscher auf Raasay?«

Wieder dieses Grinsen. »Es ehrt mich, dass Sie mich für unternehmungslustig halten. Im Übrigen kann es gerade Ihnen als Reisejournalistin nicht entgangen sein, dass wir Deutsche die entlegensten Orte bereisen, weltweit, manisch, eine nationale Angewohnheit, über die man sich, so höre ich, mit Vorliebe in Ihrem Heimatland mokiert.«

Der Kerl war glatt wie ein Aal. Und er wusste eindeutig mehr über mich als ich über ihn. Alter, Beruf, mein Land … Offenbar hatte er Brian ausgequetscht, und mein Liebhaber hatte ihm bereitwillig Auskunft gegeben. Vorsicht war also weiterhin angebracht.

»Touristen – Sie scheinen mir überhaupt nicht der Typ des landläufigen Touristen zu sein, eher ein Abenteurer«, sagte ich mit einem falschen Lächeln. Die aufgelegte Schmeichelei verfing erst recht nicht.

Heckhausens Grinsen war wie weggewischt, er lehnte sich wieder in den Schatten zurück. Die Lust, die Klinge mit mir zu kreuzen war ihm sichtlich vergangen. »Ich bin Ornithologe«, sagte er trocken. »Ein Beruf, dem das Abenteuer weniger bekommt als etwa Geduld. Und da wir Ornithologen quasi von Amts wegen Biotope hüten, sind wir fast zwingend schlechte Touristen.«

Sein jäher Stimmungswechsel war mir nicht begreiflich. Wir schwiegen eine Weile. Als ich das Gespräch wieder aufnahm, schlug auch ich einen sachlichen Ton an: »Sie sagten, Ihr Vater sei Bibelforscher gewesen. Wie kam es, dass Sie nicht Geisteswissenschaften, sondern Naturwissenschaften wählten?«

»Die ewige Vater-Sohn-Problematik, ich versuchte es mit dem Gegenteil«, gab er nüchtern zur Antwort. Und dann plötzlich wieder mit diesem lautlosen Lachen in der Stimme: »Ein Glück übrigens, mit Naturwissenschaften liege ich zur Zeit im Trend.«

Brian hatte, seit wir uns zu Tisch gesetzt hatten, kaum ein Wort gesprochen, aber er war unserer Unterhaltung mit Interesse, zuweilen auch mit Unbehagen gefolgt. Sobald Heckhausens Beruf zur Sprache kam, entspannte er sich und mischte sich ins Gespräch: »Lazzi ist ein bedeutender Wissenschaftler«, sagte er stolz, »er ist Leiter eines Max-Planck-Instituts ...«

»Gewesen, mein Freund, gewesen«, unterbrach ihn Lazarus nachsichtig lächelnd. Die Art wie Brian den Vogelforscher anhimmelte, ärgerte mich.

»Wieso gewesen, sind Sie bereits im Ruhestand?«, fragte ich giftig.

Mephisto nickte: »Seit kurzem, ja.«

Ich dachte an den Range Rover mit den Ledersitzen und die teuren Heckhausenschen Reisetaschen, woran sich nahtlos die Überlegung knüpfte, dass Menschen wie ich, die sich nicht vorzeitig aus dem Arbeitsprozess stehlen, Frühpensionisten wie Lazarus von Heckhausen erhalten müssen. Ich ging ihn an: »Aus Ihren früheren Bemerkungen schließe ich, dass Sie kaum über fünfzig sind. Ist das nicht ein bisschen früh für die Frührente?«

»Es geschah nicht freiwillig«, antwortete er.

Der Teufel ritt mich, als ich weiterstichelte: »Hat man Sie gefeuert?«

Er schüttelte den Kopf.

»Es geschah wegen meiner Behinderung.«

Ich muss total verständnislos dreingesehen haben, denn Heckhausen fügte hinzu: »Mein Bein. Mit den Jahren bereitet es mir zunehmend Schwierigkeiten.«

Jesus, das Bein, schon wieder hatte ich vergessen, dass der Mann hinkte. Ich wurde rot wie ein Schulmädel und stotterte: »Verzeihen Sie … Sie müssen mich für eine unglaublich taktlose Person halten, Ihr Bein, ja klar, das habe ich völlig vergessen …«

»Fein«, sagte er und lächelte, »das freut mich, die meisten Menschen vergessen es nicht.« Er suchte meine Augen. »Kommen Sie, Laura, Sie haben sich den ganzen Abend über wacker geschlagen, Sie werden doch jetzt nicht in die Knie gehen. Was fange ich an, wenn Sie nicht mehr mit mir streiten mögen?«

Ich riskierte meinerseits einen Blick. Entdeckte Sympathie und Vergnügen darin und las keine Hintergedanken. »Pax?«, fragte er und streckte mir seine Hand entgegen. Sie war mager und dunkelbraun, die Finger lang mit sehr kurz geschnittenen Nägeln, eine Hand, die ich mochte.

»Pax«, sagte ich und ergriff sie.

Mit einem Mal war mir behaglich zu Mute. Lazarus stand auf, verschwand in der Küche und kehrte mit einer

Flasche und drei Gläsern wieder. »Bester schottischer Hochlandwhisky, Malt, man trinkt ihn pur, Wasser oder Eis beizumischen wäre ein Sakrileg.« Er schenkte zwei Finger hoch ein, wir tranken einander zu, nach dem ersten Schluck ging eine milde Sonne in meinem Magen auf. Ich sah zu Brian hinüber, sah endlich wieder seine Schönheit. Wie hatte er neben Mephisto verblassen können?

Brian erwiderte meinen Blick, lächelte leise, dann wandte er sich an Lazarus und sagte etwas auf Gälisch. Der begriff offenbar mühelos und antwortete auf Gälisch, beide Männer lachten.

Ich starrte den Vogelforscher an. »Sie sprechen diese unglaubliche Sprache? Sie müssen ein Genie sein«, sagte ich leicht fassungslos. Er zuckte die Achseln.

»Nicht wirklich, meine Mutter war Schottin.«

Ich stand auf und sah zu den beiden ungleichen Freunden hinunter. »Da ich heute keine weiteren Überraschungen mehr verdauen kann, gehe ich jetzt schlafen. Danke, meine Herren, es war ein unvergesslicher Abend.» Ich trat aus dem Lichtkegel und verließ das Zimmer. Ein starker Abgang, fand ich auf dem Weg nach oben. Erst als ich in meinem Zimmer war und mein Blick auf das Bett fiel, schwante mir, dass der Abend noch nicht gelaufen war. Brian. Er war noch jeden Abend zu mir gekommen, diskret, aber nie verstohlen, er würde auch heute kommen. Na ja, vielleicht nicht, vielleicht fühlte auch er sich durch Mephistos Anwesenheit gehemmt und blieb ausnahmsweise auf seinem Zimmer…

Ich zog mich rasch aus, schlüpfte ins Bett und löschte das Licht. Draußen rauschte der Regen, sonst war nichts zu hören, keine Stimmen, keine Schritte im Treppenhaus. Irgendwann muss ich wohl eingeschlafen ein. Ich erwachte, als ich Brian neben mir spürte. Sein Körper war warm und nackt, er fühlte sich gut an, sehr gut, ich weiß nicht, weshalb ich flüsterte: »Nein, Brian, heute nicht, ich kann nicht.«

Er verharrte einen Augenblick lang regungslos. Gespannt. Er fragte nichts noch versuchte er, mich umzustimmen. Leise glitt er aus meinem Bett und ging.

# 17

Am folgenden Morgen erwachte ich unfroh. Draußen war es dunkelgrau und nass, die alles durchdringende Feuchtigkeit netzte nicht nur mein Federbett, sie legte sich, quasi als zusätzliche Last, auf mein Gemüt.

Fröstelnd lag ich zwischen den klammen Laken und warf mir vor, dass ich Brian weggeschickt hatte. Das Gefühl der Wärme und die Entspanntheit, die ich empfand, nachdem er mich geliebt hatte, pflegte nämlich vorzuhalten, auch wenn er mein Bett längst verlassen hatte. Heute fehlten sie mir. Stattdessen drängte sich eine Überlegung, die ich bisher unterdrückt hatte, beharrlich auf: Brian war nicht dazu bestimmt, einen Dauerbrenner in meinem Dasein abzugeben, er war ein unerwartetes Abschiedsgeschenk der Vorsehung an eine alternde Frau. Also waren meine Nächte mit Brian gezählt. Auf eine einzige freiwillig zu verzichten war daher vollkommen idiotisch gewesen. Und wer war daran schuld, dass ich es getan hatte? Mephisto.

Mein Frust komme über sein schwarzes Haupt! Der Ärger brachte meinen Kreislauf in Schwung, ich sprang aus dem Bett, zog sämtliche wollenen Hüllen, die sich in meinem Gepäck befanden, übereinander und ging zu Mary in die Küche. Sie stand am Herd und sprach lebhaft auf jemanden ein. Der Jemand war Heckhausen. Er saß am Familienesstisch, als gehörte er dorthin. Seine braunen Spinnenfinger umfassten eine große dampfende Teetasse, vor ihm stand ein gehäufter Teller *shortbread,* eine von Marys Spezialitäten, die sie sonst nur sparsam an ihre Günstlinge abzugeben pflegte. Ein Bild der Gemütlichkeit.

»Wo ist Brian?«, fragte ich böse.

Lazarus blieb gelassen. »Zur Hütte«, sagte er ruhig.

»Musste das sein bei dem grauenhaften Wetter?« Er grinste herausfordernd, worauf ich prompt persönlich wurde: »Und Sie haben ihn natürlich nicht begleitet, Sie sitzen lieber im Trockenen.«

»Ich bin ein älterer Mensch.«

Er machte sich lustig über mich, er war mein Feind, ich funkelte ihn feindselig an.

Lazarus stellte die Teetasse ab und streckte mir seine magere Hand entgegen. »Kommen Sie, Laura«, sagte er auf Deutsch, »verlassen Sie den Gefechtsstand, seien Sie friedlich, setzen Sie sich zu mir.«

Hatte ich eine Wahl? Zögernd setzte ich mich. Alles andere wäre kindisch gewesen. Mary strahlte. Sie stellte eine dieser übergroßen Teetassen vor mich hin und zeigte aufmunternd auf ihr *shortbread.* Eine Keksvariante von der fetten, schweren Sorte, die die Schotten lieben. Ich sah zu, wie der dürre Lazarus einen um den anderen verdrückte.

»Ist wohl Ihr schottisches Erbteil«, bemerkte ich auf Englisch. Er verstand sofort, was ich meinte, und nickte. Ich betrachtete seinen schmalen, beweglichen Mund, das spitze Kinn, das die kleinen genüsslichen Kaubewegungen mitmachte, als tanzte es über dem hohen schwarzen Rollkragen seines Pullovers ein Menuett. »Um Ihre Linie brauchen Sie sich offenbar keine Sorgen zu machen«, fügte ich hinzu.

Lazarus wischte Keksbrösel von seinen Fingern. »So ist es, in der Tat.« Er sah mich freundlich lächelnd an.

»So ist es, leider, ja«, mischte Mary sich ins Gespräch. Sie trat näher, setzte eine Kanne frischen Tees auf den Tisch und sah mütterlich-besorgt zum Gast nieder. »Die Krankheit hat ihn so dünn gemacht. Schon als kleiner Junge war er so dünn.«

Ich war verblüfft. »Wie lange kennt ihr beide euch«, fragte ich und erfuhr zu meiner Überraschung, dass Mary und Lazarus seit ihrer beider zehntem Lebensjahr befreundet waren.

Niemals hätte ich morgens für möglich gehalten, dass ich den Tag, der so mies begonnen hatte, mittags als gelungen betrachten würde. Mary hatte sich zu uns gesetzt. Sie vergaß ihre Kochtöpfe und erzählte. Temperamentvoll, wortreich, dann und wann von Lazarus sanft berichtigt, was schlussendlich zwei Geschichten ergab: Marys dramatische und die lakonische des Lazarus.

Die zehnjährige Mary hockt auf der Mole und sieht das Boot mit den drei weißen, geblähten Segeln auf Galmisdale zukommen. Der Himmel über Eigg ist an diesem Tag so blau wie der Mantel der Fee in ihrem liebsten Bilderbuch. Und das Boot, das sich anschickt, vor Anker zu gehen, scheint ebenfalls aus einem Märchen: auf Deck sind mehrere Matrosen beschäftigt. Eine Frau mit wehendem, langem, schwarzem Haar beugt sich über einen Stuhl auf Rädern, auf dem ein kleiner Junge sitzt. Er scheint krank zu sein, denn er ist in Decken verpackt, wie ein Paket, nur sein blasses Gesicht ist zu sehen. Mary starrt den Jungen an, der Junge starrt zurück, Mary hebt unwillkürlich ihre Hand und winkte dem Jungen zu. Der Junge sagt etwas zu der Frau mit dem langen Haar, die nickt, kommt über den schmalen Landungssteg geradewegs auf Mary zu und fragt das Kind auf Gälisch, ob es so nett sein wolle, zu dem Jungen an Bord zu kommen und mit ihm zu plaudern. Der Junge ist tatsächlich krank, aber er ist lustig, er stellt immerzu Fragen, über die Insel, die Tiere, die Pflanzen… Im Handumdrehen sind zwei Stunden vergangen, in denen Mary Himbeersaft getrunken und Schokoladekuchen gegessen und dem Jungen von den Vögeln und den Seehunden rund um Eigg erzählt hat. Dann fährt das Boot ab. Und Mary kriegt zu Hause Hiebe, weil sie so lange unentschuldigt fortgeblieben ist und ihr keiner glauben will, dass sie tatsächlich auf diesem tollen Boot gewesen ist, das jetzt Richtung Arisaig segelt. Und die Geschichte von dem Jungen, der so krank ist, dass er weder springen noch gehen noch stehen darf, nimmt ihr erst recht niemand ab. Fünf Jahre später freilich staunt Marys Clan nicht schlecht. Da nämlich kommt ein hoch aufgeschossener, dünner, hinkender Junge mit dem Postboot in Galmisdale an und fragt so lange nach Mary, bis er sie gefunden hat. Er sei gekommen, sagt er, um die Robben und die Sturmtaucher auf Eigg zu sehen und seiner Freundin Mary Guten Tag zu sagen.

Seither, schloss Mary, sei Lazzi immer wieder nach Eigg gekommen, in unregelmäßigen Abständen sei er aufgetaucht, mal um die Nistplätze der Sturmtaucher zu erforschen, mal um auf ihrer, Marys, Hochzeit zu tanzen, na ja, nicht grade tanzen, eher singen – Lazzi habe nämlich eine wunderbare Stimme und kenne viele gälische Lieder –, und zum Begräbnis von Marys Mutter sei er extra aus Skye herübergefahren, bei schwerster See, mitten im Winter…

Im Vergleich zu Marys Bericht nahmen sich Mephistos Bemerkungen aus wie knappe Regieanweisungen zu einem breit angelegten Schauspiel: Lazarus ist neun, als man feststellt, dass er an Knochentuberkulose leidet. Seine schottische Mutter glaubt an die Heilkraft der Luft und der Kräuter ihrer Heimat, sein deutscher Vater, Hochschulprofessor in Tübingen, vertraut auf die Segnungen der modernen Medizin. Ein Jahr im schottischen Hochland und auf Skye haben keine Besserung im Zustand des Jungen gebracht. Nun setzt sich der Vater durch: Auf dem Segelboot seiner Mutter wird Lazarus von Skye nach Schottland, von da mit einem Flugzeug weiter nach Deutschland und dann in die Schweiz gebracht, wo er drei Jahre in einem Sanatorium verbringt, ehe man ihn mit steifer Hüfte als geheilt entlässt.

Fremde Lebensgeschichten faszinieren mich und Menschen mit bewegter Biografie haben es mir schon immer angetan. Heckhausen brachte mich zwar nicht zum Dahinschmelzen, aber Marys Erzählung hatte mir den Mann sympathischer gemacht. Ich hätte gern mehr über sein Leben erfahren, ich hatte unzählige Fragen, aber Lazarus zeigte wenig Bereitschaft, sie zu beantworten. Nein, keine Geschwister. Die Eltern? Beide tot. Wo er seine Jugend verbracht habe? Teils bei seiner Mutter in Schottland, teils bei seinem Vater in Deutschland. Lebten die Eltern denn getrennt?

Lazarus lachte: »Keine Chance, Laura, über mich persönlich gebe ich prinzipiell keine Interviews. Wenn Sie hingegen über *puffinus puffinus* oder seine Artverwandtschaften nähere Auskünfte wollen, bin ich nicht zu stoppen.«

Ich lachte zurück, es war wohl das erste Mal, dass ich

Mephisto anlachte. »Okay, okay, ich halte den Mund, wenn Sie mir verraten, wer *puffinus* ist, ohne ornithologisch auszuschweifen.«

Er sah mich einen Augenblick versonnen an, ehe er sagte: »*Puffinus puffinus,* der Schwarzschnabel-Sturmtaucher, Gegenstand einer Studie, die ich für mein ehemaliges Institut vorbereite. Und Laura, Sie sollten öfter lachen.«

Brian hatte ich völlig vergessen. Leise betrat er die Küche. Ich roch ihn, ehe ich ihn sah – feuchte Schafwolle und frische Luft. Sein regennasses Haar klebte an den Schläfen. Seine hellen Augen glitten wie zufällig von mir zu Mephisto und wieder retour. Er trat an Marys Herd und hielt die Hände über die warme Platte. »Das Wetter bessert sich«, sagte er ruhig. Er war gekommen, um Heckhausen zur Hütte abzuholen.

Als ich etwas später vors Haus trat, hatte der Regen bereits aufgehört. Die Luft war extrem feucht. Das Salzkammergut und das Millersche Haus am See fielen mir ein, »gut für den Teint«, hatte Gisis Mutter Ida nach langen Regenperioden gesagt, um uns ins Freie zu scheuchen. Ich brach zu einem Spaziergang auf, streifte ziellos durch die Gegend, die Steine waren nass und glitschig wie Fischleiber und die Pflanzen schwer vom Regen. Das Abendessen nahmen wir auf Mephistos Vorschlag mit Mary in der Küche ein; da ihr Mann und die Kinder während der Woche drüben in Mallaig arbeiteten, sei es doch praktischer und gemütlicher, wenn wir alle zusammen am Familientisch äßen. In dieser Nacht schlief ich wieder mit Brian. Während der Mahlzeit hatte er mich wiederholt angesehen, in seinen Augen las ich eine Frage. Ich wusste, was sie bedeutete, und ehe wir nach oben gingen, nickte ich ihm zu. Brian huschte in mein Zimmer. Wir wechselten kein Wort, lauschten beide auf Geräusche aus dem Nebenraum, und als alles still blieb, liebten wir uns. Mit Vorsicht, bewegungsarm, jeden Laut unterdrückend. Der Höhenflug unterblieb.

Nichts deutete darauf hin, dass Lazarus unsere nächtlichen Aktivitäten wahrgenommen hatte. Als ich die Küche betrat, war er bereits zum Ausgehen angezogen. Er trug die glänzende schwarze Öljacke, die ich aus Arisaig kannte.

»Warum tragen Sie immer nur Schwarz?«, fragte ich, statt zu grüßen.

Er grinste. »Um mir die Qual der Farbwahl zu ersparen, meine Beste. Im Übrigen wünsche ich Ihnen einen guten Morgen. Haben Sie Lust, mit mir zur Hütte zu kommen? Das Wetter ist trocken und Brian nimmt an, gegen Mittag werde die Sonne durchkommen.«

Wir schlugen den Weg ein, auf dem Brian und ich mit dem Feuersalamander unterwegs gewesen waren. Trotz seiner Behinderung ging Heckhausen schnell und sicher. Nur das letzte steile Stück, das zur Bucht führte, bereitete ihm Schwierigkeiten. Als wir unten anlangten, ging sein Atem rasch.

Brian stand vor der Hütte und sah uns entgegen. Es überraschte mich, wie weit die Arbeit gediehen war.

»Aber die ist ja fast fertig«, rief ich ohne Enthusiasmus. Die beiden Männer blickten mich an. Die Frage, was komme, wenn sie ganz fertig ist, lag in der Luft.

Ich wandte mich ab und kletterte über die Felsen bis zu jenem flachen Stein, auf dem ich während der sonnigen Tage mit Brian oft gesessen hatte. Der Wind trug mir die Stimmen und das Lachen der Männer zu. Ich versuchte, meine Lage zu überdenken, es war an der Zeit, Entschlüsse zu treffen. Aber plötzlich brach die Sonne durch, und das Lichtspiel zwischen Wasser und Wolken nahm mich so sehr gefangen, dass ich an gar nichts mehr dachte und nicht einmal bemerkte, wie Mephisto sich über die Steine zu meinem Fels mühte. Mit einem leisen, unbewussten Ächzen ließ er sich neben mir nieder, streckte sich, das Gewicht auf der gesunden Hüfte, aus, sah in den Himmel und deutete auf die selig tanzenden Vögel. »Wenn ich ihnen zusehe, höre ich Richard Strauss, das Vorspiel zum *Rosenkavalier*«, sagte er.

Meine Überraschung grenzte an Verstörtheit, ich schnappte nach Luft, Lazarus schien es nicht zu bemerken, er sah weiter in den Himmel und fuhr mit ruhiger Stimme fort: »Menschen, die hier leben oder gelebt haben, tragen das Spiel des Lichts über den Hebriden für immer in sich. Es erweckt Vorstellungen, Assoziationen. Das Deutsche in mir lässt mich bei Bildern wie diesen an Richard Strauss denken, vielleicht, weil er zu meinen Lieblingskomponisten zählt. Brian, dieses lupenreine Geschöpf der Hebriden, denkt wahrscheinlich an Zauberer und Feen.«

Später, viel später wurde mir klar, dass Lazarus eine Gelegenheit gesucht hatte, mit mir über Brian zu sprechen und diesen Augenblick nützte, ohne mich seine Absicht merken zu lassen. Ein ungemein geschickter Manipulant. Prompt schnappte ich nach dem ausgelegten Köder. »Was meinen Sie mit lupenrein«, fragte ich neugierig.

»Nun, seine Ahnenreihe lässt sich durch mehrere Jahrhunderte auf den Western Isles zurückverfolgen.« Er sah mich erwartungsvoll an. Als ich nichts sagte, fuhr er fort. »Ich persönlich vertrete die Ansicht, dass seine Vorfahren mit den Wikingern nach Lewis und Harris gekommen sind.«

»Mit den Wikingern? Sie scherzen. Das hieße ja vor mehr als tausend Jahren.«

Lazarus grinste. »Ziemlich korrekt, vor etwa dreizehn Jahrhunderten. Brians Großvater Ian, ein unglaublich eigensinniger alter Mann, den ich nie etwas anderes als Gälisch sprechen hörte, ist überzeugt, dass die ersten MacKays bereits mit den Kelten auf die äußeren Hebriden migriert sind.« Wieder schien er auf eine Bemerkung von mir zu warten, aber ich machte es ihm nicht leicht, ich schwieg. Er richtete sich auf und sah übers Meer. »Aber ich halte an der Wikingertheorie fest. Wer Brian jemals auf dem Wasser erlebte, wer sah, wie er ein Boot durch den Minch steuert…«

»Was ist der Minch?«, unterbrach ich ihn und nachdem ich erfahren hatte, dass es sich um den unberechenbaren Meeresarm zwischen äußeren und inneren Hebriden handelt, gab ich auf. »Ich habe Brian niemals ein Boot steuern sehen. Ich weiß überhaupt nicht sehr viel von ihm«, gestand ich, »außer, dass er ein Häuschen auf Skye besitzt, dass sein Großvater auf Raasay lebt und dass seine Eltern tot sind, weiß ich im Grunde nichts über Brian. Seine Unfähigkeit sich mitzuteilen, ist manchmal zum Verzweifeln.«

Lazarus nickte. »Kann ich mir gut vorstellen. Für Mann-Frau-Beziehungen scheint es wichtig, über den anderen Bescheid zu wissen. Zu wissen, was ihn prägte. Wie er zu dem wurde, der er zum Zeitpunkt der Begegnung ist. In einer Männerfreundschaft zählt das weniger.« Er legte die Arme um die Knie und sah aufs Meer hinaus, der Wind fuhr durch sein Haar, jetzt erst fiel mir auf, dass es gelockt war. »Was Brians Innenleben angeht, bin auch ich weitgehend auf Vermutungen angewiesen. Was mir über seinen Lebenslauf bekannt ist, teile ich Ihnen gerne mit.« – Er wartete auf eine Antwort. Als ich nichts sagte, lachte er ein wenig. »Ich weiß, dass Sie eine Abneigung gegen mich hegen, Laura. Ich weiß auch, dass Sie neugierig sind wie eine Bergziege. Wenn Sie etwas von mir wissen wollen, müssen Sie Ihre Antipathie überwinden und mich danach fragen.«

Fremder, der er war, schien mich der schwarze Teufel dennoch bestens zu kennen. »Wie sind Sie Brian begegnet«, platzte ich heraus. Zu Heckhausens Ehrenrettung sei gesagt, dass er, falls er triumphierte, es mich nicht merken ließ. Er belohnte mich, indem er alle Register der Erzählkunst zog. Ich saß auf meinem glatten Stein, sah aufs Meer und glaubte mich im Kino.

»Ich habe von meiner Mutter Land auf Skye geerbt. Ich liebe diese Landschaft wie keine andere.« Damit begann er. »Das schottische Hochland und seine Inseln sind ein schlechter Boden für Schwache. Ein Land, das Ansprüche an dich stellt, das deine ganze Kraft fordert. Hier habe ich immer mehr gewagt, als im Land meines Vaters.« Die Pausen, die Lazarus einlegte, waren kurz und rhetorisch perfekt, nicht ums Verrecken hätte ich sie unterbrochen. »Heute gehe ich mit meiner Behinderung besonnen um. In meiner Jugend war das anders. Mein Vater pflegte zu sagen: ›Kaum bist du in Schottland, reitet dich der Teufel.‹ Er hatte nicht ganz Unrecht, hier tat ich die verrücktesten Dinge. Allein unternahm ich mehrtägige Wanderungen durch unbewohnte Glens, ich bestieg den Ben Nevis, Schottlands höchsten Berg im Winter, ich versuchte mich als Motocrossfahrer und schließlich verfiel ich einer Leidenschaft, von der schon meine Mutter besessen gewesen war, und die sie schließlich das Leben gekostet hatte: dem Hochseesegeln.«

Es kostete mich einige Überwindung, nicht nach dem Unglück zu fragen, dem Mephistos Mutter offenbar zum Opfer gefallen war. Ich fragte nicht, weil ich fühlte, dass er nicht unterbrochen werden wollte. »Ich besaß ein wunderbares, schnelles Boot«, fuhr er fort. »Ich segelte mehr aus Lust am Risiko als aus sportlichem Ehrgeiz. Und immer alleine. Vor fünfzehn Jahren geriet ich vor Raasay in einen Sturm. Ich sah mein Boot an einem der vielen Kliffs zerschellen. Wie ich selbst auf dieses winzige felsige Inselchen gelangt war, auf dem ich mich halten konnte, weiß ich bis heute nicht.« Er schüttelte den Kopf, er schien die Szene vor seinen Augen zu haben. »Und dann sah ich den rothaarigen Jungen. Er stand in seinem Fischerboot. Stand! Aufrecht, als führe er über spiegelglatte See. Als gäbe es weder meterhohe Brecher noch rasende Sturmböen. Er tauchte auf, verschwand, tauchte wieder auf, und wenn er auftauchte, sah er aus wie ein Wesen aus der Feenwelt oder ein junger Gott, der über die Wellen reitet. Der Anblick war so faszinierend, dass ich trotz meiner eher verzweifelten Lage um ein Haar vergaß, um Hilfe zu rufen.«

Brian, ja, das war Brian. Mein Brian, mein wunderbarer, unvergleichlich schöner Liebhaber… Plötzlich war mir Mephisto sympathisch, ich fühlte mich ihm fast verbunden, weil er Brian so beschrieben hatte, wie ich selbst ihn empfand. Offenbar hatte ich Heckhausen zugelächelt, denn sein Lächeln war wie eine Erwiderung.

»Es hätte meines Hilferufes nicht bedurft«, fuhr er fort. »Der Junge hatte die Augen eines Seeadlers. Er hatte mich bereits entdeckt und hievte mich bravourös in sein Boot. Ich war unterkühlt und erschöpft und hatte wohl das Bewusstsein verloren oder durch den Schock eine Gedächtnislücke erlitten. Als ich wieder zu mir kam, befand ich mich im Haus des alten Fischers Ian MacKay.«

Was Mephisto mir an diesem Morgen auf dem Stein von Eigg erzählte, habe ich ein paar Wochen später in ein kariertes Schulheft niedergeschrieben. Das Heft gibt es noch heute. Weil es mit *Life of Brian* beschriftet ist, musste ich es mehrmals vor dem Zugriff meiner Tochter, einem Filmfreak und Monty-Python-Fan retten.

Das Kind Brian kannte eine einzige Bezugsperson: Großvater Ian MacKay, einen strengen bärtigen Mann, der schon alt gewesen war, als er den Vierjährigen in seine Obhut nahm. Und die Insel Raasay ist, im landläufigen Sinn, kein Paradies für Kinder. Kahle Hügel, schroffe, felsige Küsten. Spärliche, überalterte Bevölkerung, die dem ungemütlichen religiösen Bekenntnis der *Free Presbyterian Church* anhängt: striktes Verbot von Arbeit und Spiel am Sabbat, dem Tag des Herrn, Geschäfte, Lokale und andere öffentliche Einrichtungen bleiben geschlossen, der öffentliche Verkehr ist eingestellt, jede Art von Spiel hat zu unterbleiben, selbst die Schaukeln auf Kinderspielplätzen werden festgezurrt.

Als Anhänger der *Free Presbyterian Church* war Ian bemüht, die geringste hedonistische Anwandlung des Kindes Brian im Keim zu ersticken. Andererseits fütterte er den Enkel mit alten keltischen Märchen. Königinnen und Prinzen, Schäfer und Fischer, vielköpfige Ungeheuer, Riesen, Zauberer und Feen bevölkerten Brians menschenarme Welt. Der alte Mann lehrte den Knaben das Handwerk des Fischers und den respektvollen Umgang mit der Natur, woraus sich, wie Ian behauptete, die Entdeckung ihrer Gesetze und ihrer Schönheit von selbst ergeben würde. Eines freilich hämmerte Ian dem jungen Brian ein: Den Aufstand der Jakobiten, Culloden, die Vertreibung der Schotten von ihrem Land, die Zerschlagung der Clans, die systematische Zerstörung einer Welt und ihrer Kultur, kurz das schottische Drama als sein eigenes in sich zu tragen.

Ian MacKays Ururgroßvater war Mitte des 18. Jahrhunderts im Zusammenhang mit dem Jakobitenaufstand von der Insel Lewis nach Raasay gekommen. In seiner armseligen Hütte hat – laut familiengeschichtlicher Überlieferung der MacKays – der flüchtige Stuart *Bonnie Prince Charles* eine Nacht verbracht. Im Gegensatz zu den meisten Bewohnern von Raasay gelang es MacKay, der sich als Fischer betätigte, der nach der Niederlage der Jakobiten einsetzenden Vertreibung der Schotten zu entgehen. Er und seine Nachkommen schlugen auf dem öden Eiland Raasay Wurzeln. Ihre Frauen holten sie sich freilich aus Lewis oder Harris.

Ian und seine Frau Iseabail hatten drei Söhne. Der älteste starb an Blinddarmdurchbruch, weil auf Raasay kein Arzt war. Den zweiten nahm die See. Den dritten, Brians Vater holte, so Ian, die »rote Hexe«. Der Junge war auf Brautschau gefahren und auf Harris fündig geworden. Die junge Mrs. MacKay war auffallend rothaarig, auffallend hübsch und bemerkenswert lebenshungrig. Raasay wurde ihren Ansprüchen an das Dasein in keiner Weise gerecht. Brian war kaum geboren, als sie ihren

Mann zu quälen begann, er möge mit ihr von der Insel fortgehen. Er versuchte sein Glück zunächst allein in London. Nach einem Jahr kehrte er enttäuscht zurück. Seine Frau gab nicht auf, sie würden den kleinen Brian nehmen und zu dritt auf und davon gehen, nach Kanada vielleicht oder nach Mexiko… Ian, inzwischen verwitwet, als Haupt der Familie jedoch nach wie vor unumstritten, legte sich quer: Nicht mit dem Kind. Erst sollten sie Arbeit finden und ein Heim schaffen, dann das Kind holen. Um Brian würde er, Ian, sich so lange kümmern. Das junge Paar zog fort, Brian blieb, er sah seine Eltern nie wieder. Als er vier Jahre alt war, kamen beide bei einem Flugzeugabsturz über der Karibik ums Leben. Und Brian lebte im kargen, grauen, steinernen Haus des Großvaters fort.

Ein Haus, das nur die notwendigsten Möbeln enthält. Nichts Hübsches, nichts Hässliches, nichts Dekoratives, nur Funktionelles. In seiner Schmucklosigkeit liege etwas Edles, meinte Lazarus, und diese edle Schmucklosigkeit finde in Brians Wesen eine Entsprechung.

»Ich denke, ich weiß, was Sie meinen.« Ich fühlte mich Mephisto plötzlich nah. Die eigenartige Parallele mit dem *Rosenkavalier* fiel mir wieder ein. Um ein Haar hätte ich sie ausgeplappert, um es nicht zu tun, sprach ich rasch über Brian weiter: »Er hat so gar keine Manierismen, keinen Überbau – ich frage mich manchmal, ob ihn das nicht irgendwie schutzlos macht, ihn Menschen, die ihm nicht gut gesinnt sind, ausliefert.«

Lazarus wiegte den Kopf. »Ich glaube nicht«, sagte er. »Wenn Brian mit einer Situation nicht zurechtkommt, entzieht er sich ihr. Er stellt sich nie zwischenmenschlichen Konflikten. Er entweicht wie ein Luftgeist, bleibt physisch anwesend und ist doch nicht greifbar.« Er dachte eine Weile nach, ehe er fortfuhr: »Ich habe meine einschlägigen Erfahrungen mit Brian gemacht. Nachdem er mich aus dem Wasser gefischt hatte, blieb ich ein paar Tage lang im Haus der MacKays. Ich kam gut mit dem alten Ian zurecht, er schien mich zu mögen, wahrscheinlich weil ich Gälisch sprach, vielleicht auch weil meine Mutter aus einem Clan stammte, mit dem die MacKays nie verfeindet gewesen waren. Es gelang mir, Ian davon zu überzeugen, dass Brians Intelligenz nicht brachliegen dürfe. Der Junge hatte außer ein paar Jahren Grundschule keinerlei Ausbildung genossen. Ich bot ihm an, Brian zunächst auf Skye privat unterrichten zu lassen und später auf eine gute Schule zu schicken. Ian stimmte zu.«

»Und?«, drängte ich, weil Lazarus nicht weitersprach.

Er lächelte über meine Neugier. »Nun ja, es wurde ganz und gar nicht so, wie ich mir das vorgestellt hatte. Brian kam und ging, wie es ihm passte. Er fasst unglaublich schnell auf, er verarbeitet blendend, aber er ist ohne den geringsten Ehrgeiz. Manchmal verschwand er wochenlang aus dem Blickfeld der Lehrer, die ich für ihn aufgetrieben hatte.«

»Wohin?«, wollte ich wissen.

Lazarus zuckte die Achseln. »Ich weiß es nicht, seine Lehrer wussten es nicht, ich nehme an, er trieb sich auf irgendeiner der kleinen Inseln herum, fuhr mit seinem alten Kahn von Bucht zu Bucht – ich wüsste keinen, der die Hebriden mitsamt ihren Klippen und ihren Schlupflöchern besser kenn als Brian.«

Luftgeist hin, Intelligenz her, ein undankbarer Kerl ist er, dachte ich und merkte zunächst nicht, dass ich mich mit Lazarus solidarisierte. »Hat er sich denn nie bei Ihnen entschuldigt?«, fragte ich ärgerlich, als handle es sich um das schlechte Benehmen von Limettchen.

Lazarus gab zunächst keine Antwort. Er kippte aus der Hocke in Seitenlage, stützte sich mit einer Hand auf den flachen Stein und schnellte geschickt in den Stand. Freundlich sah er zu mir hinunter. »Laura, Sie wissen so gut wie ich, dass Brian beziehungsscheu ist und immer bleiben wird. Außer zu seinem Großvater und seinem Freund Basil und in gewissem Sinne zu mir hat er keinerlei Bindung.«

In gewissem Sinn? Oho. Mephisto sah in mein Gesicht und lachte laut auf. »Laura, Laura. Ich weiß, dass Sie sich jetzt fragen, ob Brian und ich am Ende ein verkapptes Paar sind.« Ich wurde rot und ärgerte mich und versuchte ungeschickt, in den Stand zu gelangen. Mephistos dargebotene Hand nahm ich nicht.

»Wie kommen Sie auf diesen Unsinn?«, sagte ich böse und mochte ihn schon wieder nicht mehr.

Er trat von einem Bein aufs andere, wahrscheinlich schmerzte ihn seine Hüfte. »Weil ich in Ihrem Gesicht überraschend leicht lese.« Er sah mich an, sorgfältig wollte mir scheinen, als müsse er meine Züge studieren. »Nein, Laura«, fuhr er endlich fort, »ich bin nicht schwul. Erotisch habe ich mit Männern nicht das Geringste im Sinn. Allerdings gebe ich zu, dass Brian in einem Mann sehr wohl Sehnsüchte weckt: Man wäre gern wie er. Man fragt sich, ob einem nicht ungemein viel entgeht, weil man nicht so ist wie er. Frei, jung, ohne den geringsten körperlichen Makel, voll Kraft, unbesiegbar, eins mit der Natur…« Wieder streckte er mir seine Hand entgegen. »Kommen Sie, wollen wir gehen?«

Ich trat auf der Stelle. »Warten Sie noch einen Augenblick, ich muss Sie etwas fragen.« Und ehe ich es mir anders überlegen konnte, wurde ich es los: »Was wissen Sie über Brian und seine Beziehung zu Frauen?«

Er lachte nicht, er spöttelte nicht. »Wir haben nie über Frauen gesprochen«, sagte er ernst. »Ich denke, dass es nicht sehr viele Frauen in seinem Leben gegeben hat. Möglicherweise sind Sie die erste. Falls es so ist, glaube ich zu wissen, warum er sich mit Ihnen vereinigen wollte. Brian lebt mit inneren Bildern. Sie entsprechen einem dieser inneren Bilder.«

# 18

In der Nacht lag ich lange wach. Brian war in mein Zimmer gekommen, ohne vorher mein Einverständnis gesucht zu haben. Ich schickte ihn nicht weg. Ich ließ mich von ihm lieben. Während er mich liebte, sah ich in sein Gesicht, sah sein Haar, das bald wieder Schulterlänge haben würde, rhythmisch schwingen und fragte mich, ob es Muskeln oder Sehnen waren, die an seinem Hals, den Schultern, den Oberarmen spielten, während er sich gleichmäßig über mir bewegte. Ich dachte zu viel. Kein Wunder, dass ich nicht kam.

Brian hatte sich von mir weggehoben. Niemals rollte er von meinem Körper herunter wie ein Sack, nachdem er fertig geworden war. Er blieb eine Weile hörbar atmend auf mir liegen. Sobald er wieder ruhig atmete, drückte er die Arme durch und hob sich von mir weg, langsam, geschmeidig, zunächst der Oberkörper, dann der Unterkörper bis der ganze, vollkommen gebaute Mann über mir zu schweben schien. Wenn er schließlich gleichsam fließend neben mich glitt, empfand ich es jedes Mal als Verlust.

Wir lagen Seite an Seite im Dunkel. Ich nahm an, dass er eingeschlafen war. Mephistos Worte wollten mir nicht aus dem Sinn. »Möglicherweise sind Sie die Erste …«. Hatte der schöne, virile Brian MacKay vor mir tatsächlich noch nie eine Frau besessen? Ausgeschlossen! Dafür war er einfach zu gut im Bett, zu sicher … Obwohl … sein Liebesspiel war nicht, was ich als routiniert bezeichnet hätte. Ästhetisch ja, aber viel Phantasie entwickelte er dabei nicht. Er liebte kraftvoll und ausdauernd, aber ohne Varianten.

Mein Arm war eingeschlafen, ich versuchte mich in eine andere Lage zu wälzen, ohne Brian zu wecken. Er schlief nicht. Er berührte meinen Kopf, strich leicht über mein Gesicht und mein Haar, »Lorra«, sagte er leise, »Lorra, du bist nicht erlöst«.

»Das ist doch nicht so wichtig, Brian«, flüsterte ich, »das geht nicht immer.«

Er gab keine Antwort. Er tat, was er noch niemals getan hatte, er rollte auf die Seite und zog mich an sich, sodass mein Rücken sich an seine Brust schmiegte. Sein Kinn lag in meinem Haar, seinen Arm hatte er um mich gelegt, er wiegte mich sachte, wie man traurige Kinder wiegt. Sein Versuch, mir Zärtlichkeit zu geben, rührte mich so sehr, dass mir die Tränen kamen.

Und wieder war Brian fort, als ich gegen Morgen erwachte. Er hatte nicht nur mein Bett, er hatte die Insel verlassen. Mit ihm hatte sich Lazarus von Heckhausen verdünnisiert.

»Sie haben das erste Boot nach Arisaig genommen und wollen weiter nach Mallaig. Gestern Abend haben sie das bereits beschlossen. Hast du das nicht gewusst?«, sagte Mary, als ich nach den beiden fragte. Ich sah rot. »Und wann kommen sie wieder?«

Mary schüttelte den Kopf, sie wisse es nicht, wer wisse schon, was den beiden einfalle, wenn sie mitsammen unterwegs seien.

Saukerle! Meine Wut war beachtlich. Und wieder einmal richtete sie sich mehr gegen Mephisto als gegen Brian. Er zettelte an, er zog die Fäden. Er mochte hundertmal beteuern, dass Brian ausschließlich seinen eigenen Impulsen folgte, es war schlicht und einfach gelogen. Mephisto manipulierte Brian, wie er mich manipuliert hatte … Ich riss meinen Anorak vom Haken und stürmte ins Freie, ich brauchte frische Luft.

»Frühstück«, rief Mary mir vergebens nach.

Ich lief ziellos im Zickzack. Erst als ich zu schwitzen begann, merkte ich, dass die Sonne schien und der Himmel nahezu wolkenlos war. Ich fand mich auf der Hügelkuppe wieder, auf der Brian und ich uns zum ersten Mal geliebt hatten. Ich suchte unsere Mulde. Die Erde war noch nass vom Regen, zu unwirtlich, um sich niederzulassen. Am Zauntritt hockte ich schließlich, hielt das Gesicht in die Sonne, schloss die Augen. Das Heute fraß die guten Gedanken an das Gestern, am Ende dachte ich an morgen, zum ersten Mal seit … wie langer Zeit? Ich rechnete nach: Wahnsinn, vor knapp zwei Wochen erst war ich mit Brian von Kingussie abgereist. Es schien mir wie ein halbes Leben. Was war mit mir geschehen, dass ich jedes Zeitgefühl verloren hatte?

Planlosigkeit war meine Sache nie gewesen. Phasenweise, ja, aber im Grunde entsprach es nicht meinem Wesen, die Dinge einfach laufen zu lassen. Nicht so wie jetzt. »Laura, so geht es nicht weiter, eine Lösung wird nicht von ungefähr kommen, du musst die Dinge vorantreiben, eine Entscheidung treffen …«

Ich verließ den Hügel und ging die Wege entlang, die ich mit Brian gegangen war. Es geschah ohne Wehmut, als ich am frühen Nachmittag zu Mary in die Küche trat, war ich ruhig und hatte meinen Entschluss gefasst: Ich würde packen, Brians und Lazzis Rückkehr abwarten, um dann mit Anstand Adieu zu sagen, und abreisen.

Ohne Hast packte ich mein Zeug zusammen und wartete. Es wurde Abend, und sie waren nicht zurückgekehrt. Seltsamerweise machte es mir nichts aus.

»Fällt es dir schwer, von Eigg abzureisen?«, fragte Mary, als wir nach dem Nachtessen in der Küche beisammensaßen.

Ich überlegte. »Nein«, sagte ich wahrheitsgemäß und hoffte, Mary damit nicht zu kränken. »Ich muss zu meiner Tochter und zu meiner Arbeit zurück.«

Mary schwieg, sie wartete auf mehr.

»Es war wunderschön hier«, fuhr ich fort, »Eigg gehört zum Kostbarsten, zum Schönsten in meinem Leben. Aber wenn es in mir unversehrt schön bleiben soll, so schön wie es jetzt ist, muss ich abreisen.«

Mary nickte. Sie hatte begriffen, was ich damit sagen wollte.

Brian kehrte gegen Mittag des nächsten Tages zurück. Mit ihm kam Marys Mann, weil ein Wochenende bevorstand. »Wo hast du deinen schwarzen Freund Lazzi gelassen?«, fragte ich und wunderte mich über meine Enttäuschung, als ich hörte, dass Brian ihn in Mallaig verabschiedet hatte. Mephisto werde Schottland für längere Zeit verlassen, er müsse weit fort, Amerika, oder so… »Ich muss auch fort Brian, ich fahre morgen ab«, sagte ich leise. Es schien mir, als hätte er geschluckt. Ich könnte mich aber auch getäuscht haben, denn seine Stimme war gelassen, als er mit einem einzigen beiläufigen »Oh« auf meine Mitteilung reagierte.

Die Szenerie meines letzten Abends auf Eigg glich der meines ersten. Wieder saßen Brian und ich einander am kleinsten Tisch der Stube gegenüber, die Lampe reichte tief, ihr Lichtkegel ließ unsere Augen im Schatten. Brian trug sogar das sonnengelbe Hemd von damals, nur war es nicht mehr frisch, und er hatte einen Pullover übergezogen. Er aß langsamer als sonst, ich hatte den Eindruck, dass er es absichtlich tat, weil er wusste, dass ich nach dem Essen ein Gespräch über uns beginnen würde. Ich hatte meinen Teller längst beiseite geschoben und wartete. Das Warten auf den Beginn eines Gespräches mit Brian war ich inzwischen gewöhnt, es machte mir nichts mehr aus, ihm schweigend gegenüberzusitzen und den rechten Augenblick für einen Einstieg abzupassen.

Ich wusste, womit ich beginnen würde. Als er fertig gegessen hatte, stand ich auf, nahm unsere Teller und trug sie zu Mary in die Küche. Brian schien sich nicht bewegt zu haben, während ich draußen war. Seine Hände lagen locker auf der Tischplatte, er starrte geradeaus und schien mit seinen Gedanken weit weg von hier, von mir.

»Brian, was hast du gedacht, als du mit mir nach Arisaig gefahren bist?«, fragte ich, während ich mich setzte. Er sah mich an, als redete ich wirr. Ich wiederholte die Frage.

»Ich weiß nicht, was du hören willst, Lorra«, sagte er schließlich. Es klang müde.

»Ist das so schwer zu begreifen? Ich möchte wissen, warum du mich aufgefordert hast, mit dir zu kommen und warum du so schroff warst, nachdem wir aus Kingussie abgefahren waren. Zuerst hast du kein Wort gesprochen, dann, als ich dachte, du würdest mich endlich küssen oder mir wenigstens eine Liebeserklärung machen, hast du mir den stummen Schotten von Glenfinnan gezeigt und Geschichtsunterricht gegeben. Ich musste doch annehmen, dass du deine Aufforderung längst bereutest, dass du mich am liebsten losgeworden wärst... und dann noch der schwarze Freund Lazzi, der aus dem Nebel aufgetaucht ist wie der Teufel...« – Ich fürchtete, mich um Kopf und Kragen zu reden, und verstummte.

Brian hatte weggesehen, während ich sprach, aber er hatte mir zugehört. Nun rückte er mit seinem Stuhl in den Schatten und tat etwas für ihn völlig Untypisches: Er legte beide Hände vor sein Gesicht, als wollte er sich vor mir verstecken. Es dauerte eine Weile, ehe er sie senkte. Dann sprach er, ruhig wie immer, ein wenig stockend vielleicht: »Ich musste dich auffordern, Lorra. Ich musste, weil du es wolltest.«

Weil du es wolltest..., peinlich! Ich hakte seinem schroffen Benehmen nach. »Also schön, ich bin mitgekommen. Aber warum kein freundliches Wort, kein Lachen, kein Scherz, nur das schottische Drama...«

Offenbar nahm er mir das »schottische Drama« nicht übel, denn seine Antwort klang sachlich: »Glenfinnan ist mir wichtig, deshalb wollte ich es dir zeigen. Es gehört zu mir. Ich wollte es dir schenken. Und dass ich nicht scherzte, lag daran, dass ich Angst hatte.«

»Angst? Wovor hattest du Angst, Brian?«

Eigenartigerweise lächelte er, während er mir Antwort gab, fast so, als machte er sich über sich selbst lustig: »Ich wusste nicht, ob ich dir gewachsen sein würde. Ob ich dich am Ende enttäuschen würde.« Das Lächeln erlosch. »Ich wusste nicht, ob du wirklich wolltest, dass wir Mann und Frau werden. Ich hatte keine Erfahrung mit Frauen.«

»Du machst Witze«, unterbrach ich ihn. »Du warst so

sicher, es war alles so selbstverständlich ... Ich war ängstlich und unsicher und du hast mir meine Angst genommen ...«

Als er nichts darauf sagte, konnte ich mir die Frage nicht verkneifen. »Brian, war ich die erste Frau in deinem Leben?«

Er saß da und rührte sich nicht. Ich wartete. Er legte den Kopf zurück und rieb seinen Nacken, als schmerzte er. Ich wartete. Er stand auf, trat an das tief sitzende Fenster, vor dem Marys Blumenbeet lag und sah hinaus. Ich wartete. Als er zu sprechen begann, tat er es leise und sah noch immer aus dem Fenster. Ich muss mich vorneigen, um zu verstehen, was er sagte.

»Es gab das Mädchen.« – Ich wartete. »Ich war vierzehn und das Mädchen war fünfzehn, als es nach Raasay kam, um eine alte Verwandte zu besuchen ...«

Das Mädchen hatte rabenschwarzes Haar, das bis an ihre Hüften reichte. Es lockte und reizte den Jungen und wollte seine Welt aus den Angeln heben. Aber da war auch der Großvater, der jeden Abend mit lauter, drohender Stimme Bibelstellen las, die von den Sünden des Fleisches und den Strafen der Hölle handelten. Brian fühlte sich verzaubert und bedroht und willenlos und sah sich einem unbekannten Abgrund entgegentaumeln. Als er schließlich bereit war, Hand in Hand mit dem Mädchen zu springen, um das Unbekannte zu erfahren, wies es ihn zurück. Er sei ein grüner Junge, es gebe jetzt einen Mann in ihrem Leben. Kurze Zeit darauf reiste es ab. Wochenland trieb Brian sich auf dem Meer herum, kletterte wie getrieben über Klippen und auf Berge, verzweifelt auf der Suche nach dem verlorenen Gleichgewicht. Es sollte Jahre dauern, ehe er es wieder fand. Erst für mich habe er sein Gleichgewicht erneut aufs Spiel gesetzt. Und es seltsamerweise nicht verloren …

Ich war wie erschlagen, saß stumm auf meinem Stuhl. Brian stand da und sah immer noch in die hellgraue Nacht. »Danke«, sagte ich schließlich und sah an seinem Nacken, dass er verstanden hatte, weshalb ich ihm dankte. »Und warum ich, Brian?«, fragte ich leise, »es gibt so viel schönere, junge Frauen«, setzte ich fort, »warum ausgerechnet ich?«

Da wandte er sich um. Aufrecht stand er vor dem Fenster, das zu klein war, um ihn zu rahmen. Er breitete seine Arme aus und hob ratlos die Schultern. »Aber Lorra«, sagte er, »ich habe es dir doch bereits gesagt: Du bist die Fee.«

Seite an Seite stiegen wir in den ersten Stock. Wir standen vor meiner Zimmertür und sahen einander wie Freunde an. Wir wussten, dass wir nicht mehr miteinander schlafen würden.

»Du wirst einer anderen Frau begegnen«, sagte ich.

Er sah mich ernst an, dann lächelte er schwach und mein Herz tat weh. »Und auf dich wartet ein anderer Mann.«

»Na, da bin ich nicht so sicher«, antwortete ich und versuchte dabei möglichst locker zu klingen. Dann öffnete ich die Tür zu meinem Zimmer.

Ehe ich eintrat, wandte ich mich noch einmal um. Mit hängenden Armen stand Brian im Gang und sah mich an.

»Es ist komisch«, sagte ich, ohne nachzudenken. »Ich liebe dich. Aber ich will dich nicht halten.«

Der Abschied am nächsten Morgen ging ohne Sentimentalitäten vonstatten. Das letzte Frühstück nahmen

Brian und ich mit Mary und ihrem Mann in der Küche ein. Wir sprachen über Tourismus und seine Chancen auf Eigg. Ein Thema, das Brian erregte, ihn geradezu redselig machte. Touristen! Unermüdlich auf der Suche nach dem Garten Gottes, um ihn wie ein Heuschreckenschwarm kahl zu fressen, bis auch der allerletzte Winkel zerstört sein würde. Es gebe immer mehr Menschen und immer weniger Platz für die Natur. Er, Brian, würde nicht jammern, wenn es der Vorsehung gefallen sollte, die Weltbevölkerung mittels einer Epidemie oder mithilfe eines Supergaus zu dritteln – kein Humanist, mein Brian MacKay.

Wir kamen auf das Wetter zu sprechen und dass der Regen heute Morgen auffallend warm sei; und dann standen wir auf dem Hof. Brian lud meinen Koffer auf Marys Kastenwagen. Mary und ich umarmten einander voller Wärme.

»Ich weiß, dass du wiederkommen wirst«, sagte sie leise an meinem Ohr. »Du bist in Ordnung, *take care, bless you.*«

Auf dem kurzen Weg nach Galmisdale sprachen Brian und ich nicht. Er fuhr langsam, wich jedem Schlagloch sorgfältig aus, schien völlig auf den Weg konzentriert. War er traurig, weil ich abfuhr? Er machte nicht den Eindruck. Die rote Telefonzelle und die Mole waren bereits in Sicht, als er eher beiläufig sagte: »Schade, dass du mein Häuschen auf Skye nicht gesehen hast, ich hätte es dir gerne gezeigt. Ein andermal vielleicht.«

Mein Magen begann sich zu verkrampfen, immerhin stand der Abschied unmittelbar bevor. »Dein Häuschen, ja.« Nun begann ich zu schnattern, um locker zu wirken: »Woher hast du es eigentlich … ich meine, hast du es gekauft, oder ist es Familienbesitz?«

»Lazzi hat es mir geschenkt«, sagte er trocken. Mein Gott, Lazzi – schade, dass er meinen souveränen Abschied von Brian nicht miterlebte.

»Grüß ihn von mir, wenn er aus Amerika zurückkommt«, bat ich. »Sag ihm, dass ich ihn als Mephisto in Erinnerung behalten werde.«

Mein Koffer war auf dem Boot. Auf den Bänken saßen drei Passagiere mit eingezogenen Schultern im Regen. Brian und ich standen einander auf der Mole gegenüber. Hinter mir lag die schmale Schiffsplanke. Ich glaubte mich ruhig und gefasst.

»Bitte Brian geh jetzt«, sagte ich freundlich. »Ich hasse Abschiede.«

Er nickte. Er suchte meine Augen und hielt sie mit den seinen fest. Er berührte mich nicht. Er drehte sich weg und ging und sah nicht zu mir zurück.

Das Boot tuckerte in den Sund hinaus. Ich hatte mich nicht hingesetzt. Ich stand an den Verschlag des Steuermannes gelehnt und starrte krampfhaft auf die Küste, an der ich hinter ziehendem Nebel und tief fliegenden Wolkenfetzen Arisaig vermutete. Stand da, wie von einer Lähmung befallen, bis ich plötzlich fühlte, dass ich etwas Wesentliches versäumen würde, wenn ich Eigg nicht noch einmal sähe. Aus Furcht, zu spät zu kommen, rannte ich ans Heck. Da lag sie vor mir, meine Insel. So sehr meine. Meine Augen folgten ihren Konturen, hefteten sich an ihnen fest, bis sie tränten. Hingen an unserer Bucht. Lazzis Hütte. Meiner Klippe.

Auf der Klippe stand Brian MacKay. Er sah dem Boot nach. Er sah mich wohl. Aber er winkte nicht. Er stand so reglos am Ufer wie der Schotte von Glenfinnan.

Da erst begann ich zu weinen. Erst leise, dann immer

heftiger, immer lauter, bis ich haltlos heulte. Die drei Passagiere blickten zunächst neugierig in meine Richtung, dann sahen sie diskret weg. Ich war auf eine Bank gesunken und schluchzte und bemühte mich erst gar nicht um Fassung, weil ich fühlte, dass es vergebens sein würde. Es war so viel, worum ich weinen musste. Um Brian. Um die Begrenztheit von Glück. Um die Flüchtigkeit von Eros. Um die Unwiederbringlichkeit der Jugend …

In meiner Hingegebenheit an das eigene Weh hatte ich die Rufe des Steuermanns überhört. Jetzt erst nahm ich die aufgeregten Stimmen der Passagiere wahr. Sie gestikulierten und sahen aufs Meer hinaus. Einer von ihnen wandte sich zu mir und winkte mich an die Reling.

Ich schluckte und wischte mir die Tränen aus dem Gesicht, ehe ich zu ihnen trat. Die Sonne war durchgebrochen. Der Himmel schimmerte blau-grün, und das Wasser hatte seine Farbe angenommen. Und dann sah auch ich sie: Delfine. Ein riesiger Schwarm. Schwerelos stiegen die glänzenden Körper aus den Wellen und zogen ihre graziösen Bögen durch die Luft, ehe sie ins Wasser zurückglitten.

»Delfine bedeuten Glück«, sagte der Passagier neben mir. Sie waren jetzt dicht am Bug des Schiffes, als wollten sie ein Wettrennen mit dem knarrenden Rumpf veranstalten. Sie spielten und sprangen, und ich konnte ihre Köpfe deutlich sehen. Sie hatten kluge, kecke Gesichter. Und sie lachten.

# 19

Die Hitze warf mich um. Wien und sein pannonisches Klima – ich hatte fast vergessen, wie heiß die Stadt im Sommer sein konnte. Ich hatte überhaupt vergessen, dass Sommer war, denn Eigg lag außerhalb der Jahreszeiten.

Ich hatte meine Rückkehr nicht angekündigt. Am Flughafen nahm ich ein Taxi und fuhr zum Singlesilo. Die Innenstadt war menschenleer, selbst in den kleinen alten Gassen stand bleierne Hitze. Die Luft im Spucknapf war zum Schneiden. Auf dem Küchentisch stand ein leer geschleckter Eisbecher, daneben lag auf einem unordentlichen Haufen meine während der letzten Wochen eingegangene Post. Der Boden um meinen Schreibtisch war von Faxnachrichten übersät, mein Anrufbeantworter war weder abgehört noch neu eingestellt worden und die Blumen auf meinem Balkon waren aus Mangel an Wasser verreckt: Limettchen …

Ich rief sie an, kam aber nicht dazu, mich zu beschweren, weil sie damit begann, mir Vorwürfe zu machen. Und meine Tochter besaß den längeren Atem.

»Muttterrr! Du hast vielleicht Nerven! Kein Wort von dir, seit Tagen!!! Was hast du dir dabei gedacht? Ich und Gisi waren hin und weg vor lauter Sorge um dich! Du hättest tot sein können, und wir hätten nicht einmal gewusst, wo wir deine Leiche abholen sollen. René hat mir sogar geraten, Interpol einzuschalten.«

Wer war René?

Wir verabredeten uns für den frühen Abend beim Wirt um die Ecke. Ich stellte den Ventilator an, sah die Faxnachrichten durch und freute mich vor allem über drei, die von meinem Agenten stammten. Eins: Schottlandtext ausgezeichnet, erscheint im Oktober, *auguri*! Zwei: neue Aufträge sind eingegangen, erbitte Ihren Anruf! Drei: Frau Wunder, Sie scheinen verschollen. Bitte dringend melden!

Ich saß im Schanigarten und wartete auf Limettchen. Sie erschien niemals pünktlich. Sie kam auch nicht rasend viel zu spät, aber doch immer so viel, dass ich auf sie und niemals sie auf mich warten musste.

Ich sah sie schon von weitem, ich erkannte sie an ihrem schönen Gang. Sie war braun gebrannt und schmal und sah bemerkenswert gut aus, meine Tochter. Gegen ihre Gewohnheit trug sie keine Hosen, sondern einen schwingenden bunten Rock.

»Du siehst toll aus, sehr feminin – wer ist René?«, empfing ich sie, noch ehe sie anfangen konnte, mich niederzumachen. Ein kluger Schachzug, augenblicklich begann sie zu lächeln.

»Wer schon, der neue Mann in meinem Leben«, sagte sie und zeigte ihr Prachtgebiss.

»Wie alt?«

»Dreiunddreißig.«

Das gab mir einen Stich. »Was macht er?«

»Er ist Rechtsanwalt.«

Vor meinem inneren Auge tauchte mein verflossener Jurisprudenzler auf, mein Gott, Limchen … Ich ließ mir von René erzählen. Es gab da allerhand, nur das Beste, versteht sich, gemessen am hergebrachten Standard meiner Tochter freilich ziemlich bürgerlich.

»Und du«, sagte sie schließlich, wie war's bei dir? Du siehst übrigens auch toll aus, wie neu, sag schon, wer oder was ist dir begegnet?«

Ich sprach nicht über Brian. Ich erzählte von Kingussie und Basil, von den Schweizern und Yvonne und Germaine, ich beschrieb die Villa Birdwatch und unsere Morgenpirsch und Limettchen lachte Tränen. Ich sprach vom Spey und den Glens und den Lochs und sogar von Eigg. Und wie eine Schülerin, die ihr Pensum auswendig gelernt hat, zählte ich die Vögel auf, die ich in meinem Text erwähnt hatte.

»Da war doch dieser *wildlife guide,* der euch begleitet hat, dieser Vogelexperte«, begann Limettchen schließlich hinterlistig. Ich tat, als hätte ich das nicht gehört, aber sie ließ nicht locker. »Gib's zu, mit dem ist doch was gelaufen? Komm, sei nicht fad, erzähl schon, ich sag dir auch alles.« Als ich keine Antwort gab, bohrte sie gewollt schelmisch weiter: »Du bist unfair, wenn du mich blöd sterben lässt. Komm schon Einzige, wie war er, der schottische Vögler?«

In mir machte es einen Knacks. Meine Tochter war mir einen Augenblick lang zutiefst unlieb. »Lisa Meta, sag so etwas nie wieder«, fuhr ich sie an. Darauf trennten wir uns und hörten drei Wochen lang nichts mehr voneinander.

Meine Ahnung, dass es mit Gisi ähnlich laufen könnte, trog. Ich rief sie am Morgen nach meiner Rückkehr an, entschlossen, mich von ihr weder kreuzverhören noch maßregeln zu lassen. So gewappnet, sprach ich ein präventiv kühles »Hallo, Gisi«, in den Hörer, worauf sie ihrerseits juchzte.

»Laura! Gott sei Dank, dass du da bist. Ich bin fix und

fertig, ich habe vorgestern meinen Prüfungstermin erfahren, fünf Wochen noch, ich glaube, ich drehe durch, ich brauche dich dringend zum Handhalten.«

Am Abend holte ich sie von der Buchhandlung ab. Sie stand im düsteren Büro der Majerin am Computer, nachdenklich gerunzelte Stirn, Halbbrille auf dem Nasenrücken, Wuschelkopf gesenkt und völlig grau. Seit wann war sie so grau? Wie hatte ich das Altern meines *Alter Ego* übersehen können? Sie sah auf, lachte mich an und die Jahre fielen ab, sie war das Mädel aus meiner Jugend, sie war meine eigene unzerstörbare Jugend.

Wir fuhren aus der drückend heißen Stadt ins Grüne. Ein altmodischer Gasthausgarten unter Linden, der Boden noch mit Kies bedeckt. Gisi sprach hauptsächlich über ihre bevorstehende Gesellenprüfung. Und über Viktor, der seine Ferienreise in die Bretagne abgesagt hatte, um mit ihr den Stoff zu pauken. Auf Viktor, das müsse man zugeben, sei einfach Verlass ... Irgendwann unterbrach sie ihren Redeschwall und zog ein Gesicht. »Verzeih mir, Laura, ich bin ein egozentrisches Schwein, immer nur ich, frage mit keinem Wort nach Schottland! *Life with Brian* – wie war es? Willst du darüber reden?«

Während Gisi über ihre eigenen Angelegenheiten dahingeschwätzt hatte, war ich fast ärgerlich gewesen, dass sie nach den meinen nicht fragte. Unerwartet hatte ich das dringende Bedürfnis empfunden, über Brian zu sprechen. Ich wollte ihn beschreiben, wollte seine Schönheit, seine Kühnheit, seine Einmaligkeit schildern. Ich wollte von dem Glück erzählen, das ich mit ihm erlebt hatte. Aber dann, als Gisi endlich fragte, fiel die Tür in mir wieder zu. »Nein, Gisi, sei nicht böse, ich will nicht darüber reden«, sagte ich und sie nickte. Sie hatte verstanden.

Dann folgte ein Alphawellengespräch mit meinem Agenten. Ich hätte in Schottland gute Arbeit geleistet, ich möge bitte nach München kommen, um mit ihm zusammen ein paar Redaktionen zu besuchen, man wolle mich kennen lernen. Zwei neue Aufträge für mich habe er praktisch in der Tasche. Ich fuhr nach München, wir klapperten die Termine ab. Die Redaktionen der Hochglanzmagazine, die ich zu Gesicht bekam, ließen an Hollywood denken, die beiden Aufträge, von denen er gesprochen hatte, wurden festgemacht. Im September eine Reise durch Deutschland zwecks Reportage über Eliteschulen. Ende Oktober eine Fahrt an adriatische Badestrände – wie sehen sie aus, Europas Ferienparadiese, wenn der Heuschreckenschwarm dahin ist und der Winter naht …

Nach München folgten stille, heiße, einsame Tage. Ich sank in mich zurück. War etwas in mir zu ordnen? Seltsamerweise nicht. Je mehr ich darüber nachdachte, desto sicherer war ich, den richtigen Zeitpunkt für meine Abreise gewählt zu haben. War ich traurig? Seltsamerweise nicht. Zuweilen war ich ärgerlich, wenn es mir nicht gelang, Brians Gesicht herbeizuholen. Mit seinem Körper gelang das immer, mit dem Gesicht nicht, selbst wenn ich von Brian träumte, blieb sein Bild vage.

Trotz der anhaltenden Hitze wanderte ich oft lange durch die leere Stadt. Ferienzeit. Weniger Autos, weniger Kinder, weniger Alte, weniger Hunde. Heißer Wind fegte um die Ecken, nur in Kirchen und den dämmrigen Hausgängen alter Barockhäuser war es kühl. Die Nächte im Singlesilo waren schwer erträglich. Man könne ebenso gut in den Bleikammern von Venedig logieren, meinte mein Nachbar, ein aufsteigender Stern am Himmel der

Banker. Ich lag nackt auf nie mehr kühlenden Laken und wartete auf einen Windhauch, der nicht kam und wünschte mir einen Mann, nicht unbedingt Brian, bloß einen Mann, um zu lieben.

Ehe die große Hitze vorüber war, fuhr ich aufs Land, um den auf Sommerfrische befindlichen Fridolin zu besuchen: Eine zu einem Sanatorium umfunktionierte Villa aus der Zeit um die Jahrhundertwende. Ein Park mit hohen alten Bäumen, in deren Schatten erwartungslose alte Leute saßen. Fridolin war klapprig geworden, aber von ihrem Beurteilungsvermögen hatte sie nichts eingebüßt. Sie erzählte, Lisa sei letzte Woche bei ihr vorbeigekommen (Fridolin hatte Limettchen von jeher Lisa genannt), in Begleitung eines jungen Mannes sei sie erschienen. »Ein ernster, ehrgeiziger, grundsolider Mensch mit Zukunft. Lisa scheint mir durch ihn verändert zu sein. Nicht mehr so burschikos. Weniger keck. Ich denke, aus den beiden könnte etwas werden.« Sie betrachtete mich eingehend. »Du wirst deiner Mutter immer ähnlicher. Du bist schöner geworden. Man sieht dir dein Alter nicht an.« Sie nickte quasi als Bestätigung ihres eigenen Urteils, dann begann sie zu kichern. »Am Ende wirst du bald Großmutter. – Schau nicht so erschrocken drein, es tut sicher nicht weh. Und für eine Großmutter siehst du verboten gut aus.« – Du lieber Gott, Großmutter! Das darf doch nicht wahr sein. – Freilich, auszuschließen ist es nicht …

Als Limettchen sich wieder meldete, tat sie, als hätten wir uns erst gestern in bestem Einvernehmen getrennt. Mir war das recht. Im Gegensatz zu den Jungen bin ich nicht für Konfliktaufarbeitung um jeden Preis, weil ich die Erfahrung gemacht habe, dass im Zuge der Aufarbeitung des einen oft andere Konflikte entstehen. René würde sich gerne vorstellen, ließ mich meine Tochter wissen. Ein leicht antiquiert klingender Wunsch, der mir den Mann unbesehen sympathisch machte.

René bat in ein gutbürgerliches Restaurant zum Abendessen. Er war lang und blond und drahtig. Er war zurückhaltend, klug und interessiert. Aber er war nicht, was man sprühend nennen würde. Erstaunlich, wie er mich an Limettchens Vater erinnerte. War er sportlich? Auch das, in der Tat. Beim Sport hätten sich Meta und er auch kennen gelernt. Er nannte sie also Meta. Auch recht. Mit einem eigenen französisch klingenden »René« habe es herkunftsmäßig nichts auf sich, beide Eltern seien österreichisch bis in die Knochen, aber seine Großmutter sei extrem frankophil gewesen.

Der Gesprächsstoff ging uns nicht aus, der Abend verlief locker. Ich beobachtete René und versuchte ihn mit Brian zu vergleichen, aber es klappte nicht, weil Brian so völlig außerhalb aller Kategorien, selbst der des Alters war.

Anfang September bereiste ich auftragsgemäß deutsche Eliteschulen. Es wäre gelogen, zu behaupten, das Thema fasziniere mich. Hübsche, glatte Kids, keine Aufrührer zu entdecken. Ein wenig herablassend im Umgang mit der Fremden aus der Medienszene.

»Was wollen Sie, die sind mit dem goldenen Löffel im Mund geboren«, sagte mir ein junger Lehrer in einer der luxuriöseren Anstalten hinter vorgehaltener Hand. »Hinter grünen Jalousien aufgewachsen«, würde der Fridolin kritisch angemerkt haben.

Die Abende verbrachte ich allein in fremden Städten oder Städtchen, meistens saß ich in Straßencafés, weil das Wetter trocken und mild war. Ich kannte niemanden, ich war nicht gezwungen, mich zu unterhalten, die Orte, in denen ich mich aufhielt, gingen mich nichts an. Diese Beziehungslosigkeit war mir angenehm. Ich beobachtete Passanten. Was ich in der Zeit vor Brian nie bewusst getan hätte, tat ich jetzt geradezu passioniert: Ich betrachtete jüngere Männer – ohne Begehrlichkeit, eher ästhetisch begründet und stellte immer wieder fest, dass keiner Brian das Wasser reichen konnte.

Gleich nach meiner Rückkehr ging Gisis Gesellenprüfung über die Bühne. Ihre Nervosität in den Tagen davor grenzte an Hysterie. Als ich darüber scherzte, fuhr sie mich an: »Du hast ja keine Ahnung, was das heißt, sich in unserem Alter einer Prüfung zu stellen!«

Selbstverständlich bestand sie. Ihr zu Ehren schmiss Viktor ein Fest. Er hielt eine Rede, in der er auch kurz auf Gisis bevorstehenden runden Geburtstag zu sprechen kam; er werde jedoch nicht näher darauf eingehen, weil Gisi in dieser Hinsicht unter Schwellenangst leide, stattdessen hoffe er, seine Frau mit folgendem Geschenk zu überraschen: Er habe sie in Louise Majers Buchhandlung als Teilhaberin eingekauft. Sensationell! Fanden wir alle. Gisi hing heulend vor Rührung an Viktors Hals. Viktor weinte erst angesichts der Freude seiner Frau und dann über seine eigene Güte. Die Tränen der ebenfalls anwesenden Louise Majerin schienen mir eher solche der Erleichterung zu sein, immerhin waren ihre alten Tage dank Viktor und Gisi nun abgesichert.

Fast zärtlich betrachtete sie die beiden in Umarmung begriffenen Urbanskis. »Wissen Sie, Laura, Branchenfremde können gar nicht ermessen, wie fabelhaft Gisi unser Metier beherrscht. Sie ist so innovativ, ständig fällt ihr etwas ein, ihre Ideen zur Auslagengestaltung sind hervorragend. Themenbezogen. Das lockt Kundschaft an. Einmal ist Film der Schwerpunkt, dann wieder Homosexuelle …«

»Du förderst neuerdings Schwulenliteratur?«, fragte ich Gisi, als wir uns ein paar Tage später in der Stadt auf einen Kaffee trafen.

»Ich fördere alles, was Menschen in meinen Laden lockt.« Sie grinste. »Wie das klingt, ha? Mein Laden! Außerdem sind ein paar meiner kultiviertesten und treuesten Kunden Schwule aus der Theaterszene.«

Sobald sie auf ihren Beruf zu sprechen kam, glitzerten ihre Augen wie in alten Tagen.

»Menschenskind Gisi, wir werden demnächst fünfzig«, versuchte ich sie vom Buchhandel wegzulocken.

Sie zog ein Gesicht. »Sprich nicht darüber, du hast ja noch zwei Monate Zeit. Lass dir ja nicht einfallen, mich an meinem Geburtstag anzurufen, ich werde so tun, als fände er nicht statt.«

»Aha«, sagte ich und wusste nicht, wieso mir plötzlich Ben einfiel. Es schien gänzlich zusammenhanglos, als ich sie fragte: »Hast du eigentlich je wieder etwas von Ben gehört?«

Ben. Es schien, als müsse sie nachdenken, wer Ben sei, ehe sie den Kopf schüttelte.

»Denkst du manchmal an ihn?«

Diesmal überlegte sie wirklich, weil sie Nagelhaut kaute. Schlussendlich wich sie mir aus. »Ich sag dir was, Laura. Manchmal kommt ein wunderbarer alter Mann zu mir in den Laden, er ist Religionswissenschaftler, von dem habe ich einen Satz gehört, den ich auf mein Leben anzuwenden versuche: Wer der Vergangenheit immerzu die Schleppe trägt, kommt niemals in der Gegenwart an.«

Klang ganz so, als hätte sie ihren »Sahib« überwunden. Oder etwa nicht? Sie saß da und starrte ein Loch in die Luft. Ihrem nächsten Satz glaubte ich zu entnehmen, dass sie ihr Erlebnis mit Ben in den hintersten Winkel ihres Bewusstseins verräumt hatte, um an die Kränkung nicht mehr erinnert zu werden: »Viktor will übrigens das Kitzbüheler Haus verkaufen. Ich habe es eh nie besonders gemocht«, sagte sie trotzig. Dann schloss sie die Augen und fuhr mit beiden Händen mehrmals kräftig durch ihr Haar, als könne sie auf diese Weise ihren Kopf von unwillkommenen Gedanken befreien. »Wir denken daran, zum Jahreswechsel gemeinsam eine Asienreise zu machen«, fuhr sie schließlich fort. »Irgendwann werden wir wohl wieder zusammenziehen. Unter anderen Vorzeichen. Weißt du, ich komme immer mehr drauf, dass es die Kameradschaft ist, die zählt. In unserem Alter ist Sex nebensächlich.«

Letzteres konnte ich, was mich anging, nicht unterstreichen. Ich lag sexuell brach, aber das bekam mir nicht. Nachdem Brian zunächst sanft entrückt war, drängte er sich plötzlich wieder in mein Bewusstsein. Es gab Nächte, in denen ich aus unerfüllter Sehnsucht nach ihm in meine Kissen biss. Ich begann darauf zu warten, dass er sich melden würde, was ich mir schenken konnte, denn Brian würde das klarerweise niemals tun. Ich musste das machen.

Eine Gelegenheit bot sich mit dem Erscheinen meines Schottlandtextes. Der Beitrag war mit tollen Naturaufnahmen von Spitzenfotografen aufgemacht, er konnte sich sehen lassen, außerdem kamen Brian und Basil nicht bloß darin vor, sondern ausgesprochen gut darin weg. Ich sandte zwei Exemplare des Magazins an Basil mit der

Bitte, eines an Brian weiterzuschicken, da mir seine Adresse nicht bekannt sei. Basil dankte umgehend und schrieb, er habe seit unserer Abreise aus Kingussie Brian weder gesehen noch etwas von ihm gehört und die Adresse sei auch ihm nicht bekannt. Ein paar Wochen später kam ein Nachsatz: Ein Freund von Brian, ein renommierter Ornithologe sei auf der Durchreise in Kingussie gewesen, ihm habe er, Basil, das Magazin für Brian mitgegeben. Mephisto! Hatte er meinen Text gelesen? Hatte ihm meine Art zu schreiben sein sarkastisches Grinsen entlockt? Ich würde es nie erfahren.

Meine Reise an die Adria war ebenso eindrucksvoll wie melancholisch. Der Fotograf, mit dem ich reiste, trug ebenfalls Trauer, weil seine langjährige Beziehung gerade in die Brüche gegangen war. Kein Wunder, dass ich eine Reportage lieferte, die vor Schwermut troff. Ich assoziierte den Herbst allzu sehr mit dem nahenden Alter, merkte die Chefredakteurin kritisch an. Die Leserinnen ihres Magazins seien »hippe« Karrierefrauen zwischen dreißig und fünfundvierzig, die positiv dächten, ich möge die Güte haben, in dieser Richtung ein paar kosmetische Korrekturen an dem Text anzubringen.

Ich hasste alle »hippen« Frauen unter fünfundvierzig, daran konnten auch zwei weitere lukrative Aufträge, die mein Agent für mich an Land zog, nichts ändern. Der Spätherbst war unfreundlich, der Winter kam früh und mein fünfzigster Geburtstag nahte unaufhaltsam. Ich wollte um keinen Preis eine Feier. Ich wäre gern allein aufs Land gefahren, um den Wind im Gesicht zu spüren, über mich und mein wachsendes Unbehagen nachzudenken und mich am Abend still zu besaufen.

»Das kannst du Limettchen nicht antun«, meinte Gisi,

mit der ich darüber sprach. »Sie bereitet eine Überraschung für dich vor.« Sie beugte sich vor, fixierte mich und raunte wie Humphry Bogart in *Casablanca*: »Sieh mir in die Augen, Kleines! Hast du Angst vor dem Alter?«

»Nicht vor dem Alter«, sagte ich nicht ganz ehrlich, »nur vor seiner Ereignislosigkeit.«

An Limettchens Überraschung waren Gisi und Viktor zu neunzig Prozent beteiligt. Sie hatten ein Heurigenlokal gemietet und querbeet eingeladen, was meinen Lebensweg in den letzten Jahren gekreuzt hatte und noch nicht unter der Erde lag. Sogar der Fridolin war gekommen. Man ließ mich zahllose Male hochleben, Viktor hielt eine seiner besseren Reden, und ich bekam einen Haufen unpraktischer Geschenke, die im Spucknapf keinen Platz finden würden. Ich betrank mich schließlich doch, was sich insofern als segensreich erwies, als ich die letzte Überraschung des Abends eher locker nahm: knapp nach Mitternacht näherten sich mir Limettchen und René, Hand in Hand, und teilten mir mit, dass sie im Lauf des kommenden Jahres heiraten wollten. Ich lächelte strahlend, was sonst hätte ich tun sollen? Ich weiß nicht, ob ich mich freute. Während Limettchen von den Möbeln aus der alten Wohnung sprach, die ich, »schlaue Einzige«, doch eingelagert hätte, fiel mir Fridolins Prophezeiung von meiner möglicherweise demnächst bevorstehenden Großmutterschaft ein. Vielleicht würde ich bald einen Kinderwagen durch ebenjenen Park schieben, in dessen Sandkasten Gisi und ich vorgestern und Limchen erst gestern Kuchen gebacken hatten. Vielleicht sollte ich auf Martins altes Fahrrad einen Kindersitz montieren lassen, um mit dem Zwerg in den Prater fahren zu können. Ein paar Jahre später würden wir in den Alleen Kastanien sammeln …

In nüchternem Zustand rissen mich Vorstellungen wie diese überhaupt nicht vom Sessel. Das alles hatte doch noch Jahre Zeit. Oder nicht? War Limchen am Ende schwanger?

Den Weihnachtsabend verbrachten wir zu zweit im Singlesilo. Meine Tochter versicherte mir, dass sie zwar nicht in der Hoffnung sei, dass René und sie aber mit dem ersten Kind nicht lange warten wollten: »Wird das nicht toll? Dann hast du einen kleinen Enkel, auf den du aufpassen kannst, und du bist nie wieder einsam …« Sie hatte ein schlechtes Gewissen, weil sie wusste, dass ich über Silvester allein sein würde. Sie selbst war von Renés Eltern zum Schilaufen auf den Arlberg eingeladen worden. Und Urbanskis hatten ihre Asienreise angetreten.

Dieser 31. Dezember. Im Kühlschrank standen eine kleine Dose Kaviar und eine große Flasche teuren Champagners. Als ich am Vormittag beim Greissler um die Ecke das Nötigste für die Feiertage einkaufen wollte, hatte mich plötzlich der Hafer gestochen. Ich hatte kehrt gemacht, war trotz starken Windes durch den Graben, Wiens Flaniermeile, gelaufen und hatte im teuersten Delikatessengeschäft der Stadt zugeschlagen, weil ich das dringende Bedürfnis hatte, mir etwas zu gönnen. Am frühen Abend war ich im Stephansdom gewesen und hatte um nichts Bestimmtes vor mich hin gebetet. Im eisigen Wind war ich um zwei Ecken in den Singlesilo zurück gelaufen. Ich versuchte es mit Fernsehen, dann mit Radio, dann mit Stille. Als auf den Straßen die ersten Böller krachten und über den Dächern die ersten Raketen hochstiegen, stand ich im Mantel auf dem kleinen Balkon, aß Kaviar und trank Champagner. Um Mitternacht begann die große Glocke im Dom zu schlagen. Ihr Klang hat mir von jeher Tränen in die Augen getrieben – »Sentimentalinskaja« hatte mich mein Vater deswegen genannt, sie rannen mir auch jetzt die Wangen hinunter, ich wischte sie nicht weg, sie schmeckten salzig wie das Meer. BrianBrianBrian … sagte ich immer wieder laut vor mich hin. In Romanen erreicht die Heldin auf diese Weise über Kontinente und Ozeane hinweg das Ohr des Geliebten. Ich fror. Ich wollte das exaltiert fröhliche Stimmengewirr, das von der Straße hinaufdrang nicht mehr hören.

Ich trat in den Spucknapf zurück, warf mich auf mein Bett und konnte nicht aufhören, an Brian zu denken. Je mehr ich trank, desto besser sah ich ihn vor mir. Aber plötzlich trug er Martins Kopf auf seinen unverwechselbaren Schultern. Dann wurde er ganz zu Martin. Ein langer Mann, der einen langen Schatten warf, aus dem sich Angelo schälte. Und dann sah ich den Felsen von Eigg, auf dem ein nackter Mann stand. Nicht Brian, nein, es war der schöne griechische Fischer … wie war noch sein Name gewesen? Ich zermarterte mir das Hirn, wie der Kerl geheißen haben konnte, darüber muss ich wohl eingeschlafen sein. Ich träumte. Ziemlich exakt Roman Polanskis *Tanz der Vampire*. Ein Wahnsinnsball. Alle Männer meines Lebens waren kostümiert, sogar der Jurisprudenzler …

Am Neujahrsmorgen weckte mich just jener Mann, an den ich seit Monaten keinen Gedanken verschwendet hatte und der mir in meinen wirren Silvesterträumen nicht einmal als Schatten erschienen war.

# 20

»Wunder!«

»Heckhausen.«

»Wer?!!«

Ich neige dazu, in den Telefonhörer zu schreien, offenbar in dem Bedürfnis, die räumliche Entfernung zwischen dem Gesprächspartner und mir durch gesteigerten Stimmaufwand zu überwinden. Der Mann am anderen Ende der Leitung sprach leise. Seine Stimme war tief und vibrierte ein wenig, es klang, als bemühe er sich, ein Lachen zu unterdrücken. »Würde es Ihnen weiterhelfen, wenn ich ›Mephisto‹ sagte?«

Mein verkatertes Hirn kam nur zögernd in Schwung. »Wo sind Sie?«, krächzte ich. Elende Tonlage, einfallsloser Gesprächseinstieg.

»Ich bin in Wien.«

»Allein?«, entfuhr es mir, und wieder war das verdächtige Vibrato in seiner Stimme. »Nicht direkt, wenn meine Information korrekt ist, befinden sich außer mir noch etwa zwei Millionen Menschen in dieser Stadt. Wenn Sie hingegen wissen möchten, ob ich in Begleitung gekommen bin«, er legte eine Kunstpause ein, ehe er fortfuhr, »nein. Ich habe Ihnen Brian nicht mitgebracht.«

Widerlicher Teufel. Eher beiße ich mir die Zunge ab, als dass ich mir meine Enttäuschung anmerken lasse. Ich wollte einen lockeren Konversationston anschlagen, stattdessen produzierte ich Schwulst. »Und was verschafft unserer Stadt die Ehre Ihres Besuches?«, sagte ich geschraubt.

»Ich gehe in die Oper.«

»Ist das alles?«

»Ist das nicht genug?«

Wir verabredeten uns für Mittag des nächsten Tages. Mir blieben vierundzwanzig Stunden, um mir darüber klar zu werden, ob es für mich von Bedeutung war, Lazarus wieder zu sehen, um von Brian zu hören. Ich kam zu keinem Ergebnis. Und mir blieben vierundzwanzig Stunden, um mein Äußeres aufzupolieren. Ich wusste, sie zu nutzen. Der trübe Spiegel im Aufzug des Singlesilo schenkte mir Selbstvertrauen.

Heckhausen war im Bristol abgestiegen. Ziemlich schick und ebenso teuer. Ob die Ornithologenrente das trug? Wer weiß, vielleicht hatte er noch andere Geldquellen? Ein undurchsichtiger Typ, dieser Heckhausen ... Ich hatte kurz überlegt, ein Taxi zu nehmen, um meine geglückte Aufmachung vor der Witterung zu schützen und mich schließlich dagegen entschieden. Ein Fehler. Der Weg von meinem Wohnhaus zum Hotel war zwar nicht weit, aber bereits hinterm Stephansdom fuhr der Ostwind in mein Haar und wirbelte es aus seiner mühevoll zu Stande gebrachten Form ins Chaos. Als ich die Kärntnerstraße entlangtrabte, trieb mir die Kälte Tränen in die Augen, ich wischte, sah kräftige Spuren von Wimperntusche auf meinem Handrücken und nahm an, dass ich meine Wangen eben schwarz gestreift hatte. Die Annahme bestätigte sich, als ich, im Bristol angekommen, vorerst ins Klo huschte, um mich in Augenschein zu nehmen. Ein Prachtklo, Marmor und Kristallspiegel, angenehme Wärme. Während ich auftaute und an mir herumputzte, fragte ich mich, was mich in den nächsten Minuten erwarten würde. Weshalb dieser bohrende Unterton, als Mephisto mich gebeten hatte, ihn heute hier zu treffen. Wenn Brian nun doch mitgekommen war? Vielleicht wollte mir Mephisto bloß einen Streich spielen, vielleicht saß er da drin neben Brian und wollte sich, seinem eigenwilligen Sinn für Humor folgend, an meiner Verwirrung weiden.

Er erwartete mich in der Hotelbar. Ein Ort schicksalsschwangerer Begegnungen, hier hatte mir Viktor von Gisi und Ben erzählt. Sobald ich Lazarus sah, wusste ich, dass er allein gekommen war. Mein Herzklopfen verebbte. Er war aufgestanden, als ich eintrat. Ein wenig unbeholfen, seines Beins wegen, das ich wieder einmal vergessen hatte. Ich hatte nicht nur das kranke Bein, ich hatte den ganzen Lazarus vergessen. Ich hatte vergessen, wie gut er aussah. Oder war es mir neben Brians Schönheit bloß nicht aufgefallen?

Er lächelte mich weder sarkastisch noch freundlich, nicht einmal verbindlich, sondern gar nicht an. Er sagte auch kein Wort der Begrüßung, als ich vor ihm stand, er sah mich bloß an, forschend, wollte mir scheinen. Ärger muckte in mir auf. »Hallo, Lazarus, hat's Ihnen die Red' verschlagen«, fragte ich spitz, betont Wienerisch, gleichfalls ohne Lächeln. Zu meinem Erstaunen blieb der sonst so Schlagfertige stumm. Er streckte bloß beide Hände nach den meinen aus, ergriff sie und drückte sie einen Augenblick lang an seine Brust. Er hielt sie noch immer fest, als er erst mit den Augen, dann mit dem Mund zu lächeln begann und leise sagte: »Nicht *es*, Laura, Sie.« So wie er das sagte, hatte es doppelten Boden. Typisch Mephisto. Ich war drauf und dran, ihm schnippisch zu entgegnen und versuchte meine Hände aus den seinen zu lösen, aber er hielt sie fest, beugte sich zu mir herunter und schnupperte an meiner Schulter. »Sie riechen nach Kälte und sehen aus wie die Winterkönigin«, murmelte er.

»Und mit Ihnen geht der Schotte durch, Sie Märchenerzähler«, erwiderte ich streng, worauf er endlich meine Hände losließ, seine weißen Zähne zeigte und lachte.

»Ganz die Alte, immer auf das letzte Wort versessen … es tut gut, Sie wieder zu sehen, Laura Wunder.«

Wir aßen im Restaurant des Hotels. Es überraschte mich, wie leicht es uns fiel, ein Gespräch zu beginnen. Mühelos sprangen wir von einem Thema zum anderen, wobei wir offenbar beide darauf bedacht waren, Brian auszuklammern. Auf meine Frage, was Heckhausen um diese grimmige Jahreszeit in Wien suche, nach Wien müsse man im Mai kommen, antwortete er vage. Suchen sei das richtige Wort, er suche Musik, Musik in jeder Form, Oper, Konzert, Musik fürs Leben. Das schwebte mir zu sehr in der Metaebene, also lenkte ich das Gespräch auf Heckhausens Reise nach Amerika im vergangenen Sommer: »Nicht schön von Ihnen, dass Sie von Eigg abgereist sind, ohne mir Adieu zu sagen«, scherzte ich, meine Enttäuschung über sein plötzliches Verschwinden unterschlagend.

Er antwortete knapp: unter den gegebenen Umständen sei das nicht anders möglich gewesen.

»Waren Sie dort, um *puffinus puffinus* nachzustellen?«, fragte ich und erntete ein erfreutes Lachen.

»Dass Sie sich an *puffinus puffinus* erinnern können, ehrt mich, aber nein, ich war drüben, weil die amerikanischen Rechte an meinen Büchern neu verhandelt wurden.«

Es stellte sich heraus, dass er bereits etliche Bücher geschrieben hatte, Handbücher über Vogelkunde und so.

»Gibt es auch Leute, die das kaufen?«, fragte ich scherzhaft.

Er wiegte den Kopf und grinste. »Erstaunlicherweise ziemlich viele.«

»Sind Sie ein Bestsellerautor?«

»Sie werden lachen, ja.« Ich schwieg verblüfft.

Das Essen war erlesen. Lazarus fand ebenso viel Vergnügen daran wie ich. Er habe auch zu Silvester hier gespeist, nachdem er in der Staatsoper *Die Fledermaus* gehört hatte. Ungemein vergnüglich, eine glänzende Aufführung, diese Perfektion im bloß scheinbar Leichten bringe man nur in Wien zu Stande.

»Waren Sie allein?«, fragte ich peinlicherweise schon wieder.

Er lehnte sich zurück, um sein Bein leicht zu beugen und zu strecken, eine Bewegung, die er häufig machte. »Ich war allein, ja.« Er hatte meine Bemerkung belächelt, spöttisch, wie mir schien. Das Lächeln verschwand. Als er sprach, klang es irgendwie nebenhin, daher war ich nicht auf der Hut. »Ich könnte Ihnen überzeugend versichern«, begann er, »dass ich mit Musik nie allein bin. Was den gestrigen Abend betrifft, wäre es allerdings gelogen. Ich hätte das neue Jahr lieber in Begleitung begonnen. Nicht irgendeine Begleitung…« Er sah mich über den Rand seines Glases hinweg forschend an.

Ich wurde dreist: »Soll ich raten? Sie meinen Brian.«

Er setzte das Glas ab. Ich sah ihm an, dass er meine

Antwort missbilligte. »Laura Liebdummchen, Sie wissen genau, dass ich Sie gemeint habe.«

Die Zurechtweisung beschämte mich, das Geständnis verwirrte mich, ich wurde rot wie ein Schulmädel, trank zu hastig und verschluckte mich. Er klopfte mir nicht auf den Rücken, sondern wartete ruhig ab, bis ich nicht mehr hustete. Dann fügte er einige Sätze hinzu, die mich mundtot machten, weil sie mich völlig aus der Fassung brachten: »Ich bin in Wien, Laura, weil ich mit Ihnen Musik hören möchte. Ich will das seit dem Augenblick, da ich Ihnen in Eigg zum ersten Mal gegenüberstand. Ich finde, meiner Selbstbeherrschung gebührt Anerkennung. Immerhin habe ich das Postbriansche Trauerhalbjahr eingehalten, ehe ich mich meldete. Ein ganzes Jahr wäre mir zu lang erschienen. Dafür sind wir beide nicht mehr jung genug.«

Am Abend dieses zweiten Januar saß ich an meinem Schreibtisch, raschelte mit Prospekten und starrte blind auf irgendwelche Texte. An sich hatte ich vorgehabt, die stillen ersten Tage des Jahres zu nutzen, um mich auf meine nächste Reportage über teure Thalassotherapiezentren (zu gut Deutsch: Seeheilbäder) in Frankreich vorzubereiten. Chancenlos. Meine Konzentration war lausig. Der Mittag mit Mephisto hatte mir den Nerv gezogen.

Immer wieder tauchte Heckhausens Zigeunerphysiognomie vor mir auf. Ich kiefelte an seinen Worten. Verflixter Kerl! Musik hören, ausgerechnet mit mir, die ich von Musik nicht mehr verstehe als von Thalassotherapie … Überhaupt, wie kam er dazu, solche Dinge zu sagen, da er doch annehmen musste, dass ich die Sache mit Brian innerlich noch nicht überwunden hatte. Ich versuchte an Brian zu denken, mir sein Gesicht vorzustellen, vergeblich, immer wieder schob sich der andere ins Bild. Mephisto hatte mich überrumpelt. Und was war der Endzweck seiner Überrumpelungstaktik? Was wollte er von mir? Seine Anwesenheit war auf einmal so bedeutungsschwanger, darauf war ich nicht gefasst gewesen, das kam alles so unerwartet.

Er hatte mich für den nächsten Abend in ein Konzert eingeladen. Obwohl ich nicht zugesagt hatte, würde ich hingehen müssen. Ich hatte mir mit einem unbeholfenen Abgang aus dem Bristol ein Eigentor geschossen, das Mephisto Gelegenheit gab, mich schamlos zu überfahren: die Sache mit dem Postbrianschen Trauerjahr und die eigenartigen Andeutungen Heckhausens hatten mich komplett verunsichert, die Situation war mir über den Kopf gewachsen und, da wir den Mokka bereits hinter uns hatten, gedachte ich die Flucht anzutreten. Nichts wie raus aus dem aufwändigen Speisesaal, weg von diesem Mannsbild, das mir von Anfang an unheimlich gewesen war. Ich grapschte nach meiner Handtasche, stand ruckartig auf und sprach – leider nicht flüssig und beiläufig, sondern abgehackt und befangen: »Ich muss jetzt wirklich gehen, danke für das tolle Essen.«

Es hätte primitiver nicht sein können. Er grinste, erhob sich halb aus seinem Stuhl und nickte zum Abschied. Ich hatte schon ein paar Schritte zwischen mich und ihn gelegt, als er mich einholte.

»Ich habe für morgen Abend Konzertkarten für uns besorgt. Mozart und Mahler, 19.30 Uhr im Musikverein. Ich erwarte Sie im Vestibül.« Er hatte, während er sprach, sanft meinen Ellbogen umfasst.

Ich schüttelte seine Hand ab und sah an seinem Gesicht vorbei, als ich erwiderte: »Ich kann nicht, keine Zeit.«

Und was tat der Schuft? Als hätte er meine Worte nicht gehört, säuselte er lächelnd: »Schön, ich freue mich, bis morgen also.«

Was hätte ich tun sollen? Im Angesicht von zwanzig Kellnern und einem überheblich dreinblickenden Maître d'Hotel mit Mephisto zu streiten beginnen? Nein, ich hatte nicht zugesagt. Aber ich hatte leider genickt.

Der Anstand gebot es: Ich musste hin. Um nicht zu früh zu kommen, kam ich fast zu spät. Ich war sicher, Heckhausen würde mich vor Beethovens Monument erwarten, weil sich im Musikverein jeder vor Beethoven trifft. Nur er natürlich nicht. Er hinkte mir aus einem Seitengang entgegen und strahlte dermaßen, als er mich sah, dass sich mein Missmut in nichts auflöste.

Der Goldene Saal. Mozart und Mahler. Schön und fesselnd. Aber nicht für einen Augenblick verlor ich mich so sehr an die Atmosphäre und die Musik, dass ich den Mann an meiner Seite vergaß. Ich hätte gern gewusst, ob es ihm ähnlich ging, nun, da er wunschgemäß Musik mit mir hörte.

Als wir auf die Straße traten, schneite es. Lazarus trug wie immer Schwarz. Auf der Krempe seines Indiana-Jones-Hutes hafteten Flocken. Er stellte den Kragen seines Mantels auf und nahm meinen Arm. Meine Finger berührten weichen Stoff, Cashmere, stellte ich fest und wieder einmal platzte ich unüberlegt heraus: »Ich glaube, Sie sind ein Nabob.«

Peinlichkeiten dieser Art passierten mir ausschließlich mit Mephisto und mein Pech war, dass er sie nie überhörte. Er blieb stehen und sah mich an, und ich wand mich innerlich vor Verlegenheit.

»Was meinen Sie damit?«, wollte er wissen.

Herausschwindeln wäre demütigend gewesen. »Ich halte Sie für reich«, sagte ich und hoffte, dass es einigermaßen unbefangen klang.

»Und wie kommen Sie auf den Gedanken?«

»Im Augenblick, weil Sie Cashmere tragen. Gestern, weil Sie im Bristol abgestiegen sind. Aber im Grunde seit ich weiß, dass Sie Brian ein Haus geschenkt haben. Das tun für gewöhnlich nur Nabobs.«

Er sah mich an, lange, dann begann er sachte zu lächeln, streckte seine Hand aus und wischte mit seinem Zeigefinger ein paar Flocken von meinem Nasenrücken. »Ich bin kein Nabob«, sagte er. »Ich besitze bloß Land und ich liebe mein Land. Aber ich bin ein allein stehender, kinderloser Mann. Als solcher kann ich es mir leisten zu teilen. Und ich wüsste niemanden, mit dem ich mein Land lieber teilte als mit Brian, weil ich es bei ihm in besten Händen weiß.«

Es waren nur ein paar Schritte bis zu dem kleinen italienischen Restaurant, in dem wir zu Abend essen wollten. Auf dem Weg dahin hielt ich den Mund, obwohl der Zeitpunkt günstig gewesen wäre, ein Gespräch über Brian zu beginnen, herauszubekommen, was aus ihm geworden war, ob er noch an mich dachte, ob er um mich litt. Aber ich hielt den Mund, weil ich noch immer den leichten Druck von Mephistos Finger auf meinem Nasenrücken zu fühlen glaubte und mich die Tatsache beunruhigte, dass ich diese Berührung als überaus angenehm empfunden hatte.

Während des Essens fasste ich wieder Tritt. Die Erinnerung an den Finger auf meinem Nasenrücken verblasste, Brian kam mir erneut in den Sinn. Es wäre geradezu unnatürlich gewesen, Heckhausen gegenüberzusitzen und nicht nach MacKay zu fragen. Also fragte ich forsch »Wie geht es Brian?« – Ich fand, dass mein Gegenüber belämmert dreinsah und kriegte Oberwasser. »Seit meiner Abreise aus Eigg habe ich nichts mehr von ihm gehört. Seltsam, nicht?« – Lazarus schwieg, ich fuhr munter fort. »Wissen Sie, dass ich in den vergangenen Tagen mehrfach überlegt habe, ob Brian Sie zu mir geschickt hat, als lebende Postkarte sozusagen…« – Das war blöd gewesen. Mephisto schüttelte tadelnd den Kopf. »Laura…« Ich war beschämt und sah auf das Tischtuch, worauf er »Kopf hoch« flüsterte, ehe er leicht boshaft fortsetzte: »Meine Liebe, meine Eignung zum *postillon d'amour* ist gleich null. Und was Brian betrifft – warum sollte er sich bei Ihnen melden, nachdem Sie von ihm Abschied genommen haben?« – Wieder einmal stand ich als die Blöde da. »Mein Abschied war souverän«, sagte ich trotzig. Lazarus lächelte. »Ich weiß.« – »Woher? Sie waren doch gar nicht da, Sie haben sich ohne Adieu von Eigg davongestohlen.« – Das klang nach Vorwurf, aber Lazarus ging darüber hinweg. »Mary hat mir davon erzählt. Nach meiner Rückkehr aus Amerika sah ich bei ihr vorbei. Sie lobte Ihren ausgezeichneten Sinn für *Timing.* Mary mag Sie sehr.«

»Und Brian?«, fragte ich noch einmal. Lazarus ruckelte auf seinem Stuhl und streckte sein Bein, wie er es immer tat, wenn er länger in einer Stellung verharrt hatte. »Ich habe Brian seit dem Sommer nicht gesehen. Er vagabundiert auf seinen Inseln, zuweilen auch in Schottland. Ich fuhr eigens nach Kingussie, um ihn zu treffen, weil ich erfahren hatte, dass er dort seinem Freund Basil zur Hand gehe. Als ich ankam, war er schon wieder fort. Aber Basil versicherte mir, es gehe Brian gut, sehr gut sogar. Sehen Sie, Laura, Sie haben Spuren, aber keine Narben hinterlassen.«

Heckhausen verstand es meisterhaft, das Atmosphärische einer Begegnung zu steuern. Er hob sein Glas und zwinkerte mir zu, und ich lächelte. Er wollte mich entspannt und ich entspannte mich. Bald redeten wir drauflos wie alte Freunde. Interessiert fragte er nach Limettchen. Und gespannt hörte er mir zu, als ich ihm (was ich sonst nie tat) erzählte, wie Martin umgekommen war. Ich hatte seinen Finger auf meinem Nasenrücken längst vergessen, als er unvermittelt auf seine Theorie der Verquickung von Musik und Erotik zu sprechen kam. Er fragte: »Hatten Sie und Martin eine Melodie?«

Ich muss ziemlich dümmlich dreingesehen haben, weil er laut auflachte. »Laura, meine Liebe, Ihr Gesicht spricht leicht lesbare Bände«, und er grinste noch immer, als er fortfuhr, »unter anderem gefällt mir auch das an Ihnen. Ich sehe Sie an und weiß, woran ich bin.«

»Na, dass Sie sich nur nicht täuschen«, schnappte ich zurück. Welche Frau wäre gern ein offenes Buch für einen Mann?

Er beugte sich vor, legte seine trockene, warme Hand kurz auf die meine und suchte meine Augen. »Keine Stacheln ausfahren, Laura, nicht jetzt. Ich bin nämlich eben dabei, Ihnen meine Theorie von Musik und Eros näher zu bringen.«

Ich dachte noch immer an seine Hand auf der meinen. Das schwächte meine Aufmerksamkeit. Wenn ich mich recht erinnere, beschrieb er seine Theorie in etwa so:

»Erotische Schwingungen evozieren in mir Musik. Wenn ich ein Paar beobachte, zwischen dem es knistert, höre ich automatisch bestimmte Klänge. Erkennbare Melodien. Nehmen wir Brian und Sie. Wenn ich Sie beide zusammen sah, hörte ich entweder Mahler oder Richard Strauss' *Also sprach Zarathustra*.« – Ich verband keinerlei Vorstellung mit *Also sprach Zarathustra* von Richard Strauss. Das war ärgerlich. Fast so, als stünde ich mit verbundenen Augen nackt vor dem aufmerksam äugenden Mephisto.

»Und wie ist da mit Ihrer eigenen Erotik?«, fragte ich spitz, »was hören Sie, wenn Sie eine Frau begehren oder lieben?«

»Kommt auf die Frau an«, sagte er. Und lächelte dabei nicht.

Als wir das Restaurant verließen, schneite es wie verrückt. Lazarus rief ein Taxi und bestand darauf, mich bis vor meine Haustür zu bringen. Er hielt meine Hand fest, während er sagte: »Ich habe für morgen Karten für den *Rosenkavalier* und wünsche mir, dass Sie mit mir hingehen.«

Ich zog meine Hand aus der seinen, kramte nach dem Schlüssel und steckte ihn ins Schloss. »Ausgeschlossen, Lazarus, ich muss morgen arbeiten.«

»Eine Jahrhundertbesetzung«, schwärmte er, ganz Opernfreak, »Sie sollten das nicht versäumen.«

Ich schüttelte den Kopf. »*Sorry*, Lazzi…«.

»Es ist meine Lieblingsoper«, murmelte er. »Außerdem reise ich in zweiundsiebzig Stunden ab.«

Das mit den zweiundsiebzig Stunden fesselte mich. Einer, der nicht Tage, sondern Stunden zählt… »Ach«, hauchte ich und wandte mich vom Haustor ab Mephisto zu.

Selbst in der Dunkelheit sah ich seine Messingaugen funkeln und seine Zähne blitzen, weil er siegreich lachte. »Abgemacht!« – Ich wollte ihm nachrufen, dass er sich irre, dass ich Nein gesagt hatte, dass ich keine Zeit für ihn und seine Oper habe, dass er seine faulen Tricks endlich lassen solle. Aber da war er schon im Taxi. Und er sah sich nicht nach mir um.

# 21

Wer sprach zu mir, als ich am nächsten Morgen meinen Anrufbeantworter abhörte? Lazarus. Er sei den ganzen Tag über nicht zu erreichen, könne keine Nachrichten empfangen, erwarte mich daher vereinbarungsgemäß direkt in der Oper.

Ausgefuchster Taktiker. Fast musste ich lachen. Selbstverständlich blieb ich entschlossen, nicht hinzugehen. Ich erledigte Post und las und war mit mir zufrieden, weil ich den Eindruck hatte, dass es mir gelang, Lazarus von Heckhausen keine Wichtigkeit beizumessen. Indes, als ich mittags eine Knackwurst verschlang, stellte er sich wieder ein und war nicht mehr zu vertreiben. Ich sah sein Gesicht vor mir und hörte sein »Jahrhundertbesetzung« und sagte mir, Laura, sei kein Schaf, geh hin, so oft kommst du nicht in die Oper. Als es dämmrig wurde, hatte ich mein selbstreflektorisches Ich besiegt. Ich machte mich rasch und methodisch so fein, wie ich nur irgend konnte, und stand auf die Minute pünktlich im Foyer der Oper.

Ich sah ihn von weitem. Lang, hager, schwarz von Kopf bis Fuß. Eine auffallende, irgendwie verwegene Erscheinung. Die Menschen sahen sich nach ihm um. Es würde Spaß machen, an seiner Seite zu sein. Während er auf mich zukam, hielten seine Augen die meinen fest. Falls er triumphierte, weil ich schließlich doch gekommen war, zeigte er es nicht.

Wir saßen ziemlich weit vorne, Lazarus auf einem Ecksitz, seines Beines wegen. Das Stimmengewirr und die Laute aus dem Orchester, das dabei war sich einzustimmen, machten mich erwartungsfroh. Ob ich ihm sagen sollte, dass ich ebenso wie er gesehen hatte, wie die Vögel im Himmel über den Hebriden zum *Rosenkavalier* tanzten? Nein, zu anbiederisch. Ich rutschte in meinem Sitz zurecht, dabei streifte mein Arm den seinen, er neigte seinen Kopf zu mir, sein Gesicht war nah. Ich sah die glattrasierte Wange, und ich roch sie: anziehend, kein Parfum, allenfalls Rasierwasser.

Es wurde dunkel. Mit den üblichen schnellen kurzen Schritten, die offenbar zum Ritual gehören, trat der Dirigent ans Pult. Das Rascheln im Saal verebbte. Schon nach wenigen Takten begann sich mein Inneres zu dehnen und die Verzauberung setzte ein. Sie währte den ganzen Abend. Ähnliches hatte ich niemals zuvor empfunden.

Was es war? Schwer zu sagen. Aber es war wunderbar. Ein Gefühl bewusst bedenkenloser Leichtigkeit. Melancholie. Lust zu lachen. Bewegtheit bis zu Tränen. Als würde alles, was ich in den vergangenen Wochen und Monaten empfunden hatte, in dieser Musik zu einem Ganzen verschmelzen. Und ich wusste, ich wusste einfach, nicht mit dem Hirn wusste ich es, mit irgendeinem geheimnisvollen Tentakel meines Wesens erfasste ich es: Was der Mann an meiner Seite fühlte, entsprach meinem eigenen Erleben.

Wir sprachen nicht darüber. Wir schwiegen überhaupt mehr, als wir sprachen. In wortloser Übereinstimmung gingen wir nicht zum Abendessen, sondern wanderten stattdessen Arm in Arm durch die verschneite Stadt. Die

Kälte fühlten wir lange nicht. Erst gegen Mitternacht betraten wir ein schummriges Café in der Nähe des Singlesilo.

Der Luftzug ließ die Tageszeitungen, die zerlesen in ihren Haltern an der Wand hingen, noch einmal erregend rascheln. An einem trüb beleuchteten Tisch in der hintersten Ecke saßen vier alte Herren und spielten Karten. Da sie ernste Mienen machten und schwiegen, nahm ich an, dass es sich um Bridge handelte. Ein graugesichtiger Ober erhob sich von einem Stuhl, der neben der Küchentür stand. Wir setzten uns in eine Fensternische, an deren Scheibe Eisblumen wuchsen. Müden Fußes schlurfte der Ober näher und eröffnete mit der Frage, die ein Wiener Ober erst dann zu stellen pflegt, wenn der Gast schon zu lange ohne etwas zu konsumieren dagesessen ist und längst gezahlt haben sollte: »Die Herrschaften noch an Wunsch …?« Als Lazarus ihn um die Karte ersuchte, zog er den Kopf ein wie eine in Gefahr befindliche Schildkröte. »Warme Küche ist aus, wir sperren in vierzig Minuten zu«, grummelte er und war sichtlich enttäuscht, als wir dennoch nicht gingen. Lazarus bestellte Cognac, und ich erspähte am Nebentisch ein paar altbackene Kipferln. Die Polsterbänke, auf denen wir saßen, rochen nach kaltem Rauch. Das Licht war trist und die Heizkörper nur mehr lau. Und doch hielt der Zauber des Opernabends an.

»Ich habe Musik noch nie so empfunden«, sagte ich versonnen und sah in sein Gesicht, das völlig entspannt war und sanft wirkte. Er lächelte mich zärtlich an, es machte mich nicht befangen, weil es zu dem Abend und zu unserer Stimmung passte. »Für Wiener Begriffe bin ich unmusikalisch, ich spiele weder Klavier noch Geige, nicht einmal Blockflöte, und ich habe kein Konzertabonnement.« Er wärmte sein Glas mit beiden Händen und sah mich bloß an. Glücklich, wollte mir scheinen. »Sie sind offenbar sehr musikalisch. Spielen Sie ein Instrument?«, fragte ich, nicht um die Konversation in Gang zu bringen, sondern weil es mich tatsächlich interessierte.

Lazarus nahm einen Schluck von seinem Cognac. »Trinken Sie, Laura, das wird Sie wärmen«, sagte er und wartete, bis ich ebenfalls getrunken hatte. Wie eine Wolke dehnte sich die Wärme in meinem Magen. Er schien es zu fühlen, er lächelte erfreut und nickte, dann erst beantwortete er meine Frage. »Ich hatte als Kind Geigenunterricht. Während meiner Krankheit brach ich ihn ab. Ich habe übrigens nie gerne gespielt, weil meine Mutter so überragend spielte, dass ich mir neben ihr absolut unterlegen vorkam.«

»Ach, war Ihre Mutter von Beruf Musikerin?«, fragte ich wissbegierig und fürchtete einen Augenblick, er würde meine Frage als bloße Neugier empfinden und sich wieder verschließen. Aber nein, nicht an diesem so anderen Abend. Er blieb entspannt und offen: »Meine Mutter hat nie einen Beruf ausgeübt. Aber Ihr Spiel war konzertreif. Und mein Vater war für sein Orgelspiel berühmt. Meine Eltern haben sich durch die Musik gefunden.«

Ich hatte die Geschichte seiner Eltern mühelos erfragt. Fast hatte ich den Eindruck, dass es ihm Freude machte, über sie zu sprechen.

Der Ostpreuße Joachim von Heckhausen und die wilde Schottin Elizabeth Gordon. Ein seltsames Paar. Grundverschieden und wahrlich nicht füreinander geschaffen.

Unfähig, miteinander zu leben, aber einander so sehr verfallen, dass keiner von beiden an der Seite eines neuen Partners glücklich werden kann. Heckhausen, ein mächtiger, gut aussehender Mann mit hellgrauen Augen und auffallend geschwungenen, rabenschwarzen Augenbrauen. Protestant, Theologe von Rang, Spezialgebiet Altes Testament. Nach Hitlers Machtergreifung 1933 schafft es der regimekritische junge Wissenschaftler gerade noch, außer Landes zu gehen und eine Assitentenstelle an der Universität Basel zu ergattern. Seine akademische Karriere ist exemplarisch, sein Orgelspiel macht ihn auch in musikalischen Zirkeln bekannt, 1944 begegnet er auf einer einschlägigen Soirée in Genf Elizabeth Gordon. Sie ist um zwanzig Jahre jünger als er. Nicht schön, aber unvergesslich. Lang, schmal, beweglich, dunkle Lockenmähne, gelblich schimmernde Augen. Sie spielt Geige wie ein Engel. Und sie ist ebenso hingerissen von dem eindrucksvollen Mann wie er von ihr.

Die früh verwaiste Elizabeth ist von Verwandten in Schottland erzogen worden. Die Kriegsjahre verbringt sie bei ihrem Onkel, einem in der Schweiz akkreditierten britischen Diplomaten. Als sie Joachim von Heckhausen begegnet, ist sie gerade achtzehn geworden und sehr romantisch. Als sie ihn heiratet, ist sie zwanzig und ihr leidenschaftliches Temperament, das den gesetzten, ernsten Mann zunächst mitreißt, dann verstört, bricht voll durch. Als Lazarus zur Welt kommt, ist sie zweiundzwanzig und an der Seite ihres Mannes schon nicht mehr glücklich. Heckhausen ist einem Ruf an die Universität von Göttingen gefolgt. Er verbohrt sich in seine wissenschaftliche Arbeit, und wenn er Orgel spielt, dann nur mehr Bach. Das Leben in der deutschen Stadt, die keine

Metropole ist, beengt Elizabeth. Sie vermisst ihre Heimat, das Meer, den Wind, das Licht der Hebriden, und ihr Geigenspiel wird wilder und voller Sehnsucht. Als Lazarus drei ist, steht seine Mutter am Rande einer Depression. Da lässt Heckhausen Frau und Sohn nach Schottland ziehen. Es gibt keine Scheidung. Das Paar geht getrennte Wege. Aber es kommt nie ganz voneinander los.

Die Art, wie Lazarus von seinen Eltern sprach, war fair gewesen, wurde beiden gerecht. Liebe für die Mutter, Achtung vor dem Vater, keine Schuldzuweisungen.

»Dann sind Sie also in Schottland aufgewachsen«, wollte ich wissen.

Er nickte. »Zuerst lebten wir in dem großen Haus der Gordons an der schottischen Westküste, wo es von Familie und dienstbaren Geistern wimmelte. Später zog meine Mutter mit mir nach Skye. Sie besaß Land dort, einen wildromantischen Turm, in dem sie, ich, eine Kinderfrau und ein uralter Gärtner lebten. Meine Mutter segelte und spielte Geige und brachte mir bei, wie man Musik im Wind und im Meer und in den Gräsern hört.«

»Und Ihr Vater, haben Sie ihn denn gar nicht gesehen?«

»Als kleines Kind sehr wenig. Er kam zuweilen nach Schottland, um mich, vor allem aber meine Mutter, zu sehen. Sie selbst fuhr praktisch nie nach Deutschland. Später, in den richtungweisenden Jahren im Sanatorium sah ich meinen Vater sehr viel mehr als meine Mutter. Er kam regelmäßig in die Schweiz, um mich zu besuchen.«

»Inwiefern richtungweisend, ich meine die Jahre im Sanatorium?«, fragte ich gespannt, es war mir plötzlich äußerst wichtig, möglichst viel über Lazarus zu erfahren.

Er lachte gutmütig und winkte dem unwirschen Kellner. »Noch zwei Cognac, bitte.« Ehe er fortfuhr, bewegte er sein steifes Bein auf die mir bereits vertraute Art. »Richtungweisend, was meine Zukunft betraf. Im Sanatorium entwickelte sich mein Interesse für Vögel.«

Ein heranwachsender Junge ohne die üblichen Zerstreuungen, kein Sport, kaum Spiel. Stunden auf Liegebetten, vor den Fenstern bloß Bäume im Wechsel der Jahreszeiten und ihre gefiederten Bewohner. Vogelbeobachtung als Zeitvertreib, dann aus Gewohnheit, schließlich aus Leidenschaft. »Ich ersuchte meinen Vater um einschlägige Literatur, mit der Zeit besaß ich eine ganz ansehnliche kleine Fachbuchbibliothek.«

»Und wie reagierte Ihr theologischer Vater?«

»Als ich ihm sagte, dass ich Ornithologe werden wolle, hielt er die Luft an. Aber zu seiner Ehre sei erwähnt, dass er mich mit keinem Wort umzustimmen versuchte. Auch später, als ich bei ihm lebte, unternahm er nichts, um mich von meiner Entscheidung abzubringen.«

»Ach, Sie haben auch bei Ihrem Vater gelebt?«

»Ein paar Jahre, ja. Als ich das Sanatorium verlassen durfte, zog ich zu meinem Vater nach Göttingen, um dort Abitur zu machen. Dann begann ich Ornithologie zu studieren und mein Vater begrub seine geheime Hoffnung, einen Geisteswissenschaftler aus mir zu machen. Es hätte ihm auch nichts genützt, ich war volljährig und finanziell unabhängig, ich hatte das Vermögen meiner Mutter geerbt.«

Die wilde Elizabeth war beim Segeln mit einem kleinen Einmannboot vor Skye in einen Sturm geraten und ertrunken. Lazarus hatte getrauert, weil er sich von ihr verlassen fühlte. Aber für seine Mutter war er froh um ihren jähen Tod. Er meinte, sie hätte es nicht ertragen, alt und unbeweglich zu sein.

»Und Ihr Vater, wie hat er es verkraftet?«, fragte ich, restlos in die Heckhausensche Familiensaga verstrickt.

Lazarus nahm einen Schluck vom Cognac, den der Ober uns widerwillig serviert hatte. »Mein Vater, ja«, sagte er nachdenklich. »Er wurde schlagartig zum Greis. Es war, als hätte man alles Licht aus seinem Leben genommen. Ich habe damals erst begriffen, wie sehr er meine Mutter geliebt hat, wie abhängig dieser geistig sonst so freie Mann davon gewesen war, einen bestimmten Menschen wenn schon nicht neben sich, doch auf der Welt zu wissen.«

Irgendwann hatte ich an einem der trockenen Kipferl zu nagen begonnen und es wieder sein lassen, weil es kaum genießbar war. Im Zuge von Mephistos fesselnder Erzählung hatte ich es zerkrümelt, ein Haufen beigefarbener Brösel lag in meinem Schoß. Skrupellos ließ ich sie zu Boden rieseln, indem ich mich weit vorbeugte, Lazarus entgegen und ihn fragte, ob er selbst je ähnlich empfunden hätte wie sein Vater.

Nachdenklich wiegte er den Kopf, lächelte sacht, wurde wieder ernst. »Ich war nie auf eine Weise an einen Menschen gebunden wie mein Vater es war. Ich war nie verheiratet, bin nie eine Langzeitbindung eingegangen.«

»Bindungsängste?«

»Möglich.«

»Das Beispiel Ihrer Eltern?«

Wieder dachte er eine Weile nach, dann schüttelte er den Kopf. »Ich denke nein. Im Grunde wären meine Eltern, was die Ausschließlichkeit ihrer Gefühle füreinander betraf, ein anspornendes Beispiel gewesen. Nein, es liegt an meinem Wesen.« Er leerte sein Cognacglas und dehnte seine Schultern, als sei er eben eine Last losgeworden. »Ich werde Ihnen den Schlüssel zu Lazarus in die Hand legen, liebste Laura«, sagte er und lächelte mich auf die gleiche zärtliche Weise an, wie er es heute schon einmal getan hatte. »Ich bin unstet. Nicht rastlos, aber unstet. Überall und nirgends zu Hause. Ich miete eine Wohnung oder ein Haus, wo ich es brauche, und ich verlasse es, wenn ich weiterziehe, ohne Bedauern. Das Haus meines Vaters in Göttingen habe ich gleich nach seinem Tod verkauft. Den Turm meiner Mutter auf Skye habe ich behalten, aber ich bin selten dort. An sich macht mich Alleinsein eher froh, nur dort macht es mich unfroh. Im Turm sehne ich mich nach menschlicher Gesellschaft.« Wieder dachte er eine Weile nach, ehe er fortfuhr. »Bis vor kurzem dachte ich, ich sei von menschlicher Gesellschaft nicht abhängig. Das bedeutet nicht, dass ich ein Menschenfeind bin, ich mag Menschen, aber nicht grundsätzlich. Ich habe Freunde, aber keine Jugendfreunde. Ich habe ein Heer von schottischen Verwandten und einen strengen Vetter väterlicherseits und allesamt sehe ich praktisch nie. Brian? Ich lese die Frage in Ihren Augen, Laura, Brian ist kein Freund im eigentlichen Sinn. Er ist ein Findling, eine Gabe des Geschicks. Ich brauche ihn nicht, um mich als Einheit zu begreifen …« Er schien zu überlegen, ob er dem noch etwas hinzufügen sollte, und tat es schließlich. »Bis vor kurzem war ich überzeugt, als Einzelgänger angelegt zu sein …«

Ich hatte mich seiner Erzählung ganz ergeben. Wahrscheinlich hatte ich ihm mit offenem Mund zugehört. Gleichzeitig hatte ich immerzu das Bedürfnis, ihm dafür zu danken, dass er sich mir derart öffnete. Aber ich kam nicht dazu und Lazarus gelang es nicht, seinen Satz zu beenden. Der mieselsüchtige Ober hatte sich mit einer Plötzlichkeit vor uns aufgebaut, die seiner anfänglich zur Schau gestellten Müdigkeit spottete. Er wedelte mit seiner Serviette vor unseren Gesichtern und schnarrte »Sperrstund'«.

Wir standen auf der Straße. Es schneite nicht mehr, es war windstill, und es war schneidend kalt. Lazarus nahm meinen Arm und drückte ihn wärmend an sich. Zwischen uns war alles gut. Er fand den Weg zum Singlesilo, als wäre er ihn oft gegangen. Schließlich standen wir vor der Haustür. »Nehmen Sie mich noch auf einen Drink mit?«, fragte er.

Da erst brach der Zauber. Von plötzlicher Panik erfasst ratterte ich ein verstörtes »Neinneinnein«.

»Ein Nein langt mir«, sagte Lazarus und grinste schief. »Es ist nur, weil ich noch arbeiten muss, wirklich, ich muss diese Sache fertig kriegen … sonst gerne, ein andermal vielleicht …«

»Schsch«, machte er, als müsse er ein überreiztes Kind beruhigen, »ganz ruhig, Laura. Ich wollte Ihnen bloß etwas Wichtiges sagen.«

Ich versuchte Luft zu holen. »Heute nicht«, japste ich.

»Doch. Heute. Und wenn es nicht anders geht, dann eben hier.« Er streckte beide Hände aus, umfasste mein Gesicht und zwang mich, ihn anzusehen. »Laura, in achtundvierzig Stunden verlasse ich Wien, um nach Marokko zu fahren. Komm mit mir.«

Ich glaube, ich klapperte vor Überraschung mit den Augendeckeln. Er ist verrückt geworden, dachte ich. Mein Gesicht befand sich nach wie vor zwischen seinen Händen. »Sie sind verrückt«, nuschelte ich. Er lachte und näherte sein Gesicht dem meinen. Er wird mich küssen ..., ich war überzeugt, dass er mich küssen würde. Ich hätte wissen müssen, dass Mephisto niemals tat, was man von ihm erwartete. Er neigte den Kopf zur Seite, sein Mund war dicht an meinem Ohr, er brummte *Rosenkavalier*, ganz Ochs auf Lerchenau »i' wart auf Antwort«. Dann zog er seine Hände zurück und hinkte davon, ohne sich umzusehen.

# 22

Viel schlief ich nicht in dieser Nacht. Wirr schossen mir allerlei Gedanken durch den Kopf, keinen konnte ich zu Ende denken. Von innerer Unruhe erfasst drehte und wendete ich mich in meinem Bett und war nicht fähig, mich zu entspannen. Manchmal tauchte ich in Wachträume ab. Und immer dann, wenn ich dabei war, endgültig wegzudämmern, riss mich irgendeine verstörende Überlegung aus dem eben einsetzenden Schlaf. Mal Lazarus, mal Brian im Vordergrund. Mephisto und *Rosenkavalier* in ein und derselben Inszenierung … »Komm mit mir nach Marokko …« Wieso nach Marokko? Wozu nach Marokko?… Sanddünen, Beduinenzelte, schwüle Nächte unter Sternen. Scheik Heckhausen wird dich küssen … Laura, blöde Ziege, so träumen nur fünfzehnjährige Gören … Wie hat die Marschallin heute Abend gesungen? »Ich schaffe mir meine Träume nicht an …« Die Marschallin, ja. Tolle Figur, unglaublich guter Text … Und mit ihr trat mich auch mitten in der Nacht noch der ganze Jammer des Alterns an. »Wie macht denn das der liebe Gott? Wo ich doch immer die gleiche bin. Und wenn er's schon so machen muss, warum lasst er mich zuschauen mit so klarem Sinn! Warum versteckt er's nicht vor mir? Das alles ist so geheim, so viel geheim …«

Darüber muss ich eingeschlafen sein. Als ich aufwachte, war es zehn Uhr und dunkelgrau. Als hätte der Tag beschlossen, seiner Pflicht heute nicht nachzukommen und gar nicht erst zu werden. Ein Tag, den man im Bett verdösen sollte. Ich rollte in die Seitenlage, zog die Decke übers Ohr – und wusste plötzlich, dass innerhalb der nächsten Sekunden das Telefon klingeln und Lazarus dran sein würde. Ich war so sicher, dass ich die Hand auf den Hörer legte noch ehe das Signal ertönte und etwas wartete, als es läutete, um nicht den Eindruck zu erwecken, ich hätte auf seinen Anruf gelauert.

»Laura? Ich habe einen Wagen gemietet und möchte mit dir in den Wienerwald fahren.« – Das »Du« klang selbstverständlich, es setzte genau da fort, wo Lazarus gestern Nacht aufgehört hatte. Ich wusste nicht, wie ich damit umgehen sollte.

»Bei diesem Sauwetter? Es ist sicher eisig«, sagte ich und ärgerte mich, weil es zickig klang.

»Eine Stunde bloß. Statt Mittagessen. Ich hole dich um zwölf Uhr ab.«

»Ich weiß nicht recht ...«

»Aber ich weiß. Ich liebe Buchen und möchte ihre Stämme bei Schnee, genau in diesem Licht, mit dir zusammen sehen.«

Um zwölf Uhr stand ich frierend an der Ecke und wartete auf Mephisto. Das Auto, das er gemietet hatte, war klein, zu klein jedenfalls für seine langen Beine. »Wie ein Aff' am Schleifstein« nennt man die Körperhaltung, die er einnehmen musste, bei uns in Wien. Ich kicherte, er fragte nicht weshalb.

»Wo gibt es die meisten Buchen?«, fragte er bloß. Meine Kenntnis der Flora und Fauna meiner Heimat ist bescheidenst.

»Fahren Sie ...«, ich stockte, weil ich mich fragte, ob es

nicht auch für mich angebracht wäre, ins traute »Du« zu verfallen. »Wir müssen auf die Höhenstraße«, versuchte ich mich aus der Affäre zu ziehen, Lazarus grinste wissend.

Die Straßen waren spiegelglatt. Er fuhr vorsichtig, er riskierte nichts und verließ sich auf meine Anweisungen. Ohne bestimmte Absicht hatte ich mich für die Richtung nach Neuwaldegg entschieden. Als wir in die Höhenstraße einbogen, wusste ich plötzlich, wohin ich ihn führen würde.

»Parken Sie hier, ich möchte Ihnen etwas zeigen«, sagte ich und freute mich im Vorhinein auf das Gesicht, das er machen würde.

Wir wanderten die Allee mit ihren prächtigen Steinfiguren entlang. Sie mündete nahtlos in den Wienerwald.

»Sieht fast aus wie ein englischer Park«, meinte Lazarus.

»Es ist einer. Der erste, größte, schönste im Lande. Im 18. Jahrhundert wurde er vom damaligen Besitzer der Herrschaft angelegt. Hier gibt es Tempel, Teiche, Obelisken …«

»Buchen, ich wollte Buchen«, jammerte Lazarus theatralisch. Ich musste lachen.

»Warten Sie ab, gleich sind wir mitten unter ihnen«, sagte ich und bog von der Allee ab.

Der Winterwald war von starrer Pracht und farblich Ton in Ton; die hohen grauen Stämme der Buchen; das Weißgrau des Schnees der blaugrau schimmerte, wo ihn der Wind zu Wechten gepresst hatte, das Perlgrau des Mittagshimmels. Keine Menschenseele war hier unterwegs, nicht einmal die ortsüblichen Krähen waren zu sehen, es war still, nur die Kälte krachte leise. Lazarus betrachtete schweigend die Bäume. Er hatte die Hände in die Manteltaschen vergraben, er trug keinen Hut. Ich fragte mich, ob er fror und stellte fest, dass ich nicht wollte, dass er fror.

Wir gingen den Waldweg bergan, den ich seit meiner Kindheit niemals anders als mit einem Gefühl der Erwartung gegangen war. Als ich den kleinen Tempel zwischen den Bäumen sah, lief ich voraus und erwartete Lazarus davor.

»Das wollte ich Ihnen zeigen. Romantisch, nicht? Es ist eine Gruft. Hier liegt der Mann begraben, der den englischen Park anlegen ließ. Franz Moritz Graf von Lacy. Als Kinder haben wir ihn ›Lazzi‹ genannt. Lazzis Grab … Und bitte sehr, rundum ausschließlich Buchen …«

Der Einfall mit dem Grab war wohl kein glücklicher gewesen. Kommentarlos stand Lazarus davor und betrachtete das antike Tempelchen, das ich prächtiger in Erinnerung gehabt hatte, als es tatsächlich war. Das schmiedeeiserne Gitter, das rundum lief und dem Besucher den Zutritt verwehrte, war rostig, die Mauern, da wo sie schadhaft geworden waren, lieblos mit Beton zugestrichen.

»Lazzi«, murmelte Lazarus schließlich, schüttelte den Kopf und stieg die paar Stufen zur Gitterpforte hinauf. Sie war verschlossen und das Gitter seiner verschnörkelten Spitzen wegen nicht zu überklettern. »Lazzi«, wiederholte er und beugte sich vor, um in das Innere des Tempels zu sehen. »Hier sind zwei Inschriften«, sagte er, »ich kann sie von hier aus nicht entziffern. Liegt mein Namensvetter neben seiner Frau oder seiner Geliebten zur ewigen Ruh'?«

»Weder noch«, rief ich ihm zu, »er ist neben seinem Freund begraben.«

Lazarus wandte sich nach mir um, er lächelte, er wollte etwas sagen, im selben Augenblick rutschte er von der vereisten Steinstufe ab, ich sah ihn fallen und schrie.

Er stürzte nicht zu Boden, hart kam er mit beiden Füßen im Schnee auf. Ich glaubte einen Schmerzenslaut gehört zu haben, sein brauner Teint hatte einen olivgrünen Schimmer angenommen. Im Fallen hatte er seine Wange vor den Spitzen des Gitters geschützt, indem er sich mit einer Hand von ihnen abgestoßen hatte. Der Handteller war blutverschmiert.

»Da, da«, murmelte ich etwas blöde und versuchte, mein Taschentuch um seine Hand zu wickeln. Ich war zittrig vor Schreck, es misslang.

»Ist ja gut, Laura, es ist ja nichts geschehen«, beruhigte er mich und in seiner Stimme saß schon wieder das versteckte Lachen.

»Das Bein, was ist mit dem Bein?«, wollte ich wissen.

»Kein Grund zur Sorge«, beruhigte er mich. »Aber wenn ich auf dem Rückweg von deiner Schulter Gebrauch machen dürfte, wäre ich froh.«

Der Weg zum Parkplatz führte steil bergab. Ich konzentrierte mich auf jeden Tritt. »Nur nicht rutschen«, beschwor ich mehr mich selbst als Lazarus. Seine Hand lag auf meiner Schulter. Fest, aber nicht verkrampft. Eher Gleichgewicht als Halt suchend. Ich spürte den Druck seiner langen Finger auf meinem Schlüsselbein, und es war mir kein bisschen unangenehm. Du bist in diesen Mann verstrickt, fuhr es mir durch den Kopf. Um den beunruhigenden Gedanken abzuschütteln, begann ich wild drauflos zu plappern: »Sie hätten sich an diesem blöden Gitter aufspießen können … Idiotisch, dass ich Sie da hingeschleppt habe, mitten im Winter, und die Buchen sind auch schöner im Mai … Hoffentlich haben Sie sich keine Lungenentzündung geholt. Oder die Ohren abgefroren bei dieser Saukälte … Wissen Sie was? Sie kommen jetzt zu mir, ich mache uns brühheißen Tee mit Rum, keine Widerrede …«

»Aber ich denke gar nicht daran, mich zu widersetzen«, unterbrach er mich und lachte laut auf.

Wenn ich geahnt hätte, dass Mephisto zu mir hinaufkommen würde, hätte ich vorher Ordnung gemacht. So aber türmte sich auf dem Schreibtisch, was Gisi barmherzig »den kreativen Haufen« nannte. Auf der Couch lag eine längst überholte, zerfledderte Ausgabe der *Zeit* und das aktuelle Fernsehprogramm. Der Glastisch hatte Ringe von der Kaffeetasse. Und da ich die Tür zwischen den beiden Zimmern ausgehängt hatte, um den Spucknapf größer erscheinen zu lassen, sah man das Bett. Es war zwar gemacht, aber die indische Tagesdecke überzuwerfen hatte ich mir gespart.

»Setzen Sie sich … nein, warten Sie, es dauert nur einen Augenblick«, sagte ich irgendwie atemlos und flitzte an ihm vorbei ins Schlafzimmer, um das Bett zu bedecken. Mephisto lehnte mit verschränkten Armen an der Balkontür, sah mir zu und grinste. Ich schoss hin und her, stotterte Belangloses über die Enge der Wohnung und ihre praktische Lage und meine Vorliebe für grünen Tee und fühlte mich total unsicher. Es war seine Gegenwart. Der hochgewachsene, hagere Mann in Schwarz gegen das graue Licht des frühen Nachmittags. Sein Schweigen. Seine lachenden Augen, die mir überall hin folgten. Seine Nähe, die eine Intimität schaffte, die ich nicht wollte.

»Die Teekanne noch«, murmelte ich und musste, um sie zu holen, an ihm vorbei.

Und dann war da plötzlich sein ausgestreckter Arm und seine dunkle, stets ein wenig rau klingende Stimme: »Lass die Kanne, wo sie ist.«

Ich konnte am Arm nicht vorbei. Ich stand salzsäulenartig still, der Atem setzte – glaube ich – aus, wogegen das Herz vor sich hin tobte. Meine Befindlichkeit glich der einer vierzehnjährigen Klosterschülerin beim ersten Stelldichein. Langsam näherte sich seine Hand meinem Gesicht, ich hätte mich ihr entziehen können, aber ich konnte eben nicht. Seine Finger strichen über meine Wange, meine Stirn, fuhren den Nasenrücken entlang und zeichneten meinen Mund nach. Er ließ sich Zeit, mein Gesicht wuchs ihm entgegen. Als er mich an sich zog und sich über mich beugte, lachten seine Augen nicht. Und als er mich küsste, war es so, als käme nach langer Trockenheit endlich Regen.

»Wo macht man hier das Licht an?«

»Wozu willst du Licht?«

»Um die Frau, die ich so ausdauernd geliebt habe, endlich betrachten zu können.«

Er rollte über meinen Körper und machte sich einige Augenblicke lang schwer, dann kniete er über mir und tastete nach dem Schalter. Der Schein meiner Leselampe fiel auf mich. Ich schloss die Augen und fühlte seine Hände meine Seiten entlangstreichen, um meinen Nabel kreisen, beständig hielten sie Kontakt mit meiner Haut. Er sprach nicht, schließlich begann er zu summen: »Wie du warst! Wie du bist! Das weiß niemand, das ahnt keiner…«

»Oktavian? Erster Akt?«

Er schwieg. Ich öffnete die Augen und sah die seinen

mit derselben Zärtlichkeit auf mich gerichtet, die sie auch gestern flüchtig gehabt hatten. Er nickte, »Oktavian zur Marschallin, ja«.

Ich dehnte mich unter ihm auf der völlig zerwühlten indischen Decke, auf die wir – ich weiß nicht mehr, wie – am Nachmittag geraten waren. Jetzt war es definitiv Nacht.

»Ist ja nicht zu fassen, wir müssen uns tatsächlich Stunden hindurch geliebt haben«, murmelte ich beglückt.

»Ich schätze drei!«, triumphierte Lazarus.

Sein Körper war gut, aber nicht mehr jung. Darin glichen wir uns, und die Erkenntnis war beruhigend. Davon abgesehen war ich dabei, den ungewöhnlichsten, den verwirrendsten Jahresbeginn meines Lebens zu erleben. Als der lange, nackte, dunkle Kerl mit dem weißen Gebiss und dem zerzausten Haar über mir hockte, hätte ich mir eigentlich sagen müssen: Laura Wunder, du hast nicht alle Tassen im Schrank, du bist bedenkenlos mit einem wildfremden Mann ins Bett gegangen. Aber in Wahrheit war mir von allen Männern, mit denen ich geschlafen hatte, keiner weniger fremd gewesen als Lazarus von Heckhausen. Sobald er mich in die Arme genommen hatte, war jegliche Verlegenheit, jedes Quäntchen Scheu, jedes bisschen Bangesein wie weggeblasen gewesen. Vom Kuss an der Balkontür bis zu diesem Augenblick, drei Stunden später, war nichts Hastiges, Gieriges oder Grobes geschehen. Die Urgewalt war ausgeblieben. Lazarus liebte spielerisch, fantasievoll, mit Raffinesse. Und Vertrauen erweckend. Von Lazarus geliebt zu werden, war wie heimkommen.

»Und? Was siehst du?«, fragte ich, als er nicht aufhörte mich zu mustern.

Er beugte sich über mich, bis sein Gesicht dicht über meinem war und sagte im Flüsterton: »Ich sehe die Frau, die ich schon immer wollte, und bin entzückt, dass ich ihr endlich beiwohnen darf. Komm mit mir nach Marokko.«

Ich gab ihm einen Schubs vor die Brust, seine Haut fühlte sich warm und trocken an und roch ausgesprochen gut. »Im Ernst, Mephisto, sag mir, was du in mir siehst«, maulte ich und hoffte, solcherart Marokko vom Tisch zu wischen.

Er richtete sich auf, hockte locker auf meinen Oberschenkeln und funkelte mich an. »Im Ernst, Laura: Du bist tatsächlich die Frau, die ich immer wollte. Ich ahnte es bereits, als Brian mir von dir erzählte, wie er dich mir beschrieb. Und als ich dir in Marys Speisezimmer gegenüberstand, wusste ich es. Es hat mir einen ziemlichen Schock versetzt, das magst du mir glauben. Zum Greifen nah, aber leider vergeben... Keinem anderen als Brian hätte ich dich in den Tagen von Eigg überlassen. Gegönnt habe ich dich nicht einmal ihm.«

Ich hatte einmal flüchtig, sehr flüchtig an Brian gedacht, während Lazarus mich liebkoste. Jetzt schob er sich plötzlich wie der ominöse Dritte auf meine indische Bettdecke. Ich spannte die Muskeln meiner Oberschenkel an, Lazarus spürte es und machte sich augenblicklich leicht. »Meine Beine schlafen ein«, sagte ich entschuldigend. Er glitt von mir herunter, legte sich dicht neben mich und holte meinen Kopf an seine Schulter. »Findest du nicht, dass wir beide ein schlechtes Gewissen wegen Brian haben sollten?«, fragte ich.

Er strich über mein Gesicht. »Nein, finde ich nicht. Brian ist hellsichtig, auch was menschliche Beziehungen betrifft. Er wusste, dass eure Verbindung von kurzer Dauer sein würde, weil es weder von deiner noch von seiner Seite aus anders möglich war. Als wir einmal darüber sprachen, wie du dich entscheiden würdest, sagte Brian ›Lorra ist wie ein Entenvogel, sie rastet bei mir auf ihrem Flug zum Nest‹.«

Der letzte Abend auf Eigg fiel mir ein, Brian vor der Tür zu meinem Zimmer, »auf dich wartet ein anderer Mann«, hatte er damals gesagt. – Ich ruckelte ein wenig dichter an Mephistos langen, warmen Körper. Er legte seinen Arm um mich und lachte leise in mein Haar und flüsterte: »Brian hat mir übrigens auf den Kopf zugesagt, dass ich verrückt nach dir bin. Dass ich dich möglicherweise sogar liebe. Und dass wir zueinander passen wie Nest und Ei.«

»Hübsche Metapher«, murmelte ich in seine Halsgrube. »Ich dachte immer, Brian sei sprachlos. Kraftvoll, prachtvoll, aber sprachlos.«

»Englisch ist er sprachlos, im Gälischen ist er nahezu ein Dichter. Er nannte dich seine Fee und wob allerlei Geschichten um dich.«

»Ach ja? Spannend, erzähl!«

»Ich denke gar nicht daran. Feen sind Brians Spezialität und Brian wollen wir uns nicht ins Bett beschwören, oder?« Er drückte mich an sich und wiegte uns beide. »Feen …«, fuhr er fort. »Feen sind nichts Handfestes, sie bleiben dir nicht. Du mein Herz bist handfest und ich wollte, du würdest mir bleiben. In diesem Zusammenhang bin ich nach wie vor der Meinung, dass du mit mir nach Marokko kommen solltest.«

Verrückt, diese fixe Idee mit Marokko. Er konnte doch nicht im Ernst erwarten, dass ich alles liegen und stehen lassen würde, um mit ihm wer weiß wohin zu fahren. Eine Entscheidung dieser Art traf man nicht binnen Stunden.

»Was machst du eigentlich in Marokko?«, wollte ich wissen.

»Ich schreibe an einem Buch, das ausnahmsweise nur am Rande mit Vögeln befasst ist. Ein Projekt, das mir seit Jahren am Herzen liegt. Ein Roman, in dem es um Verhaltensmuster von Mensch und Vogel geht. Er spielt in Marokko.«

Ich zeichnete mit dem Finger die Narbe auf seiner Hüfte nach. Sie war kaum zu sehen, nur zu spüren. Sein Körper machte Freude. »Ich kann nicht mit dir fahren, Mephisto. Ich weiß so wenig über dich.«

»Du weißt seit gestern mehr über mich, als ich über dich. Und das stört mich nicht im Geringsten. Spielt es denn überhaupt eine Rolle, wie viel man über den anderen weiß? Ich weiß, dass ich mit dir sein und dich lieben will, das ist mir genug.« Er rollte sich wieder auf mich und grinste mich an. »Wahrscheinlich bin ich nicht mehr so feurig wie Prinz Brian, aber ich bin zäh und mit deiner tätigen Mithilfe werde ich im Training bleiben. Ich werde dich noch zu deiner Zufriedenheit lieben, wenn wir beide siebzig sind.«

»Igitt«, quietschte ich, »Sex zwischen Alten finde ich peinlich.«

»Typisch für euch Katholiken – ich nehme doch an, dass du katholisch bist …« Er knabberte an meinem Ohr, mein Nacken ruhte in seiner Hand, sachte begann er die kleine Grube am Schädelansatz zu kraulen. »Ich finde Alterssex wunderbar«, murmelte er, »sieh nur uns an!«

Um Mitternacht holte ich uns Käse und Brot und eine Flasche Wein ans Bett. Er aß mit Appetit und trank mit

Lust. Die Bewegung der Kaumuskel machte sein hageres bewegliches Gesicht noch beweglicher. Keine Unze Fett war an dem Mann, das hatte ich im Verlauf der letzten Stunden umfassend feststellen können. »Dünne Männer sind potent«, sagte ich versonnen, Lazarus nickte emphatisch. »Was hast du bisher mit dieser Gottesgabe angestellt?«, fragte ich spitz, um seine Selbstgefälligkeit zu dämpfen. »Keine Langzeitaffären, keine Kinder …«

Er schob den Käseteller fort und grinste mich listig an: »Ich hatte nie den Wunsch, mich fortzupflanzen. Und was meine von dir so dankenswert bemerkte Potenz anbelangt – auch kurze Affären fordern den ganzen Mann.«

Interessant, dachte ich, gut zu wissen. Lazarus lachte laut auf.

»Laura, du mein geliebtes offenes Buch! Nur wenn du mit mir nach Marokko kommst, wirst du mehr über mich erfahren, zum Beispiel, wie es um meine Bindungsbereitschaft steht.«

Ich machte mich von ihm frei, stand auf und ging zum Fenster.

»Was machst du?«, fragte er besorgt.

»Keine Sorge, ich stürze mich nicht zehn Stock tief in den Schnee, ich werde lüften und diesen Sündenpfuhl in ein Bett zurückverwandeln, und dann werden wir schlafen.« Kaum lagen wir zwischen den weißen Laken, berührte er mich wieder. Wunderbar. Ich begann zu schnurren. Als seine Hände überall waren, musste ich lachen. »Angeber, übernimm dich nicht.«

»Du weißt ja nicht, was ich im Sinn habe«, flüsterte er mir ins Ohr.

Als ich das Licht endlich löschte, war es ein Uhr morgens. Wir hatten keine Schwierigkeiten mit der körpernahen Schlafposition. Ich lag an ihn geschmiegt, als wäre es schon immer so gewesen, als müsste es einfach so sein.

»Schön«, sagte ich leise vor mich hin. Es war nicht für Lazarus bestimmt gewesen, aber er hatte es gehört.

»Wenn du heute Abend nicht mit mir nach Marokko fährst«, sagte er, »wirst du wieder alleine schlafen.«

Heute schon? In der Tat, heute Abend. Bis dahin sind's noch vierzehn Stunden oder so. Überlegen Laura, du musst überlegen… Blödsinn, was denn überlegen, wenn es keine Alternativen gibt. Es gibt nämlich keine, weil du nicht einfach mitfahren kannst. Du kannst dich nicht treiben lassen wie Herbstlaub im Föhn, nicht irgendwelchen Verlockungen erliegen, als wärst du ein frisch verliebter Teenager. In Wahrheit bist du bald »Mutter der Braut«… Heute Mittag kommt Limchen vom Schifahren zurück. Heute Abend wirst du an deinem Schreibtisch sitzen, dich ins Internet stürzen, alles über Thalassotherapie erforschen, und Lazarus wird solo in Marokko landen. Lazarus… Jesus, ich werde ihn vermissen! Ich drehte mich heftig zu ihm, schlang beide Arme um seinen Hals und küsste ihn fast verzweifelt. »Schschsch«, machte er und streichelte mich in den Schlaf, als wäre ich ein kleines Kind.

Der Morgen war wider Erwarten sonnig. Vor meinem Schlafzimmerfenster geisterten winzige glitzernde Schneekristalle ziellos durch die Luft. Der Mann, der sich über mich beugte, war mir nur einen Sekundenbruchteil lang fremd. »Lazarus.« Seinen Namen auszusprechen machte mich froh. Er sah mich an und lächelte. Seine Hand war unter meinem Hemd. Sobald ich mich erwartungsvoll dehnte, zog er sie weg.

»Ehe ich mich dir unsittlich nähere, gehe ich ins Bad«,

verkündete er, stieg aus dem Bett und hinkte zum Badezimmer. An der Tür wandte er sich um und sagte, »in zehn Stunden geht mein Flugzeug, in meiner Tasche sind zwei Tickets, du benötigst kein Visum, ich sage es noch einmal und dann nicht mehr: Komm mit mir nach Marokko.«

Ich saß aufrecht im Bett. Überlegen brachte nichts mehr, Entscheiden war angesagt. Aber wie sollte ich entscheiden, wenn ich keinen klaren Gedanken fassen konnte? Ich hatte Ohrensausen und Herzklopfen. Eine Zumutung, mich derart unter Druck zu setzen! Ich fühlte mich hilflos und wusste nicht, ob ich aufstehen oder für immer im Bett bleiben sollte. *Shit!* Ich drehte mich auf den Bauch und biss ins Kissen und das roch nach Lazarus. Und just da kam mir in den Sinn, dass ich nie zuvor so viele beflügelnde Stunden mit einem Mann im Bett verbracht hatte wie mit ihm.

Im Bad rauschte das Wasser. Mephisto gurgelte und plantschte wie ein Kind. Und plötzlich hörte ich einen prachtvollen Bass. »Ohne mich, ohne mich jeder Tag dir so bang, mit mir, mit mir keine Nacht dir zu lang …« Rosenkavalier, Baron Ochs … Mary hatte von Lazzis schöner Stimme gesprochen. Was heißt schön, sie war umwerfend! Gespannt wartete ich auf mehr. Im Bad war es still geworden. Lazarus rührte sich nicht. Dann hob er seine Stimme wieder, lockend, heiter, ein klein wenig spöttisch: »I wart auf Antwort, i wart auf Antwort …«

Am Nachmittag des sechsten Januar rief Limettchen an. Die Ferien seien himmlisch gewesen, Renés Eltern reizend, das Haus bezaubernd, der Schnee ein Traum. Ohne Punkt und Komma. Ein neuer, ziemlich bürgerlicher Ton. Und dann: »Ich kann heute nicht mehr bei dir vorbeikommen. Hältst du es bis morgen ohne mich aus?«

»Morgen bin ich nicht mehr da.«

»Wo bist du, auf Reportage?«

»Nein. Ferien.«

»Ach, wo das?«

»Marokko.«

Pause. Dann, leicht pikiert: »Fein. Aber unerwartet. Fährst du allein?«

»Nein, mit einem Freund.«

Spucke weg, Atemholen. »Der Schotte!«

»Nein.«

»Ein alter Freund?«

»Ein neuer.«

Aufplustern, moralische Entrüstung: »Mutterrr! Was ist in diesem letzten Jahr in dich gefahren! Du bist so anders. Seit wann kennst du diesen Mann?«

»Limchen! Eigentlich geht es dich nichts an. Aber wenn du es genau wissen willst: Er trat vor sechs Tagen ganz unverhofft in mein Leben.«

Wir schieden eher kühl. Lazarus hatte das Gespräch mit angehört. Er saß auf dem Sofa, die langen Beine von sich gestreckt, das mit der steifen Hüfte hatte er über meinen gepackten Koffer gelegt. »Unverhofft«, wiederholt er nachdenklich. »Das gefällt mir, das ist ein guter Begriff. Du hättest auch ›unerwartet‹ oder ›überraschend‹ sagen können. Semantisch betrachtet stuft mich dein ›unverhofft‹ als positives Ereignis in deinem Leben ein.«

Wir waren schon an der Tür, als das Telefon noch einmal klingelte. Lazarus drängte: »Es ist schon spät, Laura, geh nicht mehr dran.« Ich ahnte, dass es Gisi sein würde, sie und Viktor waren in der vergangenen Nacht aus Asien zurückgekommen, also ging ich dennoch. Und ich tat gut daran zu gehen. Es wurde eines unserer kürzesten und besten Gespräche.

»Hallo Laura. Limettchen hat mich alarmiert.«

»Das dachte ich mir. Meine Tochter wirft sich neuerdings zur moralischen Instanz auf. Sie ist überzeugt, dass ich ein Lotterleben führe. Früher war es mir wichtig, was Limchen von mir denkt. Heute ist es mir egal.«

»Gut so. Es gibt also keinen Grund für Alarm?«

»Nein.«

»Ist der Neue so schön wie Brian?«

»Nein. Dafür ist er brillant.«

Gisi kicherte: »*Nobody's perfect* – und was soll aus der Sache werden?«

»Keine Ahnung.«

»Auch gut. Also dann, reise glücklich.« Sie schwieg einen Augenblick, einen innigen Augenblick, ehe sie schloss: »Und, Lauraliebchen, bleib locker. Egal, was kommt, lass es zu.«